W0266326

Fawwaz Haddad

Gottes blutiger Himmel

aufbau

Fawwaz Haddad

Gottes blutiger Himmel

Roman

Aus dem Arabischen
von Günther Orth

aufbau

Die Originalausgabe mit dem Titel
Djunud Allah
erschien 2010 bei Riad El-Rayyes Books, Beirut

Mit einem Nachwort des Übersetzers

Die Übersetzung aus dem Arabischen wurde mit Mitteln des Auswärtigen Amtes unterstützt durch litprom – Gesellschaft zur Förderung der Literatur aus Afrika, Asien und Lateinamerika e.V.

FSC
www.fsc.org
MIX
Papier aus verantwortungsvollen Quellen
FSC® C083411

ISBN 978-3-351-03522-8

Aufbau ist eine Marke der Aufbau Verlag GmbH & Co. KG

1. Auflage 2013
© Aufbau Verlag GmbH & Co. KG, Berlin 2013
Djunud Allah © Riad El-Rayyes Books S.A.R.L., Beirut Lebanon
Einbandgestaltung hißmann, heilmann, Hamburg
Satz LVD GmbH, Berlin
Druck und Binden CPI – Clausen & Bosse, Leck
Printed in Germany

www.aufbau-verlag.de

Erster Teil

Sehen und Verstehen, darauf beruht Erinnerung. Doch der Wunsch, etwas zu sehen, ist mir vergangen, und an die Stelle von Verstehen ist bei mir Blindheit, wenn nicht Schlimmeres getreten.

In einer Zeit, wie sie bedrückender nicht hätte sein können, zwangen mich ungewöhnliche Umstände zu einer Reise in den Irak – in ein Land voller Schmerz, belagert und hungrig, erniedrigt durch Besatzung, ein Land ohne Verstand, Gerechtigkeit und Gnade, ein Land von Betrug und Verrat, ein Land, in dem man aufgrund seiner Religion, seiner Konfession oder seines Namens entführt oder ermordet werden konnte.

Als ich zurückkam, wurde mir das Geschick zuteil, mein Gedächtnis zu verlieren. Vielleicht hatte es von sich aus ausgesetzt, möglicherweise hatte ich es aber auch darauf angelegt, nichts mehr zu wissen, wohl ahnend, dass es besser für mich war, mich in einen fernen Winkel zu verkriechen, an den weder Tatsachen noch Vermutungen vordringen konnten. Wenn ich also, ohne dass es mir bewusst gewesen wäre und ohne bestimmte Absicht, tatsächlich den Willen hatte zu vergessen, dann in der Hoffnung auf Schutz und Geborgenheit.

Ich weiß dennoch, dass ich in einer düsteren Erinnerung gefangen bin, die wie eine Drohung über meinem Haupt schwebt. Was mir droht, weiß ich nicht, aber ich ahne, aus welcher Richtung die Gefahr kommt. Allerdings habe ich keinen Anlass, den Tod zu fürchten. Eher schon das Leben.

Ich habe vor, in diesem Zustand zu verbleiben. Denn um nichts, was mir entgehen mag, ist es mir schade.

Ein anderer Weg ins Paradies

I

Ich verließ Bagdad als nahezu lebloser Körper in einem alten weißen Pick-up, auf dessen Ladefläche, abgedeckt mit einer blassbraunen, verschlissenen Plane, Sanitätsmaterial gepackt war. Mein Zustand war am Morgen noch halbwegs erträglich gewesen, hatte sich aber im Auto innerhalb weniger Stunden aufgrund der enormen Hitze und der Qual, die mir die Fliegen bereiteten, verschlechtert.

Ich stieg vom Beifahrersitz auf die Ladefläche um und legte mich unter die Plane auf eine dort befindliche altersschwache Trage. Ich spürte meine Energie und meine Widerstandskräfte schwinden. Alles Sichtbare um mich herum verblasste und begann sich in der Hitze aufzulösen. Eine einzige trostlose Farbe legte sich auf alles.

Das Auto rüttelte über die Straßen Bagdads, während ich, in den Worten des Fahrers, tapfer gegen den Tod ankämpfte – obwohl ich vor dem, wogegen ich angeblich kämpfte, bereits kapituliert hatte. Ich war zwar lebendig, aber in gewisser Weise auch schon tot. Mein Leben gab es nicht mehr. Und ich fühlte mich wohl, so tot zu sein, ich genoss das Nichtvorhandensein meines Lebens.

Ich hätte es schon damals als Wohltat empfunden, mein Gedächtnis zu löschen und es so zu versiegeln, dass auch nicht durch den kleinsten Spalt noch einmal der Horror und der Wahnsinn des von mir Erlebten Eingang in mein

Bewusstsein fänden. Meine Schmerzen würden irgendwann aufhören, wenn nur mein Erinnerungsvermögen seine Zugänge verschlösse. Ich wäre nicht einmal neugierig zu erfahren, was ich erlebt hatte, ich lebte in Frieden, ich sähe nicht wieder und wieder die grauenhaften Bilder, die schon beim leichtesten Aufblitzen gnadenlose Erinnerungen verhießen, die bedrückender waren als der Tod, den ich mir wünschte, um ihnen zu entkommen.

Permanent vorbeirasende Militärkonvois brachten den Verkehr immer wieder zum Stillstand. Ich lag auf dem Rücken, und meinen trüben Blick durchzuckten blitzartig Aussetzer wie Messerstiche in den Kopf. Weit oben erschien mir durch Risse in der Stoffplane ein bedrohlich dräuender Himmel, der alles mit Anspannung und Trostlosigkeit zudeckte, und in meinen Ohren hämmerte eine dröhnende Stille voll glimmender Hitze. Am Heck des Autos, auf dem ich lag, gab die Plane den Blick auf eine von Transparenten gesäumte Straße frei, welche ein ums andere Mal vom Tod eines Menschen kündeten. Manche Namen waren in Weiß auf schwarzen Stoff geschrieben, andere in schwarzer Schrift auf weißen Stoff. Tote, so weit das Auge reichte, jeder von ihnen als Märtyrer betitelt. Ich war im Land der Märtyrer.

Mich überkam das Gefühl eines mal rasch, mal langsam sich nähernden Todes, ich spürte ihn in mir, ich sah ihn in der Luft und den Staubwolken, er kreiste über mir wie ein anschwellender fester Schatten, der sich des Raumes und des Atems bemächtigte. Etwas würde gleich passieren, etwas lauerte, jeden Moment würde eine ohrenbetäubende Explosion alles Sichtbare hinwegfegen, nur Rauch und Trümmer würden bleiben, Schrott, Ruß, brennende Überreste, blutende Körper, Fleischfetzen und Knochenteile, Blutrot würde anstelle des grellen Lichts treten. Es waren nur Visionen, aber sie waren intensiver als jede Tatsache.

Wir gelangten erst aus Bagdad und seinen Vorstädten hinaus, nachdem wir an zahlreichen amerikanischen und irakischen Kontrollposten angehalten und uns an Betonbarrieren vorbeigeschoben hatten. Wir fuhren durch Straßen, auf deren Gehwegen sich Männer und Jungen jeden Alters drängten, aber keine Frauen. Die Feuchtigkeit und der Gestank von aufgetürmtem Müll und offenen Abwasserkanälen erschwerten das Atmen. Das Dröhnen der Autos vermischte sich mit dem Lärm aus Kassettenrekordern, den Rufen fliegender Händler, die auf offenen Handkarren Essen verkauften, und denen von Kindern, die an Ständen Limonade, Naschwerk, Süßigkeiten, Zigaretten, Socken und CDs mit Tanzliedern, Korangesängen und Anleitungen zu frommen Riten ebenso feilboten wie Videos von Hinrichtungen und Anschlägen.

Unseren Papieren voller irakischer und amerikanischer Stempel war es zu verdanken, dass wir mitunter auf Straßen fahren durften, die Militärfahrzeugen und Panzern vorbehalten waren und auf denen zudem Polizeifahrzeuge mit eingeschalteter Sirene und Geländewagen entlangrasten, die Regierungskonvois begleiteten. Bewaffnete, die ihre Augen hinter schwarzen Brillen verbargen, lehnten aus Autofenstern, schossen in die Luft und zwangen andere Fahrer und Fußgänger dazu, ihnen den Weg frei zu machen.

Den größten Teil der endlosen Fahrt über schlief ich. Wären die schmerzstillenden, ruhigstellenden und entzündungshemmenden Spritzen nicht gewesen, hätte ich wohl in einem der zahllosen Staus mein Leben ausgehaucht. Ich dämmerte im Rhythmus einer sich in brennender und feuchter Sommerhitze dahinschleppenden Zeit, begleitet vom Aufheulen des Motors.

Als mich bei einem Zwischenhalt das Summen von Fliegen und grelles Mittagslicht weckten, erhob ich mich schwerfällig, nahm den Serumbeutel, der an meinem Arm hing, in die Hand, stieg von der Ladefläche des Pick-ups und nahm wieder vorn neben dem Fahrer Platz. Vor uns erstreckte sich eine gleichförmige Ebene aus Sand, durch die eine endlose Straße schnitt. Die Fahrbahn war von einzelnen Palmen und zerstörten, in der Sonne glänzenden Militärfahrzeugen gesäumt. In der Ferne schimmerten Fata Morganas, falls ich nicht nur Halluzinationen hatte.

Dann tauchte links, nein, rechts der Straße ein riesiges Gebäude auf, das nicht weniger unwirklich als eine Luftspiegelung aussah, aber schwer bewacht war. Es glich einer ganzen Ansammlung von Kasernen, Scharen von Soldaten standen davor, und Stacheldraht, hohe Mauern und befestigte Wachtürme, auf denen hinter Sandsäcken und Tarnnetzen Köpfe von Soldaten aufragten, umgaben den Komplex. Helikopter überwachten im Tiefflug die Umgegend. Ein Panoramagemälde auf der Außenmauer war überpinselt, Müllhaufen lagen herum, und übereinandergestapelte Betonbarrieren blockierten die Einfahrt in den Komplex, vor dem eine lange Reihe von Autos auf einer Sandpiste vorwärtskroch.

»Das Abu-Ghuraib-Gefängnis«, sagte mein Fahrer. »Die Besucher verbringen hier den ganzen Tag, um ihre inhaftierten Verwandten zu besuchen. Wenn sie denn das Glück haben und sie dort antreffen.«

Ich wollte endlich ankommen, aber wo eigentlich? Ich wünschte mich nur weit weg, weg von dieser Trostlosigkeit, irgendwohin, wo meine Schmerzen gelindert, aber auch nicht völlig verschwinden würden, wo ich vergessen und selbst entscheiden könnte, wann ich mich wieder erinnern würde.

Unser Auto hielt am Straßenrand. Ein gutes Stück voraus stand eine Militärkolonne mit Ausrüstung und Nachschub.

Auf die Humvees waren Kanonen montiert, dahinter stand jeweils ein Soldat mit Helm, amerikanische Flaggen flatterten an den Antennen. Infanterieeinheiten sicherten den Zug aus der Ferne, und Spähposten auf Hügeln und Brücken ringsum beobachteten uns. Man befürchtete, ein sprengstoffgefülltes Auto könnte versuchen, sich in die Kolonne zu drängen. Mein Fahrer wagte nicht vorbeizufahren. Auf einem Schild stand: »Halten Sie einen Mindestabstand von 200 Metern. Es wird scharf geschossen.« Darunter waren in roter Farbe ein Totenkopf und zwei gekreuzte Knochen abgebildet. Wir mussten lange warten. »Vielleicht entschärfen sie eine Straßenbombe«, meinte mein Fahrer. Irgendwann setzte sich der Konvoi ganz langsam in Bewegung.

Wir seien unterwegs zur syrischen Grenze, dort werde er mich absetzen, und in Damaskus werde ich weiterbehandelt, erklärte mir mein Fahrer immer wieder. Offenbar hatte ich ihn wiederholt gefragt, wo wir hinfuhren. Der Fahrer war gleichzeitig mein Pfleger. Für ein Bündel Dollars, das die Amerikaner ihm gezahlt hatten, hatte er sich auf das Abenteuer eingelassen, mich lebendig oder tot außer Landes zu bringen. Er hatte drei Familien zu ernähren. Unbekannte hatten seinen Bruder und seinen Cousin zwei Monate zuvor aus ihren Häusern gezerrt. Todesschwadronen, Polizisten, Milizen oder Angehörige der Grenztruppen. Wo war der Unterschied? Seitdem hatte er nichts mehr von den beiden gehört.

Gibt es auf der Strecke, auf der wir fuhren, eine Raststätte namens Kilometer 160? Die als ferner Punkt in der Mittagshitze auftaucht, mit Tankstelle, Restaurant, ein paar Läden und einer Teestube? Oder habe ich sie mir nur eingebildet? – Plötzlich stoppten uns vermummte Bewaffnete. Es waren Straßenräuber; der Fahrer hatte schon erwartet, dass sie irgendwann auftauchen würden. Er sagte ihnen, er sei beauftragt, mich zur syrischen Grenze zu bringen. Er musste aussteigen, und sie durchsuchten ihn, fanden aber nur eine Armbanduhr und ein paar hundert wertlose Dinar. Dann durchsuchten sie unser Auto, in dem sie auch keine Kostbarkeiten fanden. Einer beugte sich zu mir herein. Nur seine Augen waren zu sehen, und er schien enttäuscht zu sein von meiner schmächtigen Statur, meinem blassen Gesicht, meinem vor Schmutz starrenden Hemd und dem Lösungsbeutel, der an einem dünnen Haltegriff in der Fahrerkabine hing. Ich lag auf einer dreckigen gelben Decke, die nach Schweiß, Urin und Erbrochenem roch.

»*Mudschahid*?«, fragte er mich.

»Ja, ein Glaubenskämpfer«, schaltete sich der Fahrer ein.

»Gott zum Gruße«, rief der Vermummte daraufhin. Und er trieb den Fahrer zur Eile an, weil er fürchtete, ich würde sonst nicht lebend ankommen. Ich wünschte mir, er hätte mir eine Kugel durch den Kopf gejagt, damit ich schneller ans Ziel käme. Aber selbst dieser Wunsch blieb nur ein Traum. Er ließ uns weiterfahren, ohne uns etwas abgenommen zu haben, und freute sich wohl, damit vermeintlich etwas für den Dschihad und die Mudschahidin getan zu haben. Es war seine Art, als Ausgleich für seine Raubzüge die islamische Almosensteuer zu entrichten.

2

Am Grenzübergang al-Walid stieg mein Fahrer aus und lief an einer langen Schlange anderer Fahrzeuge vorbei. Er überreichte einem Beamten einen Brief der US-Armeeführung, in dem die Besatzung des Grenzübergangs aufgefordert wurde, mich aus dem Irak ausreisen zu lassen. Der Grenzoffizier war im Bilde, denn tags zuvor hatte ihn bereits ein entsprechendes Telegramm erreicht. Der Fahrer kam in Begleitung eines amerikanischen Soldaten und eines Dolmetschers zurück. Sie waren überrascht von dem alten und schäbigen Wagen, in dem ich saß. Offenbar hatten sie einen Mann mit elegantem Anzug in einer schwarzen Limousine erwartet. Ich überreichte meine Ausweispapiere, die ich in meinem Hüftverband versteckt hatte. Der Soldat stellte keine weiteren Fragen. Die Amerikaner hatten ihren Teil der Vereinbarung erfüllt und ihr Versprechen mir gegenüber gehalten.

Auf der syrischen Seite, am Grenzpunkt at-Tanf, holten mich Leute ab, die ich nicht kannte. Sie liefen erst hilflos um mich herum und setzten mich dann in ein Auto des syrischen Roten Halbmondes. Das Letzte, was ich vom Grenzübergang sah, war eine Schlange vollbeladener Lastwagen, die kilometerweit auf syrischem Gebiet standen und darauf warteten, abgefertigt zu werden. Eine Spur daneben rollten Hunderte von Autos, in denen Hunderte von Familien in den Irak zurückkehrten, langsam in Richtung Übergang. Sie dachten an Rückkehr? In dieses Land?

»Wundern Sie sich nicht«, meinte der syrische Zollbeamte, der mit mir im Krankenwagen saß. »Die würden alles tun, um wieder in ihr Land zu kommen.« Dann sank ich in einen langen, unruhigen Schlaf.

Nach Mitternacht war ich in Damaskus – lebendig, aber völlig entkräftet. Ich hatte die ganze Fahrt über Albträume gehabt, die mich mehr gepeinigt hatten als meine Wunden, welche aufgrund der Hitze und des Ungeziefers zu eitern begonnen hatten. Im Krankenhaus bekam ich neue Verbände und wurde zur Beobachtung auf die Intensivstation verlegt. Der diensthabende Arzt sagte: »So schlimm steht es gar nicht um Sie. Bald wird es Ihnen bessergehen.« Dann fragte er mich nach meinem Namen und nach meinem Beruf. Ich sagte ihm, ich wisse beides nicht. Das mache nichts, meinte er, in ein paar Tagen werde mir alles wieder einfallen. Es war, als stieße er mich mit seinen gleichgültig dahingesagten Worten ins Unbekannte.

Leute kamen mich besuchen, umarmten mich und beglückwünschten mich zu meiner Rettung. Es schien, dass ich sie kennen müsste, ihre Gesichter waren mir vertraut. Sie wirkten besorgt und wünschten mir rasche Genesung. Der Einzige unter ihnen, den ich erkannte, war mein Freund. Tränen traten ihm in die Augen, er nahm mich in die Arme, und ich sagte seinen Namen, Hassan. Die Krankenschwester glaubte, es müsse sich um meinen Bruder handeln, und rief gerührt: »Blutsbande sind eben unerschütterlich!« Er war der Einzige, den ich aus einer Vergangenheit, von der ich mir wünschte, es gäbe sie nicht, noch kannte.

»Was habe ich denn im Irak gemacht?«, fragte ich Hassan.

»Du bist vor zwei Monaten angeblich nach Beirut gefahren«, erklärte er, »und wolltest von dort weiter nach Dubai, um bei einem neugegründeten Fernsehsender zu arbeiten. Das war aber nicht wahr. Es war nur die Version, die du bei deiner Abreise hinterließt. Dein wahres Ziel war der Irak. Nach etwa zwei Wochen Aufenthalt in Bagdad wurdest du entführt ...«

»Das reicht«, unterbrach ich ihn. Hassan versprach, nicht zu sehr in die Details zu gehen. Er resümierte, ich sei aus einem Café in der Rashid-Straße heraus von Bewaffneten an einen unbekannten Ort verschleppt worden. Danach habe man nichts mehr von mir gehört, niemand habe Lösegeld gefordert, kein Vermittler sei aufgetaucht, und niemand habe etwas über meinen Verbleib gewusst, bis die Amerikaner ein Gelände in der Provinz Ramadi gestürmt hätten. Sie hätten mich dort anhand eines Fotos erkannt. Hätten sie nicht Informationen gehabt, dass ich dort festgehalten würde, hätten sie mich wohl mit einem Gnadenschuss erledigt, denn ich sei ohnehin halb tot gewesen. Aber dass sie ein menschliches Wrack, dessen Gesichtszüge denen auf ihrem Foto ähnelten, da herausgeholt hatten, sei ein ganz guter Job gewesen, wenn auch nicht gerade professionell ausgeführt.

Ich stellte mir die Szene vor und dachte behelfsweise an einen Ausschnitt aus einem amerikanischen Kriegsfilm: herabstoßende Flugzeuge, Maschinengewehrfeuer, aufspritzende Erde, Rauch und Staub, Explosionen, Flüche und Geschrei. Eine Gewehrmündung wird mir an die Stirn gehalten, ein amerikanischer Soldat hat den Finger schon am Abzug, ein Offizier gebietet ihm Einhalt, ein Helikopter ist zu hören, sie legen mich auf eine Trage, eilen mit mir zum Hubschrauber und bringen mich in ein Feldlazarett.

Woran ich mich tatsächlich noch erinnerte, war ein amerikanischer Arzt, der meine Behandlung überwachte. Meine Entlassung aus dem Krankenhaus im Irak hing von seiner Erlaubnis ab. Ich sagte zu ihm: »Ich möchte nicht hier sterben.« – »Sie werden nicht sterben, sondern leben«, antwortete er. Ich sagte ihm, dass ich mich an nichts erinnerte. »Sie sind verletzt und traumatisiert«, gab er zurück. Ich klagte, ich wisse nicht, wer ich sei. »Wir wissen aber, wer Sie sind«, sagte er, »deshalb leben Sie ja noch.«

Am nächsten Tag kam er mit einem Leutnant namens Jonathan und einem jungen Iraker namens Fadhil zu mir. Der Iraker und der Leutnant freuten sich, mich zu sehen. Angeblich sei ich mit dem Amerikaner gut bekannt gewesen, und der Iraker habe mich in Bagdad die ganze Zeit über begleitet. Ich hatte das Gefühl, dass noch eine dritte Person fehlte, aber es war nur ein Gefühl. Sie waren gekommen, um sich von mir zu verabschieden, bevor ich das Krankenhaus auf einer Trage verlassen würde, so wie ich auf einer Trage gekommen war. Der Abschied fiel mir schwer. Ich hatte den

Eindruck, mich von zwei Männern zu trennen, denen ich viel zu verdanken hatte. Ich stellte mir vor, wie nahe sie mir gestanden hatten und dass man bei solch einem Anlass vieles sagen müsste, blieb aber stumm, weil ich fürchtete, ich könne nicht ertragen, was ich von ihnen erfahren würde. Während sie mir die Hände drückten, rang ich mit meinem Wunsch, ihnen etwas zu sagen und sie etwas zu fragen. Was, wusste ich selbst nicht.

Jonathan sagte: »Ich rate Ihnen, nicht zu versuchen, etwas in Erfahrung zu bringen, was Sie vergessen haben.«

Ich bekam Angst. War ich ein Kollaborateur der Amerikaner? Ich wagte nicht, die beiden danach zu fragen. Stattdessen sagte ich: »Ich komme mir vor wie ein Niemand.« Jonathan antwortete: »Das ist unter den gegebenen Umständen besser, als jemand zu sein. Wie gerne würde ich wie Sie einschlafen und wieder aufwachen und wäre dann auf dem Weg nach Florida. Dann würde ich auch beschließen, alles zu vergessen, was ich hier im Irak erlebt, gesehen und gehört habe.« Und Fadhil meinte: »Sie werden sich an uns erinnern, wenn es Ihnen bessergeht.« – »An Sie alle«, sagte ich, lächelte gequält und hoffte, mich an niemanden zu erinnern. Fadhils besorgte Miene fiel mir auf, und es schien mir, dass mich mit ihm mindestens so viel verband wie mit Jonathan.

Bevor ich das Krankenhaus verließ, fragte mich der Arzt noch: »Glauben Sie an Gott?«

Ich wandte meinen Kopf ab und sagte unsicher: »Ich weiß nicht.«

»Ihr Muslime seid doch durch Instinkt und Vererbung gläubig«, meinte er.

»Was meinen Sie damit?«, fragte ich den Amerikaner.

»Danken Sie Gott, dass er Sie gerettet hat«, sagte er nur.

3

Meine Freundschaft mit Hassan reichte zurück in unsere Gymnasialzeit, also über dreißig Jahre, und sie hatte bis heute Bestand. So erzählte er es mir, und er gab mir eine ausführliche Zusammenfassung dessen, was wir erlebt hatten. Unser gemeinsamer Ehrgeiz waren Politik und Kultur, Hobbys und Spiel gewesen. Er hatte auch eine komplette Aufstellung unserer amourösen Abenteuer parat, die alle nicht triumphal endeten. Er lachte. Wir hatten noch jener Generation angehört, die an die Liebe als ein Allheilmittel glaubte. Wir verloren uns zwar aufgrund beruflicher Umstände oder weil einer von uns längere Zeit verreist war, immer wieder für eine Weile aus den Augen, aber unsere Freundschaft hielt. Dass er in dieser kritischen Zeit zu mir stand, war Beweis dafür. Und um genau zu sein, war in meiner aktuellen Lage nicht nur unsere Freundschaft bedeutsam für mich, sondern auch, dass Hassan Beziehungen zum syrischen Sicherheitsapparat hatte, was mir, wie es schien, viele Dinge erleichterte, nach denen ich ihn gar nicht fragte.

Die Kennenlernrunden mit Besuchern gingen weiter. Ganz zu Beginn, das war unvermeidlich, wurden mir meine Exfrau Nuha und meine Tochter Nada vorgestellt. Nuha war Ende vierzig, eine selbstsichere Frau, die zweifellos einmal schön gewesen war und sich ihre Attraktivität mit Hilfe von Make-up bewahrte. Sie trug ein Kopftuch und war recht elegant gekleidet, falls sie sich nicht extra für diesen Besuch schöngemacht hatte. Unentwegt fragte sie mich etwas, das ich nicht beantwortete. Meine Tochter Nada war knapp zwanzig und studierte im ersten Semester an der Universität. Ich starrte mit unbewegten Augen ins Leere und lauschte dem Lärm in meinem Kopf. Mein spannungsgeladenes Schweigen war für alle belastend. Nada begann sich nach meinem Befinden zu erkundigen und durchbrach damit ein wenig die Stille. Hassan antwortete ihr, dass ich auf dem Weg der Besserung sei. Dann führte er beide Frauen aus dem Zimmer und unterhielt sich mit ihnen eine ganze Weile auf dem Flur. Er erklärte ihnen, was mit mir los war, stimmte sie zuversichtlich im Hinblick auf meine baldige Entlassung und versicherte ihnen, dass ich nicht nur so getan hätte, als würde ich sie nicht kennen. Meine Frau sollte nicht denken, ich würde sie deshalb ignorieren, weil unsere Beziehung so unglücklich verlaufen war, dass wir uns vor zwei Jahren schließlich getrennt hatten. »Das einzige Mal, dass ihr eine vernünftige Entscheidung getroffen habt«, wie Hassan kommentierte.

Nachdem wir den größten Teil unseres gemeinsamen Lebens mit gegenseitigem Unverständnis und Misstrauen zugebracht hatten, war die Scheidung das unausweichliche Ende einer Ehe gewesen, die immer weiter abstarb, ohne dass Hoffnung auf Besserung bestanden hätte. Ich fragte Hassan nicht, wie diese Frau einmal meine Gemahlin geworden war und warum sie jetzt so um das Befinden ihres Exmannes besorgt war. Es musste noch irgendetwas anderes geben, was uns verband, als diese Tochter, die mich umarmte und mir die Hände küsste und mein Gesicht mit ihren Tränen nässte.

»Sie wäre besser nicht gekommen.«

»Manche Leute kannst du dir nicht aussuchen.«

Ich hatte nichts gegen diese Frau an sich. Ich lehnte meine gesamte Vergangenheit ab.

Die Besucherparade wurde von Hassan wie folgt geregelt: Bevor die jeweilige Person eintrat, erklärte er mir kurz, um wen es sich handelte und machte mich sozusagen mit ihr bekannt. Mit allen gab es Gespräche, zu denen ich nur wenig beitrug, und auch dann nur mit nichtssagenden Worten und begleitet von kalten und ernsten Blicken meinerseits.

Im Anschluss daran erklärte mir Hassan, wovon der Besucher gesprochen hatte und über welche verschlungenen Wege und Ereignisse aus der Vergangenheit ich mit ihm in Verbindung stand.

Die Parade verlief nicht sonderlich gut, obgleich ich dadurch entdeckte, wie verzweigt und vielfältig meine sozialen Beziehungen waren. Sie beschränkten sich nicht auf Verwandte und Nachbarn, es waren auch manche gebildete Männer und Frauen und nicht wenige Intellektuelle darunter. Als ich Hassan klagte, dass mich noch keine wirklich bedeutende Persönlichkeit besucht hätte, meinte er lachend, ich sei eben auch nicht besonders bedeutend. Aber bei meiner Geschichte war es unausweichlich, dass einer dieser wichtigen Männer auch noch vorbeischaute. Er blieb nicht lange. Er fragte nur in kurzen Worten, ob es mir schon bessergehe, und verließ dann wieder das Zimmer. Hassan folgte ihm. Als er zurückkam, fragte ich, wer das gewesen sei. Hassan sagte, ich würde mich sicher nicht mehr an ihn erinnern. Er habe mir dabei geholfen, nach Bagdad zu reisen.

Ich erfuhr von meinen Besuchern vieles über mich, doch hatte ich dabei immer das störende Gefühl, sie würden von einer Person reden, die mir nichts bedeutete. Aber die Vorstellung musste weitergehen, bis ich das Krankenhaus verlassen konnte und zu Hause die nächste folgte. Zuvor erwartete mich jedoch noch ein letzter Akt. Ich sah es den begeisterten Blicken Hassans an, dass er große Hoffnungen an diesen knüpfte, und wurde nun selbst neugierig. Er kündigte den Auftritt mit kurzen Worten an: »Gleich kommt Sana zu dir.« Und fügte noch eine Regieanweisung für mich hinzu: »Empfange sie freundlich, gib ihr nicht nur die Hand, sprich ausführlich mit ihr, und wenn du sie umarmst und küsst, wird es auch nicht schaden. Du hast eine innige

Beziehung zu ihr.« – »Eine Liebesbeziehung?« – »Du hättest sie fast geheiratet. Wäre dann nicht …« Sie war eingetreten.

Die Dame, die durch die Tür kam, ähnelte der jungen blonden Krankenschwester, die gerade ihren Morgendienst bei mir angetreten hatte. Sie hatte dieselben zarten Gesichtszüge, aber ihre Augen waren hell und weit, ihr Mund war kleiner und schöner als der der Krankenschwester, allerdings schien sie im Vergleich zu dieser etwas missmutig. Vielleicht hatte sie mitbekommen, wie die Schwester mit mir gescherzt hatte, oder diese hatte sie mehrdeutig angesehen. Meine Pflegerin war durch nichts zu erschüttern, weder durch komplizierte Geburten noch durch plötzliche Todesfälle. Meinen Fall sah sie als ganz normal an und fand es sogar verheißungsvoll, dass ein Mensch, dazu noch in meinem Alter, plötzlich wieder so werden konnte wie bei seiner Geburt und neu zu leben begann. Sie machte mir Mut und sagte, dies sei eine Chance, die ich ergreifen solle.

Nein, meine Besucherin war nicht missgestimmt, eher ängstlich, und etwas in ihrem Blick deutete auf Enttäuschung und Hilflosigkeit. Aber vor allem ihr Gesichtsausdruck, in dem sich Zuneigung und Besorgnis mischten und eine Sehnsucht, die ich nicht verstand, irritierte mich. Ich fürchtete mich ein wenig vor ihr, es kam mir so vor, als hätte ich einmal ihr gehört und sie sei einzig zu dem Zweck gekommen, mich zurückzuholen. Als sie neben mir saß, sah sie mich liebevoll an, was mir peinlich war, und ich war kurz davor, sie rauszuschicken. Ich beherrschte mich, ließ aber nicht das mindeste an Sympathie für sie erkennen. Ich hatte das sichere Gefühl, dass ich mich in Acht nehmen musste, denn wenn ich dem nachgäbe, was eine innige Beziehung zu sein schien, dann würde mich das in eine Katastrophe führen.

Also bemühte ich mich, sie möglichst kühl und abweisend anzusehen, und tatsächlich bremste dies ihre Hinwendung zu mir und ließ sie vor einer Umarmung zurückschrecken. Gerade als sie gedacht hatte, sie hätte mich wieder, ließ ich sie fühlen, dass sie mich verloren hatte. Eigentlich wollte ich sie nicht so schnell enttäuschen, aber die Freude, die für Momente in ihrem Gesicht aufgeblitzt hatte, gab mir das Gefühl, dass sie die Macht hätte, mich zu beherrschen. Meine Glieder wurden steif; diese verdammte Vertrautheit würde mich womöglich aus meiner blassen Welt herausreißen. Panik erfasste mich. Diese Frau wusste nicht, was sie mit ihren Erwartungen bei mir anrichtete. Wie konnte ich sie auf Distanz halten, ohne verachtenswert zu erscheinen? Aber schließlich hatte ich eine Entschuldigung: ich lag hier mit zahllosen Verbänden, meine Wunden waren tief, meine Geschwüre aufgedunsen, und ich hatte mein Gedächtnis verloren.

Ich gab ihr nicht die Hand und ermutigte sie nicht, mir näher zu kommen. Ich wünschte mir, dass sie das Zimmer so schnell wie möglich wieder verließe, ohne dass wir auch nur ein Wort wechselten. Als sie nicht von ihrem Platz weichen wollte, sagte ich ihr kühl, damit sie nicht weiter ihren Gedanken nachhing und nicht länger herumstand: »Ich kann nicht garantieren, dass ich dich wieder lieben werde.« Meine Frechheit erwiderte sie scharf mit den Worten: »Ich auch nicht.«

Ich erwartete, dass sie nun gehen würde. Aber sie zögerte. Man konnte an ihrem Gesicht ablesen, was in ihr vorging. Ihre Lippen zitterten vor Groll, und sie war kurz davor, ihren Zorn auf mich abzuladen, aber stattdessen brach sie in Tränen aus. Ich gab Hassan ein Zeichen, er möge sie hinausbringen. Eine so emotionale Situation zu ertragen, war ich nicht in der Lage, ich wollte nicht, dass sie mich tröstete, und fühlte mich auch nicht verpflichtet, sie zu trösten. Ihre Stimme ging in Schluchzen unter, dass es einen dauerte, aber ich ersparte ihr nichts und ließ nicht das geringste Mitleid erkennen.

Als ich aus dem Krankenhaus entlassen wurde, gab mir der Arzt noch den Rat mit auf den Weg, ich solle meinen Widerstand aufgeben und aufhören, mich selbst zu blockieren. Aber ich blieb bei meiner Entscheidung. Ich wollte nichts über mein Leben in Erfahrung bringen, und wenn sie noch so sehr versuchten, mir Informationen über mich selber zukommen zu lassen. Wie lange mein Starrsinn anhielt? Nicht lange. Obgleich ich schon geglaubt hatte, ich hätte es geschafft.

4

Mittags verließ ich das Krankenhaus, und Hassan fuhr mich nach Hause. Bevor er mich allein ließ, sagte er, gleich würde Sana mich besuchen kommen. Ich sagte, dass ich ihre Anwesenheit nicht für nötig hielte. Aber er stellte mir in Aussicht, sie werde jetzt öfter kommen und ich solle ihr mit keinem Wort weh tun, ich brauche jetzt jemanden, der sich um mich kümmerte, und niemand wisse besser über mich Bescheid als sie. Ich streifte durch die Räume meiner Wohnung und öffnete die Fenster, um Licht und Luft hereinzulassen. Auf den Möbeln lag eine feine Schicht Staub. Der Schrank im Schlafzimmer stand halb offen, die Schubladen waren aufgezogen, im Spiegel sah ich eine kurze dunkelblaue Krawatte am Kleiderhaken hängen, auf den rechten Bettrand waren ein Hemd und eine Hose geworfen, daneben lag eine Reisetasche mit ein paar Sachen darin. Sie musste jemandem gehören, der sie im letzten Moment hatte liegenlassen und eilig aufgebrochen war.

In der Küche fand ich Teller mit vertrockneten und angeschimmelten Essensresten in der Spüle. Im Wohnzimmer lagen auf einem kleinen Tisch Fernbedienungen, an der Wand gegenüber standen ein Fernseher, ein Receiver und ein Videoplayer. Auf einem weiteren Tisch lagen syrische und andere arabische Zeitungen mit Datum vom vorletzten Monat. Bescheidene kleine Dekorgegenstände waren in gläsernen Wandschränken aufgestellt, an der Wand hing ein Landschaftsbild in Öl mit silbernem Rahmen, die Regale der Bibliothek quollen über von Büchern, daneben befanden sich Miniaturen, kleine Zierteppiche und Tonvasen.

Ich hatte erwartet, mich selbst oder eine Spur zu mir zu finden. Ich war enttäuscht, einer Person zu begegnen, die nicht ich war, einem Mann, der Erinnerungsstücke und sonstige Dinge aufhob, während ich überhaupt nichts aufheben, sondern alles nur loswerden wollte. Ich ließ meinen Blick durch das Zimmer schweifen. Die Bücher, die diese Person gelesen oder durchgeblättert hatte, waren für mich nur bedrucktes Papier. Gegenüber füllte ein Sofa eine leere Ecke.

Der, der hier alles hatte stehenlassen und verschwunden war, war anwesender als ich selbst. Dieser Andere, Unsichtbare streunte herum, sein, nicht mein Atem strömte durch meine Brust und lärmte in meinem Kopf, ich stand ihm nicht nur gegenüber, ich stieß mit ihm zusammen. Er kam aus dem Nichts und nahm auf dem Sofa Platz. Ich stand neben ihm, vor ihm und womöglich hinter ihm, ich war einsam, ohne Vergangenheit und Erinnerungen, ich stand da als sein Gegenbild, ohne emotionalen Ballast und ohne Sehnsucht nach etwas. Er ließ mir keine andere Wahl, als mich fremd und überflüssig zu fühlen. Aber ich konnte nur dann darauf hoffen, weiter unbeteiligt zu bleiben, wenn es mir gelänge, die Leere in meinem Kopf zu verstärken, indem ich auch um mich herum Leere schuf.

Sana trat mit ein paar Sachen beladen ein. Der Andere drehte ihr den Rücken zu, sie sprach ihn nicht an. Sie machte ein Mittagessen warm, das sie fertig mitgebracht hatte. Sie aßen gemeinsam, wechselten ein paar Worte, aber keine Blicke. Ich bemerkte mehrfach, dass sie ihn betrachtete. Er hatte Angst vor ihr und wusste nicht, wie er sich verhalten sollte. Die beiden mussten eine Beziehung haben. Aber was für eine, fragte er sich, während sie begann, Sessel und Kommoden abzustauben. War es Liebe, Sex oder Freundschaft? Einerlei, er fürchtete sich davor und wünschte sich, es hätte nie stattgefunden. Am liebsten hätte er geglaubt, dass das, was gerade geschah, nur ein Irrtum war, so wie Irrtümer eben vorkommen.

Er legte sich aufs Sofa und schlief über eine Stunde lang, ohne etwas zu träumen – oder hatte sich da hinter jener kalten, weißen Fläche etwas abgespielt? Seine Träume waren wie ausgelöscht, die Leere in ihm griff um sich.

Bei Sonnenuntergang wischte die Frau den Balkonboden und stellte zwei Stühle und ein Tischchen nach draußen. Auf dem Balkon saß sie mit dem Anderen am liebsten, und ich musste auf seinem Stuhl Platz nehmen. Im Abendwind tranken beide schweigend Kaffee, und unter ihnen tauchte Damaskus langsam ins Dunkel. Bunte Lichter erfüllten die Straßen und verzweigten Gassen und verwandelten den Qasyun-Berg in ein leuchtendes Fest, während seine langen Ausläufer sich sanft in die Dunkelheit erstreckten. Ich freute mich, im Schoß einer Stadt zu leben, die von oben schön aussah und mir erste und letzte Zuflucht war. Plötzlich drängte es mich, jede Barriere zwischen mir und Damaskus zu beseitigen. Könnte ich doch nur, wenn auch nur insgeheim, wieder mit dieser Stadt in Verbindung treten! Aber so einfach war das nicht. Alles in mir war Widerwillen gegen Menschen und Städte. Meine Gedanken überraschten mich, waren das meine oder die des Anderen? Mir war, als würde ich in dessen Reich eindringen, aber so, als ob sich in mir eine andere Person erhob. Ich war nicht mehr einer, sondern zwei, der eine wollte etwas erfahren, der andere sträubte sich dagegen.

Bevor sie ging, bereitete die Frau in der Küche ein Abendessen zu und fragte ihn, ob er noch einen Wunsch habe. Er bedankte sich. Ich war wieder allein, allein mit dem Anderen, und nun begann das Leiden. Meine Wunden waren noch nicht verheilt, aber ich wollte schon einmal den Schorf abkratzen, um an die Erinnerung der Person zu kommen, die ich einmal war. Doch diese hüllte sich in Schweigen.

Auch die Tage darauf wären wohl in fast vollständigem Schweigen vergangen, wäre nicht meine Tochter Nada täglich auf ihrem Weg zur Universität bei mir vorbeigekommen und hätte mir Frühstück gemacht. Sie besuchte mich auch dann noch, als sie erfuhr, dass Sana ebenfalls zu mir kam. Sie stellte mich deswegen nicht zur Rede und machte keine Andeutungen; es schien, dass der Andere sie vorher schon ins Bild gesetzt hatte. Sie ließ mich sogar erst dann allein, wenn sie sicher war, dass noch jemand käme, und so teilten sich die beiden Frauen die Aufgabe, sich um mich zu kümmern. Auch Hassan gehörte zu meinen wenigen Besuchern; er kam täglich zu unterschiedlichen Zeiten und traf mittags manchmal Sana bei mir an. Wenn er abends kam, gab uns das die Möglichkeit zu längeren Gesprächen, allerdings ohne dass dies zu nennenswerten Fortschritten geführt hätte. Ich hatte nichts zu sagen und überließ den größten Teil der Unterhaltungen ihm.

Hassan verschaffte mir mehr Ruhe und Entspannung, als ich nötig gehabt hätte, weil er hoffte, die Langeweile könnte mich dazu bringen, meine Zurückgezogenheit zu beenden, und ich würde so schneller geheilt. Seine Freunde im Geheimdienst hatte er davon überzeugt, dass es sinnlos wäre, mich zu dem zu vernehmen, was mir im Irak widerfahren war, solange ich mein Gedächtnis nicht wiedererlangt hätte. Er hatte persönlich die Verantwortung für mich übernommen. Schließlich war der Andere, der ich einmal war, sein engster und bester Freund gewesen, was auch umgekehrt galt, und es war nur natürlich, dass er seinem Freund in dieser offensichtlich schweren Prüfung zur Seite stand, um mit ihm sein früheres Leben durchzugehen. Hassan erleichterte ihm vieles und gab sich zuversichtlich, dass einige Erinnerungen von selbst wiederkommen würden. Erinnerungen aus der Kindheit und der Jugend sowie an glückliche Ereignisse seien noch das Einfachste, meinte er. Einer größeren Anstrengung bedürften dann schon die kürzer zurückliegenden und insbesondere die schmerzlichen, die aber gleichwohl ans Licht müssten, wenn er Klarheit über das Geschehene erlangen und sich dem stellen wolle, was danach auf ihn zukäme. Hassan half seinem Freund vor allem in Bezug auf die Zeit, die er selbst mit ihm erlebt hatte. Die beiden hatten eine lange gemeinsame Geschichte, und Hassans Anteil daran war bedeutend gewesen.

5

Um diese Geschichte nachzuerzählen, muss man an der Djaudat-al-Haschimi-Schule in Damaskus in der ersten Gymnasialklasse 1971 beginnen. Eine Woche nach Schulbeginn versetzte unser Lehrer mich als vermeintlichen Unruhestifter neben den eher ruhigen und schweigsamen Hassan. Innerhalb weniger Tage waren wir Freunde. Hassans Gelassenheit strahlte auf mich aus, während er von mir die Spontaneität übernahm. Wer von uns beiden hatte dadurch wohl mehr gewonnen? Wir wurden zu festen Verbündeten und traten bei Streits und Diskussionen mit anderen immer solidarisch auf. Wir gerieten in kleine Abenteuer, die unseren Erfahrungsschatz bereicherten und uns in die Welt der Verliebtheit und der Enttäuschungen führten. Gelegenheit dazu boten uns die Mädchen der nahe gelegenen Franziskanerschule, mit denen wir anbändelten, die wir bezaubernd fanden, mit denen es in den Gassen in Richtung Salihiye-Straße und Märtyrerplatz zu immer neuen Schwärmereien kam und die wir am Sonntagmorgen in die Matineen des Zahra- oder des Ambassador-Kinos einluden. Wir betrachteten es aber auch schon als Sieg, wenn wir ein heimliches Lächeln oder ein verstohlenes Winken errangen oder es uns gelang, mit der Verehrten geheime Botschaften auszutauschen. Wir standen unter ihren Wohnungen am Nadjme-Platz, in den Straßen von Abu Rummane und im Arnus- und Shahbandar-Viertel herum und hofften, sie zu erblicken. Erst in den Sommerferien, wenn die Mädchen nicht mehr auf ihren Balkonen zu sehen waren, wurden unsere Romanzen weniger stürmisch, und sie endeten meist mit dem Herbst, wenn sie die Schule verlassen hatten und wir sie nicht mehr nach Hause tänzeln sahen. Oft erblickten wir dann eine von ihnen zufällig ein paar Monate später an einem regnerischen Wintertag, und wenn es gut für sie gelaufen war, dann hinkte sie am Arm ihres Angetrauten durch die Al-Hamra-Straße und hatte einen dicken Bauch.

In der dritten Gymnasialklasse entdeckte der ruhige Schüler Hassan die Politik, den Untergrund ebenso wie den öffentlichen Protest. Laut wurde für Krieg demonstriert, um die besetzten Golanhöhen zu befreien. Der Krieg kam, aber der kurz darauf folgende Waffenstillstand enttäuschte die Hoffnungen, und die durch Pendeldiplomatie vermittelten Verhandlungen reduzierten die optimistischen Erwartungen auf ein Minimum. Die Befreiung war auf unbestimmte Zeit verschoben. Die Kritik an diesem Frieden, der wie eine Befriedung erschien, weckte Hassans Interesse an verbotenen Zeitungen, Broschüren und Flugblättern. Auch hier deckte sich unser Interesse, und wir lasen gemeinsam die damals im Umlauf befindlichen roten Bücher, darunter »Zehn Tage, die die Welt erschütterten«. Der Sieg der Oktoberrevolution beflügelte unsere Phantasie und befeuerte unsere Emotionen. Die Schriften, die wir lasen, kündeten vom Ende des Kapitalismus, der unweigerlichen Abschaffung des Privateigentums und von der Errichtung einer kommunistischen Gesellschaft ohne Ausbeutung und Klassen.

Wir Schüler glaubten, wir seien die revolutionäre Avantgarde, der es aufgegeben war, die Veränderung herbeizuführen. Unsere Revolution schien vor der Tür zu stehen, und sie bedurfte, so dachten wir, lediglich eines ersten Schrittes. Wir stellten uns vor, bis zur letzten Kugel und zum letzten Atemzug hinter Barrikaden zu kämpfen. Jene weltweiten Vorkämpfer, die Streiks, Aufstände und Kommunen organisierten, waren unsere geistigen Rebellenführer. Gleichwohl erwarteten wir nicht viel, nachdem wir gesehen hatten, wie unser bewaffneter Prophet als Wehrloser und Ausgestoßener in Mexiko ermordet und wie der erste sozialistische Staat der Welt verraten wurde.

Unsere Freundschaft dauerte an der Universität an, obwohl wir unterschiedliche Fächer studierten, Hassan Politik und Wirtschaft, ich Jura. Wir scherten uns ohnehin nicht darum, was uns beigebracht wurde, denn was waren denn Politik, Wirtschaft und Jura anderes als bürgerliche Wissenschaften? Wir beeinflussten uns gegenseitig, und obwohl wir revolutionär gesinnt waren, traten wir der Kommunistischen Partei nicht bei, weil sie uns nicht radikal genug war. Etwas Geringeres als die permanente Revolution kam für uns nicht in Frage, und so tingelten wir von einer politischen Organisation zur nächsten.

Nach Jahren der erfolglosen Suche nach einer Partei oder Struktur, der wir uns hätten anschließen können, schufen wir unsere eigene politische Gruppe, die nur aus ein paar Personen bestand, welche im Kreise von Freunden und Rivalen in angemieteten Zimmern in Vorstädten und im Umland von Damaskus, in ärmlichen Wohnvierteln und Stadtrandslums unterwegs waren, sich um Tische versammelten, Kette rauchten, enorme Mengen an Kaffee tranken und nächtelang debattierten. Manchmal wiederholten wir in warmen Cafés oder kalten Kellern dasselbe mit Parteiintellektuellen. Wir liebten es, zu theoretisieren. Ich machte Revolutionsplanungen und schrieb auf, wie man die Macht übernähme, indem man zuerst einen Generalstreik organisierte, dann Waffen an die Bevölkerung verteilte, nach dem Umsturz die Armee auflöste, den Militärapparat zerschlug, die Polizei unter Kontrolle brachte, die Gefängnisse niederriss, die Gefangenen freiließ und die Bürokratie auflöste. Und schon wäre es mit der totalitären Herrschaft vorbei.

Hassan verfasste währenddessen seine Vision von einem sauberen Klassenkampf ohne Gewalt, Massaker und Opfer. Ihm zufolge bedeutete Klassenkampf, dass man andere mit Argumenten überzeugte, diese sich dann freiwillig dem Lauf der Geschichte beugten und alle sich instinktiv gegen Unterdrückung, Ausbeutung und alles Schlechte verbrüderten. Gekrönt würde all dies mit einer historischen Aussöhnung und einer Umwälzung, die ewig Bestand hätte. Seine Abhandlung war nicht eben wissenschaftlicher Fortschrittssozialismus, sondern eher poetisch-ideelle Inspiration mit romantisch-anarchistischem Inhalt, auch wenn sie formal objektiv gehalten war. Ich hatte einiges daran zu kritisieren und hätte gleichwohl darüber hinwegsehen können, da es sich ja nur um Schwärmereien handelte, aber ich sah darin einen gravierenden Missgriff, und unser Meinungsstreit nahm ungewohnt scharfe Formen an. Über unserem Wortgefecht verliefen wir uns in den Gassen der Damaszener Altstadt. Wir wollten ins Naufara-Café und landeten stattdessen beim Salam-Tor, fast schon in al-Amara. Ich wollte die Diskussion beenden, indem ich fragte: »Wann haben denn Revolutionen je durch Argumente gesiegt?«

»Ich will eine weiße Revolution ohne Blutvergießen«, beharrte Hassan.

»Eine Veränderung, die Gnade walten lässt, kann keine Früchte tragen«, beschied ich.

Wer hätte damals geglaubt, dass nach uns junge Gläubige kommen würden, die ihre Bildung in Moscheen und religiösen Zirkeln bezogen hätten, die mutiger sein würden als wir, aber in deren Herzen nicht ein Funke Gnade Platz hätte? Die keinerlei Mitleid mit einem Menschen zeigen würden, wenn er sie auch noch so sehr um Erbarmen bat?

Mir ist, als irrte ich noch immer dort herum, als würde Hassan noch immer neben mir her auf den längst nicht mehr benutzten Straßenbahnschienen in Richtung der lärmigen Al-Manakhiliye-Gasse laufen. Der Klassenkampf, dachten wir, war der Motor, der die mächtigen Massen in eine großartige Zukunft führen konnte. Wir wussten nur nicht, dass die Zukunft in eine ganz andere Richtung steuerte. Wir waren Zuspätkommer und würden unser Ziel nie erreichen.

Nach Abschluss unseres Studiums und Ableistung unseres Wehrdienstes, der keiner war, denn weder verteidigten wir unser Land noch eroberten wir besetztes Land zurück, mussten wir, wenn wir denn kämpfen wollten, uns einer der palästinensischen Guerilla-Organisation anschließen, die im Libanon gerade mit dem Rücken zur Wand standen. Dazu entschlossen wir uns aber erst, als sie fast schon aus Beirut vertrieben waren und die palästinensische Frage fortan nur noch in Form von Büros, Verhandlungen, Zugeständnissen und Hinhaltung bestand.

Also begannen wir ein Dasein als Arbeitslose, das nicht aufregend war, uns aber immerhin Gelegenheit bot, uns erneut in Liebesabenteuer zu stürzen. Diese bestanden aus weiteren Debatten, die wir diesmal mit Genossinnen führten, deren Kampf allerdings hoffnungslos war, wenn sie nicht irgendwann heirateten. Sex war damit kein vergnüglicher Zeitvertreib mehr, sondern wurde zu einer kostspieligen Angelegenheit. Die Politkämpfer standen der Bindung auf ewig zwar ablehnend gegenüber, aber die Liebe erleichterte ihnen die Entscheidung, und so endete ein Genosse nach dem anderen im Käfig der Ehe und verabschiedete sich zugleich von grundlegenden Überzeugungen. Die erregten Diskussionen, die wir weiterhin führten, erinnerten uns nun zunehmend daran, dass niemand mehr da war, der an das glaubte, worüber wir uns die Köpfe heißredeten. Wir nahmen unsere Debatten dennoch als tröstlichen Beweis dafür, dass es für die Welt, die wir wollten, noch Hoffnung gab. Dabei bestand sie tatsächlich nur mehr in unserer Phantasie, während die Welt, gegen die wir uns verbal auflehnten, immer mächtiger wurde.

Aber was nun passierte, übertraf all unsere Befürchtungen. Radikale Umwälzungen und schmerzlicher Verrat zerstörten das, was wir für Symbole des wahren Sozialismus gehalten hatten. Es blieb nicht einmal mehr Zeit, sie zu verteidigen, und wir konnten lediglich noch für das einstehen, was von unserem Idealismus übrig geblieben war: Gerechtigkeit und Befreiung des Menschen, und selbst dies verkam darin, dass man sich an verbliebene totalitäre Regime klammerte, die nach und nach schamlos vor ihren imperialistischen Feinden kapitulierten. Es folgten Erschütterungen, von deren Auswirkungen wir uns nie mehr erholen würden. Die Berliner Mauer fiel, die sozialistischen Staaten Europas sagten sich einer nach dem anderen vom großen Bruder Russland los, die Sowjetunion brach auseinander ... Die Konterrevolution hatte auf ganzer Linie gesiegt, und wir würden fortan nicht einmal mehr zu träumen wagen.

Tatsächlich aber waren Hassan und ich beide keine Männer historischer Taten gewesen. Wir hatten lediglich eine jugendliche Lust auf Veränderung um jeden Preis verspürt, und was wir uns auf die Fahnen schrieben, war in etwa das, was damals an Ideen in Umlauf war. Aber unsere revolutionäre Gesinnung reichte nicht tief. Wir kämpften nicht und begehrten nicht auf. Wir waren einfach nur dagegen.

Wie viele frucht- und endlose Debatten hatten wir nicht mit Genossen geführt, die in voneinander abgespaltenen Gruppen organisiert waren! Oft drehten sich die Diskussionen wochen- und monatelang um Dinge, die bereits seit Jahrzehnten entschieden waren, und wir entdeckten, dass es der Revolution trotz ihrer vermeintlichen Unabwendbarkeit sowohl an pragmatischen und kühnen Theoretikern wie an blinden und wütenden Volksmassen mangelte. Dazu kam, dass ihr vorübergehend Geschicke entgegenstanden, die nicht vorgesehen waren; historische Zufälle, die wir Genossen nicht weiter ernst nahmen. Wie überhaupt der Begriff der Zufälle unserem Unwissen eine nebulöse, gleichwohl aber vertrauenswürdige Erklärung für jedes Problem bot. Schließlich blieb von all unseren gescheiterten Ideen nur noch eine ungefährliche Begeisterung für Kultur übrig, die zwar auch noch voller militanter Parolen war, aber fade und träge nur noch von einer Veränderung sprach, die, mit Gewalt oder schrittweise, irgendwann käme.

Eines Nachts gingen wir nach Hause, nachdem wir mit Freunden einen deprimierenden Abend verbracht hatten und kein einziges Mal auf den Sieg angestoßen hatten, wenngleich wir von der Verteidigung des Sozialismus noch heiser und ganz sicher waren, dass ihm schon bald ein Neuanfang verheißen sein würde. Hassan blieb torkelnd mitten auf der Straße stehen und sagte: »Weißt du, was wir sind? Wir sind nichts als Kleinbürger, denen ein gutmütiges Proletariat besser nicht trauen sollte. Sobald wir gesiegt haben, werden wir nicht zögern, den Arbeitern ihre Errungenschaften wieder zu stehlen. Aber so weit wird es ohnehin nicht kommen. Wir sollten uns eingestehen, dass wir uns einer Revolution angeschlossen haben, deren Zug längst abgefahren ist.«

Es war eine ziemlich getreue Beschreibung dessen, wie es um uns stand.

Danach war bitterer Sarkasmus gegen jene, die sich von ihrer Vergangenheit distanzierten und von ihren bisherigen Überzeugungen abfielen, unsere Reaktion auf eine Niederlage, die wir nicht verschuldet hatten, und wir trugen dabei dick auf. Wir betrieben diesen Spott als eine Art Spiel, dem schmerzlicher Ernst innewohnte, ohne selbst unsere Ideen zu verleugnen. Grenzenlos wurde unsere Enttäuschung erst, als die Realität surreal wurde und wir uns in eine gänzlich unbekannte Situation geworfen sahen. Die Lenin'sche Frage: Was tun? wurde plötzlich von Turban tragenden Scheichs beantwortet. Was für eine Überraschung! Da hatten wir doch unversehens die Rollen getauscht; wir Progressiven galten nun als Protagonisten eines Zeitalters des Unwissens, während die neuen Akteure im Triumph aus ihrem prophetischen Exil zurückkehrten, nur um sogleich den Kampf aufzunehmen und die Götzenbilder des Materialismus und des Atheismus zu zerstören und zu verkünden, dass der Islam die Lösung und der Koran eine Verfassung sei.

Ganz ohne Schaden konnten wir unser Kapitel auch persönlich nicht abschließen. Wir wurden von den Verhaftungswellen erfasst, die auf die Mitglieder linksradikaler Zellen zielten, und für Hassan und mich fiel dabei ein knappes Jahr Gefängnis ab. Nachdem Ermittlungen ergeben hatten, dass wir keiner Organisation angehörten, die den Staat angreifen wollte, und wir uns keiner Sabotage gegen das Regime schuldig gemacht hatten, ließ man uns wieder frei. Wir waren nur aufsässige Jungs gewesen, die Ideen liebten, keine Taten. So zahlten wir verspätet den Preis für einen Kampf, nachdem nichts mehr da war, wofür wir hätten kämpfen können, und dieser Preis war im Vergleich zu dem, was andere durchmachten, nicht hoch, aber doch wenigstens ein Anlass, die Dinge neu zu überdenken.

Auch nach unserer Entlassung blieben wir dem Café treu, in dem wir früher so engagiert debattiert hatten, aber jetzt führten wir defätistische und revisionistische Diskussionen. Hassan sagte sich vom Marxismus los und prophezeite spontan: »Revolution und Befreiung haben in unserer Region keine Zukunft.« Und er verallgemeinerte diese Prophezeiung historisch und geografisch, indem er hinzufügte: »Die Menschen haben sich, seit sie auf der Erde leben, immer gegenseitig versklavt. Ausbeutung ist etwas Unabänderliches, sie ist ein tauber Mechanismus, der das Leben weitergehen lässt.« Was mich betraf, so tröstete ich mich lange mit einer sinnlosen Unentschiedenheit.

Das Arbeitsleben entfernte uns etwas voneinander: Hassan begann für Zeitungen über internationale und regionale Konflikte infolge des Sieges des Kapitalismus und der beginnenden Globalisierung zu schreiben. Seinen Artikeln war noch ein Gefühl von verlorengegangener Gerechtigkeit in einer Welt anzumerken, die in eine unbekannte Zukunft steuerte, gleich wie viel man von Freiheit, Demokratie und Wohlstand sprach und gleich wie sehr man die Globalisierung pries, in der wir unseren Platz erst finden mussten.

Seine journalistischen Leistungen blieben in einflussreichen Kreisen nicht unbemerkt, man bat ihn um seine Dienste, und er nahm einen Posten im Zentrum für Strategische Studien an, wo er sein Wissen und die Früchte seines Studiums neben vielen anderen Stellen auch dem Geheimdienst zukommen ließ. Als ich Hassan fragte, ob er es nicht für gefährlich erachte, mit diesem zu tun zu haben, meinte er, es sei ja nur beruflich.

Auch ich beschloss zu jener Zeit, zu schreiben und mich mit Tagespolitik zu befassen, und wurde somit das, was man einen politischen Beobachter nennt. Mein besonderes Interesse galt den Islamisten, die unseren politischen Platz eingenommen hatten, und ich spekulierte darüber, was diese ausrichten konnten. Auch Fragen wie die, ob man den Gläubigen nicht tatsächlich einmal eine Chance geben sollte, sparte ich nicht aus. Damit stieß ich in einen neuen Bereich vor, doch es lag keinerlei Ironie darin, dass ich mich auf Dinge spezialisierte, die mir zuvor völlig ferngelegen hatten. Zu meinen Abhandlungen über den politischen Islam ermunterte mich nicht zuletzt der Spätmarxismus, der religiösen Fragestellungen gegenüber aufgeschlossen war, und die Tatsache, dass dieser neue Islam kämpferisches Handeln für sich beanspruchte, statt Rückzug und selbstzufriedene Kapitulation zu propagieren. Religion war nicht mehr nur Trost und folgenloser Protest gegen Unrecht und auch nicht mehr nur Glaube an ein besseres Leben im Jenseits. Sie stand jetzt für den Glauben, dass man das Banner des Dschihad bis zum Sieg hochhalten müsse und dass Sieg und Märtyrertod eins seien.

Ich verfasste eine umfangreiche Studie, die zu einem Kompendium der Geschichte islamistischer Gruppen geriet, und beschrieb, wie diese entstanden waren, für welche Ideen sie eintraten, was sie taten und wie sie sich organisierten. Ich war nicht besonders zufrieden mit dem Ergebnis, denn meine Arbeit interessierte nur solche, die es entweder auf eine Vernichtung dieser Vereinigungen abgesehen hatten oder die sie schmähen oder sie ausnutzen wollten. Außerdem war nicht auszuschließen, dass sich Dschihad-Sympathisanten und Leute, die von einer Herrschaft Gottes und des Koran träumten, meiner Studie bedienten, auch wenn sie so von einem ungläubigen Wissenschaftler Rechtleitung erhielten.

Hassan konnte nicht verstehen, was ich an diesen Menschen so interessant fand. Ich sagte, es läge vielleicht daran, dass sie im Grunde, wenn auch leicht modifiziert, unser früheres Vokabular benutzten. Der Imperialismus hieß bei ihnen der Große Satan, reaktionäre Komplizenregime nannten sie gottlose Apostatenherrschaft, ihre revolutionäre Partei hieß Junge Korangeneration, bewaffneter Kampf Dschihad und revolutionäre Gewalt Märtyrertum. Unser alter Kampfgeist schien wiedererstanden zu sein, doch an unserer Stelle saßen jetzt bärtige Männer mit Langhemden, und ihr Ziel war wenn nicht die Islamisierung der Welt, dann ihre grundlegende Umgestaltung oder, wenn auch das nicht ging, sie komplett in die Luft zu jagen und neu aufzubauen. Ich fand es interessant und verstörend zugleich, dass es Leute gab, die für große Ideen ihr Leben opferten: Außenseiter aller Klassen, Wohlhabende und Intelligente, Schulabgänger und Analphabeten, Arme und Besitzlose, Männer und Frauen, heranwachsende Jungen und Mädchen von bescheidener oder ohne Bildung, die außer ihrem Körper keine Waffen besaßen, keine Hochtechnologie, keine Megabomben, keine Flugzeuge und keine Kriegsschiffe. Ihre Waffe war die Selbstopferung und, noch wichtiger, ihre universelle Vision, alle Menschen zum Glauben zu bekehren.

Hassan ließ sich davon nicht beeindrucken. »Wie wird die Welt denn aussehen«, wandte er ein, »wenn sie von Gottesanhängern beherrscht wird? Doch wohl wieder wie zur finsteren Zeit der Inquisition!«

Was mich tatsächlich in Gegensatz zu ihnen brachte, nachdem ich bis dahin nur als forschender Beobachter Zeuge geworden war, wie sich Religion in ein Instrument der Agitation, der Verweigerung, der Veränderung und der Revolution gewandelt hatte, war der Anschlag der al-Qaida gegen das World Trade Center in New York. Ein Angriff, der auf unschuldige Zivilisten zielte oder doch zumindest ihren Tod in Kauf nahm. Die sofortige amerikanische Reaktion mit der Bombardierung Afghanistans und der darauffolgenden Ausweitung des Krieges in den Irak gab uns zudem einen Vorgeschmack darauf, welche Hölle der arabischen und islamischen Welt bevorstünde und wie sich die Welt in ein offenes Schlachtfeld für Selbstmordattentäter verwandeln konnte.

Später sah ich Hassan einige Monate lang nicht mehr, weil ich im Rahmen meiner Arbeit in mehreren arabischen Ländern zum Anwachsen des religiösen Fundamentalismus recherchieren musste. Einmal verabredeten wir uns in Damaskus im Café Havanna, wo er mir berichtete, wie frustriert er über die Lage in unserem Land sei. Er glaube nicht einmal mehr an die angekündigten administrativen Reformen, klagte er. Ich tröstete ihn, indem ich sagte, dass seine Zeitungsartikel noch viel Optimismus ausstrahlten, und ich log dabei nicht. Doch er meinte, er versuche nur, sich in seinen Artikeln seine momentane Enttäuschung nicht anmerken zu lassen. Er las seinerseits auch meine Recherchen, wie jenen Essay, den ich kurz zuvor in der Zeitschrift »Arabische Zukunft« unter dem Titel »Wohin steuert der politische Islam?« veröffentlicht hatte. »Ist der Islamismus eine Gefahr, vor der du warnen willst?«, wollte er wissen, und ich antwortete: »Möglicherweise ist er eine Katastrophe, die nicht mehr abzuwenden ist.«

Was Hassan und der Andere, der ich einmal gewesen war, sich in Erinnerung riefen, war ein einigermaßen redliches Resümee dessen, was sie beide einst umgetrieben hatte und was sie gemeinsam erlebt hatten. Und welche Ironie, jeder von ihnen hatte ein Intellektueller sein wollen, der seiner Gesellschaft dient – jener Gesellschaft, die sich später gegen ihn wenden sollte.

6

Gab es noch viel, was ich über den Anderen nicht wusste? Eigentlich nicht, nur ein kleiner schwarzer Fleck blieb, der die letzten paar Monate verdeckte, und genau die waren es, die mir Angst machten. Ich schloss nicht aus, dass das, wessen der Andere sich nach und nach wieder entsann, eine Wucht entfalten könnte, die meinem gewohnten dumpfen Dasein den Boden entziehen, ja meine Existenz bedrohen würde. Ich versuchte Hassan zu erklären, wobei ich für den Anderen sprach, dass das, was in mir vorging, ein Akt eigenmächtiger Selektion sei, und fragte ihn, ob dies denn, wenn auch unbewusst, nicht gewissermaßen weitsichtig sei und von einem gesunden Selbsterhaltungstrieb zeuge.

War dies meinerseits Übertreibung oder Prophezeiung gewesen?

Ich wusste, dass mich ein Sturm erwartete, und wenn er losbräche, dann käme er vielleicht zur Unzeit, wenn mir Abwehr- und Widerstandskräfte fehlen würden. Ich konnte mir vorstellen, was mir bevorstand: Ein Trauma, das, wenn es nicht tödlich wäre, mir doch enorme Pein verursachen und unerträgliche Konsequenzen haben würde, eine nebulöse, grausame Mischung aus Enttäuschung, Hoffnungslosigkeit und Verlassensein. Wenn ich mich nur flüchtig, gezielt oder versehentlich, diesem dunklen Fleck zuwandte, stürzte ich im Nu in ein Fegefeuer aus Phantasiebildern: nackte Leiber, die sich halbtot aus einem schwarzen Sumpf erhoben, so weit der Blick reichte, Menschen, die ihr Gesicht oder ihre Scham bedeckten, während auf dem Grund Überreste von verwundeten Männern und Frauen, Leichname mit weit aufgerissenen flehenden Mündern lagen ... Szenen wie am Tag des Jüngsten Gerichts!

»Es ist wie ein mittelalterliches Gemälde von Hölle und Strafe«, erläuterte ich Hassan meine Visionen. »Liegt dem nicht etwas Religiöses zugrunde? Vielleicht will ich mich innerlich auf den Tag des Gerichts vorbereiten.« Er sagte: »Dein Gedächtnis wiederzuerlangen ist zum mindesten eine Prüfung. Diese Phantasiebilder haben mit dem zu tun, was du im Irak durchlebt hast. Dort verging vermutlich kein Tag ohne Abrechnung, Strafe und Mord.«

Eine andere Deutung hatte ich nicht erwartet.

Meine Gedanken irrten in der Vorahnung eines Übels umher, das ich nur erahnen konnte, und die Leere, die mich umgab, erdrückte mich beinahe. Extreme Erschöpfung hinderte mich daran, mich zu konzentrieren, und am meisten schmerzte mich ein Gefühl beständiger Grenzüberschreitung, das daher rührte, dass alle um mich herum mehr über mich wussten als ich selbst. Aber lag es nicht auch daran, dass ich mich an meine Ohnmacht klammerte? Hassan hatte ich gleichwohl einige Fortschritte zu verdanken, denn er flößte mir etwas Selbstvertrauen ein und ließ es mir möglich erscheinen, ich könnte genesen und stark sein, statt nur wie ein Patient in einem Erholungsheim vor mich hin zu dämmern. Tatsächlich regte sich in meinem Innern Widerstand gegen eine Unwissenheit, mit der ich mich arrangiert und die ich dem Anderen angelastet hatte.

Mich überkam der Gedanke, dass das, was ich voraus-ahnte, tatsächlich mich betreffen könnte, nicht den Anderen. Wenn ich so weitermachte, gäbe es mich bald überhaupt nicht mehr. Ich wollte mir nicht länger ein Dasein erschaffen, ich wollte wieder ich sein und zurückkommen in meine echte Welt, egal wie diese beschaffen war – gut, verrückt oder böse. Diese Rückkehr war unausweichlich, und meine Ängste boten mir dafür sogar einen Ansatz. Sie waren wie das Ende eines Fadens, das ich ergreifen musste.

Die flüchtige Szene, die mir plötzlich vor Augen stand, war für mich wie ein Einstieg in das, wovor ich immer geflohen war. Hassan hatte mir diesen Einstieg vorbereitet, und ich wehrte mich nicht dagegen, seinem Bericht zu folgen. Er handelte davon, wie er mich einmal am Flughafen von Damaskus abgeholt hatte.

7

»Während du verreist warst, war etwas geschehen«, begann Hassan. »Ich wollte dich abholen, um es dir schonend beizubringen. Ich tat so, als sei ich gekommen, um dich nach Hause zu bringen, aber eigentlich hätte dich Samer abholen sollen.«

Die Halle war voll mit Männern und Frauen, die Abreisende zu ihren Flügen brachten oder Ankommende abholten, es herrschte Lärm und Durcheinander, Kinder reckten ihre Köpfe empor. Leises Weinen, Freudentränen, Reiseaufrufe, mit Koffern aller Größen beladene Gepäckwagen, winkende Hände. Ich sah mich mehrmals um und suchte ... Ja, wen suchte ich?

Samer hatte mir am Telefon einige Tage zuvor versichert, er würde mich abholen. Er war mit Freunden auf einer Erholungs-

reise am Meer in Latakia gewesen und hatte gesagt, er würde wieder in Damaskus sein, bevor ich aus Dubai zurückkäme, und er könne mich daher am Flughafen in Empfang nehmen.

Durch die Wartehalle ging ich in Richtung Ausgang. Ich stieß jemanden mit meiner Schulter, oder hatte er mich gestoßen?, ich sah ihn an und entschuldigte mich, und auch er bat um Verzeihung. Draußen stand ich gedankenverloren auf dem Gehweg und hielt Ausschau nach einem Taxi. Die Damaszener Luft war klar und gleichgültig. Plötzlich erschien unter den auf dem Gehweg Wartenden Hassan. Ich war überrascht, denn ich hatte ihn weder erwartet noch gesucht. Er nahm mich mit einer Umarmung in Empfang, fasste mich an der Hand und zog mich zur Seite. Ich konnte immer noch nichts mit seinem plötzlichen Auftauchen anfangen und fragte ihn nach Samer, bekam jedoch keine Antwort. Hassan redete in einem fort, und ich wusste nicht einmal, wohin er mich bringen wollte.

»Samer war eine Woche vor deiner Ankunft verschwunden. Als ich beschloss, dich am Flughafen abzuholen, nahm ich mir vor, dich während der Fahrt in die Stadt über meine Vermutungen zu unterrichten und dich auf das Unerfreuliche vorzubereiten, das du kurze Zeit später erfahren würdest.«

Hassan bat den Taxifahrer, mein Gepäck schon einmal zum Auto zu bringen. Ich fragte ihn erneut nach Samer. »Wir sprechen gleich darüber«, sagte Hassan. »Lieber jetzt«, beharrte ich und weigerte mich, ins Taxi zu steigen.

»Da du nicht lockerließt, eröffnete ich dir, dass Nuha mich einige Tage zuvor angerufen und mir mitgeteilt hatte, dass sie Samer nicht erreichen könne. Sie hätte sich nichts weiter dabei gedacht, wenn nicht Männer vom Geheimdienst in ihre Wohnung eingedrungen wären und nach ihm gefragt hätten. Sie bat mich, in Erfahrung zu bringen, was sie von ihm wollten. Ich rief in der Dienststelle an und erfuhr, dass eine große Sache gegen Samer laufe und dass er verschwunden sei.«

Viele Gedanken schossen mir durch den Kopf. Ich argwöhnte, er könnte festgenommen oder ins Gefängnis gesteckt worden sein, und schloss auch Schlimmeres nicht aus. Mir war, als könnte ich jeden Moment zusammenbrechen. Wie lange ich in Damaskus bleiben würde, bevor ich wieder nach Dubai flöge, war nun davon abhängig, was es mit Samers Verschwinden auf sich hatte oder unter welchen Umständen er wieder auftauchen würde.

»Der Geheimdienstoffizier war ein Arbeitskollege von mir. Ich bat ihn, man möge dich am Flughafen nicht festhalten, und versprach ihm, dich persönlich in die Dienststelle zu begleiten. Das wäre weniger hart für dich, und ich könnte dich auf das vorbereiten, was dir dort eröffnet würde. Die Vorladung konnte ich dir nicht ersparen, aber ich war mir sicher, dass es dir helfen würde, wenn ich an deiner Seite wäre.«

»Werde ich gesucht?«, fragte ich Hassan.

»Nein, es liegt nichts gegen dich vor.«

Ich begriff, dass Hassan seine Bekanntschaft zu einigen Geheimdienstleuten dazu nutzen wollte, mich zu begleiten, um auszuschließen, dass man mir in der Dienststelle zu nahe trat.

»Ich versicherte dir, dass die Unterredung nicht lange dauern würde. Dass es nur um die Beantwortung einiger weniger Fragen ginge. Dass dies ohne Folgen bleiben und dich nicht daran hindern würde, jederzeit wieder zu deiner Arbeitsstelle in Dubai zu reisen.«

Zwei Tage zuvor hatte ich in Dubai alles erledigt, was für den Antritt meiner neuen Stelle nötig war. Ich war als Berater für Politmagazine bei einem Fernsehsender angestellt worden. Wer diesen Sender finanzierte, interessierte mich nicht. Man forschte nicht mehr nach, mit wem man es zu tun hatte. Mir war, aufgrund der Personen, die mich für diesen

Job vorgeschlagen hatten, nicht entgangen, dass suspekte Geldgeber nach heutigen Maßstäben nicht mehr als suspekt galten. Früher wäre die Verfügbarkeit von viel Geld Anlass gewesen, Dutzende von Fragezeichen zu setzen und die Betreffenden der Kollaboration und des Verrats zu beschuldigen. Heute bemühten sich immer mehr Leute, riesige Mengen schmutzigen Geldes zu waschen, und für uns sprang dabei für ein paar Jahre oder ein paar Monate eine Arbeitsstelle heraus.

Mein Gespräch mit dem TV-Direktor war sehr offen verlaufen, denn ihm hatten ohnehin schon einige Informationen über mich vorgelegen. »Ich verheimliche Ihnen nichts«, hatte ich gesagt, »ich war lange Zeit ein Linker und wollte dabei mitmachen, die Welt zu verändern. Wie viele andere auch habe ich es weder geschafft, mitzumachen, noch die Welt zu verändern. Ich habe lediglich einige geistige Verluste davongetragen, wie das jungen Heißspornen eben passiert. Körperlich blieb es bei ein paar Blessuren durch Schlägereien unter Studenten, und ich war ein knappes Jahr im Gefängnis.« Der Chef machte ein nachdenkliches Gesicht und versuchte, seine Neugier zu verbergen, indem er sagte: »Ich habe gehört, dass Sie sich für solche Dinge nicht mehr interessieren.« – »Weder dafür noch für andere Dinge, ich bin nur noch an meiner Arbeit interessiert.« – Er zögerte, deshalb versicherte ich ihm: »Ich gehöre keiner Partei an und sympathisiere mit keiner Gruppierung.« – »Wir haben nichts gegen Ihre Einstellungen, wir müssen nur jeden Zweifel ausschließen.« Ich fand nichts dabei, noch klarer zu werden, und sagte: »Ich werde mein Leben keiner Idee opfern. Egal wie großartig sie sein mag.«

Ich trat aus dem Sitzungssaal des Hotels, in dem das Gespräch stattgefunden hatte. Es war Mittag, und ich bestellte im Restaurant ein paar kalte Vorspeisen, ein Cordon bleu, das nach nichts schmeckte, und einen Orangensaft. Anders als sonst verspürte ich keine Müdigkeit. Ich zündete eine Zigarette an und bestellte ein Glas Tee. Ich hatte das Gefühl, dass ich auf etwas wartete oder dass gleich jemand zur Tür hereinkäme, auf mich zusteuern und mir etwas Unangenehmes mitteilen würde. Ich wünschte, ich könnte sofort ins Flugzeug steigen und nach Damaskus zurückfliegen. Aber ich hatte noch einiges zu erledigen. Zumindest musste ich das Ergebnis des Bewerbungsgesprächs abwarten, auch wenn es im Grunde bereits feststand, und einige Behördengänge machen.

Plötzlich fiel mir etwas ein, und ich rief Sana an. Ich sagte ihr, dass ich einen Rückflug gebucht hätte, und bat sie, alles vorzubereiten, damit wir innerhalb von zwei Wochen unsere Angelegenheiten regeln könnten. Dann telefonierte ich mit Samer und verkündete ihm, dass ich in zwei Tagen zurückkommen würde, um in Damaskus noch ein paar Dinge zu erledigen, bevor ich meine Stelle in Dubai anträte. Sein Aufenthalt in Latakia neige sich ohnehin seinem Ende zu, sagte er, und er würde mich am Dienstag am Flughafen erwarten. In Wirklichkeit plante er, von der Bildfläche zu verschwinden.

»Die Unterredung in der Dienststelle verlief nicht schlecht«, unterbrach Hassan abermals meine Erinnerungen, »obwohl sie unter keinen guten Vorzeichen stand. Der Offizier war sich sicher, dass du nichts über Samers Verbleib wusstest. Trotzdem wollte er dich ein wenig provozieren, um vielleicht doch noch etwas Neues zu erfahren. Er erfuhr nichts Neues, aber er schaffte es, dich zu provozieren.«

Unsere Sitzung beim Geheimdienst verlief nicht einmal ganz ohne Höflichkeiten. Der Offizier trat freundlich und verständnisvoll auf und behauptete, er würde meine interessanten Studien regelmäßig lesen, aber mir war nicht wohl bei ihm. Er war klein und saß nur deswegen auf einem hohen Drehstuhl hinter seinem Schreibtisch, ging es mir durch den Kopf, um seinen bescheidenen Wuchs zu verbergen, den seine kräftigen Schultern und seine breite Brust nicht ausgleichen konnten. Ich versuchte wohl deshalb so schlecht von ihm zu denken, damit er mich nicht zu sehr beeindruckte. Aber allein die Tatsache, dass ich in einem Büro des Geheimdienstes saß, ließ bei mir kein Behagen aufkommen, denn mein Gesprächspartner würde in aller Seelenruhe ein Spiel mit mir treiben, bei dem es keine Chancengleichheit gab. Nachdem er meine Schriften gewürdigt hatte, fragte er mich ohne Umschweife: »Wo ist Ihr Sohn Samer im Moment?«

»Was wollen Sie denn von ihm?« Ich konnte mich nicht zurückhalten, und meine Gegenfrage klang verärgert.

»Immer mit der Ruhe«, mahnte der Offizier.

»Sagen Sie mir nicht, dass Sie ihn festhalten.«

»Antworten Sie, die Sache geht auch Sie an.«

»Samer ist mit Freunden ans Meer gereist und länger dortgeblieben.«

»Da sind Sie sich also ganz sicher. Hat er Ihnen Bescheid gesagt?«

»Er hat mit meiner Frau gesprochen.«

»Sie beide leben getrennt, nicht wahr?«

»Ist das hier ein Verhör?«

»Ich möchte nur sichergehen, dass unsere Informationen richtig sind.«

»Sagen Sie mir bitte, was hier los ist.«

»Wir suchen Ihren Sohn. Wir waren von Beirut bis nach Damaskus an ihm dran, aber in Aleppo haben wir seine Spur verloren. Wir glauben, dass er in ein Dorf an der Grenze gereist ist.«

»Dann wissen Sie mehr als ich.«

»Ihr Sohn hat Kontakt zu einer Gruppe von Radikalislamisten.«

Es traf mich wie ein Blitzschlag, aber ich verwarf die Vorstellung sogleich wieder. Ich sagte: »Sie täuschen sich.« Es war völlig undenkbar für mich, dass Samer mit irgendeiner Organisation irgendetwas zu tun hatte. Mir kam in den Sinn, dass der Offizier vielleicht etwas von mir wollte und mich deshalb zu erpressen versuchte, indem er Andeutungen über meinen Sohn machte.

»Samer kommt noch heute zurück, vielleicht ist er schon zu Hause. Dürfte ich erfahren, was Sie von mir wollen?«

»Wenn ich sage ›Ihr Sohn‹, dann meine ich ihn auch. Wir verfolgen seinen Fall schon seit geraumer Zeit, und was ich im Moment über ihn weiß, ist, dass er sich in einem Dorf namens Dawwasa versteckt hält, während ...«

»Während was?«

»Er wird in den kommenden Tagen in den Irak gehen.«

»Ich bitte Sie, mich nicht weiter zu quälen. Sie irren sich. Samer befindet sich auf keinem Kriegszug gegen Amerika, er denkt nicht einmal an so etwas.«

»Was ich Ihnen zu sagen habe, wird hart für Sie sein. Er hat sich während des letzten Semesters seines Studiums in Beirut einer terroristischen islamischen Organisation angeschlossen. Ich werde Sie nicht anlügen und nicht übertreiben. Er könnte, um es auf den Punkt zu bringen, mit al-Qaida zu tun haben. Das ist sogar wahrscheinlich.«

Hassan hatte noch nicht zu Ende erzählt, sondern erst begonnen. Er sagte: »Das war kein Trick. An der Sache war etwas dran. Willst du noch mehr hören?«

Diesmal wollte ich.

8

Samer hatte während seines Universitätsstudiums in Beirut zunächst nie die Aufmerksamkeit der Sicherheitsdienste erregt. Wie jeder andere syrische Student im Libanon ging er mit jungen Männern und Frauen seiner Clique in die Cafés an der Al-Hamra-Straße, ins Kino und in Fastfood-Restaurants. Nichts an seinem Verhalten war in irgendeiner Weise verdächtig. Vorletztes Jahr aber begann er in Moscheen im Umkreis der palästinensischen Flüchtlingslager zu beten und machte dadurch den libanesischen und den syrischen Geheimdienst auf sich aufmerksam, die sich seine Anwesenheit dort zunächst damit erklärten, dass es in seinem weitläufigen Freundeskreis eben auch Palästinenser gab. Zwei Monate später wurde er jedoch mehrfach mit einem über eine Handbreit langen Kinnbart und in einem kurzen schariagerechten Gewand fotografiert, wie islamische Fundamentalisten es gerne tragen. Wenn er in den Sommerferien nach Damaskus kam, rasierte er sich wieder und trug Jackett und Jeans. Was von beiden war die Verkleidung? Nun dachten die Geheimdienste, dass sie auf eine fette Beute gestoßen waren. Waren sie aber nicht. Denn zunächst schien Samer nur ein Student zu sein, der den Glauben für sich entdeckt hatte und deshalb in Moscheen betete.

Ende letzten Jahres wurde er dann im Libanon in den Flüchtlingslagern von Schatila, Nahr al-Barid und al-Baddawi gesehen, wo er sich für dschihadistische Ideen interessierte, und er suchte genau da, wo sie am verbreitetsten waren. Verdächtig wurden seine Kontakte, als sie sich auf Extremisten konzentrierten, die für ihre Hetze gegen Ungläubige bekannt waren und die sich, als Flüchtlinge besonderer Art, die Palästinenserlager zur Wirkungsstätte erkoren hatten. Die Lager bargen bekannte islamistische

Organisationen ebenso wie kleine Gruppen, die sich noch keinen Namen gegeben hatten und denen sich Personen anschlossen, die in ihrer Heimat zur Fahndung ausgeschrieben waren und mit gefälschten Pässen als Touristen in den Libanon kamen, um dort in den Gassen der Flüchtlingslager zu verschwinden. Es war offensichtlich, dass Samer in jener Zeit noch auf der Suche nach etwas war, was für ihn in Frage kam. Er hatte noch keine Entscheidung getroffen.

Die kleinen Gruppierungen begeisterten ihn nicht, und sie stellten im Allgemeinen auch keine Gefahr dar. Sie umfassten jeweils nur einige Dutzend Kämpfer mit zweifelhaftem Ruf; einige von ihnen standen in Kontakt zu libanesischen Politikern oder hatten mit dem syrischen, jordanischen, saudischen oder sonst welchen Geheimdiensten zu tun. Sie pflegten untereinander Feindschaft und führten einen wortreichen Krieg gegeneinander, in dem zuweilen auch Straßensperren errichtet wurden oder geschossen wurde. Jede Gruppe beschuldigte die andere, ihre Religion für Geld aus dubiosen Quellen zu verkaufen. Gleichzeitig beeilte man sich zu versichern, dass man selbst für den eigenen Lebensunterhalt hart arbeite. Man sah die Kämpfer zuweilen in den Gassen des Lagers gekochte Bohnen, Falafel oder Gemüse verkaufen oder als Handwerker, Bauarbeiter, Installateure oder Elektriker ihr Brot verdienen. Das Geld für ihre Waffen, so behaupteten sie, stamme aus der Zakat-Steuer, die die Gläubigen als Almosen abführten. In Wirklichkeit wurden diese Gruppen von zahlreichen arabischen Staaten instrumentalisiert, die nicht mit Spenden geizten und sie ermutigten, Kämpfer in den Irak zu schicken, damit die Amerikaner mit deren Niederschlagung beschäftigt wären und weniger Zeit hätten, ihre Regierungen unter Druck zu setzen. Die libanesischen Sicherheitsdienste wiederum übersahen gerne, dass diese Gruppen junge Männer rekrutierten und tatsächlich Freiwillige in den Irak entsandten, denn so waren sie sie los beziehungsweise bekämpften diese die Schiiten, was den Diensten in Bezug auf das Inland nur recht war, wo man sich erhoffte, dass dies der konfessionellen Balance zugutekäme. Aber Samer suchte etwas Handfesteres, eine Verbindung zu al-Qaida oder Angehörigen der Gruppe um Abu Musab az-Zarqawi.

Wir wissen nicht, ob ein Abgesandter von al-Qaida damit beauftragt war, die Steuerung von Schläferzellen zu übernehmen oder eigene Zellen zu bilden. Tatsächlich tendierten manche fundamentalistischen Gruppen dazu, sich mit al-Qaida zu koordinieren und Bin Laden als ihren Anführer anzuerkennen, denn unter seiner Führung zu handeln kam den Ambitionen junger Kämpfer entgegen und sicherte zudem Unterstützung und Finanzierung. Es gelang Samer, mit einem dieser Männer in Kontakt zu treten, die wie gewöhnlich Vorsichtsmaßnahmen trafen. Sie überwachten und testeten Samer und führten mit ihm mehrfach Diskussionen über die Scharia, während derer er sein Eintreten für den Dschihad unter Beweis stellte und sie im Rekordtempo von der Festigkeit seines Glaubens überzeugen konnte. Alle über ihn gesammelten Informationen stimmten darin überein, dass Samer das Zeug zum religiösen Vorbild hatte. Sehr schnell stand sein Name auf der Liste der Dschihadkämpfer, und er kam in direkten Kontakt mit einem Netzwerk, das ihn heimlich in den Irak bringen würde.

Den Zuträgern des syrischen Geheimdienstes in Beirut entging dies nicht. In dcn letzten Aufzeichnungen über seine Bewegungen hieß es, dass der Kopf des Netzwerkes mit ihm einen Termin im Stadtteil Corniche al-Mazraa nahe der Gamal-Abdel-Nasser-Moschee vereinbart habe. Dort habe er ihn abholen und in die Al-Auzai-Moschee bringen lassen, wo er mit ihm zusammen das Mittagsgebet verrichtet und dann in einem Restaurant in der Nähe zu Mittag gegessen habe. Nach dem Nachmittagsgebet sei er an eine weitere Person übergeben worden, die ihn in eine Wohnung im Stadtviertel al-Basta gebracht habe, wo Samer zwei Tage geblieben sei. Er habe dort Instruktionen erhalten, wie er sich zu bewegen habe, und sei dann auf inoffiziellem Weg nach Syrien gebracht worden. Der syrische Geheimdienst übernahm anschließend seine Überwachung in Damaskus. Dort habe sich Samer am Mardje-Platz mit jemandem getroffen, sei dann an eine weitere Person vermittelt und in eine Unterkunft im Bezirk Rukn ad-Din gebracht worden, die er erst nach einigen Tagen, wiederum rasiert und in gewöhnlicher Kleidung, verließ. Danach habe er seine Mutter besucht und ihr gesagt, er würde für eine Woche mit Freunden verreisen. Tatsächlich sei er nach Aleppo gegangen, wo man ihm auf die Schnelle beigebracht habe, sich im Untergrund zu bewegen und Ermittler in die Irre zu führen, falls er festgenommen würde. Er habe Aleppo erst verlassen, nachdem er dem Emir der Gruppe Gehorsam gelobt und entschieden habe, ob er als Kämpfer oder als Selbstmordattentäter fungieren wolle.

»Und wofür hat er sich entschieden?«, wollte ich wissen, um über Samers Schicksal Klarheit zu erhalten.

»Das ist nicht bekannt.«

Als die Sicherheitskräfte versucht hätten, ihn und die Gruppe festzunehmen, seien alle verschwunden gewesen, ohne eine Spur zu hinterlassen. Der Geheimdienst hatte gedacht, er hätte sie in der Hand, aber das Gegenteil war der Fall.

»Warum hat man sie nicht früher festgenommen?«

»Man vertraute darauf, dass man sie, da man sie ja beobachtete, festnehmen könne, wann man wolle. Man wartete auf einen günstigen Moment. Aber wahrscheinlich war er, als er Ihnen versprach, Sie am Flughafen abzuholen, schon auf dem Weg in die Gegend östlich des Euphrat.«

Er stünde jetzt wahrscheinlich kurz vor der Einreise in den Irak.

Eine beängstigende Situation, wie ich sie bisher nur aus Büchern kannte, ergriff mit einem Schlag von meinem Leben Besitz. Sie versprach Schrecken, Irrsinn und Tragödie. Ich wünschte mir, dass das, was ich gehört hatte, erfunden wäre. Um Fassung ringend, bat ich den Offizier, alles zurückzunehmen: »Haben Sie Erbarmen mit mir. Ich bin nur ein Vater.«

Er starrte mich an und verlor sich kurz in Gedanken, dann sagte er langsam: »Hoffen Sie, dass Ihr Sohn die Grenze noch nicht überquert hat. Verlieren Sie keine Zeit. Fahren Sie nach Dawwasa. Wenn Sie Glück haben, können Sie ihn dort aufspüren. Niemand könnte dies besser als Sie.«

Zweifelnd fragte ich: »Wie sollte mir gelingen, was Sie nicht geschafft haben?«

»Es ist besser, Sie übernehmen das. Wenn wir es täten, würde er bis zum letzten Atemzug Widerstand leisten.«

»Soll ich Ihnen etwa meinen Sohn ausliefern?«

»Das ist besser, als wenn wir ihn Ihnen tot übergäben. Sie können ihn lebend zurückbringen. Ich rate Ihnen, nicht abzulehnen. Wir möchten nur ein paar Informationen von ihm.«

Ich lehnte nicht ab, sondern beschloss, Samer zu folgen. Ich wünschte noch immer, die Informationen des Offiziers seien falsch. Dieser aber trieb mich zur Eile: »Reisen Sie so schnell wie möglich ab, besser heute noch als morgen.«

»Was können Sie mir anbieten?«

»Gehen Sie nach Ihrer Ankunft unverzüglich zum Bürgermeister des Dorfes. Er wird Ihnen weitere Anweisungen geben.«

»Der Offizier machte noch eine Anmerkung, bevor eure Unterredung beendet war«, sagte Hassan. »Er sagte, du seist doch der, der immer über islamistische Gruppen schreibe. Er meinte das nicht spöttisch, sondern wollte nur seiner Verwunderung darüber Ausdruck geben, wie gegensätzlich Vater und Sohn sein können. Erinnerst du dich, dass du kurz nachgedacht hast und ihm dann recht gabst?«

»Ja«, antwortete ich, »ich sagte: Ironie des Schicksals.«

War es Überdruss oder Verzweiflung? Es war beides. Meine Verzweiflung war so stark, dass sie alles zunichtemachte, was ich die Tage zuvor abgeblockt und erfolgreich unter Kontrolle gehalten hatte. Und mein Überdruss führte dazu, dass ich meine Neugier nicht mehr zügeln konnte. Der schwarze Fleck war durchstoßen, und ich lebte nicht mehr im Schutz meiner Unwissenheit. Ich hätte lieber nicht erfahren, was ich nun wusste, aber ich, nicht der Andere, musste nun auch herausfinden, was danach passiert war. Ich würde mich nicht mehr hinter dem Anderen verstecken. Das Spiel »Ich oder der Andere« war aus. Es gab nur noch mich. Die Kettenreaktion war nicht mehr aufzuhalten. Noch mühte ich mich, die Ereignisse so vorsichtig wie möglich aus meiner Erinnerung hervortreten zu lassen, aber wozu war dies nun noch gut?

9

Hassan und ich hatten das Büro des Geheimdienstes verlassen. Mir schien, dass der Offizier nicht übertrieben hatte. Alles, was ich über al-Qaida wusste, stimmte mit dem, was ich gehört hatte, überein. Was ich aber nach wie vor in Zweifel zog, war, dass Samer sich al-Qaida anschließen könnte. Die meisten, die die Organisation in ihre Reihen aufnahm, waren junge Saudis, Marokkaner und Algerier. Der Libanon war für sie nur eine Durchgangsstation auf dem Weg in den Irak; in den Libanon kamen sie auf der Flucht vor den Behörden ihrer Länder, um hier eine militärische Ausbildung zu erhalten, mithilfe derer sie ihre Dschihad-Karriere fortsetzen konnten. Sie spendeten alles, was sie bei sich trugen oder gespart hatten, um gleich als Freiwillige für Märtyreraktionen rekrutiert zu werden, ohne erst monatelang auf der Warteliste zu stehen.

Bevor wir auf die Mazze-Stadtautobahn einbogen, schlug Hassan vor, meine Frau Nuha im Stadtteil al-Misat zu besuchen, wo sie seit unserer Scheidung mit den Kindern wohnte. Ich war dagegen und fand, sie sollte es zunächst noch nicht erfahren. »Vergiss nicht, dass sie Samers Mutter ist«, beharrte Hassan.

Ich erinnerte mich an eine E-Mail-Korrespondenz zwischen ihr und mir im vergangenen Jahr. Ich war darüber gekränkt, dass Samer mir nicht mehr schrieb. Ich spürte, dass er mir etwas verheimlichte, und fragte daher seine Mutter, wo er seine Zeit verbringe, aber sie drückte sich um eine Antwort. Sie wolle es mir nicht sagen, weil wir sonst angeblich streiten würden. Als ich nicht lockerließ, mailte sie mir, dass Samer mir nicht mehr schreibe, um mich nicht anlügen zu müssen. Er sei fromm geworden und habe seine bisherige Clique verlassen. Er faste im Ramadan und halte die Gebete ein, und er überlege, die Kleine Wallfahrt nach Mekka zu machen. Sie hoffe, mich störe seine neue Religiosität nicht. Ich hatte bereits bemerkt, dass sie selbst religiös geworden war. Sie wiederholte des Öfteren ihre neue pädagogische Ansicht, dass Religion junge Leute vor Sittenverfall schützen könne. Ich fand dies zwar nicht völlig falsch, aber es begeisterte mich auch nicht.

Nuha hatte ihre progressiven Ideen abgelegt und handelte

ihren eigenen Aufrufen zur Befreiung der Frau zuwider, nur um ihren Sohn nicht an eine jener emanzipierten jungen Frauen zu verlieren, die sie selbst immer verteidigt hatte und wie sie selbst einmal eine gewesen war. Sie hatte damals Mut bewiesen, indem sie an Symposien zur Unterstützung misshandelter Frauen teilnahm, Unterschriften für sie sammelte und ihre Geschlechtsgenossinnen bei Diskussionen mit männlichen Genossen verteidigte.

Ihre jüngsten Wandlungen waren ein Beispiel dafür, wie tief unsere Beziehung in ihrer letzten Phase gesunken war, und einer der Gründe, die zu unserer Trennung geführt hatten. Wir hatten dieselbe politische Phase und dieselbe Niederlage erlebt, aber während ich sie überwand, indem ich mir ein recht indifferentes und leidenschaftsloses Weltbild aufbaute, hielt meine Frau zunächst starr an alten Grundsätzen fest, nur um sie alsbald ins Gegenteil zu kehren. Sie modifizierte ihren Standpunkt zu Tradition und Befreiung und erfand ihren Glauben in einer Weise neu, die man als eine Mischung aus vulgärer, unhinterfragter Frömmigkeit und einer ordentlichen Prise Offenheit für Aberglaube im Sinne von Tierkreiszeichen, Schicksalsglaube und Traumdeutung sowie ein wenig Spiritualität in Gestalt von Amuletten gegen Dschinne und Kobolde bezeichnen konnte, ohne dass sie dabei die Einforderung von Frauenrechten ganz aufgab. Letzteres war in Wirklichkeit nur noch Ausdruck ihres ausgeprägten Wunsches, Männer zu beherrschen und zu kontrollieren, um sie damit auf ihr angeblich natürliches Maß zu reduzieren. Ihr gedanklicher Umschwung war umfassend und in seiner Mischung widersprüchlich. Dennoch gelang es ihr, diese Widersprüche miteinander zu versöhnen, indem sie glaubte, mit alldem auf der sicheren Seite zu stehen und dass es ja nicht schaden könne, gleich welch unverblümt reaktionären Charakter die Mode der Frömmigkeit landläufig angenommen hatte. Ebenso wie ich ehedem ihre stürmische Emanzipation nicht hatte nachvollziehen können, so bestürzte mich nun ihre Strenge. Beides war Ausdruck ihrer Launenhaftigkeit, zuerst als Kämpferin, dann als Ehefrau und schließlich als Mutter.

Mir fiel eine Frage ein, die mir Samer vor zwei Jahren gestellt hatte, als wir einmal im Park in der Nähe unserer Wohnung spazieren gegangen waren: »Vater, glaubst du an Gott?« Seine Frage hatte mich überrascht. Gott war nie zuvor Thema unserer Gespräche gewesen. Die leichte Röte seiner Wangen zeigte mir, dass Samer aus der unschuldigen Angst heraus gefragt hatte, ich könnte in die Hölle kommen. Ich nahm dies damals mit ein wenig Belustigung auf, wollte aber meinen Sohn auch nicht kränken. Ich hatte selbst keine Fragen zu Gott, ob es ihn nun gab oder nicht. Gleichwohl war für mich während meiner Gymnasialzeit das größte Drama, mit dem ich mich konfrontiert sah, mir vorzustellen, dass eine Welt ohne Gott existieren könnte. Dieser Gedanke verwirrte und belastete mich in meiner ungefestigten pubertären Existenz, aber zum Glück endete die Pein während der letzten Sommerferien vor der Universität. Denn nun dominierte bei mir die Idee, dass Gott tot sei – eine These, von der ich erst fast ein Jahrhundert nach ihrer Verkündung hörte. Es faszinierte mich, dass Gott als eine überlebte, unsinnig gewordene Idee bereits mehrfach zu Grabe getragen und von einer Welt überholt worden war, in der entweder alles vorherbestimmt oder ein Ergebnis von Zufällen war. Die Wissenschaften waren für mich der beharrliche Versuch, das Unerklärliche zu erklären, damit wir so ins Zeitalter der Zukunft eintreten mochten. Ich war überzeugt, in einer Welt zu leben, in der nur in den Hirnen von Abergläubischen noch Platz für Gott war, und auch die würden sich dieser Wahrheit nur noch einige Jahre widersetzen können. Danach gäbe es Gott allenfalls noch auf dem abgelegensten Land, wo Glaube als Scharlatanerie fortbestehen würde, so wie es Magie immer gegeben hatte. Die allgemeine Anerkennung von Gottes Tod, glaubte ich, war nur eine Frage der Zeit.

Samers Frage passte gut zu meinen Studien über extremistische Gruppen und das islamische Erwachen, und ich argwöhnte, ob es nicht vielleicht doch Gott gewesen war, der uns vor einigen Jahren jene Niederlage bereitet, der uns unserer Gegenwart und Zukunft beraubt und uns zu einem Teil einer ruhmlosen Vergangenheit gemacht hatte? Seine Frage erstaunte mich gleichwohl nicht wirklich, sie weckte auch kein Misstrauen in mir. Ich antwortete: »Ich glaube an gar nichts.«

Als ich bemerkte, dass meine übertriebene Direktheit ihn verletzte, setzte ich scherzend hinzu: »Überzeuge mich nur, ich habe nichts dagegen.«

»Ein gewisses Maß an Glauben, auch wenn es nur wenig ist, ist unerlässlich, aber dir fehlt selbst das«, sagte er.

»Das ist kein Glauben, sondern Angst«, erwiderte ich.

Das nahm mir Samer übel. Es gefiel ihm weder, dass ich areligiös war, noch dass ich mich über Prediger und Scheichs lustig machte, wenn sie im Satellitenfernsehen Fatwas aussprachen. Seine Hinwendung zum Glauben – von deren Ausmaß ich jedoch keine Ahnung hatte – betrachtete ich als eine persönliche Entscheidung, die ich ihm nicht verübeln konnte und über die man nicht diskutieren musste. Später versuchte ich meine eigene abweichende Haltung als etwas darzustellen, worüber man nicht in Streit geraten und was uns nicht entzweien müsste, aber es blieb ein wunder Punkt zwischen uns, der immer wieder einmal aufbrach. Ich versuchte einen Kompromiss herzustellen, indem ich sagte, dass meiner Ansicht nach eine aufgeklärte Religiosität jungen Leuten in seinem Alter nicht schaden könne und dass ich nichts gegen einen praktizierten Glauben einzuwenden habe, solange er mit Verstand betrieben werde.

Nuha öffnete mit verweinten Augen die Tür. Mir war sofort klar, dass ihre Tränen mit dem zu tun hatten, was ich beim Geheimdienst erfahren hatte, obwohl ich wusste, dass auch geringere Anlässe sie zum Weinen brachten. Sie überraschte mich, indem sie sagte, sie habe sich nach mir erkundigt und mehrmals versucht, mich anzurufen, bis sie schließlich vermutet habe, ich hätte meine Rückkehr nach Damaskus verschoben. Sie war bekümmert; Samer sei gestern nicht aus Latakia zurückgekommen, habe aber heute Morgen angerufen und nach mir gefragt. Er habe darauf beharrt, nur in meinem Beisein etwas zu sagen. Er wolle mit uns allen sprechen. Vor kurzem habe er noch einmal angerufen und versprochen, sich wieder zu melden. Sie mache sich Sorgen, weil sein Tonfall sie beunruhigt habe. Das Herz einer Mutter ist ihr Kompass. Diesen Spruch hatte Nuha immer wiederholt, und diesmal lag sie damit richtig.

Ich bat sie, sich zu beruhigen, umarmte meine Tochter Nada, die es eilig hatte, zur Universität zu kommen, und flüsterte ihr ins Ohr, sie solle bitte noch warten. Meine Frau nutzte unser Warten auf den Anruf, um mir Vorwürfe zu machen, ich hätte Samer vernachlässigt und dieser rebelliere nun, um damit gegen unsere Trennung zu protestieren. Ich hoffte, sie hätte richtig geraten. Ich sagte ihr nicht, dass er uns mit der Reise angelogen hatte und dass die Dinge, wenn der Offizier recht behalten sollte, viel schlimmer standen, als sie dachte. Ich lenkte mich ab, indem ich überlegte, was ich Samer gleich am Telefon sagen würde. Wenigstens müsste ich erfahren, wo er gerade war, und ihn auffordern, sofort nach Damaskus zu kommen. Kurz darauf klingelte das Telefon, und Samer sprach mit seiner Mutter. Anscheinend sagte er ihr, er würde längere Zeit verreisen; sie protestierte vergeblich gegen sein Verhalten. Perplex übergab sie den Hörer an Nada. Auch sie sprach mit ihm, dann reichte sie den Hörer an mich weiter. Nada war nicht weniger verwirrt und verwundert als ihre Mutter.

»Wo bist du?«, begann ich das Gespräch. Samers Stimme klang fest, er sagte:

»Vater, ich will offen zu dir sein. In Kürze werde ich im Irak sein und dort als Mudschahid mit meinen muslimischen Brüdern gegen die amerikanische Besatzung kämpfen. Ich wünsche mir, als Märtyrer zu sterben. Steh meiner Mutter zur Seite, und möge Gott dich auf den rechten Weg führen. Kümmert euch um Nada, und fasst euch in Geduld.«

Es war keine wirkliche Überraschung mehr, aber der Schock war schrecklich. Ich begriff nun, dass Samer sich ausbedungen hatte, als Märtyrer zu sterben. Mich überkam Schwindel, fast glitt mir der Hörer aus der Hand. Mit Mühe nahm ich mich zusammen und wiederholte meine Frage: »Samer, sag mir die Wahrheit, wo bist du?«

Er sprach so schnell und entschlossen wie vorher weiter: »Wenn euch die Nachricht von meinem Tod erreicht, weint nicht um mich und haltet keine Trauerfeier ab, denn das ist Sünde.«

Dann legte er auf. Meine Füße konnten mein Gewicht nicht mehr tragen. Ich stützte mich an der Wand ab und sank aufs Sofa. Keuchend stieß ich hervor: »Samer will in den Irak gehen!«

Nuha wollte nicht verstehen oder glauben, was sie von mir gehört hatte. Als hätte ihr Verstand ausgesetzt, wiederholte sie nur unter Tränen, was Samer zu ihr gesagt hatte: Sie und Nada sollten Kopftuch tragen und keinem Mann die Hand geben. Sie solle ihm wohlgesinnt bleiben und für ihn beten.

Als sie ihn verwundert gefragt hatte, warum sie für ihn beten solle, denn das habe sie immer getan, habe er geantwortet: »Halte dich auf Gottes Weg und weine nicht, denn dein Wohlwollen ist mein Weg ins Paradies.« Sie sah mich fragend an. Ich sagte: »Er hat einen anderen Weg ins Paradies gewählt.«

10

Am nächsten Morgen war ich auf dem Weg Richtung Euphrat. Die Strecke führte über Palmyra und war länger, als ich mir vorgestellt hatte. Dann hatte der Bus auch noch eine Panne. Über eine Stunde standen wir schwitzend an der Straße, während der Fahrer und sein Assistent am Kühler des Busses herumschraubten. Sie wollten den Keilriemen auswechseln, vielleicht war auch noch mehr kaputt. Erst am späten Nachmittag war ich in Deir az-Zor, wo ich in einem Restaurant voller Fliegen so etwas wie ein Fleischsandwich aß. Danach fuhr ich weiter Richtung Albukamal in der Nähe der irakischen Grenze. Dutzende Möglichkeiten, was nun passieren könnte, stürzten durch meinen Kopf, eine schlimmer als die andere. Ich versuchte, die nutzlose Zeit während der Fahrt dazu zu verwenden, meine Gedanken zu ordnen, aber die anstrengenden und zähen Stunden bei dem gedämpften, eintönigen Dröhnen des Busses über Hunderte von Kilometern durch trostlose Landschaft ließen meinen Geist immer wieder abschweifen. Am Busbahnhof von Albukamal nahm ich mir ein Taxi, statt auf den Kleinbus nach Dawwasa zu warten. Nach einer knappen halben Stunde war ich da.

Das Dorf Dawwasa an der syrisch-irakischen Grenze war ein heimlicher Treffpunkt für Dschihad-Freiwillige, die Schleuser bei Nacht in Gruppen von höchstens vier oder fünf Personen auf die andere Seite der Grenze brachten, nachdem sie vorher geeignete Wege getarnt und gesichert hatten. Manchmal mussten die Kämpfer nur ein oder zwei Nächte lang warten, manchmal aber auch über eine Woche – je nach Intensität der Grenzkontrollen und der momentanen regionalen und internationalen politischen Situation. Den besonderen Ruf, den das Dorf unter arabischen Nationalisten genoss, hatte es sich schon während des französischen Mandats erworben, als es Männer der syrischen Widerstandsregierung aufnahm und ihnen dabei half, in den Irak zu flüchten. Heute kam zu dem Nimbus von Stolz und Ehre noch dazu, dass die Schleuserei auch eine bescheidene Einnahmequelle war, auf die man jedoch hin und wieder für einen Gotteslohn verzichtete.

Aus der Ferne unterschied sich das Dorf kaum von den übrigen Ansiedlungen, an denen ich vorbeigefahren war. Ich kam bei Sonnenuntergang an. Auf dem kleinen Dorfplatz stand ein einfaches, heruntergekommenes Denkmal, ein paar verwitterte Steine sollten irgendetwas darstellen, was, das war schwer zu erkennen. Vielleicht sollte es die Bauernschaft jener Zeit symbolisieren, als Arbeiter und Bauern zusammen das Rückgrat der damaligen Volkskräfteallianz gebildet hatten, oder es war ein Märtyrerdenkmal vom Junikrieg 1967 oder vom Oktoberkrieg 1973. Vom Dorfplatz aus verzweigten sich in unregelmäßigen Abständen parallel angelegte, niedrig gebaute Häuser entlang von Sträßchen, die in Weizenfelder mündeten. Über verwinkelte Pfade kam man zu einem kleinen Café, und vor leeren, düsteren Läden, in denen es nichts zu kaufen gab, saßen deren Besitzer auf kleinen Hockern mitten auf der Straße. Ich grüßte sie, sie murmelten etwas zurück und verfolgten mich mit halboffenen Augen. Geschäftig hantierende Dorffrauen musterten mich scharf und beobachteten jeden meiner Schritte, damit ihnen nicht entging, an welche Tür ich klopfen würde.

Ein paar Jungen spielten auf einem leeren Platz, ich fragte sie nach dem Haus des Bürgermeisters, und sie führten mich hin. Der Dorfchef erwartete mich schon vor seinem Haus und begrüßte mich übertrieben herzlich. »Sie kommen zur rechten Zeit«, versicherte er mir. Ein spärlich möblierter Raum, der eher wie ein Laden aussah als wie ein Büro, war sein Amtssitz. In einer Ecke stand ein kleiner Tisch aus Eisen, auf dem Papiere und Stempel lagen, dazu gab es zwei Korbstühle und an der Wand ein paar dünne Sitzpolster. Auf einem Messingtablett standen ein Tonkrug mit Wasser, ein Samowar und eine Kaffeekanne mit kleinen Tassen. Er bot mir Essen an, doch ich verwies dankend darauf, dass ich in der Raststätte von Deir az-Zor bereits etwas gegessen hätte.

Normalerweise wäre mir bei diesem Bürgermeister nicht wohl gewesen. Er kam mir heuchlerisch vor. Dass er sich in einer schwierigen Situation befand, milderte jedoch mein Urteil über ihn. Ich sah in ihm einen armen, subalternen Spitzel, der bemüht war, sein wahres Treiben zu verhehlen. Hätten die Dorfbewohner gewusst, wie eng er in der gegenwärtigen widrigen Situation mit dem Geheimdienst kooperierte, hätten sie ihn wohl samt seiner Familie aus ihrer Gemeinschaft verbannt, wenn er nicht gar wie ein räudiger Hund getötet worden wäre. Es sei denn, und das war am wahrscheinlichsten, er arbeitete als Agent für alle: den Staat, die Schleuser und die Kämpfer.

Er goss mir reichlich Tee und Kaffee ein, stellte mir einen annehmbaren Schlafplatz zur Verfügung und hoffte insgeheim, damit sei meinen Wünschen Genüge getan. Außerdem dachte er wohl, wenn er nur übertrieben gastfreundlich tat, würde ich in der Hauptstadt Gutes über ihn berichten und ihn damit beim Geheimdienst und in dessen Büros in der Provinz vor Unbill bewahren.

Er riet mir, aus Sorge um mein Leben, nicht nachts durchs Dorf zu gehen. Die Sicherheitslage sei nicht gut, in der Dunkelheit würden hier Ortsfremde ihr Unwesen treiben, und sie könnten auf mich aufmerksam werden, wenn ich herumliefe. Auch die Dorfbewohner sähen das nicht gerne. Ich solle lieber in seinem Gästehaus bleiben, er sei nicht geizig und würde mir alles bringen, was ich brauchte. Er würde zudem die Dorfältesten zu einer Abendgesellschaft zu sich bitten, damit sie mich darüber unterrichteten, was an der Grenze vor sich ging.

Ich sagte, mich interessiere nicht, was außerhalb des Dorfes geschah. Vielmehr sei ich gekommen, um nach einem jungen Mann von dreiundzwanzig Jahren zu suchen. Er heiße Samer, und ich müsse ihn noch heute finden, um seinem Grenzübertritt zuvorzukommen.

Die Farbe wich aus seinem Gesicht. Er stand auf und sagte mit unterdrücktem Unwillen: »So einfach geht das nicht.« Er schien unschlüssig zu sein, was er tun sollte. »Ihr Leute von außerhalb wisst nicht, was hier vor sich geht. Die Situation ist sehr schwierig. Wir können die amerikanischen Bomben jenseits der Grenze fallen hören, und wir haben Verwandte dort. Der Krieg findet praktisch bei uns vor der Haustür statt, alle sind sehr aufgewühlt. Erst heute Morgen haben wir erfahren, dass ein junger Mann aus dem Dorf im Irak als Märtyrer gefallen ist. Er war vor knapp einem Monat rübergegangen.«

»Wissen Sie, warum ich diesen Mann suche und warum ich ihn auf jeden Fall zurückholen möchte?«

»Woher soll ich das wissen? Es geht mich nichts an, und ich will es auch gar nicht erfahren.«

»Ich werde es Ihnen trotzdem sagen. Ich bin nicht beauftragt, ihn festzunehmen. Er ist mein Sohn.«

Die Miene des Bürgermeisters hellte sich auf. Er sagte:

»Wenn er noch hier ist, werden Sie ihn finden. Soweit ich weiß, ist gestern keine Gruppe von Kämpfern abgegangen. Die Wege über die Grenze sind derzeit nicht benutzbar, und das wird auch die nächsten zwei Tage so bleiben.«

Ich hörte ein leises Klopfen ans Fenster. Der Bürgermeister öffnete die Tür und flüsterte draußen mit einer Person, deren Gesicht ich nicht sehen konnte. Er kam mit bedrückter Miene zurück und sagte: »Ich muss zur Trauerfeier für den jungen Mann. Und man möchte von mir wissen, wer Sie sind.« – »Ich begleite Sie«, sagte ich. Er wandte nichts ein, warnte mich aber, ich solle keinesfalls sagen, wer mich hierhergeschickt habe. Überhaupt solle ich aufpassen, was ich sage.

Wir liefen durch die Dunkelheit. In einiger Entfernung sah ich Schatten durch Gassen huschen, versteckte Gesichter, die nur in Umrissen erkennbar waren, beobachteten uns. Nach fünf Minuten Fußmarsch über holprige Wege kamen wir in eine unscheinbare Gasse. Von einer Totenfeier mit Dorfältesten und Korangesang war nichts zu bemerken. Nur eine Tür stand halb offen, hinter der gedämpfte Geräusche zu hören waren. Der Bürgermeister stieß die Tür auf, wir traten ein und gelangten in einen großen Hof voller still dasitzender Menschen. Wir begrüßten die Anwesenden, die uns einen Durchgang und zwei Stühle frei machten, und setzten uns schweigend. Die Beleuchtung war spärlich; hier und da standen kleine Kerzen auf dem Boden, deren schwache Flammen flackerten und immer wieder auszugehen drohten. Glühende Zigaretten beleuchteten dann und wann ein trauriges, von Rauch verhülltes Gesicht. Mir fiel ein, dass das Haus des Bürgermeisters Strom gehabt hatte und die Häuser, an denen wir vorbeigegangen waren, beleuchtet gewesen waren. Ich fragte meinen Gastgeber danach, und er flüsterte mir zu, die Angehörigen des Märtyrers wollten vermeiden, dass die Sicherheitskräfte auf ihre Totenfeier aufmerksam würden.

Als die Versammelten sich an unsere Anwesenheit gewöhnt hatten, erklang aus den zitternden Schatten irgendwo in der Tiefe des Hofes fast flüsternd die Stimme des Koranrezitators: »*Jede menschliche Seele wird kosten den Tod, doch sollt ihr belohnt werden am Tag der Auferstehung. Wer bewahrt wird vor dem Höllenfeuer und eingeht ins Paradies, dem ist großes Glück beschieden. Das irdische Leben ist nichts denn Eitelkeit.*«

Am Rand des Hofes standen Bäume, und ein warmer Luftschwall trug von flachen Hausdächern hinter uns unterdrücktes Schluchzen, Jammern und Weinen von Frauen und Kindern heran, und man konnte hören, wie sie sich ins Gesicht schlugen und mal lauter, mal leiser wehklagten. Es dauerte nicht lange, bis hinter den Bäumen bewaffnete Vermummte hervortraten, sich im Hof verteilten und die Trauergesellschaft umstellten. Mancher ihrer Bärte war so lang, dass er unter der Vermummung herausragte, und sie trugen kurze kakifarbene oder schwarze Jacken über langen weißen Gewändern.

Zwei der Vermummten waren an uns herangetreten, der eine stand neben mir, der andere beugte sich von hinten zum Bürgermeister und flüsterte ihm etwas ins Ohr. Daraufhin stand jener auf und ging mit ihm. Sie standen nun in einiger Entfernung nebeneinander, ein dritter Mann trat hinzu, und sie diskutierten erregt. Ich nahm an, dass es sich bei dem dritten Mann um den Anführer der Gruppe handelte. Sie sprachen offenbar über mich, denn der Bürgermeister zeigte auf mich, der Anführer hörte zu und nickte, dann steuerte er auf mich zu und setzte sich neben mich. Er nahm sich das Tuch vom Gesicht. Ich schätzte ihn auf Mitte zwanzig. Er betrachtete mich eine Weile und fragte dann: »Woher kommst du, Bruder?« – »Aus Damaskus.« – »Wer hat dich zu uns gebracht?«

Ich zögerte mit einer Antwort. Die Gelegenheit war schneller gekommen, als ich erwartet hatte. Ich ergriff sie, indem ich rasch sagte: »Mein Sohn ist bei euch, und ich bin gekommen …«

Sein Blick war so verwundert, dass ich kurz innehielt und dann sagte: »Ich bin gekommen, um mich von ihm zu verabschieden.«

»Wer ist denn dein Sohn?«

»Samer …«

»Wir benutzen hier keine Klarnamen.«

Ich kramte eine Fotografie von Samer aus meiner Hosentasche. Er nahm sie, nahm eine Kerze, die neben uns stand, und betrachtete das Bild im Schein der Flamme. »Unser Bruder Samer ist dein Sohn!«, entfuhr es ihm. Er umfasste meine Hand mit beiden Händen, dann klopfte er mir auf die Schulter und entschuldigte sich: »Verzeih, mein Lieber, wir kennen ihn gar nicht unter diesem Namen. Nenne ihn am besten vor niemandem. Man muss vorsichtig sein.«

Er musterte noch einmal mein Gesicht, und einen Moment lang fürchtete ich, er würde mir gleich eine schlechte Nachricht überbringen. Aber dann sagte er nur mit naiver Freude in den Augen: »Gott hat dir ein großes Geschenk mit ihm gemacht. Uns ebenso. Dein Sohn ist ein frommer Mann mit einem starken Glauben, wie man ihn selten findet.«

Er gab seinen Freunden, die erwartungsvoll dastanden, ein Zeichen. Kurz darauf ging das Licht an, und die Trauergäste waren nun zu erkennen. Alle schwiegen betreten. Unter den Vermummten trat ein beleibter, mittelgroßer Mann hervor und zog sich das Tuch vom Gesicht. Ein kurzer weißer Kinnbart kam zum Vorschein. Er rief so laut, dass man es auch in den Nachbarhäusern hören konnte: »Dies hier ist keine Trauerfeier! Es ist ein Fest für unseren Märtyrer! Haltet eure Tränen zurück!« Sogleich brach das Weinen der Frauen ab.

»Wer auf dem Wege Gottes den Tod erleidet«, fuhr er fort, »für den wird ein Freudenfest gegeben, keine Trauerfeier. Verbergt euren Kummer, und stellt Freude zur Schau! Wenn wir schon für den eine Hochzeit ausrichten, der sich mit einer Sterblichen vermählt, dann hat der, der ins Paradies eingeht und dort der Jungfrauen teilhaftig wird, umso mehr Anrecht auf ein Fest. Mutter des Märtyrers, trockne deine Tränen! Gott hat deinem Sohn seinen Wunsch erfüllt, den Märtyrertod zu sterben!«

Er unterbrach kurz, dann holte er tief Luft und begann einen Hymnengesang, in den die Kämpfer hinter ihm einstimmten:

»Islam der Heldentaten, für dich geben wir unser Leben, auf unseren Köpfen sollst du schreiten zu neuen Siegen, dein durstiges Banner soll getränkt werden mit Blut!«

Ich betrachtete die Gesichter der Männer, erkannte aber Samer nicht unter ihnen. Ich sagte zu dem jungen Anführer: »Ich möchte meinen Sohn sehen.«

»Er ist vor zwei Tagen über die Grenze gegangen.«

»Er hat mich gestern angerufen und gesagt, er sei noch nicht losgefahren.«

»Das musste er tun, weil er befürchtete, das Gespräch würde abgehört.«

»Sag mir bitte die Wahrheit.«

»Ich schwöre, dass ich dich nicht anlüge.«

Die Rufer kamen jetzt erst richtig in Schwung:

»Für den Glauben steh'n wir ein, wir fürchten nicht, bedroht zu sein.«

»Bin Laden, du Held des Dschihad, wir schreiten auf deinem Pfad!«

»Abu Musab, du tapferer Herr, lass uns hören dein Gewehr!«

»Abu Musab, wir stehen bereit, wir werden dir folgen jederzeit!«

»Für den Glauben steh'n wir ein, wir fürchten nicht, bedroht zu sein.«

Ich fühlte mich elend und hatte Mühe, meinen Widerwillen zu zügeln. Ich sagte: »Dann werde ich ihn nie wiedersehen!«

»Das weiß nur unser Herr.«

»In ein paar Tagen werde ich Nachricht erhalten, dass er tot ist.«

»Das Leben liegt in Gottes Hand.«

»Usama bin Laden, Amerikas Feind! Mit der Macht des Glaubens und amerikanischen Waffen haben wir Amerika zerstört! Amerika zerstört!«

»Ein Flugzeug nur, mit aller Macht, hat aus den Türmen Staub gemacht, hat aus den Türmen Staub gemacht.«

»Zürne nicht, sieh dir diese Männer an! Das sind seine Brüder im Glauben an den Islam. Der die Parolen anstimmt, ist ein Jordanier aus Amman, die anderen sind Libyer, Saudis, Algerier, Marokkaner und Libanesen. Noch heute Nacht werden sie in den Irak gehen. Wie sie sich freuen! Und wie gerne würde ich mit ihnen gehen, denn sie werden nicht wiederkommen. Dies ist auch ihre Feier, es ist die Hochzeit dessen, der den Märtyrertod stirbt.«

»Sie nennen es Terror, es gereicht uns zu Ehren! Unser Terror ist der Auftrag unseres Herrn!«

»Unser Emir der Mullah steht fest im Glauben, und seinen Soldaten gibt Gott einen Lohn!«

»Allahu akbar!«

»Unser Pfad heißt Dschihad! Unser Pfad heißt Dschihad!«

Tränen traten mir in die Augen, aber ich hielt sie zurück. Zum Weinen würde ich noch früh genug kommen.

»Sei stolz auf deinen Sohn, Bruder!«

»Mein Sohn wird Selbstmord begehen.«

»Freue dich, anstatt zu trauern, wenn er den Märtyrertod stirbt. Und hab Geduld. Gott ist mit den Geduldigen. Aber ich kann dich beruhigen. Dein Sohn wird keine Märtyreraktion unternehmen.«

»Woher weißt du das?«

»Wir haben heute Nachricht bekommen, dass Gott ihn für eine größere Aufgabe ausersehen hat.«

»Al-Qaida, wir sind dein Heer! Lass Kanonen hören und Gewehr!«

»Irak, wir kommen, zu finden den Märtyrertod! Zu finden den Märtyrertod!«

Wollte er mir mein Elend versüßen? Was für eine größere Aufgabe sollte das denn sein? Wofür sonst wollten sie ihn einsetzen als dafür, dass er sich an einem amerikanischen Checkpoint in die Luft sprengte? Oder im Gebäude einer mit der Besatzung kollaborierenden Partei? In einer Polizeiwache? Ich war verzweifelt und fragte nicht weiter.

»Keine Gnade mit Amerikanern, keine Gnade mit Amerikanern!«

»Habt kein Erbarmen, bei Gott, bringt sie um!«

Mein Gesprächspartner erhob sich, seine Leute hatten zu Ende gefeiert. Die Kämpfer traten schweigend durch die Tür ins Freie und verschwanden durch die Bäume in der Schwärze der Nacht. Jetzt erhoben sich auch die Trauergäste einer nach dem anderen. Die Angehörigen des Toten nahmen ihre Beileidsbekundungen entgegen und unterdrückten die Tränen. Der Koranrezitator sang noch ein Bittgebet für Märtyrer.

Mir fiel etwas ein, was ich den Anführer der Kämpfer noch fragen wollte. Ich versuchte, ihm nachzulaufen, aber er war mit seinen Gefährten im Dunkel verschwunden.

II

Die Bedeutung mancher uns vertrauter Dinge erfassen wir erst nach dem Eintritt einer Katastrophe, die uns innerlich quält und um uns herum Unheil anrichtet. Samer war für mich nicht nur der Sohn, der meinen Namen trug oder für dessen Erziehung ich Sorge zu tragen hatte. Vielmehr war er ein untrennbarer Teil meiner Seele. Ich wünschte mir, ihn aufblühen und wachsen und mit einem Maß an Prinzipien durchs Leben wandeln zu sehen, ohne das kein Leben Sinn hatte. Das war mein Wunsch, damals, als ich noch viel erwartete und mindestens ebenso viel erhoffte. Dass mein Wunsch nicht in Erfüllung ging, war Teil einer Serie heilsamer Enttäuschungen, die ich erlebte. Ich war einer jener vielen, die sich dem Trug großer Erwartungen hingegeben hatten, als diese schon in ihren letzten Zügen lagen. Mein Wunschdenken hatte keine Früchte gezeitigt. Ich hatte noch nicht begriffen, dass mein vermeintliches Lebensprojekt gescheitert war oder kurz vor seinem Ende stand. Ich war – wie so oft – davon ausgegangen, dass es nur ins Stocken geraten war und wir uns von diesem Rückschlag umso entschlossener wieder erheben würden. Die Massen würden bald wieder auf die Straßen gehen, und die Avantgarde würde ihre Reihen schließen, um die Unterdrückten erneut zu einem Gegenangriff zu führen oder sie zu irgendetwas nach der Art dessen zu bewegen, was uns die optimistischen roten Bücher eingeimpft hatten. Es bedurfte einiger Zeit, bis wir begriffen, dass die Massen gar nicht so konnten, wie sie wollten, und dass die Geschichte gegen uns stand. Unsere Niederlage war komplett und weltumspannend.

Es folgte eine Phase, die eine Flucht aus sichergeglaubten Wahrheiten in willkürliche Absagen an dieselben war. Es war eine späte Lektion, der ich entnahm, dass Freiheit wertvoller sei als Brot und Gerechtigkeit und dass Unterschiede zwischen den Menschen eine unumstößliche Wahrheit seien, die man hinzunehmen hatte, damit das Leben so brutal weitergehen konnte wie bisher und wir nicht glückseligen Träumen und verrückten Ambitionen anheimfielen. Und da wir ja zur Herde gehörten, sollten wir auch nicht Gleichberechtigung für uns in Anspruch nehmen, sondern vielmehr die Ausbeutung neu bewerten, ja an sie glauben, denn sie allein gewährte der Welt ihren korrupten Überfluss und ihre ziellose Geschäftigkeit. Die Benachteiligten sollten sich mit Jammern und Neid begnügen, wahlweise mit Kriminalität oder Rache.

Ich war nicht verbittert. Im Gegenteil, ich war damals froh über die Vorstellung, dass Samer nicht noch einmal dasselbe wie ich erleiden würde, indem er meinen Weg ging. Er stand kurz vor dem Abschluss seines Studiums der Betriebswirtschaftslehre und an der Schwelle eines erfolgversprechenden Berufslebens. Selbst als ich erfuhr, dass er eine Liebesbeziehung zu einem vier Jahre jüngeren Mädchen hatte, stellte ich mich nicht dagegen. Hauptsache, er würde die Finger von der Politik lassen und sich unvoreingenommen eine Zukunft aufbauen. Ich versprach ihm, die Verlobung mit dem Mädchen zu besiegeln, wenn er sein Studium beendet hätte, und zwei Jahre später die Hochzeit auszurichten, damit wir Zeit hätten, ihm und seiner Verlobten bis dahin eine Wohnung einzurichten. Aber danach sprach er das Thema gar nicht mehr an. Er dachte anders als ich, und mir war es recht, dass er keine Kopie von mir sein und in eine andere Richtung gehen wollte. Doch dass es ihn gleich so unvorstellbar weit weg von mir trieb! Der blanke Hohn war, dass er dabei meinen verunglückten Weg mit demselben Ziel – der Rettung der Welt – weiterging. Er wollte sie nur vor etwas ganz anderem retten:

der *dschahiliya*, ihrer Bezeichnung für ein Leben im Unglauben.

Ich hätte ihn nicht anderen überlassen dürfen. Und es wäre mir nicht in den Sinn gekommen, aber nachdem wir politisch ausgespielt hatten, trennte mich von meiner Frau Nuha, was uns einst zusammengeführt hatte. Sie brauchte jetzt einen neuen Gegner, und ich, der Genosse von früher, bekam diese Rolle zugewiesen. Die politische Niederlage setzte bei ihr schlimmste Eigenschaften frei. Sie wurde egoistisch und überschätzte ihre Fähigkeiten. Ihre Freiheit wurde unantastbar, wohingegen ich zurückstecken musste. Sie war gegen alles, was ich tat, und wollte nichts mehr mit mir zusammen tun. Ihr Wille zur Dominanz war grenzenlos. Ich sollte unsinnigerweise für alles die Verantwortung tragen, was ihr nicht gelang, und ihre Misserfolge wog sie auf, indem sie mir Vorwürfe machte, mein Verhalten gebe zu Argwohn Anlass, ich sei als Ehemann ungeeignet, hätte als Vater versagt und keine Zukunft (die wir beide nicht hatten). Ich musste alles, was ich tat, erklären und rechtfertigen, während was sie tat, über jeden Zweifel erhaben war.

Zunächst bemühte ich mich nicht zu sehr, mit ihr zu einer Einigung zu kommen. Ich dachte, dazu sei irgendwann später noch Zeit und man könne das Problem derweil irgendwie eindämmen. Ich hatte es nicht eilig, unser Eheleben in Frage zu stellen, und kümmerte mich möglichst wenig darum. Mit ihren Kapriolen würde ich schon irgendwie fertig werden, indem ich mich vorübergehend anpasste. Warum sollten wir nicht weiter miteinander zurechtkommen, hatten wir nicht zumindest früher einmal dieselben Ideen geteilt? Das würde schon ausreichen, uns zusammenzuhalten. Zudem war Samer nicht mehr unser einziges Kind. Seine Schwester Nada war in unsere Welt getreten, und in dieser verbreitete sie, trotz unserer Reibereien, viel Heiterkeit.

Aber wir hätten uns mehr umeinander bemühen müssen. Stattdessen verstärkten sich unsere Meinungsverschiedenheiten mit der Zeit so sehr, dass es gar keine anderen Probleme mehr zu geben schien. Und sie waren unüberwindbar, denn wie sollte man etwas überwinden, das ohne Sinn und Zweck an den Haaren herbeigezogen war, was aber dennoch Anlass für lautstarken Streit gab und dazu führte, dass wir uns gegenseitig fast zerrissen? Ich wurde mir selbst fremd und litt Tag und Nacht unter banalen, aber gleichwohl unverrückbaren Kümmernissen, die zu einer Bedrohung wurden. Sie wurden belastender als jede Politik, als Ideologien, als Demokratie, Liberalismus und was es sonst noch Neues gab ... Wir hatten uns so sehr in eine Sackgasse manövriert, dass unser alberner Konflikt verbitterter ausgetragen wurde als jeder Klassenkampf. Als ich die Gefahr endlich doch erkannte und versuchte zu retten, was zu retten war, vermochte ich nichts mehr auszurichten. Keiner von uns beiden war zu Zugeständnissen bereit. So wenig, wie ich Nuha vorher davon hatte überzeugen können, ein normales Eheleben zu führen, so wenig gelang es mir jetzt, mit ihr schicksalsentscheidende Dinge zu klären. Wenn sie am Ende doch die Oberhand behielt, dann deshalb, weil sie ihre mütterlichen Gefühle in die Waagschale warf, mit denen sie es schaffte, mir Samer und Nada zu entwinden. Ihnen beiden zuliebe fand ich mich mit der Rolle des Verlierers ab.

Innerlich war es uns recht, dass wir zu keiner Einigung gefunden hatten. In nichts waren wir uns so einig wie darin, dass es zur Scheidung kommen musste. Zunächst wollte Nuha sie jedoch nicht einreichen, weil sie befürchtete, »die Leute würden reden«, obwohl wir uns über diesen Ausdruck früher immer lustig gemacht hatten. Unsere Streitigkeiten hörten nicht auf, aber wir hielten dennoch eine erträgliche Beziehung aufrecht, zuweilen ohne darüber nachzudenken, bis Nuha ihre sozialen Bedenken und ich meine inneren Widerstände überwand und wir zum Religionsgericht gingen. Wir entschieden uns für die schnellste Variante der Scheidung, indem wir die Formel der unwiderruflichen Trennung aussprachen und uns gegenseitig von materiellen Verpflichtungen freisprachen. Von Verpflichtungen anderer Art konnten wir uns nicht so leicht lossagen, und die waren zahlreich genug. Nach unserer offiziellen Scheidung widmete sich Nuha ganz den Kindern, obwohl diese schon fast erwachsen und nicht mehr dringend auf sie angewiesen waren. Samer und Nada waren erleichtert darüber, dass mit unserer Trennung endlich ein Schlussstrich unter endloses banales Gezänk zwischen zwei Menschen gezogen war, die sie beide liebten.

Das Schlimmste, was ich nach meiner Rückkehr vom Euphrat zu tun hatte, war, Nuha mitzuteilen, dass Samer tatsächlich in den Irak gegangen war und dass ich, sein Vater, nichts mehr für ihn tun konnte. Sie konnte zumindest noch Gott um Beistand bitten. Ich hütete mich davor, ihr das Beten auszureden und ihr zynisch vorzuhalten, Gott selbst hätte Samer für den Dschihad auserwählt. Sie nahm die Nachricht sehr schlecht auf. Ihre Vermutungen waren in Gewissheit umgeschlagen. In einem solch beängstigenden Zustand hatte ich sie nie zuvor gesehen. Sie wurde hysterisch und erging sich in einer fast wahnsinnigen Selbstanklage. Ich konnte keine Genugtuung empfinden, obwohl Samer zuletzt in ihrer Obhut gewesen war und sie zugesehen hatte, wie er fromm geworden war. Vielmehr befürchtete ich, sie könnte den Verstand verlieren oder sich selbst etwas antun, und war daher gezwungen, den ganzen Tag über bei ihr zu bleiben, bis Nada von der Universität zurückkam und sich dem Weinen ihrer Mutter anschloss.

12

Es war hoffnungslos, dem Leiter des Geheimdienstabschnittes zu erklären, was in mir vorging. Mein Sohn war für ihn nichts weiter als ein Gesuchter. Er würde nie verstehen, was es für mich bedeutete, ihn vielleicht niemals wiederzusehen, noch begreifen, wie tragisch es für mich war, ihn am Leben zu wissen und doch seinen Tod nicht verhindern zu können. Ich berichtete dem Offizier in Kurzform, dass ich in Dawwasa gewesen war und nichts erreicht hatte. »Ich werde weder Ihnen noch mir selbst von Nutzen sein können«, beschied ich ihm. Das Einzige, was ich noch tun könne, sei, tatenlos dazusitzen und auf einen Anruf von jenseits der Grenze zu warten, in dem mir mitgeteilt würde, dass mein Sohn als Märtyrer im Kampf für den Dschihad gefallen sei.

Der Offizier räusperte sich und murmelte etwas, was wohl ein Vorschlag sein sollte. Aber ich unterbrach ihn ärgerlich und versuchte ihm noch einmal darzulegen, was es für mich bedeuten würde, wenn mein Kind nicht mehr auf dieser Welt wäre. »Ich werde nicht einmal seine Überreste oder seine Asche zu sehen bekommen!«

War dieser Mann daran gewöhnt, dass Leute verschwanden, ohne eine Spur zu hinterlassen? Gewiss. Trotzdem fand er nun doch Worte des Trostes: Leider könne er in dieser Sache zwar nichts mehr tun, aber er habe mir noch etwas zu berichten, was mir in meiner Not vielleicht ein wenig Erleichterung verschaffen würde. Die gute Nachricht sei, meinte er, dass Samer persönlich kein Selbstmordattentat begehen würde. »Seien Sie zumindest in dieser Hinsicht beruhigt. Das schützt ihn natürlich nicht vor anderen Gefahren, aber was wir sicher wissen, ist, dass er nicht in den Tod gehen soll.«

Seine frühere Einschätzung habe er revidiert, so der Offizier, als er entdecken musste, dass die Dienste durch gezielte Fehlinformationen in die Irre geführt worden seien. Erst gestern hätten seine Mitarbeiter von einem frisch Verhafteten erfahren, dass alle Bewegungen, die man über Samer aufgezeichnet hatte, nur Tarnung gewesen seien. Alles habe ausdrücklich so aussehen sollen, als würde man einen jungen Mann für den Dschihad rekrutieren und in den Irak schicken. Dieser würde es dorthin schaffen oder auch nicht – vielleicht würde er unterwegs getötet. So habe es aussehen sollen, und so habe es auch ausgesehen, aber was sich tatsächlich abgespielt habe, sei den Sicherheitsdiensten entgangen. Der Festgenommene sei während des Verhörs zusammengebrochen und habe daraufhin viel mehr offenbart, als der Geheimdienst erwartet hatte: So sei schon vor sechs Monaten damit begonnen worden, eine logistische Zelle aufzubauen, die aus dem Libanon heraus agierte und in Syrien ihre Basis aufgebaut hatte. Die Gruppe unterstand dem Befehl eines Emirs, den sie zuvor anerkannt hatte. Einer seiner Gefolgsleute beschaffte Geld und Waffen, andere stellten gefälschte Personalausweise und Pässe verschiedener Staaten her, mit denen die Kämpfer sich frei bewegen konnten.

In dieser Zeit war es Samer gelungen, Kontakt zu al-Qaida aufzunehmen und in den Irak zu reisen, wo er über einen Monat lang blieb. Er traf dort den höchsten Vertreter der Organisation, Abu Musab az-Zarqawi. Er führte mit ihm religiöse und organisatorische Gespräche und plante mit ihm, Syrien in fünf Gebiete aufzuteilen, für die jeweils ein Emir zuständig sein sollte. Vermutlich wurde auch beschlossen, Samer die Führung aller syrischen Dschihad-Basen anzutragen.

Eine gute Nachricht war das nicht gerade. Die Geständnisse des Verhafteten erschütterten mich und raubten mir fast den Verstand. Samer war in eine Sache verwickelt, die für mich unvorstellbar war. Er sollte sich also dazu verstiegen haben, eine Schlüsselrolle bei al-Qaida anzunehmen und Syrien als Emir zu führen! Die Geschichte überzeugte mich nicht. Weder dass er angeblich eine so herausragende Rolle spielte noch dass er mit az-Zarqawi, der treibenden Kraft der al-Qaida im Irak, Kontakt gehabt haben sollte. Wer kam denn an diesen Mann heran? Wenn es ihn überhaupt gab!

»Glauben Sie denn, dass az-Zarqawi noch lebt?«, fragte ich den Offizier. Ich erinnerte mich an amerikanische Berichte, denen zufolge er schon vor Jahren in den Bergen von Sulaimaniya im Nordirak getötet worden sei, als US-Kampfflugzeuge eine Basis der Ansar-al-Islam-Gruppe bombardiert hatten. Seitdem herrschten zumindest starke Zweifel daran, dass er noch lebte.

»Es gibt widerstreitende Informationen über sein Schicksal«, meinte der Offizier. »Wenn Ihr Sohn az-Zarqawi nicht getroffen hat, dann zumindest einen seiner Getreuen.«

Er wollte anscheinend nicht bestätigen, was die Iraker sagten, nämlich dass der Terrorfürst überlebt habe. Denn es gab außerdem Gerüchte, er sei verwundet und anschließend in Syrien behandelt worden. Danach sei er, ohne seine Heilung abzuwarten, wieder in den Irak gegangen. Er habe deshalb bis heute ein Fußleiden. Aber ich wollte gar keine Diskussion über diesen Mann führen, dessen Name allein schon Schrecken verbreitete und den man nicht umsonst den blutigen Emir nannte. Er war ein Vermummter, der entführten Kollaborateuren vor laufender Kamera die Köpfe abschlug und die Aufnahmen davon veröffentlichen ließ.

Ich dachte über Samer nach. Er war doch viel zu unerfahren, um in so kurzer Zeit ein bedeutendes Mitglied einer Terrororganisation zu werden, die auf dem ganzen Erdball aktiv war. Jeder wusste, dass al-Qaida aus vielen einzelnen Zellen bestand. Es gab eine al-Qaida in Afghanistan, im Irak, in Saudi-Arabien und mehrere Ableger in Europa. Alle hatten sie einen Krieg gegen »Juden und Kreuzfahrer« ausgerufen und gelobt, allerorts amerikanische Interessen anzugreifen. Al-Qaida-Kämpfer wurden auf der ganzen Welt gejagt.

Ironisch sagte ich zu dem Offizier: »Erzählen Sie mir nicht, dass Samer weltweit gesucht wird!«

»Zumindest kann es sein, dass Ihr Sohn eine wichtige Rolle in der sogenannten al-Qaida für den Dschihad in Großsyrien spielt.«

»Mir scheint, Sie sprechen von jemand anders. Das ist nicht mein Sohn, auch wenn er genauso heißen sollte. Wer ist er denn, dass er mit al-Qaida Kontakt aufnimmt und heimlich in den Irak geht in der Hoffnung, eine hohe Stellung zu erhalten, die diese Organisation einem jungen Studenten nie zubilligen würde?«

»Väter denken immer, ihre Söhne seien noch Kinder, egal wie alt sie werden«, meinte der Offizier spitz.

Trotzdem, es blieb eine Unklarheit in seinen Ausführungen, und die betraf az-Zarqawi selbst. Ich persönlich glaubte, dass es ihn gar nicht gab. Und wenn viele ihn hochhielten, dann nur, um ihm die abscheulichsten Anschläge anzuhängen. Selbst die Amerikaner erweckten ihn nun wieder zum Leben und brachten ihn mit extremistischen Gruppen in aller Welt in Verbindung. Er habe mit arabischen Terroristen in Tschetschenien und Georgien zu tun, er leite eine Zelle in Großbritannien, eine weitere in Frankreich und noch jeweils eine in Spanien und Italien. Er plane überdies einen Angriff mit chemischen Waffen. Das alles hatte mich im Jahr zuvor dazu gebracht, zu schreiben, Amerika und Europa benötigten eine Figur, die den verhafteten Saddam Hussein ersetzt.

Deshalb verbreiteten sie das Schreckensbild von Abu Musab az-Zarqawi, der Europa mit Massenvernichtungswaffen bedrohe. Zumindest glaubte ich nicht, dass dieser Mann hinkend von Land zu Land floh, um seiner Verhaftung zu entgehen, falls er noch lebte.

War dieser angebliche az-Zarqawi wirklich so auf Samer angewiesen, dass er ihn in den Irak hatte kommen lassen? Der Offizier konnte eine solche Farce doch wohl kaum selbst glauben.

Wie dem auch sei, Samer war gegangen, um zu töten und getötet zu werden. Konnte es etwas Schlimmeres geben, als dass ein unerfahrener, wohlwollender und naiver junger Mann sich als Freiwilliger zu einer solchen Aufgabe meldete? Ein junger Mann, den sein Glaube hartherzig hatte werden lassen, statt ihn barmherzig zu machen? Was für ein Glaube sollte das sein?

Ohne viel Aufhebens wurde mein Vorhaben, Sana zu heiraten, vertagt. Ich konnte unmöglich heiraten, bevor ich nicht wusste, was aus Samer geworden war. Es war keine Frage der gesellschaftlichen Etikette, sondern meine Entscheidung. Ich wollte die Gefühle meiner Kinder nicht verletzen, indem ich mir erlaubte, für mich eine Zukunft ohne sie zu planen. Sie sollten darüber Bescheid wissen, was ich vorhatte, und mir war, als würde ich alle Hoffnung auf Samers Rückkehr aufgeben, wenn ich in seiner Abwesenheit heiratete.

Ich beschloss, wieder nach Dubai zu fliegen, nachdem Nada versprochen hatte, mir so bald wie möglich zu folgen und ihre Semesterferien dort bei mir zu verbringen. Ich packte erneut meinen Koffer, aus dem ich eigentlich nur die Mitbringsel herausgenommen hatte. Eines der Geschenke war für Samer gewesen; ich ließ es bei Nada. Ich war mir nun bereits sicher, dass er es nie zu Gesicht bekommen würde.

Es war ein dreibändiges Werk über alte ägyptische Kunst. Die pharaonische Zivilisation war für ihn wohl ohnehin nur noch Götzenkultur.

Hassan versuchte mich zu trösten, aber ich sagte ihm, es habe keinen Zweck. Sana stand zu mir. Ich überlegte, ob ich sie bitten sollte, mir in ein paar Monaten ganz nach Dubai zu folgen, wir könnten ja dann dort heiraten, aber wann würde das sein? Ich war außerstande, einen Zeitpunkt dafür anzugeben. Ich wusste nur, dass ich alles auf unbestimmte Zeit verschieben wollte. Ich wartete auf etwas und hoffte, dass es nicht die Nachricht von Samers Tod sein würde.

Die verbleibenden Tage in Damaskus nutzte ich für Behördengänge. Ich zahlte Steuern nach und ließ mir eine Bescheinigung ausstellen, dass ich schuldenfrei war. Ich tat das, weil ich glaubte, möglicherweise viele Jahre lang nicht mehr nach Damaskus zurückzukommen, denn welche Nachricht auch immer mich von dort erreichen würde, ein Begräbnis würde es nicht geben.

13

Einen Tag vor meiner geplanten Abreise nach Dubai rief Hassan mich an. Der Geheimdienstoffizier wolle mich heute Abend noch sehen.

»Weiß er etwas Neues?«

»Nicht nur das.«

Hassan begleitete mich auch dieses Mal, der Offizier hatte sogar um seine Anwesenheit gebeten.

Der syrische Beamte war nicht allein. Neben ihm erwartete mich ein amerikanischer Offizier im Rang eines Majors! Er trug Zivilkleidung, ein kurzärmliges blaues Hemd, eine leichte Weste und Jeans. Er war einigermaßen groß, etwas über vierzig Jahre alt, sportlich, hellhäutig, blond, hatte blaue Augen, kurz, er war das klassische Klischee eines Amerikaners. Er sprach schnell, aber sein Englisch war gut verständlich. Er überraschte mich, indem er sofort auf das Thema zu sprechen kam: »Ich verstehe Ihre Situation als Vater, der seinen Sohn aufgrund unglücklicher Umstände verloren hat. Glauben Sie nicht, dass ich gegen Sie oder Ihren Sohn irgendeinen Groll hege. Ich bin mir darüber im Klaren, dass das alles ohne Ihr Verschulden passiert ist.«

Er hielt sich aber nicht lange mit seinen Gefühlen auf, sondern wechselte schnell zu einem anderen Punkt: »Mir ist bekannt, was in der Region vor sich geht, und ich glaube, dass es weder uns noch Ihnen zugutekommt. Ich bedaure, wie schlimm die Situation für uns alle geworden ist. Wir sollten zusammenarbeiten und etwas Gutes tun. Können Sie mir folgen?«

Ich hörte ihm verwundert zu. Er sprach so, als repräsentierte ich seine Gegner. Ich sagte kühl: »Ich höre Sie gut.«

»Ich verstehe die arabische Sicht der Dinge«, fuhr er fort, »aber lassen Sie mich auch meine erklären. Dies ist ein Krieg, bei dem alle verlieren. Wir wollen uns nicht mit der Frage aufhalten, wer an der Misere Schuld hat. Wir befinden uns in demselben Dilemma, und ich möchte nicht erörtern, wer von uns am tiefsten darin steckt. Ich glaube zwar, dass ein Abzug aus dem Irak unser Problem lösen würde, aber das ist meine persönliche Meinung, nicht die meiner Regierung. In einem Punkt muss ich ihr allerdings recht geben: Wenn wir abziehen, werden andere davon profitieren, und das kann weder in Ihrem noch in unserem Interesse sein.«

Er schien das, was er sagte, auswendig vorzutragen. Ich empfand es als unpassend, dass er nicht den Geheimdienstoffizier, sondern mich ansprach. Aber schließlich weckte er definitiv mein Interesse, indem er sagte: »Ich möchte Sie informieren, dass ich Ihnen aufgrund meiner Vollmachten helfen könnte, falls Sie mir auch helfen. Soll ich fortfahren?«

Diese späte, schnell gesprochene Überleitung zu einem neuen Punkt kam für mich unerwartet, doch ließ sie Hoffnung in mir aufkommen. Ich nickte zustimmend und fragte: »Hat es mit meinem Sohn zu tun?«

»Ich habe gehört, dass Ihr Sohn weder als Selbstmordattentäter noch als Kämpfer tätig werden soll. Haben Sie dafür eine Erklärung?«

Plötzlich hatte ich den Einfall, das Spiel mitzuspielen und so zu tun, als könnten all die Übertreibungen in Bezug auf Samer wahr sein. Vielleicht waren sie sogar insofern zu erklären, als al-Qaida stark auf Propaganda setzte und Samer sich auf Betriebsmanagement und Marketing spezialisiert hatte. Die Organisation könnte jemanden wie ihn, der für ihre Ideen und Aktionen warb, möglicherweise gebrauchen.

»Vielleicht weil er Spezialist für Marketing ist«, sagte ich.

»Das ist keine ausreichende Erklärung. Die denken nicht wie wir. Es geht auch nicht nur darum, ob er Kurse zur Bombenherstellung, zum Präparieren von Autos mit Dynamit oder dem Anlegen von Sprengstoffgürteln absolviert hat. Es geht um seine Persönlichkeit.«

»Samer ist dreiundzwanzig. Seine Qualifikationen reichen leider nur für das, was Sie gerade ausgeschlossen haben.«

»Sein Alter spielt keine Rolle. Außerdem werden ihm ganz andere Fertigkeiten abverlangt als die, die Sie genannt haben.«

»Überschätzen Sie meinen Sohn nicht?«

»Nun gut, ich werde Ihnen verraten, was ich denke. Ich glaube, dass diese Leute Ihrem Sohn eine sehr große Aufgabe übertragen werden, und die wird tatsächlich mit dem zu tun haben, was er an der Universität gelernt hat: Unternehmensmanagement – aber um was für ein Unternehmen geht es hier? Wie wir wissen, mangelt es al-Qaida an einem stabilen und vertrauenswürdigen Kommunikationskanal zwischen Irak und Syrien. Für eine solche Aufgabe ist die Fähigkeit vonnöten, schnelle Entscheidungen zu treffen. Außerdem braucht es Mut bis an die Grenze der Verwegenheit sowie einen starken Glauben an die Idee der Organisation. Ein gut ausgebildeter, intelligenter junger Mann wie Ihr Sohn wäre bestens geeignet für einen solchen Job.«

Er sprach schon fast wie der Geheimdienstchef. Ich wandte ein: »Aber ihm fehlt jede Erfahrung.«

»Die kann er sich während der Arbeit aneignen. Außerdem würden sie ihn notfalls eben opfern. Sie wissen doch, dass denen an einem Menschenleben nicht viel liegt. Für eine solche Tätigkeit ist extreme Frömmigkeit, gepaart mit etwas Wissen über Verwaltung und Planung, erforderlich. Ich glaube, dass sie Ihren Sohn für gut befunden haben. Nun ja, wir wissen nicht genau, was die vorhaben. Aber das wäre eine Ausgangsbasis.«

»Und was wollen Sie von mir?«

»Wir möchten Ihren Sohn haben.«

Ich erschrak. Mein Sohn war ins Fadenkreuz der Amerikaner geraten!

»Da sind Sie nicht allein. Viele wollen ihn haben«, entgegnete ich, um meinen Schrecken zu überspielen. Ich blickte zum Geheimdienstoffizier hinüber, und der Amerikaner verstand, was ich meinte.

»Uns bedeutet er aber am meisten. Da sind wir uns mit der anderen Seite einig.«

»Ist er in Gefahr?«

»Im Moment ist er in keiner Kampfzone und in relativer Sicherheit.«

Da ich schwieg, fuhr er fort: »Ich schlage Ihnen einen Deal vor. Wir bringen Sie sicher in den Irak und regeln Ihren Aufenthalt dort. Dann machen wir uns gemeinsam auf die Suche nach Ihrem Sohn. Wir möchten ihn heil nach Syrien zurückbringen. Und dazu brauchen wir Ihre Mithilfe als Vater.«

»Und welche Garantie können Sie mir bieten?«

»Wir möchten Informationen von ihm. Das Verhör wird hauptsächlich hier in Damaskus stattfinden, geleitet von syrischen Ermittlern.«

Das beruhigte mich gar nicht. Ein Verhör durch den syrischen Geheimdienst wäre möglicherweise das Schlimmste, was ihm passieren könnte.

»Sie glauben doch nicht im Ernst, dass ein Vater seinen Sohn verraten und in Folter und Tod schicken würde. Da wäre es mir lieber, er würde im Irak getötet.«

»Ihm wird nichts geschehen, wenn er vollständig aussagt.«

»Und wenn er zum Tode verurteilt wird?«

»Wir werden ein verbindliches Abkommen treffen. Die syrische Seite hat bereits ihr Einverständnis gegeben.«

Der Geheimdienstoffizier schaltete sich nun ein und sagte: »Vorausgesetzt, die Operation läuft nach Plan. Sie möchten Ihren Sohn zurück, und wir möchten Informationen. Einer Amnestie werden wir uns nicht verschließen.« Er habe diesbezügliche Anweisungen von höherer Stelle, an die er sich halte.

Ich nahm dies zum Anlass, dem Amerikaner meine Zweifel zu offenbaren: »Ich bin anderer Meinung als Sie beide. Ich glaube, wir meinen nicht dieselbe Person. Ich zweifle daran, dass es sich um meinen Sohn handelt. Aber was auch immer sich als Ergebnis herausstellen sollte: Wird die Entscheidung einer Amnestie Bestand haben?«

Der syrische Offizier und der amerikanische Major erklärten sich damit einverstanden, dass es bei Straffreiheit bleiben werde, unabhängig davon, ob Samer Kämpfer, Selbstmordattentäter oder Emir war, und egal ob er Informationen besaß oder nicht.

»Gut, dann werde ich darüber nachdenken.«

»Aber bitte nicht zu lang.«

Als wir allein waren, warnte mich Hassan: »Mach dir die Entscheidung nicht zu leicht. Die Gefahr ist für dich größer als für Samer. Die ganze Operation ist eher eine Art Experiment. Wenn es schiefgeht, wirst du einen hohen Preis bezahlen. Nur wenn der Zufall auf deiner Seite ist, gibt es ein wenig Hoffnung. Die Amerikaner denken, sie könnten alles. Dabei zeigt doch gerade ihr Scheitern im Irak, dass sie oft völlig im Dunkeln tappen.«

Ich aber sah in dem Angebot eine unwiederbringliche Chance. Ich fragte Hassan: »Glaubst du, ich kann den Amerikanern trauen?«

»Normalerweise halten sie sich an ihre Vereinbarungen.«

»Aber die Beziehungen zwischen Syrien und den USA sind wechselhaft wie Ebbe und Flut.«

»Trotz aller politischen Unstimmigkeiten arbeiten beide Länder in Sicherheitsbelangen zusammen, wenn auch nur äußerst begrenzt. Vergiss nicht, dass beide einen gemeinsamen Feind haben: Amerika fürchtet die Islamisten, weil diese sie vernichten wollen, und wir fürchten, dass sie ihre Aktivitäten auf Syrien ausdehnen könnten.«

14

Auf den ersten Blick sah es aus wie ein Angebot, das man nur einmal im Leben bekommt. Ich würde nicht nur meinen Sohn retten, sondern auch andere, vielleicht zahllose Menschen, Araber wie Ausländer, überwiegend Unschuldige. Seit ich über den politischen Islam geschrieben hatte, bildete ich mir ein, ich würde etwas Nützliches tun, indem ich vor einer Gefahr und einer desaströsen Dummheit warnte. Solche Wünsche haben Leute, die glauben, sie seien damit betraut, eine Mission zu erfüllen, solange sie leben und die Möglichkeit dazu haben. Bei mir war es ein Relikt aus meiner idealsozialistischen Phase, und unter den momentanen Umständen passte es gut zu meiner persönlichen Tragödie. Was ich unternehmen wollte, schien mir eine zutiefst selbstlose Tat zu sein, die geradezu transnationale Züge trug: Araber, Amerikaner, Italiener, Engländer, Türken, Nepalesen, Koreaner würden mir dankbar sein ... Genug davon. Um Menschlichkeit allein ging es mir nicht. Was aber motivierte mich dann?

Idealismus hatte ich nicht im Sinn und ein Abenteuer ebenso wenig. Ich wollte einen Menschen retten, der nicht nur wegen der Vernachlässigung, die er durch mich erfahren hatte, dorthin gegangen war, wo er jetzt war, sondern der schlicht wegen mir auf der Welt war. Musste ich nicht zwangsläufig denken, dass ich zweifach schuldig geworden war? Und wenn ich um seinetwillen in die Hölle ging, dann wäre mein Trost, dass ich es tat, um ihn dort herauszuholen. Ich hatte Samer nichts geboten und ihn damit zur Beute tödlicher Ideen gemacht. Wie sonst sollte man einen solch grauenvoll und willkürlich geführten Widerstand nennen, bei dem Autobomben eingesetzt, Selbstmordanschläge verübt und friedliche Familien ermordet wurden? Es war eine Barbarei, die kein Ende fand und die dennoch einem irregeleiteten Mann, der erst am Anfang seines Lebens stand, die Welt bedeuten konnte. Eine Welt des Aberglaubens, des Wunschdenkens und der Selbsttäuschung. Wo existiert denn das Paradies außer in der Phantasie der Gläubigen? Als wir noch gegen den Imperialismus kämpften, versprach man uns eine bessere Welt. Das Ergebnis war eine schlimmere als zuvor. Ein Paradies auf Erden war uns nicht beschieden. Es musste also wohl unter der Erde liegen: im Grab, dem Paradies des Nichtseins.

Genug jetzt, ich sollte einhalten. Diese Erinnerungen werden bald alle Teufel auf mich loslassen. Das freie Spiel meiner Gedanken hat mich aus meiner kalten, ereignislosen Gegenwart zurück in eine Zeit gerissen, vor der mir graut, und ich stand bereits an ihrer Schwelle. Ein falscher Schritt, und ich würde vollends in sie hineingleiten, hineinstürzen in das Feuer einer wohlweislich verschlossenen Welt.

Ich sagte zu Hassan: »Ich kann nicht mehr. Ich ertrage es nicht, weiter in Erinnerungen zu wühlen.«

»Nur jetzt nicht kneifen«, erwiderte Hassan. »Sie wollen genau wissen, was dir passiert ist. Der Bericht der Amerikaner über deine Zeit in Bagdad reicht ihnen nicht.«

Mir fehlte die Nahtstelle zur nächsten Szene, aber ich versuchte trotzdem einen weiteren Schritt zurück. Ich fragte Hassan: »Wer war dieser amerikanische Offizier, mit dem ich mich getroffen hatte?«

»Das war Major Richard Miller.«

»Unsere Beziehung war recht eng, nicht wahr?«

»Ob sie eng war, weiß ich nicht, aber sie war nicht schlecht.«

»Erzähl mir ein wenig davon.«

»Der Major besorgte dir einen amerikanischen Pass auf deinen Namen mit Visum für die Einreise in den Irak. Du solltest als Geschäftsmann arabischer Herkunft auftreten und dich als Repräsentant eines ausländischen Unternehmens in Bagdad ausgeben, der versucht, Verträge für Lebensmittellieferungen an die US-Armee an Land zu ziehen. Die Aufgabe des Majors bestand angeblich darin, die von den Amerikanern beauftragten Bauunternehmen zu kontrollieren und sicherzustellen, dass sie die geforderten Standards einhielten. Ganz geglaubt haben wir das natürlich nicht, denn er reiste ständig zwischen Beirut und Damaskus hin und her und erbat Informationen, die mit einer solchen Arbeit nichts zu tun hatten.«

»Du weißt ja ganz schön viel«, sagte ich zu Hassan.

»So viel nun auch wieder nicht. Vor allem über seine andere Tätigkeit wussten wir kaum etwas, denn sie war geheim. Sie hatte mit der Führung einer Einheit aus Söldnern und amerikanischen Berufssoldaten zu tun, die für Spezialeinsätze ausgebildet waren und gegen Entführungen und Geiselnahmen vorgehen sollten. Wir erfuhren davon und von anderen Dingen, weil sie so viel Wirbel verursachten und gleichzeitig so unter Verschluss gehalten wurden. Man sprach schon bald von einer Richard-Miller-Mission.«

»Hatte ich damit zu tun?«

»Ich glaube nicht. Aber seine Abmachung mit dir hatte mit der Geheimmission zu tun.«

Ich mochte Hassan nicht noch einmal sagen, dass ich vergessen wollte. Ich wiederholte nur, dass ich müde sei. Wozu sollten all diese Details gut sein? Sie laugten mich aus und bereiteten mir Qualen, die zwar nicht körperlich waren, aber tiefer gingen als jeder Schmerz.

»Dein letzter Satz war: Vielleicht kehre ich nie zurück«, sagte Hassan.

»Nun sag mir nur nicht, ich hätte mich umbringen wollen!«

»Jedenfalls gingst du in ein Land, in dem der Tod jeden treffen kann.«

»Offenbar wollte ich ein Wagnis eingehen.«

»Ein großes Wagnis. Der Irak durchlief damals gerade seine schlimmste Phase.«

Ein Irak ohne Diktator. Der abgesetzte Saddam Hussein

war festgenommen worden und wartete auf seinen Prozess und das unweigerliche Todesurteil. Die vordem regierende Baath-Partei wurde verfolgt. Es herrschte so etwas wie zügellose Freiheit unter der Ägide der Streitkräfte des amerikanisch-britischen Bündnisses im mittlerweile gefährlichsten Land der Welt. Der Widerstand, der mit Aktionen gegen die Besatzungstruppen begonnen hatte, war unbedeutend geworden. An seine Stelle waren tägliche blutige Kämpfe unter den Irakern selbst getreten: Sunniten gegen Schiiten, Araber gegen Kurden, Kurden gegen Turkmenen, alle gegen alle. In diese Konflikte griffen Amerikaner und Engländer, Iraner, Türken und arabische Nachbarstaaten ebenso ein wie die Geheimdienste westlicher Staaten und der Mossad. Bagdad war im Griff von Banden, die raubten und entführten, während sich die Milizen, bewaffnet mit Hass und dubiosen Beziehungen, gegenseitig bekriegten und das Land im Verein mit Todesschwadronen in eine konfessionelle Kampfzone verwandelten. Sie streiften bei Tag und bei Nacht durch die Straßen, beschossen sich, legten Hinterhalte, feuerten Mörsergranaten und verübten Attentate. Der Staat war gelähmt, die Regierung handlungsunfähig, Sicherheitskräfte unternahmen nichts, die Armee war aufgelöst, Hunderttausende Soldaten, Polizisten und Beamte waren ohne Arbeit. Parteien schossen wie Pilze aus dem Boden, plötzlich gab es einhundertfünfzig davon! Jede wollte eine möglichst große Portion vom Festmahl abhaben, und die verschiedenen Flügel der Regierung tauschten Beschuldigungen aus und verwickelten einander in Intrigen.

»Aber du wusstest, worauf du dich einlässt. Andererseits hast du deiner Frau die Wahrheit geschickt verheimlicht, damit sie keine zu große Hoffnung schöpft und dann wieder eine Enttäuschung erlebt. Du sagtest ihr, du würdest wieder nach Dubai fliegen, aber nicht lange wegbleiben. Nur deine

Tochter hast du ins Vertrauen gezogen. Sie wusste, dass du Papiere zur Einreise in den Irak hattest. Du sagtest ihr, du würdest versuchen, Samer zu finden, es dürfe aber niemand davon erfahren. Sie wollte dich davon abhalten, weil sie dich nicht auch noch verlieren wollte. Du versprachst ihr, dich nicht in Gefahr zu bringen. Auch Sana gabst du über den wahren Hintergrund deiner Reise Bescheid.«

»Denk bitte nicht, dass mir Samer wichtiger ist als du«, hatte ich zu Sana gesagt.

»Ich habe kein Recht, dir deine väterlichen Gefühle zu verbieten«, antwortete sie.

Sie würdigte mein Verantwortungsgefühl gegenüber meinem Sohn und versuchte nicht, mich von meiner Entscheidung abzubringen.

»Hatte sie Angst um mich?«, fragte ich Hassan.

»In den Irak zu gehen war kein Spaziergang, nicht einmal für eine Armee mit Raketen, Kriegsschiffen und Flugzeugen.«

Ich hatte noch nicht ganz verstanden, was für eine Beziehung mich mit Sana verband. Beruhte sie auf Liebe oder Berechnung? Ich hatte eine lange Ehe hinter mir, die mir gezeigt hatte, dass Liebe ein trügerisches Gefühl ist, auf das man besser nicht bauen sollte. Wenn unsere Beziehung aber Kalkül gewesen war, dann war es nicht schade um sie, denn heute würden meine Erwägungen gegen sie ausfallen. Waren solche Gedanken eine Art Komplizenschaft mit meinem versiegelten Gedächtnis, oder war ich übervorsichtig und in einem schlechten Sinn abgeklärt? Am liebsten stellte ich mir vor, dass Sana und ich eine ruhige, rationale Beziehung geführt hatten, die darauf beruhte, dass jeder von uns beiden einen Gefährten nötig hatte, der den restlichen Lebensweg mit ihm teilen und ihn möglichst erleichtern würde. Aber was bedeutete mir mein Leben noch? Die mir verbleibenden Jahre würden nur noch dafür ausreichen, weniger beanspruchende Dinge zu tun und etwas Raum für Ruhe und Nachdenken lassen, was dabei helfen würde, das ein oder andere Beschwernis zu verwinden und sich nicht zu sehr über gewisse schlechte Angewohnheiten aufzuregen, die man nicht mehr ablegen kann.

Ich war Anfang fünfzig, also in einem Alter, in dem man bereits unvermittelt sterben oder unheilbar erkranken konnte. Ich versuchte mich nur noch auf ein erträgliches Ende vorzubereiten, und wenn noch ein paar Banalitäten einträten, dann wäre es nicht weiter schlimm, und ein paar unumgängliche traurige oder tragische Ereignisse, auch etwas größere, würde ich aufgrund früher erlebten Unglücks ebenfalls verkraften können.

Oder, und das durfte ich nicht ausschließen, ich hatte mit Sana eine rein sexuelle Beziehung gehabt, die sie, wie Frauen dies häufig tun, für eine emotionale Beziehung gehalten hatte. War dies unser Spiel gewesen, oder hatte ich sie geliebt? Wenn ich nun versuchte, rückgängig zu machen, was ich getan hatte, dann deshalb, weil ich Sana spüren lassen wollte, dass ich ihre Gefühle nicht erwiderte oder zumindest nicht wusste, was ich für sie empfand. Sie war mir fremd, so wie ich ihr fremd geworden war, und es war nicht verwunderlich, dass sie dabei scheitern musste, sich mir anzunähern. Meine Schroffheit und Ignoranz mussten sie schmerzen, es sei denn, sie tröstete sich mit einer bedingungslosen Liebe, die keinen Schmerz kannte. Meine Schweigsamkeit stand wie eine Barriere zwischen uns, und ich steckte sie damit an. Ich spürte nicht einmal Widerwillen gegen sie, ich wollte nur nicht, dass sie einen Platz in meiner Vergangenheit einnahm und mich in diese zurückreißen konnte. Aber ich konnte mich ihren scharfen Blicken nicht entziehen, die mich aus der Distanz musterten und mich bedauerten. Was an mir aber gab Anlass für Bedauern?

»Bist du dir sicher, dass wir heiraten wollten?«, fragte ich sie.

»Bring mich nicht dazu, dich zu bemitleiden.«

»Was verbindet uns denn?«

»Alles und nichts.«

Sie überließ die Entscheidung mir.

In Wirklichkeit war ich gar nicht in der Lage, etwas zu entscheiden. Ich war, so empfand ich es, von einem Gedächtnis gefesselt, das mir nicht zugänglich war, das mich betrog und mir mal dies, mal jenes verbarg oder offenbarte. Mein Erinnerungsvermögen spiegelte mir viel Irriges vor und gewährte mir nur wenig Verlässliches. Tatsächlich sah ich mich vor und stellte mich meinen Erinnerungen mit aller Kraft entgegen. Ich wollte niemandem einen Platz in meinem Leben einräumen. Am liebsten hätte ich alle Menschen aus ihm verbannt, ohne dass es mir ein schlechtes Gewissen bereitet hätte.

Aber meine Mitmenschen beobachteten mich unermüdlich. Da war ein Freund, der mich hartnäckig und mitunter zornig ermunterte, mich meiner Vergangenheit zu stellen, eine Exfrau, die jemanden brauchte, der sie tröstete, und die ihre Tränen zurückhielt, eine Tochter, die mich ratlos betrachtete, und eine Partnerin, deren Geduld wohl bald am Ende wäre. Die erwartungsvolle Haltung all dieser Menschen belastete mich; ich wusste, dass ich nicht endlos schweigen durfte, ich musste mich bemühen, obwohl es mir zuwider war. Einerseits wollte ich vordringen in das, was mir mein Gedächtnis versagte, aber zugleich wünschte ich, es möge mir nicht gelingen. Ich gefiel mir selbst nicht. Wenn ich mich betrachtete, sah ich das Jammerbild einer billigen Tragödie, der undurchsichtigen Tragödie eines apathischen und ängstlichen Mannes, der sein Gedächtnis verloren und nicht den Mut hatte, es wiederzugewinnen. Wohin sollte dieser alberne Zustand führen?

Ich wusste nicht recht, was ich den Leuten angetan hatte. Hatte ich meine Erinnerungen versehentlich verloren, oder hatte ich sie selbst außer Kraft gesetzt, weil ich sie nicht ertrug? Wenn dem so war, dann hatte ich willentlich, aber nicht vorsätzlich gehandelt. Ich würde meine Erinnerungen nicht überwinden oder abstreifen können, und das war auch nicht mein Ziel. Ich wollte nur wissen, was alle diese um mich besorgten Personen umtrieb, die mich so wohltätig umhegten und meine Torheiten ertrugen, und ganz besonders, was diese Frau wollte, deren banges Abwarten mich belastete.

15

Die Vorhänge ließen den Blick auf einen finsteren Himmel frei. Es wurde Herbst, Wolken zogen vorüber und erste Regenschauer fielen. Die Düsterkeit regte eher zu depressiver Stimmung an als zum Schlafen. So also sah mein Ende aus: Ich lag auf dem Bett, halb krank, halb verwundet, mein Verstand halb getrübt, und ich war allein. Und über meine Einsamkeit wachte eine traurige Frau, die fast meine zweite Ehefrau geworden wäre, wenn nicht …, wenn nicht was? Ich war der Leere und der Vereinsamung überdrüssig, und ich war es leid, mir Szenen zu vergegenwärtigen, die vielleicht stattgefunden hatten, vielleicht auch nicht, es war mir sogar einerlei, ob sie passiert waren, aber ich wollte nun wissen, was ich mit ihnen zu tun hatte.

Ich sagte zu Sana: »Ich bin drauf und dran zu ersticken. Ich möchte endlich erfahren, was mit mir passiert ist.

Ich weiß, dass ich dir viel verdanke. Ich weiß nur nicht, was.«

Hassan schaltete sich ein: »Wenn du willst, dass wir dir helfen, dann hilf du uns auch ein wenig.«

»Ich weiß zwar nicht, wie, aber ich werde es versuchen.«

»Bevor du abgereist bist, hattest du Sana versprochen, ihr E-Mails zu schicken. Du hast dich auch daran gehalten, hast Sana immer versichert, dass es dir gutgeht, dich aber ansonsten kurz gefasst und nichts Außergewöhnliches geschrieben. Vieles in deinen Mails blieb unklar.«

Hassan hatte mich neugierig gemacht. Könnte ich diese E-Mails lesen, würde ich mich vielleicht wieder erinnern. Sana brachte sie mir, ausgedruckt und chronologisch geordnet. Sie legte mir die Blätter vor, als würde sie mir damit beweisen, wer sie war, dass wir eine gemeinsame Vergangenheit hatten und dass ich ihr vollständig vertraut hatte. »Ich war die Einzige, der du geschrieben hast«, betonte sie.

Ich überflog die Blätter. Meine E-Mails waren tatsächlich sehr kurz, die meisten begannen mit »Meine liebe Sana« und endeten mit Grüßen an unsere gemeinsamen Bekannten, zuweilen auch mit »heißen Küssen« oder damit, dass ich sie vermisste.

Etwas geschah mit mir. Als ob etwas beendet wäre und irgendetwas Neues zu beginnen hätte – etwas Erträgliches oder Unerträgliches, etwas Bedauerliches oder Erfreuliches –, es war unausweichlich, dass ich mich der Vergangenheit stellte und meine Erinnerungen wiedergewann, auch wenn sie schmerzlich und bitter sein sollten. Ohne eine Prognose zu stellen, würde ich diesen Weg nun gehen. Und sollte ich schwach werden, vielleicht weil ich meiner früheren Persönlichkeit begegnen würde und diese unsicher oder halsstarrig, mutig oder verzweifelt wäre, so wäre ich doch entschlossen, alles zu erfahren.

Ich fühlte etwas in meinem Kopf zerspringen. Es war ein Echo von Explosionen, die Minen in meinem Gedächtnis gingen hoch, sie hatten einen Zeitzünder, der auf diesen Moment eingestellt war, sie zerbarsten rings um mich her ohne Geräusch und waren doch ohrenbetäubend, sie machten Rauch, aber anstatt mir die Sicht zu nehmen, enthüllten sie mir Szenen, die zu sehen ich schon wieder bereute. Und so wie sie verschwanden, kamen sie auch gleich wieder. Warum begriff ich noch immer nicht, was das alles bedeutete?

Zweiter Teil

Ich hatte mir vom Lesen meiner E-Mails nicht allzu viel erwartet, aber schon als ich die ersten Zeilen durchging, war mir, als packe mich etwas hinterrücks und als sei ich einsam umzingelt von Erscheinungen, die ich zunächst nicht verstand und nur als unheilvoll deuten konnte. In diesem Moment zerfiel meine Gegenwehr.

Es war erstaunlich, wie die Erinnerungen auf mich einströmten, ohne dass ich sie mühsam zusammensetzen musste. Schmerzlich waren sie allemal, so sehr, dass ich mir zuweilen wünschte zu sterben. Und manche davon waren wohl Einbildung, hatten aber doch auch einen wahren Kern.

Botschaften aus Bagdad

Die erste E-Mail

Seit heute Nachmittag bin ich in Bagdad. Der Flug hat zwei Stunden gedauert und war bequem, und auch sonst verlief alles reibungslos.

Ich wohne im Al-Rashid-Hotel in der Grünen Zone, die absolut sicher ist.

Ich werde mich kurz fassen. Nicht alles stimmt, was man über die Situation im Irak sieht und hört. In der Presse wird viel übertrieben; das meiste sind nur Behauptungen und Gerüchte.

Obwohl in Bagdad viel zerstört ist, wird sich die Stadt bald wieder erholen.

Heute Abend war in der Ferne eine Explosion zu hören. Aber zu Sorge besteht kein Anlass.

Ich hatte in dieser meiner ersten E-Mail keineswegs die Wahrheit gesagt. Die Gerüchte nahmen sich sogar noch bescheiden aus im Vergleich zur Realität, die die Besatzungstruppen zu bemänteln versuchten. Bagdad würde sich vielleicht nie wieder erholen oder wenn, dann erst in vielen Jahren. Vorbei war es mit der Welthauptstadt, von der wir früher gelesen hatten, vorbei mit der Metropole des Ruhmes und der Ewigkeit, vorbei mit der Burg der Löwen, wie Bagdad in alten Liedern und in den Erklärungen putschender Militärregierungen genannt worden war, die ebenso schnell

Triumphe gefeiert hatten, wie sie wieder verdrängt worden waren. Bagdad war nichts weiter als eine Stadt im Ausnahmezustand, und das Schlimmste war, dass sie nicht wieder zu Bewusstsein fand.

Ich musste lügen, um bei Sana keine zu schlimmen Befürchtungen zu wecken. Es war zudem aus Sicherheitsgründen geboten, schließlich befand ich mich in einem Kriegsgebiet, in dem man jederzeit zu Tode kommen konnte, vielleicht wurde ich überwacht, und ich durfte in der Grünen Zone keinen Verdacht erwecken. Hier befanden sich die Besatzungsmacht, die vorläufige Regierung, Sicherheitskräfte und Dutzende Parteien, die mit den Amerikanern kooperierten und die hier geheim operierende Einrichtungen unterhielten und Spione hatten. Man wusste nicht, wer einen beobachtete und was dieser von einem dachte.

Aber an die Stelle solcher Sorgen traten schnell andere, nicht weniger bedrückende. Chaos und Angst erlaubten hier niemandem ein geduldiges Überwachen oder auch nur sorgfältiges Arbeiten. Das Einzige, was sie beschäftigte, war, so vorsichtig wie nur möglich zu sein. »Sie wissen nie«, warnte mich Major Miller, »was Ihnen infolge eines Versehens oder einer Unachtsamkeit passieren kann.« Zehn Tage zuvor sei ein junger Mann am Kontrollpunkt der Zufahrt zur Grünen Zone getötet worden. Er hatte sich mit einem Wachposten gestritten und wollte gerade ein Mobiltelefon aus der Tasche ziehen. Der Soldat dachte, er würde eine Granate werfen, und erschoss ihn. Miller kommentierte damit die bewaffneten Scharfschützen auf den Gebäuden um uns herum. Er ergänzte: »Die banalsten Dinge erregen manchmal ihren Argwohn. Und eine andere Reaktion, als den Abzug zu betätigen, kennen sie nicht.«

Es war ein beklemmender Anblick, wie sie die Mündungen ihrer Schnellfeuergewehre auf uns richteten und durch die Zielfernrohre jede unserer Bewegungen verfolgten. Ich befand mich genau in ihrem Fadenkreuz.

Es kam gar nichts anderes in Frage, als dass ich Sana beruhigte.

Und jetzt, da ich mich wieder an sie erinnerte, wollte ich sie zurückgewinnen! Kann eine Frau, die einen einmal ins Leben zurückgeholt hat, dies ein zweites Mal tun? Mich überkam ein schlimmes Schuldgefühl. Was war mit mir geschehen, nachdem ich aus dem Irak zurückgekommen war, dass ich sie so vollkommen vergessen konnte? Ich hätte sie außerhalb dieses düsteren Strudels halten müssen, der mich aufgesogen und um ein Haar vernichtet hatte. Hatte ich sie nun wiedergefunden, oder hatte sie sich nur neu in mein Leben eingeschlichen? Nein, ich war genau dort auf sie gestoßen, wo sie vorher gewesen war und wo ich sie auch jetzt sah: Sie saß auf dem Sofa, die Beine untergeschlagen, sie trug genau jene leichte Bluse, die wir gemeinsam zu Beginn des Sommers in der Al-Hamra-Straße gekauft hatten, und war damit beschäftigt, ihre Fingernägel rot zu lackieren. Jetzt betrachtete sie mit verlorenem Blick das Himmelsblau draußen vor dem Fenster. Sie war die Frau, die ich liebte.

Sie war jetzt in Gänze präsent mit ihrem Schweigen und ihren verstreuten Sachen, ihr Mantel hing am Kleiderhaken, ihre Handtasche lag auf dem Tisch, neben ihr standen das Nagellackfläschchen und das Aceton, daneben lagen Bücher, Schreibzettel und ein Bleistift, und an der Tür standen ihre schwarzen Schuhe mit den niedrigen Absätzen. Sie erhob sich und ging zum Fenster, dann setzte sie sich wieder gedankenverloren auf das Sofa, nahm ein Blatt, legte es auf ein Buch und begann darauf zu schreiben. Sie blickte zum Fenster auf, las etwas vom Himmel ab, sah zu mir und las in meinem Gesicht. Sie schrieb ein Gedicht. Ließ sie sich von meinem Leiden inspirieren? Ich sah nun nicht nur ihre Sachen, sondern ich sah sie, und ich sah sie in vielerlei Szenen: wie sie, eine Schürze um die Hüfte gebunden, in der Küche hantierte, wie sie auf dem Balkon den Veilchentopf goss und wie sie im Bett die Decke an sich zog und gähnte. Nun stand sie auf und machte sich bereit, zu gehen.

Der Abstand zwischen uns schwand, sie war mir ganz nah, ich nahm ihre Hand und sagte: »Es gibt Gefühle, die stärker sind als das Vergessen.« Ich hatte große Sehnsucht nach ihr, und ihre Sehnsucht nach mir war nicht geringer.

Über einen Zeitraum von zwei Jahren waren wir nie lange fern voneinander gewesen. Die längste Zeit, die ich ohne sie verbracht hatte, waren die knapp zwei Wochen in Dubai gewesen, und von dort hatte ich sie täglich angerufen. Einige Tage vor meiner Abreise nach Bagdad hatte sie eine Vorahnung überkommen, dass sie mich verlieren könnte. Sie überließ sich der Vorstellung, dass ihr kein glückliches Leben beschieden sei, und glaubte zu spüren, dass mir Gefahr drohte und unsere Beziehung schmerzvoll enden würde. Sie klammerte sich an mich, während ich für sie beinahe so etwas wie eine Krankheit wurde, gegen die es kein Mittel gab.

Ich hatte ihr gesagt, dass ich zunächst nur Major Miller nach Beirut begleiten würde, um von der dortigen US-Botschaft einen amerikanischen Pass mit meinem Namen zu erhalten, dass die Aktion mit Washington abgestimmt sei, ich in einem komfortablen Hotel untergebracht und in Bagdad vollen Schutz genießen würde. Ich hätte keinerlei Beschwernisse zu erwarten. Mein Abreisetermin war eine Woche später, und wir vereinbarten, die verbleibende Zeit gemeinsam zu verbringen.

In der US-Botschaft in Beirut bekam der Major jedoch Nachricht, dass er aufgrund dringlicher Belange sofort, wenn nicht am selben Tag, dann am nächsten, nach Bagdad zurückfliegen müsse. Ich schlug vor, ihm später dorthin zu folgen, aber er riet mir, ihn sofort zu begleiten. Die Lage ändere sich von Tag zu Tag, und es bestehe die Gefahr, dass ich später gar nicht mehr in den Irak reisen könnte. Ich erbat mir eine Frist bis zum nächsten Morgen und fuhr noch am selben Tag nach Damaskus zurück. Dort packte ich einen kleinen Koffer und berichtete Hassan von der neuen Situation. Wir vereinbarten, dass er niemandem mitteilen würde, wo ich war. Sanas Zweifel hingegen wuchsen durch meine vorgezogene Abreise nur noch mehr. Ich versicherte ihr, dass ich von dem früheren Termin selbst überrascht worden sei, dass es aber besser sei, jetzt zu fliegen statt in einer Woche. Um ihre Ängste zu zerstreuen, versprach ich, ihr aus Bagdad regelmäßig zu mailen, damit sie sicher sein könne, dass ich gesund sei. Ich wollte nicht sagen: »... dass ich noch am Leben bin.«

Am nächsten Morgen um sechs Uhr starteten Miller und ich von Beirut an Bord einer kleinen Transportmaschine. Nach knapp zwei Stunden kreisten wir hoch über dem Flughafen von Bagdad. Aus dem Fenster des Flugzeugs sah ich, wie die Windungen des Tigris die Stadt teilten. Ich zählte drei Rauchsäulen, die von Bränden aufgrund von Raketenbeschuss oder Explosionen herrührten. Das Flugzeug schraubte sich zur Landung hinunter, musste den Anflug aber abbrechen, als der Tower den Piloten informierte, dass der Flughafen Mörserbeschuss von Rebellen ausgesetzt sei. Wir wichen auf den Flughafen von Amman in Jordanien aus und konnten dort erst wieder starten, nachdem die Landebahn in Bagdad ausgebessert worden war. Die Reise hatte somit über acht Stunden gedauert.

In der Zeit, die ich mit Miller zwischen Damaskus und Beirut verbracht hatte, waren wir einander nicht nähergekommen. Doch die acht Stunden, die wir zusammen im Flugzeug saßen, brachen das Eis zwischen uns und schafften eine Vertrautheit, die ich nicht erwartet hätte. Der Major war gesprächiger als ich und vertraute mir einige persönliche Dinge an. Ich ließ mich darauf ein, blieb aber zugleich zurückhaltend, doch als der Flug zu Ende war, hatten wir uns angefreundet. Das war auch der Eindruck Millers, dem, wie er sagte, ein Freund gefehlt habe. Das Verhältnis zu seinen Arbeitskollegen, erklärte er, sei rein sachlicher Natur, was mich sehr wunderte. Er äußerte Anerkennung für meinen Mut, in den Irak zu gehen. Er habe mir so viel Entschlossenheit nicht zugetraut. Selbst am Flughafen von Beirut habe er geglaubt, ich würde vor dem Einstieg in die Maschine noch kehrtmachen. Sein Lob war allerdings auch eine Anspielung darauf, dass ich wenig darüber wusste, was im Irak tatsächlich los war. Miller urteilte, die Situation dort sei in Wirklichkeit schlimmer, als sie in den Medien dargestellt werde, ja sogar schlimmer, als man es den Geheimberichten entnehmen könne.

Ich sagte, ich würde keinen Rückzieher machen, egal wie schlimm die Zustände seien. Er meinte, wir hätten manches gemeinsam, zum Beispiel unsere hohe Wertschätzung für die Familie und unser Bestreben, sie zusammenzuhalten. Er schloss dies daraus, dass ich eine solche Reise unternahm, um meinen Sohn zu suchen. Ich sagte ihm nicht, dass es, um meine Familie zu erhalten, zunächst nötig war, sie auseinanderzureißen.

Miller hatte Frau und Familie im gemeinsamen Haus in Kalifornien zurückgelassen. Er schrieb ihnen jeden Tag und ließ sie wissen, dass es ihm gutgehe. Natürlich machten sie sich Sorgen um ihn, und so versuchte er, nicht davon zu schreiben, was er tatsächlich in dieser fernen Gegend tat. Es reichte ja, was sie in den Fernsehnachrichten über den Krieg sahen und hörten. Er schrieb ihnen immer nur, dass er das

Essen nicht so gut vertrage und die Hitze ihm zusetze. Mehr durfte er ihnen nicht verraten, und er versicherte ihnen zudem, dass er den größten Teil seiner Arbeit nicht im Irak leiste, sondern in Jordanien und Beirut und dass er zuletzt nach Syrien gereist sei. Er gestand mir, wie sehr er an seinen Kindern hing und welch große Sehnsucht er nach ihnen hatte. Das machte mich etwas ratlos. Wer war ich denn, dass er mir erzählte, wie sehr er seine Familie vermisste? Die Frage stand mir wohl ins Gesicht geschrieben, denn er sagte: »Alle Väter haben doch ähnliche Sorgen.« Es klang, als wären wir nicht aus zwei ganz verschiedenen Ländern und als wäre er nicht Major einer Besatzungsarmee, die sogar mein Land bedrohte, sondern als seien wir Nachbarn, die in derselben Straße wohnten und dieselben Probleme hatten. Da er sich nicht dafür interessierte, was uns unterschied, fielen auch bald weitere Barrieren zwischen uns. Er überraschte mich damit, dass er mir von Problemen der US-Armee im Irak berichtete, auch wenn es kein wirkliches Geheimnis war, dass die ausländischen Streitkräfte vor Ort erhebliche Schwierigkeiten hatten.

»Wir kommen überhaupt nicht voran«, erklärte Miller. »Der Irak ist wie ein großer Kuchen, und jeder will ein Stück davon abbeißen. Hunderte Millionen von Dollar sind in den Rechnungsbüchern nicht mehr nachweisbar. Wofür wurden sie ausgegeben? Warum werden riesige Geldbeträge ohne Quittung übergeben? Weil in Kriegszeiten eine ordnungsgemäße Abrechnung nicht funktioniert. Also bleibt unbekannt, wer zehntausend, aber auch wer fünfhunderttausend Dollar erhalten hat!« Was interessieren mich denn logistische und administrative Probleme der Besatzung, dachte ich. »Wir haben es mit Unternehmen zu tun, die von Betrügern geführt werden. Sie profitieren von einem großzügigen Entlohnungssystem, arbeiten unendlich langsam und machen enorme Profite ohne vernünftige Gegenleistung.«

Ich stellte mir vor, dass er gar nicht mit mir redete, sondern mit sich selbst. Aber als er mir von systematischen Verstößen bei der Vergabe von Aufträgen berichtete, von gefälschten Rechnungen von Unternehmen, die es gar nicht gab, und von Verträgen für Arbeiten, die nie ausgeführt wurden, sah ich, dass er wirklich darunter litt. Ich konnte trotzdem nicht mithalten. Sollte ich sagen, ja, ich bin auch dafür, dass der Krieg billiger und noch effektiver wird und damit noch mehr Opfer fordert? Sein großes Problem waren die angeheuerten Sicherheitsleute, die man damals unterschiedlich benannte: Angestellte von privaten Militärunternehmen, Sicherheitskontraktoren, Security-Anbietern ... In Wirklichkeit waren sie alle Söldner, die er mit recht scharfen Worten geißelte: »Wir wollen den Krieg gewinnen, und die wollen nur ihre Profite steigern.«

Die Arbeit des Majors bestand nach seiner Darstellung darin, als Vertreter der US-Armee die Ausführung der Verträge eines Unternehmens namens Metracorp zu kontrollieren. Diese Firma sollte irakische Eliteeinheiten dazu ausbilden, Rebellenverstecke im sunnitischen Dreieck auszuheben. Die Frage, ob bei solchen Aktionen Gesichtsmasken vonnöten seien oder nicht, war einer der Punkte, über den Uneinigkeit zwischen Miller und dem Unternehmen bestand. Ich sah keinen Grund, mich in diesem kolonialen Streit auf die eine oder die andere Seite zu stellen. Ich war gegen beide. Als er aber davon sprach, dass er wünschte, er könnte den Geburtstag seiner Zwillingssöhne mit ihnen zusammen feiern, sein Gesicht dabei rot anlief und er mich fragte, ob ich ihn verstünde, da spürte ich, dass Väter sich wirklich ähneln.

Seine Augen blitzten auf, als erinnerte er sich an etwas, und er wandte sich ab, um eine Gefühlswallung zu verbergen. Ich änderte meine Meinung über ihn. Er war nun nicht mehr der überhebliche Amerikaner oder der Amerikaner, der nur freundlich tat. Ich hatte mich geirrt, als ich gedacht hatte, er wolle mich mit seiner übertriebenen Vertraulichkeit nur über den Tisch ziehen. Er war von jener Sorte Menschen, die Empathie für andere empfinden, und er hatte sich bemerkenswert schnell in meine Lage versetzt. Hatte er mir seine Hilfe womöglich auch deshalb angeboten, weil er in meinem Sohn einen rebellischen Heranwachsenden sah, der auf den falschen Weg geraten war und den man wieder zur Vernunft bringen musste? Miller verblüffte mich immer mehr. Ich hatte nicht erwartet, dass ich eine andere Seite seiner Persönlichkeit kennenlernen würde als die sachlich-praktische, die er in Damaskus offenbart hatte; nicht den mitfühlenden Familienvater und nicht den korrekt arbeitenden Beamten, der noch dazu bedauernd gestand, dass er in seinem Leben noch nichts Bedeutendes geleistet habe und dass man ihm nicht erlaube, das zu tun, was er am liebsten tun würde.

Ich fragte ihn nicht, was er damit meine. Während des Gesprächs war es mir schon mehrfach so vorgekommen, als leide der Major unter etwas, was ich nicht deuten konnte. Ich bemerkte nur, dass er eine idealistische Seite in sich barg und schwach und zerbrechlich war. Schwach erschien er mir deshalb, weil er mir im Gegensatz zu dem Bild amerikanischer Allmacht zu stehen schien, und zerbrechlich, weil er sich darauf versteifte, er müsse moralische Vollkommenheit in einem Krieg unter Beweis stellen, in dem Menschenleben und Moral nichts zählten. Er zeichnete ein optimistisches Bild vom Irak der Zukunft, das zu verwirklichen in dieser Welt, die immer mehr Gewalt und Zerstörung erlebte, unmöglich erschien. Seine Vorstellungen waren etwas zu idealistisch für ein Land, das gerade dabei war, in Kleinstaaten zu zerfallen, die allerdings auch nur um den Preis eines noch hemmungsloser geführten Kampfs der Konfessionen zu haben waren.

Vielleicht weil das Gespräch sich immer weiter verzweigte, offenbarte er mir schließlich, warum er so eilig nach Bagdad bestellt worden war. Er sollte in einem Unfall ermitteln, bei dem sich zwei Nächte zuvor ein Militärfahrzeug überschlagen hatte. Zwei Männer waren dabei getötet, zwei weitere schwer verletzt worden, und noch war nicht klar, ob ein Sprengsatz den Unfall ausgelöst hatte oder ob die Männer betrunken gewesen waren. Irgendetwas bei diesem Unfall stimmte nicht, deswegen musste er so schnell zurück nach Bagdad. Die betroffene Gruppe sollte seiner Aufsicht unterstellt werden, nachdem sie vorher nur unter der Führung der Privatfirma gestanden hatte. Er hatte von seinem Auftrag, die Gruppe zu leiten, erst kurz vor seiner Abreise erfahren. Nach seiner Rückkehr sollte er mit der neuen Aufgabe beginnen. Daher kannte er die Männer selbst noch nicht und die Gruppe war die letzten zehn Tage ohne Aufsicht gewesen.

Schließlich berichtete er mir auch noch von seiner inoffiziellen Arbeit, die mit seinem Aufenthalt in Beirut und in Damaskus in Zusammenhang stand, nämlich dem Sammeln von Informationen darüber, wie Terroristen von palästinensischen Flüchtlingslagern im Libanon aus auf syrisches Gebiet gelangten und wie sie von dort die Grenze zum Irak überquerten. Er erwähnte dies unter Verweis auf meine Geschichte, die gut dazu passe. Es schien, als hätten wir geradezu dieselbe Mission, wenn die meine auch nur ein Zweig eines großen Ganzen war.

Miller wurde unterbrochen, als der Captain durchgab, dass wir uns im Landeanflug auf Bagdad befänden.

Der Saddam-Airport, der jetzt Internationaler Flughafen Bagdad hieß, glich keinem anderen Flugplatz auf der Welt. Es gab keine Durchsagen über ankommende oder abgehende

Flüge, Dreck lag in allen Fluren herum, und die Haupthalle war vollkommen unübersichtlich. Auch die Passagiere unserer Maschine waren nicht wie normale Reisende. In die Freude, den Flug überstanden zu haben, mischte sich auf ihren Gesichtern Beklommenheit und Anspannung, so als ob jederzeit noch etwas passieren könnte, was ihre Erleichterung, heil angekommen zu sein, zunichtemachen würde. Das Einzige, was sie ein wenig beruhigte, war die Tatsache, dass sie von schwer bewaffneten Männern abgeholt wurden.

Am Zoll wurden wir nicht durchsucht. Wir standen kurz an der Abfertigung, durften dann aber dank Millers Militärzugehörigkeit schnell passieren. Als wir das Flughafengebäude verließen, gab er mir zu verstehen, wie sehr er die Zöllner verachte, weil sie sich bestechen ließen und dies damit rechtfertigten, dass sie einen so schweren Job hätten. Für solch unmoralisches Tun gebe es doch keinerlei Entschuldigung! Mir schien sein Kommentar überflüssig. Wenn es seinem Land so gutging, was interessierte ihn dann das Verhalten von Zollbeamten eines Landes, das durch Embargo und Besatzung verarmt war?

Vor dem Flughafen erwartete uns ein Hummer-Jeep, der von zwei gepanzerten Fahrzeugen begleitet wurde. Wir passierten die Militärcheckpoints an der Einfahrt zum Flughafen. In einiger Entfernung davon waren die Reste von Selbstmordanschlägen zu einem Haufen Metall aufgeschichtet. Zu beiden Seiten der Straße verwandelten sich die Grünanlagen in faulig stinkende Sümpfe mit Papyrusschilf und voller Insekten, und immer wieder sah man Motorblöcke ausgebrannter Autos neben Bombentrichtern liegen.

Der Flughafen war von Bagdad nur zwanzig Autominuten entfernt. Der Major warnte mich vor möglichen Zwischenfällen; an der Strecke würden immer wieder Minen gelegt, und kaum ein Tag vergehe, an dem sie nicht mit Mörsergranaten beschossen würde. Gestern, berichtete der Fahrer, habe eine Bombe einen Soldaten einer amerikanischen Patrouille getötet und mehrere seiner Kollegen verletzt, und heute sei neben dem Beschuss der Landebahn der Verkehr auf der Straße wegen der Entschärfung einer Mine stundenlang aufgehalten worden. Nicht zufällig nenne man die Strecke »Straße des Todes«.

Miller hatte mir ein Zimmer im Al-Rashid-Hotel in der Grünen Zone reserviert. Diese war schwer gesichert, und wer hineinwollte, musste eine Vielzahl von Kontrollen über sich ergehen lassen. Nur wer für die US-Armee, die Regierung oder das Parlament tätig war oder schon vorher hier gewohnt hatte, durfte überhaupt hinein. An der Einfahrt stand ein eisernes schwarzes Schild, auf dem in Weiß zu lesen war: »Halt! Sie befinden sich im Schussbereich von Schnellfeuerwaffen!« Auf anderen Schildern standen Warnhinweise in Rot.

Wir fügten uns den Anweisungen. Miller schaltete sein Handy ab und nahm den Akku heraus, ich legte meine Papiere vor, wurde mit elektronischen Geräten abgetastet, und ein riesiger Polizeihund beschnüffelte den Koffer, in dem meine Kleider lagen, obwohl unsere gemeinsame Ankunft vorher mit allen möglichen Sicherheitsstellen abgesprochen worden war.

Als wir drin waren, bat Miller den Fahrer, eine kleine Rundfahrt mit uns zu machen. Wir fuhren langsam durch breite Straßen mit geordnetem Verkehr. Er erklärte mir, die Grüne Zone umfasse drei komplette Stadtviertel, dazu die Hängebrücke, die Qadisiya-Schnellstraße und das Al-Rashid-Hotel mit Umgebung. Ebenso gehörten ein großer Teil des Zawra-Parks und ein Freizeitkomplex mit leeren Kinos, Theatern und Ausstellungssälen dazu, die zum Teil von der amerikanischen Militärverwaltung genutzt wurden.

»Im Moment ist die Grüne Zone die eigentliche Hauptstadt. Hier treffen sich die Entscheidungsträger der Politik, und sie ist die einzige geschützte Insel in einem Meer von unkontrollierbarem Chaos«, erläuterte Miller. Doch auch all die Sicherheitsvorkehrungen könnten nicht verhindern, dass es bereits zu schwerwiegenden Zwischenfällen gekommen sei. Autobomben habe es gegeben, und Selbstmordattentate hätten Opfer unter amerikanischen Soldaten und irakischen Politikern gefordert. Vielleicht um mir etwas die Schwermut angesichts dieser hochgesicherten Festung zu nehmen, sagte Miller dann: »Aber es ist auch das Bagdad der Zukunft in Miniaturformat. Hier können Sie sehen, wie die ganze Stadt einmal sein wird.«

Als ich einige Tage später die übrige Stadt gesehen hatte, sagte ich zu ihm: »Richard, das wahre Bagdad liegt außerhalb dieser Stacheldrahtzäune und Betonmauern.«

Das Auto hielt bei einem weißen Wohnwagen, den der Major als Büro benutzte, um in der Nähe seiner Leute zu sein. Sein Adjutant, ein junger Leutnant namens Jonathan Watson, erwartete uns. Er hatte sich gerade drei Flaschen Wasser über Kopf und Brust gekippt und tropfte. Er trocknete sich die Haare mit einem Handtuch ab, zog sich die nasse Jacke aus und hängte sie auf eine Wäscheleine, wo die Sonne sie innerhalb von Minuten trocknen würde.

Miller machte uns miteinander bekannt, Jonathan begrüßte mich sehr herzlich und gab seiner Freude darüber Ausdruck, mich kennenzulernen. Er hatte schon von mir gehört und verstand gleich, warum ich im Irak war. Er bedauerte mich und bot mir seine Hilfe an. Und ohne Umschweife, so als wolle er sich auf eine ganz eigene Art vorstellen, sagte er mir, dass er gegen die US-Invasion im Irak sei, dass er hier eigentlich gar nicht tätig sein wolle und schon mehrfach um seine Rückversetzung in die USA gebeten habe. Sein Gesuch sei zwar nicht abgelehnt worden, aber die Verwaltung halte ihn hin. Miller machte Witze darüber, was er hier für einen aufsässigen Querulanten beherberge, ja einen der schlimmsten Kriegsgegner.

Es stellte sich heraus, dass der magere, immer lächelnde Leutnant eine Art Verwaltungssoldat und kein professioneller Kämpfer war. Er leitete administrativ die Ausbildung einer Gruppe von irakischen Freiwilligen bei der Zivilpolizei, die das Verkehrsnetz in sensiblen Bereichen der Hauptstadt planen sollten. Zudem waren ihm einige ausgewählte humanitäre Aufgaben übertragen worden, die er mit seinem Gewissen vereinbaren konnte. Dem Gespräch zwischen Miller und Jonathan konnte ich entnehmen, dass Jonathan sich nicht in den Autounfall einmischen wollte. Die Sache sei dubios, und der Colonel, den Metracorp als Ansprechpartner genannt hatte, wolle die Sache möglichst schnell vom Tisch haben. Dann schwieg Jonathan plötzlich und wechselte das Thema. Offenbar hatte er sich meiner Anwesenheit erinnert und wollte deshalb nicht weiter darüber sprechen.

Miller hatte bei dem Wohnwagen anhalten lassen, um seinen Assistenten nach einer Angelegenheit zu befragen, mit der dieser betraut worden war, bevor Miller nach Syrien gefahren war. Es ging darum, dass einige Bewohner von Sadr City in Bagdad Schreiben von einer unbekannten islamischen Organisation erhalten hatten, die damit drohte, sie zu töten, wenn sie ihre schwulen Söhne nicht innerhalb weniger Tage an sie auslieferten. Die Drohung war ernst zu nehmen, weil die Clans, denen die jungen Männer angehörten, ihr Blut bereits für antastbar, das hieß, ihre Tötung für zulässig erklärt hatten. Jonathan kam in der Sache nicht weiter. Die Familien der Betroffenen waren zurückhaltend und verängstigt, manche bestritten auch, überhaupt Drohungen erhalten zu haben, und erbaten keinen Schutz für ihre Söhne. Miller sagte nur kurz: »Notieren Sie das in Ihrem Bericht.« Jonathan erwiderte, er würde noch einmal versuchen, mit den Familien ins Gespräch zu kommen.

Als wir hinausgingen, blieb Miller an der Tür stehen und betrat noch einmal den Wohnwagen. Er meinte, er habe vergessen, Jonathan etwas zu sagen. Ich setzte mich ins Auto und wartete. Miller kam nach zehn Minuten und entschuldigte sich für die Verspätung. Er schien verstört und fand nicht wieder zu seiner Ausgeglichenheit zurück.

Im Hotel vergewisserte er sich, dass meine Reservierung und auch sonst alles in Ordnung war. Im Flur zu den Aufzügen sagte er mir dann, dass wir uns heute nicht mehr sehen könnten, denn er müsse sofort mit seinen Ermittlungen beginnen und brauche den ganzen Abend dafür. Damit mir nicht langweilig würde, empfahl er mir, ich solle doch in den Einkaufsmarkt in der Nähe des Hotels gehen. Er sei ganz modern und gerade erst eröffnet worden, um den Soldaten und sonstigen Ausländern lange Wege zu ersparen. Nachdem wir uns für den nächsten Morgen verabredet hatten, ließ er mich allein.

Ich ging auf mein Zimmer, verstaute meine wenigen Sachen in den Schränken und Schubladen und nahm ein warmes Bad. Bevor ich wieder hinunterging, trat ich auf den Balkon. Mein Zimmer ging auf den Swimmingpool hinaus. Jüngere und ältere Männer badeten darin, andere schlenderten mit bunten Sonnenhütchen darum herum. In der weiteren Umgebung erstreckte sich die Grüne Zone unter Wachtürmen. Ich war in einer riesigen Kaserne.

Ziellos spazierte ich durch die Straßen. Es überraschte mich nicht, überall verstreut weitere Checkpoints zu sehen und auf lästige Sicherheitsanweisungen zu stoßen, deren Einhaltung streng überprüft wurde. Die Hitze war noch immer unerträglich, es herrschten an die fünfzig Grad. Nachdem ich in einer Pizzeria zu Abend gegessen hatte, ging ich zu dem Markt, den Miller mir genannt hatte. Ich bummelte von einem Laden zum nächsten. Die Verkäufer waren Iraker, die in der Grünen Zone wohnten, in ihren Läden gab es traditionellen irakischen Schmuck, Miniaturen, archäologische Fundstücke, arabisches Parfüm, Handys, CDs, irakische Flaggen mit aufgedrucktem »Allahu akbar« und alte Militäruniformen. Ein Fotogeschäft animierte Kunden dazu, sich in arabischer Kleidung fotografieren zu lassen. Amerikanische Soldaten liefen herum, blieben stehen, kauften sich als Souvenirs irakische Münzen mit Saddams Konterfei darauf und posierten für Gruppenbilder.

Ich kehrte zum Hotel zurück und legte mich hin, fand aber keinen Schlaf, weil ich an Sana denken musste. Ich war nicht ehrlich zu ihr gewesen, auch wenn ich ihr nicht verheimlicht hatte, wohin ich verreisen würde und welche Vorbereitungen ich dafür traf. Aber in den letzten Tagen wollte ich sie nicht in Dinge hineinziehen, die sie nur belastet hätten, und hatte es daher vermieden, mit ihr zu sprechen. So kam es, dass in der Zeit, die wir miteinander verbrachten, jeder für sich allein blieb. Auch sie verbarg mir etwas, aber ich versuchte nicht in Erfahrung zu bringen, was. Mein Zustand war nicht dazu angetan, sie zu fragen, was sie bekümmerte. Ich hatte schon genügend Sorgen und begnügte mich damit, mir vorzustellen, dass sie sich meinetwegen Gedanken machte. Als ich eines Nachts merkte, dass sie wach neben mir im Bett lag, erklärte sie, sie könne nicht schlafen, weil sie so viel Kaffee getrunken habe. Aber am Kaffee lag es nicht. Dass wir uns dann fest umschlangen, war nur dem Impuls zu verdanken, durch Sex der Schlaflosigkeit zu entfliehen. Aber auch das konnte uns nicht von dem ablenken, was in uns vorging. Wir beide konnten nicht verdrängen, was sich nicht verdrängen ließ – aber dachten wir an dasselbe? Wir schwiegen und hingen unseren Gedanken nach, ohne sie auszusprechen. Ich sagte ihr, ich könne an nichts denken, etwas fresse mich auf und nichts könne mich trösten. Sie lag nackt in meinen Armen, ich vergrub meine schwarzen Gedanken in ihrer weißen Haut, ruhte meinen Kopf an ihrer Schulter aus und weinte. Sie zog mich fest an sich und weinte mit mir. Nein, wir weinten nicht aus demselben Grund, aber ich fragte nicht, und auch sie offenbarte sich mir nicht. Erst in Bagdad fielen mir die Fragen ein, die ich ihr hätte stellen sollen. Aber was hatte ich nun davon?

Die zweite E-Mail

Das Leben in der Grünen Zone ist ganz anders als im sonstigen Bagdad. Es gibt hier Einkaufszentren, Sportclubs und Schwimmbäder. Zu kaufen gibt es alles, in den Restaurants bekommt man alle erdenklichen Getränke und Speisen, besonders westliche, es gibt ruhige Plätze, es gibt Musik, die Straßen sind breit, schön und sauber, klimatisierte Autos und Busse fahren herum, und alle halten sich an die Verkehrsregeln.

Sämtliche Gebäude werden ständig gekühlt, und für jegliche Annehmlichkeit ist gesorgt. Überall wird geputzt und gewaschen, und an Unterhaltung mangelt es auch nicht. Man kann über Satellit alle Fernsehsender empfangen, kann sich Kinofilme ansehen und bekommt in Geschäften Bier, Whiskey, französischen Wein und sonstige Alkoholika zu kaufen. Es ist wie eine komplette Stadt in der Stadt, die aber zugleich unendlich weit von Bagdad entfernt ist: ein Stück Westen inmitten der irakischen Hauptstadt, gesichert von bewaffneten Soldaten und gewürzt mit etwas touristischer Atmosphäre.

Ich schrieb, als würde ich aus einem Reiseführer zitieren, aber es war ja nicht übertrieben, denn all das gab es in der Grünen Zone wirklich. Ich ging nur nicht im Detail auf die touristischen Annehmlichkeiten ein, sonst hätte Sana womöglich gedacht, ich mache Urlaub in Bangkok. Tatsächlich gab es ein chinesisches Restaurant, das neben Speisen auch Massage anbot. Und hinter dem Parkplatz des Hotels traf ich einmal Kinder, die CDs verkauften; einer der Jungen hielt mich für einen Ausländer und rief mir zu: »Mister, do you want sex movies or pictures?« Aber erst recht wollte ich nicht die möglichen Gefahren hinter all diesem Wohlleben erwähnen, das durch befestigte Mauern, elektronische Absperrungen, Stacheldraht, Abrams-Panzer und Helikopter vor Anschlägen geschützt wurde.

Als ich morgens im Hotel auf Miller wartete, war der Frühstückssaal voll mit unterschiedlichsten Männern. Da waren Muskelpakete, die wie Roboter umherliefen, manche von ihnen hatten schusssichere Westen an und trugen Walkie-Talkies am Gürtel, ihre Haare waren kurz geschoren oder sie liefen gleich mit modischer Glatze herum, und schwarze Sonnenbrillen verdeckten ihre Augen. Angestellte der US-Botschaft flüsterten in Mobiltelefone, Diplomaten trugen elegante Anzüge. Es gab Sicherheitsbeamte, Businessleute und Kontraktoren. Korrespondenten und Journalisten tranken Kaffee und gähnten, vielleicht waren auch ein paar VIPs anwesend. Alle waren im Begriff, zu ihren Einsätzen auszuschwärmen.

Draußen auf der Straße sah ich etwas, was beruhigend wirkte. Einige US-Soldatinnen und andere für die Armee tätige Frauen joggten in kurzärmligen Blusen und Shorts über die Gehwege.

Es war ein ganz normaler Morgen in der Grünen Zone.

Auf dem TV-Bildschirm in der Hotellobby verlas ein

Moderator die Kurznachrichten: Zwei Autobombenanschläge waren verübt worden, einer war gegen eine gemeinsame Patrouille der amerikanischen und der irakischen Armee gerichtet gewesen und hatte unter Passanten und Soldaten acht Todesopfer und fünfzehn Verletzte gefordert, der zweite war zehn Minuten später erfolgt und hatte eine Person getötet und fünf weitere verletzt, alles Zivilisten. Ein Selbstmordattentat in Diyala hatte am Vortag vierundzwanzig Menschen getötet und über hundert Verletzte gefordert. Ein weiterer Selbstmordattentäter hatte sich vor einer Polizeistation in Sadr City in die Luft gesprengt; neun Tote und achtunddreißig Verletzte waren zu beklagen. In Baquba wurden sechs Personen getötet und drei schwer verletzt, als Bewaffnete das Feuer auf einen Kleinbus eröffneten, in dem eine Familie unterwegs war. Und aus Sicherheitskreisen verlautete, dass man heute Morgen in verschiedenen Stadtteilen von Bagdad vierundvierzig verstümmelte Leichen unbekannter Identität entdeckt habe. Die Toten seien an den Händen gefesselt gewesen und hätten Kopfschüsse aufgewiesen, acht von ihnen seien in Müllcontainern gefunden worden.

Es war ein ganz normaler Morgen im Irak.

Der Major kam erst nach einer knappen Stunde. Er sah müde aus, und seine Augen waren gerötet; offenbar hatte er nicht geschlafen. Er entschuldigte sich für die Verspätung und erklärte, die Untersuchung gehe nur schleppend voran. Er habe bis spät in die Nacht gearbeitet, ohne dass es zu greifbaren Ergebnissen gekommen sei. Er bat mich, ihm noch etwas Zeit zu lassen, er müsse noch mehr Zeugen befragen. In Damaskus hatten wir vereinbart, dass er sich unmittelbar nach unserer Ankunft um mein Anliegen kümmern würde. Er las die Enttäuschung in meinem Gesicht als Vorwurf, er würde unserer Vereinbarung zuwiderhandeln und wäre der Grund dafür, dass ich nun tatenlos hier herumsäße. Er beugte sich zu mir herüber und versicherte mir mit leiser Stimme, dass das Thema Samer für ihn oberste Priorität habe. Als er bemerkte, dass er mich damit nicht überzeugen konnte, sah er sich veranlasst, mir etwas mehr von seiner Geheimmission zu berichten, die er im Flugzeug nur angedeutet hatte. Es ging um eine neugegründete Einheit, die ziviles Personal wie auch ausgebildete Soldaten umfasste. Er war beauftragt, sie mit Spezialeinsätzen zu betrauen, deren Einzelheiten er mir nicht nennen könne, es ginge aber kurz gesagt darum, Mitglieder von al-Qaida, die sich für unerkannt hielten und glaubten, nicht gesucht zu werden, zu verfolgen und festzunehmen. Diese spielten zwar scheinbar nur eine untergeordnete Rolle, hielten aber auch Verbindungen zu anderen Widerstandsgruppen, daher könne man deren Kommunikation untereinander ausschalten, wenn man ihrer habhaft würde. Die Operation ziele darauf, al-Qaida zu isolieren. Miller sagte: »Mein Ziel ist es, an al-Qaida heranzukommen, und das ist auch Ihres.«

Und mein Vorwärtskommen hing unmittelbar davon ab, wann Miller seine Ermittlungen abschließen konnte.

Was ihm an dem erwähnten Unfall Sorge bereite, sei, dass alle Todesopfer genau zu dieser Einheit gehört hatten; daher befürchte er, die Mission sei entdeckt worden und jemand beginne damit, deren Mitglieder zu eliminieren. Er mutmaßte sogar, ein Spion der al-Qaida sei in der Grünen Zone aktiv. Er versank in Grübelei, und ich stellte mir vor, dass er nun den Rest des Tages damit zubringen würde, den Spion zu suchen. Bis er irgendwann wieder Zeit für mich hätte, würde er mich wohl im Hotel einsperren. Aber er entkräftete meine Befürchtungen, indem er mir vorschlug, die Grüne Zone ruhig auch einmal zu verlassen und mich in der Umgebung umzusehen. Ich dürfe nur auf keinen Fall Bagdad verlassen und solle ihn, falls etwas Ungewöhnliches geschähe oder ich ein Problem hätte, sofort anrufen. Damit ich nicht allein herumlaufen müsse, habe er von den irakischen Behörden einen einheimischen Begleiter für mich erbeten. Dafür sei ihm ein junger Angestellter des Kulturministeriums benannt worden. Ich solle aber, riet er mir, keinem Iraker trauen.

»Wer kann schon garantieren, dass dieser Mann nicht für den Widerstand arbeitet?«, sagte er. Ich verbarg nicht, dass mich seine Anmerkung ärgerte. »Scheinbar haben Sie Angst vor allen Irakern, selbst wenn Sie mit ihnen zusammenarbeiten.« – »Ich habe das nur vorsorglich gesagt. Seien Sie vorsichtig mit ihm«, lenkte Miller ein. Dann holte er einen Zettel hervor und las einen Namen ab: »Der Angestellte heißt Fadhil Abadi. Er wird Sie in Kürze anrufen.« Er bat um Nachsicht, dass er mir keine bewaffnete Schutztruppe mitgab, das würde nur Aufmerksamkeit erregen. Noch einmal schärfte er mir ein, mich vorzusehen, die Situation in Bagdad sei kompliziert und unübersichtlich. Die Entwicklungen vor Ort seien alles andere als erfreulich, und es gebe Viertel, die von sunnitischen, und andere, die von schiitischen Milizen kontrolliert würden.

Miller gab mir eine Karte, mit der ich die Grüne Zone über die Zufahrt beim Al-Rashid-Hotel jederzeit verlassen und wieder betreten konnte, allerdings nur, wenn ich niemanden mitbrachte. Hinsichtlich meiner Tour durch die Stadt habe mein irakischer Begleiter Anweisungen, wohin er mich bringen dürfe und wohin besser nicht. Schließlich überreichte mir Miller noch ein Handy, das ich während meines Aufenthaltes in Bagdad benutzen sollte, und verabschiedete sich.

Eine knappe Stunde später klingelte mein Telefon und Fadhil, mein Begleiter, sprach mich auf Englisch an. Er bat mich, ich solle draußen vor der Zufahrt gegenüber den Betonbarrieren auf ihn warten. »Suchen Sie nicht nach mir, ich werde Sie erkennen«, sagte er.

Ich war noch nicht ganz am vereinbarten Treffpunkt angekommen, als ein weißer Toyota neben mir hielt, dessen Fahrer mich aufforderte, neben ihm Platz zu nehmen. Ich war nicht überrascht. Man hatte ihm wohl vorher ein Bild von mir vorgelegt.

Er begrüßte mich, fuhr vorsichtig durch die Straßen und beäugte kritisch alle Passanten. Ich musterte ihn. Fadhil war ein gutaussehender Mann Mitte dreißig, mit einem fülligen braunen Gesicht, schwarzen Augen und einem dichten Schnurrbart. Sein Blick ging in alle Richtungen, und er rauchte viel. Er wirkte freundlich, obwohl er versuchte, sich zurückhaltend und nüchtern zu geben. Offenbar dachte er, er solle mich als Dolmetscher begleiten, deshalb sagte ich: »Sprechen Sie ruhig arabisch mit mir, ich bin Syrer.«

Seine Züge entspannten sich, er lachte und sagte nun etwas lockerer: »Ich hoffe, dass niemand mich für einen Dolmetscher oder einen Fahrer hält. Dolmetscher und Fahrer werden bei Entführungen sofort getötet.«

Mir fiel ein, dass ich ihn für seine Bemühungen vielleicht entlohnen sollte. Sein Ministerium bezahlte ihn vermutlich nicht für die Dienste, die er mir leistete, zudem begab er sich sogar in Lebensgefahr, indem er mit einem Ausländer unterwegs war. Ich bot ihm für jeden Tag, an dem er mich begleitete, zwanzig Dollar an und fragte ihn, ob das in Ordnung sei. Er erwiderte empört, er nehme keine Bestechung an und sei auch nicht gewohnt, Trinkgelder jedweder Art zu erhalten. Er hatte im Informationsministerium gearbeitet und war nach der Besatzung ins Kulturministerium versetzt worden.

Offenbar gehörte er zu jener Generation kleiner Beamter, die noch unter Saddam geschult worden waren, als jeder Verdacht von Bestechungsannahme für den Betroffenen den Ruin bedeutet hätte. Oder war das die berühmte irakische Empfindlichkeit?

Als er mit der Aufgabe, einen Amerikaner zu begleiten, betraut worden war, hätte er beinahe abgelehnt. Er erklärte sich erst bereit, als man ihm sagte, ich sei ein amerikanischer Forscher mit arabischen Wurzeln. Deshalb hatte er auch angenommen, ich könnte Schwierigkeiten mit meiner Muttersprache haben oder sie gar nicht mehr beherrschen. Außerdem hatte man ihm gesagt, ich wolle Informationen für ein Buch über die Situation des Irak unter Besatzung sammeln. »Stimmt das?«, wollte er wissen. – »Nun ja, sagen wir, ich brauche Informationen«, gab ich vage zurück. Ohne die Straße aus dem Blick zu lassen, fragte er: »Welche Art von Informationen brauchen Sie denn?« Er stockte kurz und offenbarte mir dann sein Misstrauen: »Vergessen Sie nicht, dass Sie im Al-Rashid-Hotel unter dem Schutz der Besatzungstruppen leben.« Damit zog er eine Trennlinie zwischen uns. Er lächelte nicht mehr und sah mich abwartend an. Ich sagte: »Behandeln Sie mich so, als wäre ich ein Tourist.«

Unsere Tour blieb gemäß den Anweisungen, die Fadhil in Bezug auf mich erhalten hatte, auf die engere Umgebung der Grünen Zone beschränkt. Auch ich fand es besser, sich daran zu halten. Der Verkehr bewegte sich stockend, die Straßen waren überfüllt mit Menschen und Autos, und die Staus nahmen im Laufe des Tages noch zu. Überall in Bagdad waren Barrikaden aus Erde und Zement errichtet, Absperrungen umgaben amerikanische Armeestellungen, und Betonbarrieren ragten halb in Straßen hinein, um sprengstoffgefüllte Autos abzuhalten. Den Wachbesatzungen von Hotels, in denen Ausländer wohnten, und das waren viele, war es gestattet, die umliegenden Straßen in Einbahnstraßen umzuwandeln; dasselbe galt überall in der Stadt für Straßen, in denen Angehörige der neuen politischen Klasse wohnten, in denen sich Büros einer der vielen neuen Parteien befanden oder ausländische Firmen ihre Niederlassung hatten. Durch die Fensterscheiben des Autos sah ich graue Luft, durch die kaum das fahle Blau des Himmels hindurchdrang und in der sich Staub, Dämpfe, Rauch und Benzinabgase mit dem Gestank verfaulenden Mülls vermischten.

»Wir haben nicht nur eine Verkehrskrise, sondern auch eine Strom-, Arbeitslosigkeits-, Wasser- und Luftkrise«, erklärte Fadhil. »Vor einem Jahr war alles noch viel schlimmer. Man stand stundenlang in Schlangen vor Tankstellen, um tanken zu können. Witzig, nicht? In einem Land, das die größten Erdölvorkommen der Welt hat! Und Wasser gibt es im sogenannten Zweistromland auch nicht. Natürlich auch keine Polizei, die den Verkehr regelt, keine Feuerwehr, obwohl es dauernd brennt, und keine Müllabfuhr, während Abfälle die Straßen verstopfen.«

Die Menschen liefen eilig umher, auch wenn sie nur mühsam vorankamen. Ich wusste nicht, ob ich in ihren Gesichtern Furcht lesen konnte. Hatten sie Angst vor einer Gewehrkugel, die sie zufällig treffen könnte, vor Splittern, falls irgendwo eine Sprengladung detonierte, vor einer Autobombe? Aber inmitten all der Gefahren herrschte auch Unbedachtheit, das Leben pulsierte, Tausende Menschen drängten sich, ohne sich um den Tod zu kümmern, der alltäglich geworden war und jederzeit zuschlagen konnte, so gewöhnlich wie banal, auf Straßen und an Checkpoints. Ich beschloss, meinen Fahrer zu provozieren: »Noch mehr darf im Irak nicht kaputtgehen. Unter Saddam gab es wenigstens Sicherheit. Chaos und Zerfall hatten keine Chance.« Der

Prozess gegen den abgesetzten Präsidenten lief gerade auf allen Kanälen und war bereits in der Schlussphase. Wer weiß, vielleicht sympathisierte Fadhil mit ihm. »Wünschen Sie sich ihn nicht zurück?«, fragte ich.

»Die Zeit lässt sich nicht zurückdrehen«, sagte Fadhil. »Selbst seine früheren Anhänger wollen ihn nicht mehr haben und auch die meisten Widerstandsgruppen nicht. Er wird nicht wiederkommen. Aber viele können selbst jetzt, nach drei Jahren, noch nicht glauben, was passiert ist. Ein Freund von mir wurde aus einem Gefängniskeller entlassen, in dem er zehn Jahre lang kein Tageslicht gesehen hatte. Er war halbtot. Sein Rücken ist bis heute gekrümmt, sein Gesicht besteht nur aus Haut und Knochen, seine Augen liegen in tiefen Höhlen, und seine Zähne sind verfault. Er traut sich noch immer nicht zu reden; Saddams Gespenst verfolgt ihn bis heute. Der Arme glaubt, dass er nur träumt, freigelassen worden zu sein, und fürchtet, er könnte jederzeit aufwachen und sich in Dunkelheit wiederfinden.«

»Nun ja, wenigstens gibt es jetzt Freiheit«, provozierte ich weiter.

»Und was sollen wir damit anfangen? Wir wollen nicht zurück in die Vergangenheit, aber wenn die Freiheit so wie das hier aussieht, dann können wir darauf verzichten. In der Straße, in der ich wohne, ist ein amerikanischer Checkpoint. Wenn ich aus dem Haus gehe oder nach Hause zurückkomme, muss ich einen amerikanischen Soldaten aus San Francisco oder Chicago um Erlaubnis fragen. Die könnten mich jederzeit von der Straße weg festnehmen oder mich aus meinem Bett ziehen, mir die Hände auf dem Rücken fesseln, mir einen schwarzen Sack über den Kopf stülpen und mich in ein Gefangenenlager bringen. Oder mich auch nur auf jede erdenkliche Art entwürdigen. Wer könnte sie daran hindern?«

In der Rashid-Straße stiegen wir aus dem Auto und liefen durch eine Menschenmenge. Fadhil ging einige Schritte voraus und bahnte mir einen Weg durch die Straße, die in der Mitte durch eine Betonsperre geteilt war. Gesäumt wurde sie beiderseits durch überdachte Passagen mit Geschäften, Cafés und Portalen, die auf Märkte führten. Die Gehwege und Plätze und der Rand der Straße waren vollgestellt mit Ständen ortsfester und mobiler Händler, deren Rufe sich mit dem Lärm aus Kassettenrekordern vermischten. Es war ein solches Gedränge, dass ich kaum die Straße vom Gehweg unterscheiden konnte. Überall wurde etwas angeboten, es schien mehr Verkäufer als Kunden zu geben. Chinesische Importwaren aller Art standen zum Verkauf, Elektroartikel, Mobiltelefone, Schuhe, Hemden und Pyjamas, aber auch CDs mit Filmen von den amerikanischen Folterpartys im Abu-Ghuraib-Gefängnis, von der Schlacht um Falludscha, von Straßenbomben, die neben Panzern oder Militärkolonnen hochgingen, Trainings- und Paradenfilmen islamischer Milizen ...

»Wollen Sie kein Souvenir kaufen?«, fragte Fadhil.

»Ich hätte lieber eine andere Art von Erinnerung an Bagdad.«

»Wenn Sie direkt nach der Invasion gekommen wären, hätten Sie hier auf den Gehwegen die wundersamsten Dinge zu sehen bekommen.«

Magisterzeugnisse und Promotionsurkunden seien hier auf Bestellung angefertigt worden, ebenso Pässe und Personalausweise, Besitzurkunden für Immobilien und Lebensmittelkarten. Auch Uniformen hoher Offiziere mitsamt Orden und vergoldeten Revolvern sowie Zigarrenkisten aus Kuba mit den Namen von Saddams Söhnen darauf seien hier meistbietend verhökert worden. Daneben wurden Zeitungskorrespondenten und Reportern arabischer Satellitensender stapelweise Unterlagen und Akten aus Behörden, irakische Botschafts-, Militär- und Geheimdienstdepeschen und Berichte über das Privatleben führender Vertreter des Regimes angeboten. Fliegende Händler hatten in Koffern Aktenbündel und amtliche Dokumente, Fotos und Videokassetten, Filme von Hinrichtungen angeblicher Iran-Agenten, Spitzelberichte über Verdächtige, Fahnenflüchtige und deren Familien sowie über intime Begegnungen von Söhnen hoher Beamter mit minderjährigen Mädchen mit sich herumgetragen. Alles hatte seinen Preis, und der konnte auch einmal ein paar hunderttausend Dollar betragen. Alles, womit man alte Rechnungen begleichen konnte, sowie alles, was nach Skandal roch, wurde vermarktet. Das typische Syndrom eines Umsturzes eben. Eine neue Ära nahm Rache an der alten.

»Wir Iraker sind eigensinnig. Wir haben uns an der alten Ära gerächt, indem wir sie auf dem Asphalt ausgebreitet haben. Aber dabei blieb es nicht. Wir stürzten auch die Statuen Saddams und die aller seiner Vorgänger. Das Standbild von Premier Saadun wurde gestohlen, die Büste von al-Ghariri wurde entfernt und die Statue von Präsident al-Bakr niedergerissen. Die von Abu Djaafar al-Mansur hat jemand in die Luft gesprengt, und das Grab von Michel Aflaq, dem geistigen Vater der Baath-Partei, wurde dem Erdboden gleichgemacht.«

Die Gegenwart schreibt die Vergangenheit neu und rächt sich an ihr.

Wir wollten bis zum Ende der Rashid-Straße gehen, aber ein lauter Knall beendete unseren Ausflug vorzeitig. Mir war, als wäre eine Bombe in unmittelbarer Nähe detoniert, und ich wollte mich schon schutzsuchend an einer Hauswand niederwerfen, aber ich sah, dass Fadhil und alle anderen Menschen auf der Straße nur nach oben blickten. Eine dicke

Rauchsäule stieg in den Himmel und ließ erahnen, dass die Explosion einige Blocks entfernt stattgefunden hatte.

Irakische Polizeifahrzeuge rasten an uns vorbei zur Brandstelle, gefolgt von Krankenwagen mit heulenden Sirenen, während am Himmel amerikanische Hubschrauber auftauchten und in Richtung der Rauchsäule flogen.

In den Abendnachrichten hieß es dann, eine Autobombe sei auf dem Firdaus-Platz explodiert. Drei Zivilisten waren ums Leben gekommen, fünfzehn weitere Personen, darunter mehrere bewaffnete Wachleute, verletzt worden. Ein zweiter, viel schwererer Anschlag, den ich nicht gehört hatte, hatte sich weiter weg auf einem Viehmarkt ereignet. Dort waren vierundzwanzig Menschen sofort getötet worden, unter ihnen der Selbstmordattentäter, und über hundert wurden verwundet. Bis zum Abend stieg die Zahl der Todesopfer auf vierzig. Ein Anschlag auf einen amerikanischen Kontrollposten hatte keine Opfer gefordert. Auch aus anderen Gegenden des Irak wurden Anschläge gemeldet. In Basra hatte sich ein Attentäter vor einer Rekrutierungsstelle in die Luft gesprengt, wodurch neun Menschen starben und achtunddreißig verletzt wurden, in Ramadi kamen sieben Menschen ums Leben und vierzig wurden verletzt, in Kerbela starben einundzwanzig und Dutzende wurden verwundet. Bei Mossul kamen zwei US-Soldaten zu Tode, als ihre Kolonne von einem am Straßenrand versteckten Sprengsatz getroffen wurde. Ein bewaffneter Überfall in Tikrit forderte sieben Verletzte, unter ihnen ein ranghoher Lokalpolitiker.

Zusätzlich zu denen, die schon in den Morgennachrichten genannt worden waren, waren all diese Menschen Opfer eines ganz normalen Tages im Irak geworden. Und laut Fadhil starben in Wirklichkeit noch viel mehr Menschen.

Am Abend senkte sich Dunkelheit über Bagdad. Nur wenige Straßen waren noch von Feuerschein oder Leuchtraketen erhellt, in Gebäuden brannte hier und da Licht, und die Scheinwerfer vorüberfahrender Autos tasteten sich unsicher durch die Nacht.

Die dritte E-Mail

Meine Mission stockt, noch bevor sie begonnen hat. Die Zeit vergeht, und sie wird mir unerträglich lang.

Ich mache mir schon so genug Sorgen und wünsche mir keine weiteren dazu. Deshalb bitte ich Dich, mich nicht mit Befürchtungen Deinerseits zu belasten.

Ich würde gerne irgendetwas tun. Aber ich muss alles auf unbestimmte Zeit hinausschieben.

Sanas letzte E-Mails waren immer eindringlicher geworden. Sie hatte mir zuletzt drei- oder viermal am Tag geschrieben, immer im selben Tonfall. Sie bat mich, nicht durch die Straßen zu laufen und sehr vorsichtig zu sein. Vorher hatte sie immer versucht, mir keinen Kummer zu bereiten und über nichts zu schreiben, was uns beide betraf. Aber jetzt wurde sie deutlicher: Sie drängte mich, nach Damaskus zurückzukommen. Gründe hatte sie viele. Sie habe Angst, sie brauche mich, sie habe Schuldgefühle, weil sie mich nicht daran gehindert hätte, abzureisen, und sie leide unter Albträumen. Sie steigerte sich in etwas hinein, und das kam mir überhaupt nicht gelegen. Es reichte mir schon, dass Miller sich einbildete, einen Spion suchen zu müssen. Heute hatte er mich gar nicht erst angerufen. Daher hatte ich mit Fadhil eine weitere Tour verabredet.

Der Gewürzmarkt von Bagdad roch nach Pfeffer, Zimt, Anis und Kreuzkümmel, auf dem Handwerkermarkt hörte man Kupferschläger lärmen, und im Haradsch-Viertel ging es ebenfalls laut zu. Es war nicht sehr viel anders als auf den Märkten Buzuriye, Miskiye oder Nahhasin in der Altstadt von Damaskus. In der Mutanabbi-Straße war mir, als läge das Rascheln von Papier in der Luft. Eine Straße der Buchhandlungen wie früher war sie jedoch nicht mehr, eher eine Ansammlung von Schreibwarenläden und -ständen. Fadhil lud mich auf einen Tee ins Shahbandar-Café ein.

Wir begrüßten die Anwesenden, von denen Fadhil einige Stammgäste kannte. Es waren einheimische Journalisten, Dichter, Schriftsteller und pensionierte Beamte. Manche rauchten Zigaretten, andere Wasserpfeife, sie saßen auf Wandbänken aus Holz, sprachen miteinander und blickten von Zeit zu Zeit durch die großen Fensterscheiben auf die Straße, wo das Leben nie stillstand. An den Wänden hingen gerahmte Bilder von alten irakischen Literaten, Politikern, Offizieren und Religionsgelehrten mit Tarbusch, König-Faisal-Schiffchen und Turban. Deckenventilatoren drehten sich, ohne die Hitze zu mildern. Die Gespräche kreisten um die Nachrichten des Tages, die dieselben waren wie tags zuvor. Was habe sich denn geändert im Vergleich zu Saddams Herrschaft? Nicht viel, nur die Korruption grassierte schlimmer als zuvor. Milliarden von Dollars, die für den Wiederaufbau des Irak bestimmt waren, flossen Unternehmen zu, die gute Beziehungen zur US-Regierung hatten. Im Irak profitierten davon nur die kollaborierenden Eliten, die sich die Gebäude der Baath-Partei, Hotels, Schulen und ganze Wohngebiete angeeignet hatten. Während überall extreme Sicherheitsvorkehrungen getroffen wurden, raubten sie Gelder, monopolisierten für sich horrende Provisionen für die Vermittlung von Jobs und umgaben sich mit treu ergebenen bewaffneten Personenschützern. Und wer zahlte dafür? Absolute Korruption war das, Korruption im Wortsinn.

»Früher wurden höchstens einmal einige Millionen gestohlen, heute sind es Hunderte von Millionen!«

Die Diskussion wurde lautstark und in einem breiten irakischen Dialekt geführt, der provokant klang. Ich verstand nicht, worüber sie so stritten, wo sie sich doch einig waren, dass sie die Diebe, die auf amerikanischen Panzern ins Land gekommen waren, verabscheuten. Von Zeit zu Zeit hörte ich aus der Ferne Gewehrfeuer und Explosionen oder bildete es mir zumindest ein und konnte ihnen dann nicht mehr zuhören. Ihnen war es gleichgültig, sie waren daran gewöhnt. Nach einer Weile begriff ich, dass sie immer so nervös und erregt sprachen, egal ob sie sich gerade empörten oder nicht. Einer der Gesprächsteilnehmer hätte im Überschwang der Debatte beinahe mit der Hand den ganzen Tisch mitsamt dem Beistelltischchen und allen darauf befindlichen Wasserkrügen, Teegläsern und Aschenbechern abgeräumt.

Die bisher schon deutlich geäußerte Kritik nahm sich jedoch gemäßigt aus im Vergleich zu dem Gespräch, das jetzt über die Einnistung von al-Qaida im Stadtzentrum von Bagdad als Reaktion auf schiitische Todesschwadronen folgte. Die konfessionelle Trennung der Wohnviertel nahm immer mehr zu, und sunnitische Milizen zwangen den von ihnen kontrollierten Stadtteilen ihre Regeln auf. Eine »Versammlung der Dschihadkämpfer« hatte die Gründung zweier islamischer Emirate verkündet, eines in Dura und das andere in al-Amiriya, und verteilte Flugblätter, die den Frauen untersagten, ohne Gesichtsschleier vors Haus zu treten, den Männern, sich das Kinn zu rasieren, und den Jüngeren, Shorts oder Jeans zu tragen. Die schiitischen Milizen konzentrierten sich unterdessen auf den Osten Bagdads, wo sie schwarzgekleidete Bewaffnete patrouillieren und Mädchenschulen und Regierungsbehörden kontrollieren ließen. Sie zwangen Frauen dazu, sich schwarze Umhänge überzuziehen, auch sie verbaten den Männern das Rasieren ihres Bartes und untersagten das Tragen bunter Kleidung an schiitischen Trauertagen. Die jeweiligen Stadtviertel wurden abgeriegelt und die Befolgung der religiösen Regeln darin gewaltsam durchgesetzt.

Diese Berichte wurden scherzhaft mit der Frage kommentiert, wann sie wohl die Rashid-Straße in zwei Hälften teilen würden und wem dann das Café Shahbandar gehören würde. Aber was dann passieren würde, wäre nicht mehr lustig. Die Scharia würde niemanden verschonen. Die grausamsten Dinge waren denkbar geworden, wenn irgendwann tatsächlich das Religionsgesetz angewandt würde. Dem Dieb würde die Hand abgehackt, und Ehebrecher, Männer wie Frauen, würden zu Tode gesteinigt. Was also war so seltsam daran, dass sie dazu aufriefen, Mädchen nicht mehr zu unterrichten und sie zu Hause einzusperren, oder dass sie auf Friseurläden schossen, in denen Bärte rasiert wurden? War es nicht nur logisch, dass sie Anschläge auf Spielsalons und Kinos verübten, Spirituosenhändler ermordeten und Läden anzündeten, die angeblich anstößige Musik-CDs verkauften? Freue dich, Bagdad! Bald würde es wohl weder Musik noch Tanz noch Gesang mehr geben.

Und schnell waren sie bei den neuesten Nachrichten und Gerüchten: öffentliche Hinrichtungen am helllichten Tag! Eine Frau sollte ermordet worden sein, weil sie ein Geschäft betrieb, in dem auch Männer kauften. Fünf bei einer Bank beschäftigte Frauen, die kein Kopftuch getragen hatten, wurden mittags aus dem Bus gezerrt, der sie nach Hause bringen sollte. Vor den Augen ihrer Kolleginnen erschossen bewaffnete Vermummte sie, schnitten ihnen die Köpfe ab und warfen sie zur Warnung auf den Gehweg. Die tuchtragenden Kolleginnen wurden aufgefordert, ihren Bekannten zu erzählen, was sie gesehen hatten. Schließlich hinderten sie noch die Angehörigen der Toten daran, die Leichname der Ermordeten an sich zu nehmen und zu bestatten.

Ohne sich abgesprochen zu haben, waren sowohl die sunnitischen als auch die schiitischen Milizen der Auffassung, dass die Tötung unverhüllter Frauen eine verdienstvolle Tat sei. Die von ihnen kontrollierten Gebiete waren ihrer Meinung nach von der *dschahiliya*, vom Leben im Unglauben, übergegangen in die Zeit der Herrschaft des Islams. Und so war es nicht verwunderlich, dass dort ein Scharia-Pöbel ungehindert sein Unwesen trieb.

Ich konnte den Irak nur als ein blindes Land wahrnehmen, das auf Messern durch Feuer ging, ein Land, in dem die Politik die Religion zu schändlichsten Zwecken missbrauchte, ein Land, in dem das Leben nur noch das Versprechen des Verderbens bereithielt, in dem gegenwärtig nichts als fortwährender grausamer Tod herrschte.

Wir setzten unseren Weg durch die Stadt ohne bestimmtes Ziel fort. Um mich herum lärmte es pausenlos, und das Gedränge nahm mir die Luft. In engeren Straßen gab es kein Durchkommen, unter Brücken türmte sich Müll, um den sich streunende Hunde scharten. Kinos waren geschlossen, und Stacheldraht hielt Passanten von Gebäude fern. Polizisten in blauen Uniformen schwammen in einem Meer von überbordendem Chaos und schufen zusätzlich Unordnung, nur um ein paar Dollars für sich dabei herauszuschlagen, indem sie sich in aller Öffentlichkeit bestechen ließen. Als hätte er meine Gedanken gelesen, erklärte Fadhil mir mit leiser Stimme den größeren Zusammenhang dessen, was ich sah.

»Diese Polizisten sind wie wir alle. Es sind Habenichtse, sie leben in Gefahr, und sie brauchen Geld für sich, ihre Mütter und ihre Kinder. Aber sie haben ebenso wenig Einfluss auf die Situation wie die Massen, die ehemals Saddam zugejubelt haben, oder die, die jetzt Parteien zujubeln, welche ebenso schnell verschwinden, wie sie entstanden sind. Unsere Regierenden haben Angst um ihr Leben und verstecken sich hinter hohen Mauern, die Besatzungsmacht wird streng geschützt, und weit weg in Übersee sitzen im Weißen Haus und im Pentagon die Kriegsplaner. Dieses Land wird von unsichtbaren Männern auf einem fernen Kontinent regiert.« Er blickte einen Moment ins Leere, dann lächelte er und fuhr fort: »Auch die Widerstandskämpfer sind unsichtbar, obwohl sie überall um uns herum sind. Sie kämpfen, sie töten, sie schlagen zu und verschwinden wieder. Der einzige Hinweis auf ihre Existenz ist die Zerstörung, die sie anrichten.« Er sah mich an. »Sind Sie am Widerstand interessiert?« – »Nicht sehr«, sagte ich.

Ich wollte nichts überstürzen. Fadhil ließ sich jedoch nicht länger abspeisen, er wollte jetzt wissen, warum ich nach Bagdad gekommen war. Deshalb tat er so, als habe er meine Antwort nicht gehört, und sprach weiter: »Es ist schwer zu sagen, wie viele Widerstandsgruppen es gibt. Vor allem weil jeden Tag neue unter neuen Namen entstehen. Manche davon existieren in Wirklichkeit gar nicht. Aber die meisten Gruppen betreiben nur Entführung und Raub.«

Ich spürte sein Misstrauen. Vielleicht war ich ja ein Agent der Bündnistruppen. Ich beschloss, seine Andeutungen zu unterbrechen, und sagte: »Mich interessiert weder der islamische noch der nationale Widerstand, egal ob er angeblich ehrenhaft ist oder nicht. Ganz offen gesagt, interessiert mich nur al-Qaida. Mein Sohn ist bei der Organisation, und ich möchte ihn zurückholen.«

»Al-Qaida hat ihn entführt?«

»Nein, er hat sich ihr angeschlossen.«

Fadhil schien nicht überrascht zu sein. Er sagte: »Wenn er bis jetzt noch kein Selbstmordattentat begangen hat, dann tut er es vielleicht in den nächsten Tagen oder Stunden. Wie sind Sie denn in den Irak gekommen?«

»Der syrische Geheimdienst hat mir geholfen.«

»Aber Sie nehmen doch amerikanischen Schutz in Anspruch!«

»Wenn Gott auf Seiten von al-Qaida steht, dann bin ich bereit, mit dem Teufel zu paktieren«, sagte ich.

»Machen Sie sich nicht zu viel Hoffnung. Sie können Ihren Sohn nicht zurückholen, wenn Sie ihn überhaupt finden. Nur zu Ihrer Information: Die Nachrichten haben sieben Selbstmordanschläge allein in den vergangenen zwei Tagen gemeldet. Wenn ich Ihnen einen Rat geben darf, dann fragen Sie in den Krankenhäusern oder in der Leichenhalle nach ihm. Vielleicht hat ihn einer der Verletzten noch gesehen, bevor er sich in die Luft gesprengt hat. Oder er wurde bei einem Gefecht verwundet. Aber wahrscheinlicher ist, dass er tot ist. Wenn Sie Glück haben, finden Sie noch ein kleines Stück von ihm, das Sie als Erinnerung nach Syrien mitnehmen können. Dann müssen Sie sich keine Gedanken mehr machen, ob er noch am Leben ist oder nicht.«

War das das Souvenir, das ich aus dem Irak mitnehmen sollte? Ich hatte nicht erwartet, dass er so frech und grob daherreden würde. Ich sagte: »Bringen Sie mich zurück ins Hotel«, machte kehrt und ging in die Richtung, in der Fadhil geparkt hatte. Er folgte mir schnell und ging mir wieder einige Schritte voraus. Ich trottete langsam hinter ihm her. Den Mann, der neben mir ging und sich mir plötzlich näherte, hatte ich gar nicht wahrgenommen. Unvermittelt drängte er mich an eine Hauswand. Ich versuchte ihn wegzustoßen, aber er verdrehte mir blitzschnell den Unterarm, legte mir eine Hand auf den Mund und zischte mir ins Ohr: »Gehen Sie nach Syrien zurück! Unverzüglich!« Dann ließ er mich los und kehrte augenblicklich zur Straße zurück. Er war jung, großgewachsen, tiefbraun im Gesicht und trug ein arabisches Männertuch mit schwarzer Halteschnur auf dem Kopf. Das war alles, was ich von ihm noch sah, bevor ihn die Menschenmenge verschluckte.

Fadhil kommentierte den Zwischenfall, der nur Sekunden gedauert hatte, so: »Wenn er Sie entführen wollte, hätte er Sie nicht gewarnt. Mir scheint eher, die Amerikaner wollen Sie hier möglichst schnell weghaben.«

Im Hotel hatte mir Major Miller eine kurze Nachricht hinterlassen. Er wolle morgen früh vorbeikommen und einen Kaffee mit mir trinken, bevor er zur Arbeit ging. Ich begriff, dass er sich zum dritten Mal entschuldigen würde. Hatte er keine Zeit mehr für mich und hoffte darauf, dass mich der Mut verließe und ich ihn bäte, mich zurückzuschicken? Damit hätte die Warnung von heute Früchte getragen. Bevor ich schlafen ging, rief ich Fadhil an und bat ihn, morgen zu mir zu kommen. »Was ist denn passiert?«, wollte er wissen. »Ich möchte keine Zeit mehr verlieren«, sagte ich. »Ich werde in die Krankenhäuser gehen und dort nach meinem Sohn fragen.« Die Leichenhalle erwähnte ich nicht.

Die vierte E-Mail

Ich denke viel an Dich. Es war ein Fehler, dass ich Dir Sorgen aufgebürdet habe, die Dich nicht betreffen. Ich hätte sie besser einfach mit auf meine Reise genommen, ohne sie Dir mitzuteilen. Was ich falsch gemacht habe, habe ich allein zu verantworten.

Wann ich zurückkomme? Alles ist anders, als ich gedacht habe. Ich werde länger hierbleiben müssen, denn ich bin bisher noch keinen Schritt vorangekommen. Ich kann Samer nicht aufgeben. Täte ich es, würde ich es mein Leben lang bereuen. Ich habe jetzt die Gelegenheit, einiges von dem, was ich früher versäumt habe, wiedergutzumachen. Und auch das, worauf Du so rätselhaft anspielst.

Etwas, worauf sie angespielt hatte. Was war das gewesen? Meine E-Mail war eine Antwort auf eine vorhergehende von Sana gewesen. Sie hatte mir etwas mitgeteilt, was mich stutzig gemacht, was ich aber schnell überlesen hatte. Es ging um etwas, was eine Bereinigung oder Richtigstellung erforderte. Aber im nächsten Moment war es mir entfallen. Als ich aus dem Zimmer ging und die Tür zuzog, bemerkte ich, dass ich vergessen hatte, was es war, obwohl es mich innerlich auf eine mir unverständliche Weise belastete. Ich wollte zurück in mein Zimmer, um die E-Mail noch einmal zu lesen, aber ich war schon am Fahrstuhl angekommen. Ohne es zu wollen, verdrängte ich, was mich beunruhigte, so als ob ich etwas, was ich eigentlich hätte in Ordnung bringen müssen, unbewusst kaputtgehen lassen wollte. Meine Laune war getrübt. Ich kannte Sanas Verhalten recht gut, auch wenn ich es erst lange Zeit nach Beginn unserer Beziehung begriffen hatte. Sie hatte zuweilen Angst, die Dinge beim Namen zu nennen, und begnügte sich mit Andeutungen.

Ich hatte sie drei Jahre zuvor kennengelernt, als ich in einem Überlandbus nach Aleppo neben ihr saß. Sie wollte eine Freundin besuchen, und ich war unterwegs zu einem Interview, das ich mit einem ehemaligen islamischen Aktivisten führen wollte, der aus der Haft entlassen worden war. Sie war siebenunddreißig, sah aber jünger aus, während ich älter wirkte, als ich tatsächlich war. Daher nahm sie nicht an, dass ich sie belästigen wollte, als ich sie ansprach. Wir unterhielten uns höflich über dies und jenes, erst über das Wetter, dann über Bücher und kommentierten schließlich die aktuelle politische Lage. Die Amerikaner hatten den Irak besetzt, und wir entsannen uns, wie Bagdad ein paar Monate zuvor gefallen war. Von beginnendem Widerstand war die Rede, aber wir hielten dies vorerst für Gerüchte. Wir waren nicht immer einer Meinung, aber wir stritten auch nicht.

Sana hatte keine Arbeit. Sie hatte ein Studium der Politikwissenschaften abgeschlossen, dann aber geheiratet, bevor sie eine Stelle gefunden hatte, und sich dem Eheleben, dem Lesen von Büchern und Träumereien hingegeben. Die Ereignisse der Region verfolgte sie nur, weil sie Politik studiert hatte. Wir verbrachten eine angenehme Zeit miteinander und merkten kaum, dass die Fahrt viele Stunden lang dauerte. Auf einem kleinen Bildschirm, der vorn im Bus an der Decke aufgehängt war, lief eine ägyptische Komödie, von der wir hin und wieder zufällig ein paar witzige Szenen erhaschten. Unversehens brachten uns unsere persönlichen Sorgen, die wir uns berichteten, einander näher, obwohl wir in sehr unterschiedlichen Welten lebten, die jeweils mit großen Widrigkeiten verbunden waren. Das Gespräch mit ihr nahm mir etwas von dem Leidensdruck, unter dem ich stand. Ich hatte vor kurzem beschlossen, mich scheiden zu lassen, und es meinen Kindern offenbart. Es war für mich, aber auch für die beiden sehr hart gewesen. Sie warfen mir vor, die Familie auseinanderzureißen, und ich verteidigte mich nicht dagegen.

Als wir in Aleppo ankamen, hatten wir beide noch etwas Zeit, und ich lud Sana zu einem Kaffee ein. Sie nahm an und verhehlte mir nicht, dass es sie freute, mich kennengelernt zu haben. Ich mochte sie auch. Sie wirkte stark und schien sich nicht darum zu kümmern, was andere über sie sagten. Auch sie hatte sich noch nicht ganz von den Folgen einer unglücklichen Beziehung befreit, die schließlich gescheitert war. Ihre Ehe hatte sich jahrelang in gemeinsam gelebter Trägheit hingezogen, aber sie hatte nicht den Mut gefunden, die Scheidung zu verlangen, obwohl ihr Mann sie wiederholt betrog. Eine geschiedene Frau sei eben schlecht angesehen und werde von jedem Dahergelaufenen als Freiwild betrachtet. Dazu kam, dass sie auch deshalb an ihrer Ehe festhielt, weil sie das Ergebnis eines amourösen Abenteuers gewesen war, das sie für eine Art Errungenschaft hielt, die man nicht herschenken durfte. Ihr Festklammern hatte sie viel Schmerzen gekostet.

Erst nach einer langen Zeit der Demütigung wurde ihr klar, dass ihr Liebesepos mit jenem Mann nur die Folge jugendlicher Schwärmerei gewesen war, in der sie naiv seinen Reizen erlegen war. »In meinem damaligen Alter«, erzählte sie, »erschien mir die Liebe als ein wunderbares Abenteuer, für das es sich lohnte, zu leben oder zu sterben.« So weit kam es dann doch nicht. Sie erkannte, dass sie sich nur unglücklich verliebt hatte. Und was sie immer furchtsam von sich weggeschoben hatte, musste sie nun tun. Ihr Mann hatte sie immer weiter gedemütigt, um sie damit zur Scheidung zu drängen. Sie konnte kaum fassen, wie widerwärtig er mit ihr umging, bis er sie schließlich vor eine Entscheidung stellte, die für sie indiskutabel war. Entweder sollte sie verschwinden oder sich damit abfinden, dass er eine zweite Frau heiratete.

Was mich am meisten an ihr interessierte, war ihr reiches Innenleben. Sie schrieb Gedichte, aber keine Variationen abgedroschenen romantischen Schmerzes, sondern sie erschuf in ihnen ein Traumleben, das sich aus launischer Schüchternheit, Bedrücktheit und Leidenschaft speiste, gepaart mit einem scharfen Blick auf die seltsame intensive Mischung von Gefühlslagen in ihrem eigenen Inneren. Einen ersten Gedichtband hatte sie schon veröffentlicht, und sie las mir daraus vor. Es war nicht nur schön, es war beeindruckend. Vielleicht berührte es etwas in meinem weltabgewandten Gemüt, und es war so zart, dass ich es kaum ertrug. Aus dieser Dichtung sprach eine Frau, die sich keinem Schmerz unterwarf, sondern eher dem Moment, und dies war zugleich Wunder und Mangel. Ich sagte meine Meinung aber nicht, weil ich fürchtete, sie würde sie nur für Höflichkeit halten, und beließ es dabei, sie zum Weiterdichten zu ermutigen.

Ohne Zweifel hatte das, was mich in Sanas Mail stutzig gemacht hatte, mit unserer Beziehung zu tun. Der Gedanke ließ mich nicht mehr los, während ich auf den Lift wartete, und ich erwog noch einmal, zurückzugehen, um die Nachricht ein zweites Mal zu lesen, aber jetzt öffnete sich die Tür des Fahrstuhls und ich trat ein. Fast hätte ich wieder mein Stockwerk gedrückt, aber nun war ich schon im Erdgeschoss angekommen, wo die Tür aufging und ich Miller in der Lobby sah, der mich verabredungsgemäß erwartete.

Vielleicht weil ich nun nicht mehr hinauffahren konnte, war ich wütend auf den Major, der mir auch diesmal nichts Neues mitteilen konnte. Ich verhehlte meine Verärgerung über die ständigen Vertröstungen nicht und fragte mit berechtigtem Spott: »Und, haben Sie Ihren Spion schon gefunden?«

»Es geht um keinen Spion, sondern um etwas Schlimmeres.«

»Schlimmer ist das, was ich durchmache. Es ist ärgerlich, hier so untätig herumzusitzen, während mir die Zeit durch die Finger rinnt!«

»Untätig? Aber es gibt doch jede Menge Abwechslung in der Grünen Zone. Es gibt Leute, die haben die Zone in sechs Monaten nur ein- oder zweimal verlassen. Warum gehen Sie nicht wie andere auch einkaufen? Sie finden hier Geschäfte mit echten Sonderangeboten. Churchill-Zigarren zum Beispiel kosten nur ein Viertel von dem, was Sie in jedem europäischen Tax-free-Shop dafür bezahlen müssten, Cohibas ein Drittel. Und Wertgegenstände jeder Art kriegen Sie zum Schnäppchenpreis.«

»Ich bin nicht in Stimmung, meine Zeit mit Shoppen zu verbringen.«

»Es gibt ja noch andere Möglichkeiten. Schauen Sie doch mal auf die Tafel mit den Aushängen, da finden Sie sicher etwas, was Ihnen zusagt. Es gibt hier übrigens einen protestantischen Pastor, der Bibelunterricht anbietet. Warum gehen Sie da nicht mal hin?« Ich war verblüfft.

»Ich brauche keinen Unterricht, außerdem bin ich Muslim.«

»Das hatte ich ganz vergessen. Man sieht es Ihnen gar nicht an.«

»Wahrscheinlich haben Muslime eine spezielle Schädelform, an der man sie erkennt.«

Ich konnte meinen Ärger nicht mehr verbergen. Aber seine Antwort machte es nicht besser: »Ich meine ja nur, weil Sie so friedlich sind.«

Jetzt hatte er sich richtig verrannt und versuchte sich zu korrigieren: »Ich dachte, dass Sie vielleicht syrischer Christ sind und dass Ihr Sohn den Islam erst angenommen hat, als er sich den Terroristen anschloss. Sehen Sie es mir nach. In Afghanistan wurde kürzlich ein junger Amerikaner festgenommen, der zum Islam konvertiert war und daraufhin gegen die Truppen seines eigenen Landes gekämpft hat.«

Offenbar dachte er, wir seien uns zwar als Väter ähnlich, aber als Menschen fremd.

»Soll ich den Irak verlassen?«, unterbrach ich brüsk diese nutzlose Diskussion.

Meine Frage überraschte ihn. Ich erzählte ihm von der Warnung, die mir am Vortag in der Rashid-Straße zugetragen worden war und fragte: »Was wollen Sie? Dass ich wieder dahin gehe, wo ich herkomme?«

»Wenn ich Sie nicht hier haben wollte, dann würde ich keine solch albernen Krimimethoden anwenden.«

Miller behagte die Sache nicht, und er begann zu spekulieren. Wenn ich unter Beobachtung stände, dann hieße das, dass auch seine Mission nicht mehr geheim war. Es gäbe offenbar jemanden, der mich loswerden wollte. Miller schloss nicht aus, dass es jemand aus Kreisen der US-Armee war, der seine Arbeit behindern wollte. Über meine Geschichte wüssten aber nur wenige hohe Militärs Bescheid, und es sei undenkbar, dass bei Metracorp, mit der er im Clinch lag, jemand etwas von meiner Anwesenheit wusste. Es sei denn, jemand habe es dem Unternehmen zugetragen, aber das sei unwahrscheinlich.

Ich sagte: »Was auch immer dahintersteckt, ich nehme von niemandem Anweisungen entgegen. Mir geht es nur um eines, nämlich dass wir sobald wie möglich anfangen zu arbeiten. Jede Minute Verzögerung gibt meinem Sohn die Chance, sich in die Luft zu sprengen!« Miller antwortete nicht, daher musste ich deutlicher werden: »Ich könnte auf Ihre Hilfe auch verzichten und allein agieren. So schwer ist es nun auch nicht, sonst wo in Bagdad unterzukommen.«

Er fand das eine verrückte Idee und rief, eher bestürzt als wütend: »Warum vertrauen Sie mir nicht? Ich vertraue Ihnen doch auch!« Er fand, es sei nur natürlich, dass er mir vertraue, und im Gegenzug solle ich mein Araber- und Muslimsein bitte nicht dazu benutzen, Hindernisse zwischen uns aufzubauen. Er habe noch immer die Hoffnung, mit meiner Hilfe bei der Jagd nach al-Qaida Fortschritte zu erzielen. Es sei mein gutes Recht, das unanständig zu finden, und er würde mich, wenn ich das wolle, umgehend nach Syrien zurückbringen. Ich könne aber sicher sein, dass es in seinem eigenen Interesse liege, meine Mission weiterzuverfolgen.

Nun wurde ich wirklich wütend. Ich sagte: »Auf keinen Fall werde ich nach Damaskus zurückgehen, bevor ich nicht zumindest eine sichere Nachricht über Samers Schicksal habe. Ich werde diese Gelegenheit nicht leichtfertig vergeben. Aber glauben Sie mir, wenn sich mir eine Chance, egal welcher Art, bieten sollte, an meinen Sohn heranzukommen, werde ich nicht zögern, sie zu ergreifen.«

Sehen alle Soldaten gleich aus? Das hatte ich immer geglaubt. Aber sein Blick sagte mir, dass das nicht stimmte. Er schien plötzlich alles Soldatische abgelegt zu haben, das sein Rang ihm auferlegte, und seine wahren Gesichtszüge traten hervor. Seine Verletzlichkeit, die ich im Flugzeug bereits bemerkt hatte, war wieder da. Er sah mich hilfesuchend an und sagte:

»Glauben Sie nicht, dass ich hier ein gemütliches Leben führe. Ich arbeite unter höchst belastenden und unbefriedigenden Bedingungen. Und wenn ich mich doch hin und wieder amüsiere, dann nur, um meinen Frust zu besiegen und mich irgendwie zu belohnen. Ich hatte schon oft das Gefühl, dass das, was ich tue und weswegen ich in den Irak gekommen bin, sinnlos ist. Mein Eifer wird immer wieder zurückgeworfen. Ich schreibe meiner Frau konfuse E-Mails, ohne ihr irgendetwas mitteilen zu können. Ich brauche jemanden, dem ich erzählen kann, was mich bedrückt. Ich halte meinen Job sonst nicht aus. Können Sie sich vorstellen, dass ich meine Frau und meine Kinder anlüge und auch keinem meiner Kollegen anvertrauen kann, was in mir vorgeht?«

Er brauchte jemanden, dem er erzählen konnte, dass er seine Frau und seine Kinder anlog! Und das sollte ausgerechnet ich sein. Aber zufällig brauchten wir beide einander, und das ließ uns trotz unserer Meinungsverschiedenheiten und all der Dinge, die uns unterschieden, zusammenrücken. Er hatte sich mir offenbart, jetzt war es an mir, dasselbe zu tun, also sagte ich, jede Silbe betonend: »Auch ich befinde mich in großer Bedrängnis. Ich möchte wettmachen, dass ich meinem Sohn zu wenig Zuneigung geschenkt habe.«

»Und wenn Sie die Suche nach ihm das Leben kostet?«

»Dann habe ich einen angemessenen Preis gezahlt.«

Meine Antwort hatte ihn beeindruckt, und gleichzeitig löste sich die Atmosphäre zwischen uns. Wir litten beide unter einem Dilemma, und waren beide hilflos. Das erlaubte mir, mich zu entspannen, und ihm, sich auszusprechen. Und so tat er mir kund, welche Sorgen ihn bei seinen Ermittlungen drückten.

Der Unfall sei weder ein gewöhnlicher Verkehrsunfall gewesen, noch habe er sich zufällig ereignet. Möglicherweise stehe eine brisante Angelegenheit dahinter, die dringend aufgeklärt werden müsse, deshalb hielt Miller seine Vorgesetzten hin. Er hatte während zweier Tage schleppend verlaufender Ermittlungen ergründet, dass das Fahrzeug, das an der Einfahrt zur Grünen Zone verunglückt war, extrem schnell gefahren war. In ihm hatten ein Gruppenführer im Rang eines Captains, ein Fahrer, ein Söldner und ein für sie tätiger Iraker gesessen. Keiner der Insassen war betrunken gewesen. Allerdings hatte die irakische Polizei sie verfolgt, nachdem sie eine Meldung erhalten hatte, dass mehrere Männer ein Haus am Ortsrand von Dhuluiya nördlich von Bagdad gestürmt, seine Bewohner zunächst durchsucht, dann erschossen hätten und anschließend geflüchtet seien. Die irakische Polizei sah die Fahrzeuge der Flüchtenden und erkannte, dass es sich um zwei amerikanische Humvee-Jeeps und ein Bradley-Panzerfahrzeug handelte, das den Humvees Schutz bot. Die Polizeistreife bekam Anweisung, die Fahrzeuge zu verfolgen, aber auf keinen Fall zu versuchen, sie anzuhalten. Der Fahrer des ersten Jeeps bemerkte die Verfolger in der Ferne und gab Gas, um sie abzuschütteln. Kurz vor der Einfahrt zur Grünen Zone verlor er die Kontrolle über sein Fahrzeug und krachte in die Betonbarrieren. Dabei kippte der Humvee um. Währenddessen fuhren der zweite Jeep und der Bradley weiter und in die Zone hinein. Die irakischen Polizisten bargen die Verwundeten und brachten sie zum Checkpoint, von wo sie ins Krankenhaus der 28. Division innerhalb der Zone transportiert wurden. Der Söldner und der Iraker starben nach kurzer Zeit, der Fahrer war schwer verletzt und starb nach zwei Tagen ebenfalls, der Captain lag noch im Koma. Die Insassen des zweiten Humvee waren Sicherheitsleute verschiedener Nationalität, die für die Armee tätig waren, die Panzerfahrer amerikanische Soldaten. Sie alle sagten, sie seien weitergefahren, weil sie gedacht hatten, es habe sich nur um einen leichten Unfall gehandelt. Sie stritten ab, irgendwelche Häuser gestürmt zu haben, und behaupteten, sie hätten nur Übungen abgehalten. Ihre Aussagen waren aber wenig glaubwürdig.

Die irakische Polizei hatte derweil mit einer Einheit der Armee das Gebäude umstellt, in dem das Verbrechen stattgefunden hatte, und ließ die Leichen der Bewohner zur Obduktion in ein Krankenhaus bringen. Es waren zwei Männer, eine Frau, drei Jungen, von denen der älteste sechzehn, der jüngste noch ein Säugling war, und zwei Mädchen im Alter von fünfzehn und dreizehn Jahren. Man habe kaum erkennen können, dass es sich um Menschen handelte, so zugerichtet waren die Leichname. Sie mussten bestialisch gefoltert worden sein. Die Männer und die Frau hatten Brandwunden im Gesicht und am Körper. Der ältere Mann, der Großvater der Familie, war über achtzig Jahre alt gewesen und war an mehreren Schlägen mit einem Gewehrkolben gegen die Schläfe gestorben. Der Vater und die Mutter der Kinder wiesen tiefe Bajonettstiche in der Taille auf, der Bauch des Mannes war aufgeschlitzt, und der Frau waren die Brüste abgeschnitten worden. Die Jungen waren erschossen, die Mädchen erwürgt, ihre Geschlechtsteile waren entstellt worden.

Warum oder mit welchem Ziel war ein so grausames Verbrechen begangen worden? Die arabische Aufschrift auf einer der Zimmerwände »Erst die Kollaborateure, dann die Amerikaner« konnte nur eine Irreführung sein, denn der Familienvater hatte mit der Besatzung nichts zu tun und war unmissverständlich gegen sie gewesen, auch sonst war die Familie in keinerlei dubiose Machenschaften verstrickt. Sollte der Iraker in der Gruppe versucht haben, die Familie zu berauben und damit seine Kameraden in die Situation hineingezogen haben? Auch das war angesichts der bescheidenen Verhältnisse, in denen die Familie lebte, unwahrscheinlich. Und wenn man das Haus durchsucht haben sollte, warum hatte man dann dafür keine Genehmigung erbeten, wie es Vorschrift war? Die Behauptung, man habe sich auf einer Übung befunden, war offensichtlich erfunden.

Unser Gespräch wurde durch das Eintreffen von Jonathan unterbrochen, der den Major zu seinen Ermittlungen begleiten wollte. Ich lud ihn zu einer Tasse Kaffee ein, und er setzte sich neben Miller, aber er war sehr aufgebracht. Was er befürchtet habe, sei eingetreten, berichtete er. Er habe noch einmal einige der Familien in Sadr City kontaktiert und erfahren, dass gestern drei junge Männer aus einem Lokal heraus entführt worden seien, weil sie enge Jeans angehabt hätten und für homosexuell gehalten worden wären. Ihnen sollen Hände und Beine gebrochen worden sein, doch im Krankenhaus hätten ihnen die Ärzte Hilfe verweigert, weil sie um ihr eigenes Leben fürchteten. Sie seien schließlich in einer anderen Klinik aufgenommen worden. Irgendeine

Menschenrechtsorganisation sei mit dem Fall befasst und habe eine Mitarbeiterin namens Damey Freeman in die Grüne Zone geschickt, wo er mit ihr telefoniert habe, als sie noch während der Nacht eingetroffen war.

»Sie konnte zuerst gar nicht glauben, dass wir von der Army die jungen Männer schützen wollen. Ich sagte ihr, dass wir noch zu wenige Informationen über die Betroffenen hätten, um schnell eingreifen zu können. Sie versprach, mir Einzelheiten mitzuteilen. Ich solle unterdessen dafür sorgen, dass die behandelnden Ärzte möglichst schnell Schutz bekämen.«

Jonathan hatte dann die ganze Nacht versucht, jemanden aus dem irakischen Innenministerium zu erreichen, damit das Krankenhaus geschützt würde. Man versprach es ihm, tat aber offenbar nichts, denn soeben hatte die Menschenrechtsbeauftragte ihm mitgeteilt, dass selbsternannte Schariawächter die jungen Männer in der Klinik ermordet hätten. »Wir müssen eine Gruppe zusammenstellen, die die anderen jungen Männer sucht und in Sicherheit bringt, bevor sie dasselbe Schicksal erleiden«, bat er Miller.

Miller konnte es nicht versprechen, da er gerade gegen die Ausbilder ermittelte, er wolle aber mit dem Verbindungsoffizier telefonieren und fragen, ob man es mit dem Schutz der Jungen auch ernst meinte.

Bevor er seinen Assistenten mit zur Arbeit nahm, versprach mir Miller, mich morgen Abend wieder zu besuchen. Heute oder spätestens morgen würde er seine Aufgabe abschließen, bis dahin müsse er aber unter Hochdruck arbeiten. Mir zuliebe würde er sich beeilen.

Als die beiden das Hotel verließen, fiel mir der Satz aus Sanas E-Mail wieder ein, den ich vergessen hatte, und ich erschrak. Sie hatte geschrieben: *Es ist eine echte Qual, wenn man die Möglichkeit hat, Leben zu schenken, aber die Umstände einem nur erlauben, Leben zu zerstören.* Was konnte sie damit gemeint haben? Ich musste ihr schnell antworten, bevor Fadhil mich abholte.

Die fünfte E-Mail

Du hast mir Sorgen gemacht. Was verbirgst Du mir? Ich habe nicht verstanden, was Du mir geschrieben hast. Was meinst Du mit der Möglichkeit, Leben zu schenken?

Bitte keine Andeutungen mehr! Du weißt, dass es keine Geheimnisse zwischen uns gibt.

Was immer es ist, ich möchte es mit Dir teilen.

Ich sollte meinen Major erst wiedersehen, nachdem ich eine Tour durch die Hölle des Irak absolviert hatte. Ich fuhr mit Fadhil die Krankenhäuser Bagdads ab, die ich nur anhand der Namen auseinanderhalten konnte. Die Flure, die Ärzte, die Krankenschwestern, die Pfleger, die Verletzten und die Toten sahen überall gleich aus. Und überall waren verängstigte oder wehklagende Angehörige. Aus Sälen drangen Schreie von Männern und Frauen, die dem schnellen Tod durch Bomben oder amerikanische Raketen entkommen waren, deren Wunden bluteten und eiterten und die nun eines langsamen Todes starben. Andere hatten ein Bein oder einen Arm verloren, Kinder hatten Verbrennungen ersten oder zweiten Grades, wieder andere waren bereits tot oder lagen im Sterben.

Wir liefen zwischen Betten umher, in denen schwerverletzte junge Männer lagen, die eilig versorgt worden waren, ohne Schmerzmittel zu erhalten, Körper und Köpfe in Verband gehüllt, den Arm am Tropf. Manche, die nicht lebensgefährlich verletzt waren oder nur Knochenbrüche hatten, lagen auf dem Boden, weil es nicht genügend Betten gab. Kinder hatten schreckversteinerte Gesichter, alte Frauen stammelten mit vor Trockenheit rissigen Lippen vor sich hin, Greise stöhnten vor Schmerz. Man hatte sie auf einem Markt, in einem Restaurant oder vor einer Rekrutierungsstelle aufgesammelt, manche hatten eine Hochzeit gefeiert, andere waren auf einer Beerdigung gewesen, als ein amerikanischer Angriff oder ein Selbstmordattentat erfolgte oder eine Autobombe hochging.

Zwischen diesen Menschen ging ich umher, zeigte ihnen ein Foto von Samer und fragte diejenigen, die noch in die Luft starren konnten, ob sie durch das Feuer, den Rauch oder die Asche hindurch vielleicht diesen jungen Mann gesehen hätten. »Stellen Sie ihn sich mit Bart vor«, sagte ich. Hatten sie vielleicht gesehen, wie dieser junge Mann sich das Hemd ausgezogen hatte, ein Sprengstoffgürtel zum Vorschein gekommen war, er auf einen Knopf gedrückt hatte und in Stücke gerissen wurde, während alles um ihn herum in Flammen aufging? Nein, sie konnten sich nur an Kampfflugzeuge erinnern, die sie beschossen hatten, und an Angst, die ihnen den Verstand raubte.

In Gruppen von drei oder vier Personen standen Familien zusammen, bleich, die Tränen zurückhaltend, murmelten heiser vor sich hin und hofften, einen Vater, eine Mutter, einen Bruder oder ein Kind lebend zu finden oder von ihrem Tod zu erfahren, wenn sie noch nicht ins Leichenhaus gebracht worden waren und sie sie anhand des Gesichts, des Körpers, vielleicht nur anhand eines Auges, eines Schnurrbartes, der Zähne, eines Ohrs, eines Ellenbogens, eines Knies, eines Fingers oder eines Merkmals am Arm, an der Brust oder am Unterleib identifizieren konnten.

In einem Krankenhaus sprachen wir mit einem Arzt, mit dem Fadhil befreundet war. Er hatte sich soeben von einem

Elternpaar abgewandt, deren Kinder schwerste Verbrennungen erlitten hatten. Flugzeuge hatten sie versehentlich getroffen, als sie auf dem Feld arbeiteten. »Sie werden den heutigen Tag nicht überleben«, flüsterte er und trug seinem Pfleger auf, es den Eltern mitzuteilen. »Es ist besser, sie sterben zu Hause als hier.« Dann kamen einige junge Männer, die sich unsicher waren, ob die Leiche, die sie gerade gesehen hatten, ihr älterer Bruder war. Er war bei einem Anschlag auf eine Bäckerei ums Leben gekommen, aber man hatte nur einen Rumpf und ein Bein gefunden. Der Oberkörper schien seiner zu sein, aber das Bein nicht. Sie fragten den Arzt um Rat. Er meinte, das Bein könnte verdreht worden oder mit Teilen eines anderen Leichnams verklebt sein. Er riet ihnen, die Leiche im Zweifel als die ihres Bruders zu betrachten und zu begraben. Uns erzählte er, dass vor Monaten eine Frau eine Leiche mitgenommen habe, die nicht mehr gewesen sei als ein Klumpen verbranntes Fleisch. Es schien ihr, dass es ihr vierzehnjähriger Sohn gewesen sein könnte. Sie war sich unsicher, aber so, meinte sie, könne sie ihm wenigstens einen Grabstein geben, an dem sie um ihn weinen würde. »Seither raten wir vielen, es so zu machen wie jene Mutter. Manche kommen mit dem Tod so besser zurecht«, meinte der Arzt.

Wir sahen einen etwa zehnjährigen Jungen, der seine Eltern und Geschwister nach seinem verlorenen Arm fragte. Sie standen um sein Bett und versuchten, nicht zu weinen. Keiner hatte den Mut, ihm zu sagen, dass sein Arm in Verband gewickelt neben ihm in einem Beutel lag. Ein Kind krabbelte über den Boden, dessen Mutter vor zehn Tagen bei einem Anschlag auf einen Gemüsemarkt zu Tode gekommen und mit ihm zusammen eingeliefert worden war. Niemand hatte seither nach dem Jungen gefragt, der noch immer seine Mutter suchte, und die Krankenschwestern fütterten und pflegten ihn im Wechsel. An der Wand lehnte weinend eine Frau von vielleicht zwanzig Jahren, und mit ihr weinte ein junger Mann. Sie hatte nach siebenmonatiger Schwangerschaft ein Frühkind geboren, das in einen Inkubator gelegt worden war. Der Strom fiel aus, der Generator lief noch eine halbe Stunde, dann starb das Kind.

»Alles hier ist kaputt, das Herzmassagegerät, der Beatmer, es gibt keine Apparate für die Bluttransfusion, nicht mal Blutdruckmesser«, klagte der Arzt.

Nichts im Krankenhaus war sauber. In den Fluren stank es nach Blut, Erbrochenem und Exkrementen, und die offenen Türen und Fenster kamen nicht dagegen an. Die Leintücher auf den Betten waren voller Staub und Dreck, der Fußboden war mit einer Rußschicht überzogen, die Toiletten quollen über. Die Medizinschränke waren leer. »Wir haben weder Medikamente noch Desinfektionsmittel noch Adrenalinspritzen.« In der Notaufnahme standen blutverschmierte, fast schwarze Tragen, in den OP-Sälen fehlte das einfachste Besteck, und Leichname wurden ungekühlt aufbewahrt. »Wir haben um dreimal so viele zusätzliche Kühlräume gebeten, nachdem wir fünfundzwanzig Leichen in einem Raum unterbringen mussten, der für zehn ausgelegt ist.«

Eine Art Blutrausch war vor vier Monaten eskaliert. Bei Nacht herrschte in Bagdad Ausgehverbot. Sicherheitspatrouillen gab es nur wenige, und sie waren zudem ohne Wirkung, ja, sie waren selbst Angriffsziel für Todesschwadronen und Milizen, die oft Uniformen des Innenministeriums und schwarze Kopftücher trugen, wenn sie ihre Verbrechen begingen. Gleichzeitig waren islamistische Kampfgruppen auf der Suche nach neuen Opfern, und junge Männer wollten sich für den Mord an einem Bruder oder Vater rächen. Andere mordeten zur Abschreckung oder um alte Rechnungen zu begleichen. Die Polizei sammelte täglich Leichen ein, die aus Flüssen und Sümpfen geborgen oder an abgelegenen Orten gefunden wurden, sie fand sie unter Brücken, auf Müllplätzen oder in Abfallhaufen auf der Straße und brachte sie ins Leichenhaus von Bagdad. Die Toten waren frühere Offiziere der irakischen Armee, Universitätsprofessoren, Wissenschaftler, Fachärzte, Religionsgelehrte oder Müllmänner. Manche Leichname waren verstümmelt, sie waren erstochen, erdrosselt oder gehäutet oder sogar mit Bohrmaschinen misshandelt worden.

»Heute wurden uns die Leichen von vier jungen Männern gebracht, die im Tigris schwammen«, so Fadhils Freund. »Sie wiesen Spuren von Schlägen und Bügeleisen auf und hatten Kugeln im Kopf. Sie waren erst gestern Abend im Stadtteil Abu Duschair zusammen mit zehn anderen verschleppt worden. Niemand hielt die Entführer auf, obwohl sie durch ein Gebiet fuhren, das unter der Kontrolle der Übergangsregierung steht. Vielleicht hatten sie dort sogar Schutz. Was aus den anderen geworden ist, weiß niemand.«

Mord nach der im Ausweis eingetragenen Glaubensrichtung kam in allen Stadtvierteln vor, je nachdem wo die konfessionellen Konflikte gerade am gewalttätigsten wüteten.

»Tote werden in Azhamiya genauso gefunden wie in Kazhimiya, in Shula, Sadr City, Zafaraniya, Diyala oder Dura. Aus allen Stadtvierteln Bagdads werden uns Leichen gebracht.«

Und tagsüber wurde Jagd auf Dolmetscher der Bündnistruppen, auf deren Fahrer oder auf irgendwelche Leute gemacht, die zufällig am falschen Ort waren. »Al-Qaida zielt auf alle, die sich für den Dienst in den Sicherheitskräften rekrutieren lassen, egal welcher Konfession sie angehören. Und die Milizen der Regierungsparteien haben sich der Ausrottung der Baath-Partei verschrieben. Sie entführen ehemalige Parteiangehörige, indem sie sie aus ihren Wohnungen, aus Behörden, Schulen oder Universitäten zerren, und richten sie hin, ohne einen Unterschied zwischen führenden und normalen Mitgliedern zu machen.«

Mir reichte, was ich gehört und gesehen hatte. Aber als Fadhil sagte, wir würden jetzt noch ins Leichenhaus fahren, lehnte ich nicht ab.

Als wir ankamen, mussten wir an ganzen Haufen von Leichnamen vorbei, die im Freien vor dem Gebäude lagen. Sie waren mit blauen Tüchern bedeckt und verwesten in der Sonne. Daneben stand ein Lastwagen mit offener Ladefläche, auf der die Opfer eines Anschlags vom Vortag lagen, die man bis jetzt noch nicht identifiziert hatte. Eine Menschenmenge stand um das Auto herum, und ein Mann, der seine Mutter und seine Schwester suchte, stieg auf die Ladefläche. Er wurde bleich und hatte Schwierigkeiten, wieder abzusteigen. Er war nicht fündig geworden. Alle Toten waren nichts als schwarze, zur Unkenntlichkeit entstellte Körper. Die Hitze drückte wie ein Stein auf die versammelten Familien, die sich wie in einem feuchten und klebrigen Ofen mit rot angelaufenen Gesichtern gegenseitig ihr Leid klagten. Sie ermahnten sich gegenseitig, es nicht zu schwer zu nehmen, und fühlten einen Zusammenhalt, der durch Schluchzen, Seufzer und Klagen besiegelt wurde. Sie schnappten nach Luft und kämpften mit den Tränen, sie baten das Schicksal, Gott den Erhabenen, den Propheten Mohammed oder den Imam Ali um Beistand. »Alles kehret allein zu Gott zurück. Gott spricht gewiss die Wahrheit«, murmelte ein Alter, der, auf die Arme gestützt, auf der Erde lagerte und die Menge aus tiefliegenden Augen anstarrte.

Eine Frau hatte sich in Trauer um ihren Mann und ihre zwei Söhne in Schwarz gehüllt. Sie waren auf dem Rückweg von ihrem Geschäft in der Rashid-Straße gewesen, als sie an einem amerikanischen Checkpoint erschossen wurden. Ihr Auto fand man von Kugeln durchlöchert am Straßenrand, aber von ihnen fehlte jede Spur. Seit drei Tagen saß sie von frühmorgens bis spätnachmittags vor dem Leichenhaus, um die Leichname in Empfang zu nehmen, die ein Angestellter aufgrund ihrer Beschreibung identifiziert hatte, aber das ständige Eintreffen neuer Toter verzögerte die Übergabe. Eine andere Frau hatte bis jetzt nicht die Leichen ihrer Tochter und ihres Mannes gefunden, obwohl sie schon vor Wochen ermordet worden waren. Ein Mann neben ihr beklagte den Tod seiner beiden Brüder, deren Bus in Dura auf dem Weg zur Universität von Bewaffneten gestoppt worden war. Alle Insassen wurden hingerichtet. Ein junger Mann hatte von seinem Vater nur den Kopf gefunden. Er hatte ihn in sein Hemd gewickelt, drückte ihn an seine Brust und weinte. Er würde ihn ohne Körper begraben. Plötzlich erhob sich ein hysterisches Klagegeheul, als Trauer eine alte Frau übermannte, die zusammen mit zwei Söhnen soeben den Leichnam eines weiteren Sohnes empfing. Sein Schädel war zertrümmert. Sie schrie herzzerreißend und forderte seine Brüder auf, Rache zu nehmen. Die anderen sahen die Frau neidisch an. Sie hatte ihren Sohn gefunden.

Hunderte von Männern und Frauen aus Bagdad und von anderswo kamen täglich hierher in die zentrale Leichenhalle, um einen toten Angehörigen in Empfang zu nehmen und eine Trauerfeier für ihn auszurichten. Viele fanden den Gesuchten nicht und mussten ohne Leiche gehen, worüber sich die Mörder womöglich noch freuten. Die meisten Versammelten baten um Erlaubnis, selbst unter den Toten zu suchen, die im sogenannten Kühlhaus aufbewahrt wurden, das aber nur halb kühlte und in dem aufgeblähte Körper zu verwesen begannen. Sie waren aufs Geratewohl nebeneinandergelegt worden, so dass sie sich beinahe umarmten:

Schiiten, Sunniten, Christen, Baathisten, Atheisten. Im Tod waren sie alle gleich.

Ich erkämpfte mir einen Platz an einem mit Eisenstäben vergitterten Fenster, um das sich Leute versammelt hatten, um Fotos zu betrachten, die ein müde aussehender Angestellter über eine Computermattscheibe scrollte. Die meisten abgebildeten Opfer waren zwischen fünfundzwanzig und fünfunddreißig Jahre alt. Ein Jugendlicher neben mir schrie und schlug sich auf die Stirn, als er ein Bild seines Bruders mit ausgestochenen Augen erblickte. Er sprang wie von Sinnen auf und ab, schlug sich ins Gesicht und schrie: »Hamid, wehe mir!« Dann kauerte er sich an die Mauer, weinte und schlug sich mit den Fäusten an die Brust. »Räche ihn, statt um ihn zu weinen!«, tadelte ihn ein anderer.

Im Wartebereich unterhielten sich junge Männer darüber, wie sie verhindern könnten, dass Milizen ihre Leichname unkenntlich machten. Sie sprachen davon, dass sie vorhatten, sich ihren Namen oder die Telefonnummer ihrer Angehörigen eintätowieren zu lassen, um identifizierbar zu sein, falls man sie tötete, und nicht in einem anonymen Grab zu enden. Währenddessen waren Männer damit beschäftigt, Leichen aus dem Kühlhaus zu entfernen, um Platz zu schaffen. Nicht identifizierbare Leichname wurden nicht lange aufbewahrt; man brauchte Platz für neue Tote, die am nächsten Morgen gebracht würden. Sie bekamen Nummern und wurden in grüne Säcke gesteckt, dann wurden sie auf einem großen Lastwagen zum Friedhof von Nadschaf gebracht. Ein Hausmeister gab die Leichname heraus, nachdem er sie je nach der Art ihrer Ermordung oder ihrer Entstellung sortiert hatte. Oder nach dem Ort ihres Todes: die Opfer der Autobombe, die im verlassenen Kia Gefundenen, die aus Abu Ghuraib ...

Ein kleiner, dicker Mann mit großem Kopf nahm die Toten in Empfang und hob sie auf den Laster, wo sie ein Breitschultriger in der Hocke annahm und nebeneinander oder aufeinanderlegte. Einmal fiel dem Dicken eine Hand herab, und er schob sie mit dem Fuß beiseite, während er die Leiche auf die Ladefläche hob. Dann bückte er sich, hob die Hand auf und warf sie aufs Auto.

Freiwillige Vertreter der sunnitischen und der schiitischen Konfession waren zugegen, um den Abtransport und die Bestattung der Leichen zu begleiten. Sie erhofften sich einen Gotteslohn dafür, obwohl sie nicht wussten, welchen Glaubens die Toten waren. Sie würden in Nadschaf auf einem Gräberfeld für Unbekannte beigesetzt, wo alle Gräber gleich aussahen und nur Nummern auf Lehmstelen trugen, bis ihre Angehörigen sie vielleicht einmal ausfindig machen würden.

Ob sie nun die gesuchten Leichen fanden oder nicht, nichts kann eine Mutter ihren Sohn vergessen machen, und niemand kann einen Mord am eigenen Bruder verwinden. Aber was ihnen das Herz brach, war die Erbarmungslosigkeit, mit der ihre Lieben behandelt worden waren, und trösten konnte diejenigen, die ihre Toten nicht fanden, nur, dass ein schlimmeres, ein unverzeihliches Unheil, das hier im Leichenhaus sichtbar wurde, ihr trauriges Schicksal übertraf: Dass man Toten den Kopf abgeschnitten oder Löcher hineingebohrt hatte, dass man Gesichter verstümmelt hatte, dass man einem jungen Mann den Kopf in den Bauch gesteckt oder einem Mädchen, die Augen herausgerissen und in die Handflächen gelegt hatte. Die Verstümmelung von Leichen war zu einer Disziplin geworden, in der die Todesschwadronen sich gegenseitig zu übertrumpfen trachteten.

Die sechste E-Mail

Ich komme gerade von einer grausigen Rundfahrt durch Krankenhäuser zurück. Das Schlimmste war das Leichenhaus. Ich habe Samer gesucht.

Ich werde Dir nicht schreiben, was ich gesehen habe. Einen gewöhnlichen Tod zu sterben ist hier eine Gnade, die nur wenigen zuteilwird. Frag mich nicht, warum ich diese Tour nicht abgebrochen habe. Es ist unmöglich, sich vorzustellen, wie wahnsinnig jemand sein muss, um solch schreckliche Taten zu begehen. Menschliche Grausamkeit kennt keine Grenzen.

Ich musste diese Runde wohl machen, um mich selbst zu bestrafen. Und um zu sehen, inwieweit ich mitschuldig bin an dem, was hier passiert.

Ich dankte Gott dafür, dass niemand Samer auf dem Bild wiedererkannt hat. Trotzdem stellte ich mir vor, was er alles anrichten könnte und dass er vielleicht Menschen so zurichtet wie jene, die ich heute sah.

Immer dann, wenn ich mich von meinem Vatersein distanzieren konnte, habe ich mir gewünscht, ich würde ihn als verstümmelte Leichen finden, als Opfer, nicht als Mörder.

Kannst Du Dir vorstellen, wie schmerzlich es für mich war, das alles zu sehen? Ich bin verzweifelt.

Es war die einzige ehrliche E-Mail, die ich bislang an Sana geschrieben hatte.

Ich blieb den gesamten nächsten Tag über auf meinem Zimmer, quälte mich und war wie gelähmt. Erst abends, kurz vor meinem Termin mit Miller, ging ich in die Lobby. Ich brauchte Ablenkung und schlug Miller vor, durch den Garten des Hotels zu schlendern, der so schön und groß sein sollte. Aber zu sehen war nur ein Abglanz davon. Die Springbrunnen waren abgestellt, die Wasserbecken leer, die mit schwarzem Marmor ausgelegten Wasserläufe waren staubig, die Myrtensträucher vertrocknet. Die Statue eines Fischers mit Meerjungfrau sah aus, als wäre sie auf einer Anhöhe über einem ärmlichen Küstendorf langsam verfallen. Wir sprachen kein Wort. Es war ein deprimierender Spaziergang.

Danach setzten wir uns in die Empfangshalle. Das Licht war schummrig, manche Lampen waren abgeschaltet, um Strom zu sparen. Wir mussten die Sessel wechseln, weil unsere kaputt waren. An die Wand hatte jemand *The Marines were here* geschrieben, und am Deckenfries las ich auf verblassten Keramiktafeln einen Vers des alten arabischen Dichters Umar ibn Abi Rabia: *Würde Hind nur ihr Versprechen halten* ... Alles um uns herum verströmte morbide Ruhe, nur aus der Ferne kam Musiklärm, wahrscheinlich aus dem Nightclub des Hotels. Der Major war nicht mit sich im Reinen. Er sagte: »Das ist Karaoke. Magst du Karaoke?« – »Nein«, sagte ich. – »Ich auch nicht.«

Er fragte mich, wie meine gestrige Runde durch die Stadt gewesen sei. »Nicht gut«, sagte ich. Aber Miller hatte auch Erfreuliches zu berichten. Er hatte jetzt einen förmlichen Auftrag, in meiner Angelegenheit zu handeln, und seine Maßgaben seien dabei berücksichtigt worden. Niemand würde ihm bei der Arbeit hineinreden, und falls er Mitarbeiter anforderte, würden diese ihm unterstehen. In anderen Missionen waren ihm nie so günstige Konditionen zugestanden worden, immer hatte er zahlreiche Anweisungen zu befolgen gehabt, der eine Stab tat das eine, der andere etwas anderes, wenn es gut ausging, stritten alle um den Erfolg, und wenn nicht, wollte keiner schuld sein. Er wolle nun einen Plan ausarbeiten, um al-Qaida davon in Kenntnis zu setzen, dass ich in Bagdad sei und meinen Sohn Samer treffen wolle. Eine ausgereifte Planung hierfür würde aber einige Zeit in Anspruch nehmen, und trotz der Hoffnungen, denen er Ausdruck gab, entschuldigte er sich auch gleich dafür, dass es nicht sofort losgehen könne. Denn es war ihm nicht entgangen, dass die Erleichterungen, die ihm für meine Mission gewährt wurden, als Anreiz dafür zu werten waren, dass er seine Ermittlungen in Sachen des Massakers an der Familie schnell abschloss. Er musste also geschickt vorgehen.

Er hatte mittlerweile eindeutige Hinweise auf die Verwicklung der Söldnergruppe in das Massaker. Die Fahrzeugkontrolle an der Zufahrt zur Grünen Zone hatte an mehreren Tagen hintereinander die zwei Jeeps und den Schützenpanzer eingetragen. Sie waren jeweils kurz vor Mitternacht ausgerückt und im Morgengrauen zurückgekommen, und sie waren mit M-4-Maschinengewehren und Lasersichtgeräten ausgestattet gewesen. Verschiedene Zeugen hatten die Fahrzeuge mit ausgeschalteten Scheinwerfern auf der Autobahn von Bagdad entlangrasen sehen, und auch in dem Dorf, in dem die Morde begangen wurden, waren die Besatzungen der Jeeps beobachtet worden, wie sie das betroffene Haus betraten und etwa zwei Stunden darin zubrachten, während die Insassen des Bradley draußen Wache hielten.

Bis jetzt hatte Miller noch kein Motiv für die Morde gefunden und auch noch niemanden überführen können. Während die Soldaten sich mit dem Argument in Schweigen hüllten, sie hätten nichts Ungesetzliches getan, traten die angeheuerten Sicherheitsleute frech auf, als Miller ihnen vorhielt, sie hätten vor ihrem Anschluss an die Gruppe strenge Anweisungen erhalten, keine übermäßige Gewalt anzuwenden, nachdem zivile Sicherheitsdienste vorher bereits Iraker erschossen und Häuser zerstört hatten, nur weil sie deren Bewohner verdächtigten, zum Widerstand zu gehören. Wenn ihm am Leben von Irakern etwas liege, hatten sie entgegnet, dann solle man an ihrer Stelle eben UN-Friedenstruppen ins Land holen, und wenn er Mitleid mit Irakern habe, dann solle er Missionsschwestern schicken. Häuser zerstöre man im Krieg eben, um dem Feind kein Obdach zu gewähren. »Was gefällt Ihnen denn an diesen Hadschis?«, fragten sie Miller. Hadschis war das Lieblingsschimpfwort der Söldner und der Marines, wenn sie von Irakern redeten. Auf die Gegenfrage, ob sie denn keine Menschen seien, lautete die Antwort: »Die sind anders als wir. Die trauern nicht wie wir, wenn bei denen einer stirbt.«

Wenn dagegen ein Marines-Soldat im Kampf fiel, dann wurde getrauert, und zwar indem man das Feuer auf Iraker eröffnete, manchmal wurde auch ein ganzes Wohnviertel oder Dorf dafür zerstört.

Das Schwierigste war für Miller, dass verschiedene Seiten Druck auf ihn ausübten, die Untersuchung irgendwie abzuschließen, bevor die Presse etwas mitbekam. Es reiche ja, wurde ihm nahegelegt, formal die Regeln für Ermittlungen einzuhalten, und ohnehin waren Angestellte privater Sicherheitsfirmen juristisch nicht belangbar, denn ihnen war Immunität zugesichert worden. Heute hatte ihn der Chef des Verbindungsbüros für die Sicherheitskontraktoren in der Grünen Zone vorgeladen und versucht, ihn davon zu überzeugen, dass die Metracorp-Mitarbeiter keine Unschuldigen umbrächten. Ja, es gebe ein paar schlimme Jungs mit übler Vergangenheit unter ihnen, aber sie töteten nicht zum Spaß, und dass mehr als zehn Personen verabredeten, grundlos eine Familie auszulöschen, sei undenkbar.

Miller unterbreitete dem Colonel seinen Verdacht, dass die Täter bei der betroffenen Familie zum Zeitvertreib Häuserstürmung haben üben wollen und vielleicht auch auf Beute gehofft haben, falls der begleitende Iraker ihnen etwa erzählt haben sollte, der Familienvater sei im Waffenschmuggel oder für den Widerstand tätig. Er frage sich nur, warum sie, wenn sie die Menschen dort umbringen mussten, um zu stehlen, sie dann gefoltert und verstümmelt hatten. Wütend beschied ihm der Colonel daraufhin: »Miller, wenn es sich hier um ein Verbrechen handelt, dann ist es im Irak begangen worden, nicht in den Vereinigten Staaten! Der Irak ist ein Kriegsgebiet, und da kommen Fehler eben mal vor.« Er solle die Ermittlungen sofort einstellen. Miller erbat sich eine Zusatzfrist von drei Tagen, um den Tatort besichtigen zu können, bevor er den Bericht unterzeichnete und die Leichname freigab, die dann am selben Tag nach islamischem Ritus bestattet werden sollten. Danach werde er dem Colonel die Ergebnisse vorlegen und ihm selbst überlassen, was er damit tun wolle.

Es überraschte mich nicht, dass Miller mir seine Vermutungen mitteilte. Was mich überraschte, war, dass er mir anvertraute: »Aber ich werde mir nichts verbieten lassen. Ich werde bis zum Ende weiterermitteln.« Zwar hatte er mir bereits einen eigentlich geheimen Zwischenbericht gegeben – auch wenn Geheimnisse in Bagdad nie lange geheim blieben und spätestens nach ein paar Tagen in die Presse kamen –, aber dass er auf eigene Faust weiterermitteln wollte, empfand ich als falsch verstandenen Mut. Gab es denn Gerechtigkeit für Iraker? Wollte er mich in seiner angenommenen Rolle als Richter davon überzeugen, dass Gerechtigkeit vor niemandem haltmachte? Die Ausgewogenheit dieser Untersuchung, das war mir klar, würde sehr enge Grenzen haben. Deshalb fragte ich: »Richard, was willst du mir beweisen?«

Er blickte mich missbilligend an und erwiderte nichts. Er wollte mir gar nichts beweisen, auch wenn es mir schwerfiel zu glauben, dass ein Offizier der amerikanischen Armee Gerechtigkeit um der Gerechtigkeit willen anstrebte. Ich führte seinen momentanen Eifer darauf zurück, dass ihn die Vertragssoldaten anwiderten. Seiner Auffassung nach kämpfte er für Prinzipien, die anderen nur für Geld. Deshalb stieß ihm meine Frage so bitter auf, und er sagte: »Welche Bedeutung sollte Demokratie noch haben, wenn eine ganze Familie straflos getötet wird, und sei es auch aus Versehen?«

Ich sah in Miller nicht mehr als einen Soldaten, der, Idealbegriffen von Vaterland, Ehre und Pflicht folgend, seine Aufgaben gewissenhaft und gelegentlich übertrieben sorgfältig erfüllte. Er war offenbar Äußerungen des amerikanischen Präsidenten über die nötige Verbreitung von Freiheit und Demokratie aufgesessen, ohne zu bemerken, dass, was immer man als Rechtfertigung für einen solchen Feldzug anführte, dieser unvereinbar mit dem Mord an Tausenden von Menschen war. Seine Kampfmission erschien ihm in höchstem Maße human, und er glaubte aufrichtig, dass wir Araber von diesem großzügigen Geschenk profitieren würden. Deshalb kritisierte er so vehement, dass die Ehre des gerechten Krieges an Söldner verkauft und durch Korruption beschmutzt wurde.

Die siebte E-Mail

Soll ich Schuldgefühle empfinden oder mir dumm vorkommen, weil ich Deine Andeutungen nicht verstanden habe? Meine Situation hier erlaubt mir nicht, Rätsel zu lösen.

Wie auch immer, es scheint nicht nur aussichtslos, das zu erreichen, weswegen ich gekommen bin, sondern aussichtslos, dem auch nur näher zu kommen. Unerwartete Hindernisse sind aufgetaucht. Die Zeit arbeitet nicht für mich. Samer könnte mit einer einzigen Aktion alles zunichtemachen.

Ich kann Dir nur eines raten: Verknüpfe Dein Schicksal nicht mit meinem. Denn was mir hier noch bevorsteht, weiß ich nicht.

Das stattliche Gebäude des Verteidigungsministeriums war gefangen in Stacheldraht und umstellt von amerikanischen Panzern und Militärfahrzeugen. Es lag am Ende der Rashid-Straße, aber hier wollten wir unsere Tour noch nicht beenden. Wir machten gerade einen unserer fast täglichen Ausflüge und hatten eigentlich vor, weiter bis zum Al-Mutanabbi-Markt zu gehen, wo Fadhil mich zum Mittagessen in das berühmte Saray-Restaurant einladen wollte. Aber als wir aus einem Café kamen und uns in Richtung Restaurant wandten, vereitelte der Späher unseren Plan.

Fadhil stieß mich plötzlich mit der Schulter an und zog mich am Arm in die entgegengesetzte Richtung. Widerwillig folgte ich ihm im Laufschritt durch eine Menge gleichgültiger Menschen. Er zerrte mich so grob hinter sich her, dass ich glaubte, er erwarte eine Bombenexplosion. Ich drehte mich um, und er blieb plötzlich stehen, als hätte er gesehen, dass jemand die Bombe entschärft hatte. Bevor ich ihn fragen konnte, warum wir so gerast waren, sagte er: »Haben Sie nicht bemerkt, dass wir beobachtet wurden?«

Ich dachte, dass mich der Major vielleicht unter Bewachung gestellt hatte. »Ist doch nicht so schlimm«, sagte ich.

»Doch«, beharrte Fadhil, »ein Späher hat Sie beobachtet.«

Späher, so hieß im Irak jemand, der ein menschliches Ziel auswählte und Informationen über diese Person sammelte, erklärte mir Fadhil. Das Auswahlkriterium war, dass sich eine Entführung des Betreffenden lohnte. Am besten war ein Ausländer, zum Beispiel ein Soldat, ein Söldner oder ein Journalist, es konnte aber auch ein Iraker sein, der der Besatzung zuarbeitete, ein Geschäftsmann, ein Universitätsprofessor oder der Sohn einer begüterten Familie. Der Späher verkaufte die Informationen über seine Zielperson zu einem Preis, der von Angebot und Nachfrage und den speziellen Eigenschaften des Opfers abhing, an eine Bande von Entführern. Diese verschleppte den Betreffenden dann und bot ihn zum Weiterverkauf an. Wer das beste Angebot machte, erhielt den Zuschlag: islamische Widerstandsgruppen, al-Qaida, eine schiitische oder sunnitische Miliz oder der Mittelsmann eines ausländischen Geheimdienstes. »Vom Späher geht die Zielperson an einen Entführer, und irgendwann fordert eine Gruppe Lösegeld und droht bei Nichtzahlung mit der Ermordung der Geisel. Dann wird gefeilscht. Und wenn der Entführte Pech hat, wird er getötet.«

Ich erinnerte mich an einen Mann, der im Gleichschritt neben mir hergegangen war. Ich hatte in jenem Moment gedacht, dass ich ihn packen und nicht mehr loslassen würde, sollte auch er versuchen, mir etwas ins Ohr zu flüstern. Aber er hatte mich nur von der Seite angeblickt und war dann weitergegangen. Ich hatte ihm nicht nachgesehen. Das also war ein Späher.

»Er muss Ihren Akzent gehört haben. Vielleicht haben auch Ihr Gesicht und Ihre Kleidung seine Aufmerksamkeit erregt. Er hat gemerkt, dass Sie kein Iraker sind, und falls er Sie schon beim Verlassen der Grünen Zone gesehen hat, dachte er wohl, er hätte eine besonders dicke Beute aufgetan.«

»Er sammelt also noch Informationen über mich«, sagte ich.

»Er hat gerade versucht, Sie mit seinem Handy zu fotografieren, deswegen habe ich Sie weggezogen. Ich glaube nicht, dass es zu spät war. Ich hoffe es, denn wenn er Sie fotografiert hat ...«

Wenn der Späher ein Foto von mir hatte, konnte er mich jetzt mehreren Interessenten zum Kauf anbieten, die dann weitere Informationen über mich anfordern würden. Hätte ich sicher sein können, dass ich an al-Qaida verkauft würde, ich hätte mich, ohne zu zögern, als Geisel angeboten.

»Er müsste seine Leute nur anrufen und ihnen sagen, wo

Sie sich befinden. Innerhalb von Minuten können die da sein und Sie mit vorgehaltener Waffe von der Straße zerren.« Fadhil machte keine Witze. Entführungen fanden überall statt, auf Märkten, in Krankenhäusern, in Ministerien oder Behörden, in Schulen und Universitäten. Einige Monate zuvor waren auf einen Schlag dreißig Mitarbeiter aus einem Gebäude des Roten Kreuzes verschleppt worden. »Und wenn sie mich für Ihren Dolmetscher halten, bekomme ich eine Kugel in den Kopf.«

Beim Abschied entschuldigte sich Fadhil, er sei für ein oder zwei Tage nicht verfügbar. Er riet mir, währenddessen nicht auf der Straße herumzulaufen, ich solle kein Risiko eingehen. Aber ich brauchte keine Ratschläge, ja, eigentlich brauchte ich gar keinen Begleiter oder Führer. Ich sagte zu Fadhil, dass ich nicht abschätzen könne, wie lange ich noch in Bagdad bleiben würde. Ich würde mich aber nur eingeschränkt bewegen und Gefahren meiden, schließlich sei ich nicht gekommen, um mich einfach so entführen und töten zu lassen. Mir liege etwas an meinem Leben, denn ich hätte noch etwas vor.

Fadhil erklärte, er müsse sich um einen jungen Verwandten namens Rabia kümmern, der bei ihm zu Gast sei. Tatsächlich war dieser zu ihm geflüchtet, denn seine Familie im Dorf suchte ihn. Man behauptete, er sei verantwortlich für den Tod eines Mannes und seines Sohnes. Rabia war von den Amerikanern verhaftet worden, als er an einer Protestdemonstration gegen die US-Armee teilgenommen hatte, die eine Dorfschule besetzt und in einen Stützpunkt umgewandelt hatte. Er wurde verhört und verriet, dass ein Mann aus dem Dorf und seine beiden Söhne die Demonstration organisiert hatten. Diese wurden ebenfalls festgenommen und ins Gefängnis von Abu Ghuraib gebracht. Dort beschuldigten private Sicherheitsbeamte sie, für den bewaffneten Widerstand zu arbeiten. Ein Sergeant, zwei Soldaten und eine Soldatin überwachten daraufhin ihre Folter. Sie vertrieben sich einen Abend lang bei Kerzenlicht die Zeit mit ihnen, indem sie ihnen schwarze Kapuzen aufsetzten, sie nackt auszogen und sie zwangen, Sexspiele mit anderen Gefangenen zu treiben. Zum Spaß sagten sie dann dem Vater, er habe Sex mit seinen Kindern gehabt. Der Mann beging noch im Gefängnis Selbstmord. Als seinem älteren Sohn die Nerven durchgingen, ließen die Amerikaner Hunde auf ihn los, die ihm die Geschlechtsteile zerfetzten. Stunden später starb er. Der jüngere Sohn kam zwei Jahre später frei und sagte, dass Rabia der Verräter gewesen sei. Rabia wurde daraufhin für vogelfrei erklärt. Sein Vater hatte Fadhil gebeten, ihn bei sich aufzunehmen, bis die Gemüter sich beruhigt hätten. Noch waren alle aufgebracht und forderten Rabias Tod. Der Stammeschef hatte den Vater bereits aufgefordert, seinen Sohn herauszugeben, damit die Angehörigen der im Gefängnis Getöteten sich an ihm rächen könnten, ansonsten würden sie die ganze Familie töten. Im Moment war Rabias Vater damit beschäftigt, vermitteln zu lassen, und hoffte, die Familie der Toten würde Blutgeld anstelle der Blutrache akzeptieren.

Fadhil nannte mir keinen neuen Termin. Er drückte mir nur die Hand und sagte: »Rufen Sie mich an, wenn Sie etwas brauchen.«

Abends rief Miller mich überraschend von der Rezeption aus an und sagte, er warte in der Lobby auf mich. Ich dachte, er hätte mir wichtige Neuigkeiten mitzuteilen, aber als wir uns in die Halle setzten, stellte sich heraus, dass dem nicht so war. Ich erfuhr lediglich, dass er soeben einen Konvoi zusammengestellt hatte, mit dem er am nächsten Morgen nach Dhuluiya fahren würde.

Wir sprachen über dies und jenes. Ich schweifte mit meinen Gedanken ab, doch plötzlich riss mich ein Satz von ihm in die Gegenwart zurück: »Ich habe ein paar Dinge über euch gelesen. Ihr sollt den Tod recht gern mögen, heißt es.«

Ich ärgerte mich über diese Bemerkung, die ich als berechnet empfand, und antwortete provokant: »Gib bitte nichts auf solche Analysen, die jetzt überall in Umlauf sind. Sie bieten bequeme Rechtfertigungen, aber sie sind dumm. Allerdings brauchst du die, die sie verbreiten, auch nicht hinzurichten.«

»Warum begeht ihr dann dauernd Selbstmord?«, wollte Miller wissen.

Er meinte natürlich die Selbstmordanschläge, die von Islamisten bei ihrem Krieg gegen den Rest der Welt immer wieder verübt wurden. Ich improvisierte eine Erklärung, die mir am einleuchtendsten schien:

»Es gibt Situationen, in denen einem das Leben ausweglos erscheint. Mancher erfährt tagtäglich Demütigungen, nicht nur der Einzelne, sondern seine ganze Familie, und er hat vielleicht keine Verdienstmöglichkeiten, um seinen Lebensunterhalt zu bestreiten. Ein solches Leben weiterzuführen bedeutet Erniedrigung, während die Selbstopferung dem Betroffenen als Verteidigung der eigenen Würde, ja seines Lebens erscheint. Ich weiß nicht, ob wir denselben Begriff von Heimat haben. Bei unseren Völkern gibt es die Auffassung, dass das eigene Land etwas ist, wofür es sich zu sterben lohnt. Und ich glaube, dass in solch einem Selbstmord etwas Rationales steckt, auch wenn der Entschluss dazu emotional getroffen wird.«

Miller schien ratlos. Er sagte: »Ich meine nicht, dass Selbstmord etwas Unerklärliches wäre. Aber er ist irrational, vor allem wenn jemand sein Leben hingibt, um andere zu töten. Kommt denn die Erhabenheit des eigenen Lebens darin zum Ausdruck, dass man es als Waffe einsetzt? Was auch immer das Anliegen des Selbstmörders ist, kann es ihm wirklich wichtiger sein als sein Leben?«

Ich war nicht der richtige Gesprächspartner für eine solche Diskussion, und ich war auch nicht darauf vorbereitet. Meiner Meinung nach gab es auf der ganzen Welt kein Anliegen, für das jemand sterben sollte. Ich selbst hatte mein Leben früher für Ziele vertan, die mir wichtig erschienen waren, und was war geschehen? Meine Ziele wurden von denen verraten, die sie vertreten hatten. Das war schlimmer als ein Misserfolg. Das Schmerzliche ist, dass oft die nobelsten Zwecke nicht nur vergehen oder dem Vergessen anheimfallen, sondern dass sie Gegenstand von Spott und Witzeleien werden.

»Jeder Mensch hat die Freiheit, über sein Leben zu entscheiden«, sagte ich.

»Und was ist mit dem Leben der anderen?«

»Die anderen sind zufällig am falschen Ort und sterben. Man kann so etwas nur dann verteidigen, wenn man der Meinung ist, dass ein Selbstmordattentat so sinnlos wie das ganze Leben ist. Es sei denn, wir wollten es mit dem Schmerz und dem Glauben des Attentäters rechtfertigen.«

»Aber Selbstmord ist doch in eurer Religion untersagt. Trotzdem nennt ihr ihn Dschihad.«

»Die Sache ist etwas kompliziert. Als Märtyrer für die Sache Gottes zu sterben kann auch eine religiöse Pflicht sein. Aber wann die Bedingungen dafür gegeben sind, darüber wird heftig gestritten.«

»Ich glaube, dass eure Religion deshalb überzeugender ist als andere, weil sie stärkere Beweise für die Existenz Gottes anbietet. Deshalb sprengen sich Selbstmordattentäter in der Gewissheit in die Luft, dass sie ein anderes Leben erwartet, und sie tun dies umso lieber, als dieses andere Leben das Paradies ist.«

Ich versuchte Miller zu erklären, dass diese Sicht der Dinge eine Geringschätzung des Verstandes, des Glaubens und des Wahnsinns zugleich sei und dass ich sie für eine Propaganda hielt, der es in erster Linie darum gehe, die Wahrheit zu verschleiern, auch wenn mir klar sei, dass sich manche Leute dazu hinreißen ließen, sich mit dieser Motivation in die Luft zu sprengen. Am wahrscheinlichsten sei es, dass bei ihnen ein Verlangen geweckt werde. Sie glaubten, anstatt im Nichts zu enden, stünde ihnen ein neues Leben bevor, in dem sie belohnt würden. »Ums Paradies geht es hier aber nicht«, sagte ich, »sondern um erfahrenes Unrecht. Ein Mindestmaß an Gerechtigkeit, für das jeder Mensch ein Gespür hat und das auch erfüllbar ist, würde das Leben für viele Menschen erträglicher oder vielleicht sogar schön machen.«

Miller überlegte ein wenig. Aber anstatt auf meine Ausführungen einzugehen, kam er wieder auf das Thema Selbstmord zurück: »Ich glaube nicht, dass andere religiöse Völker genauso denken wie die Muslime.«

»Anderen Völkern wurde vielleicht nicht dasselbe Maß an Tyrannei von eigenen und fremden Herrschern angetan. Und denk daran, Richard, Selbstmord ist keine muslimische Erfindung.«

In diesem Moment kam Jonathan. Er war gerade mit Damey Freeman von der Menschenrechtsorganisation zusammengetroffen, und sie hatte ihm berichtet, was sie in Sachen der jungen Homosexuellen bewirkt hatte. Sie konnte einen der Betroffenen sprechen und ihn dazu überreden, sie in die Grüne Zone zu begleiten. Sie würde ihn morgen zu Jonathan bringen und sich von ihm die Namen und die Aufenthaltsorte seiner Freunde geben lassen, die mit Mord bedroht wurden. Sie wollte von Jonathan wissen, wie die verbündeten Truppen sich zu dem Problem verhalten würden. »Können wir ihnen helfen?«, gab Jonathan die Frage weiter.

Miller nickte und sagte, sein vorgesetzter Colonel habe zugesichert, dass er das Einverständnis zu ihrem Schutz erwirken würde.

Die Nacht war trotz der Hitze und der Feuchtigkeit angenehm. Miller blieb in Gedanken versunken, während ich ein Gespräch mit Jonathan begann. Ich erzählte ihm von meinem kleinen Abenteuer mit dem Späher in der Rashid-Straße. Er warnte mich davor, mit einem amerikanischen Pass durch Bagdad zu laufen, und erwähnte aktuelle Berichte, nach denen es im Irak täglich durchschnittlich fünfzehn Entführungen gebe und die meisten davon mit der Zahlung von Lösegeld und dem Tod der Geiseln zugleich endeten. Ausländer seien auf dem Markt der Geiselnahmen besonders profitabel. Er selbst sei so ängstlich, dass er die Grüne Zone nur selten verlasse. Er wünsche sich, sagte er, dass die Angelegenheit mit den Homosexuellen das Letzte sei, womit er sich in Bagdad befassen müsse. Er wolle an diesem trostlosen Ort nicht sterben. Das Einzige, was ihm die Arbeit hier noch erträglich mache, sei die Aussicht, dass er bald zurück in die Heimat durfte.

»Wir sind hier nicht willkommen. Alles, womit sie uns hierhergelockt haben, waren Lügen von angeblichen Massenvernichtungswaffen und von Demokratie und Freiheit. In Wirklichkeit ist es ein Krieg, um billiges Öl zu bekommen.«

Miller ignorierte Jonathans wütenden Aufbruch. Er schien sich an seine Klagen gewöhnt zu haben, aber obgleich er so getan hatte, als hätte er ihm nicht zugehört, sagte er verärgert zu mir: »Ich bin kein Anhänger derer, die einen Krieg kritisieren, in dem unsere Soldaten getötet werden.«

Ich wusste noch immer nicht, warum Miller ohne Vorankündigung zu mir gekommen war. Aber plötzlich wandte er sich mir zu und zog ein Blatt Papier aus seiner Hosentasche.

Er sagte: »Dieser Zettel wurde gestern unter der Tür meines Wohnwagens durchgeschoben. Sieh nur, was sie mir geschrieben haben!«

Es war ein Computerausdruck und schien so etwas wie ein Propagandaflugblatt zu sein, mit dem die Entschlossenheit und die Moral der Soldaten an der Front gestärkt werden sollten. Nach dem Lesen der ersten Zeilen erschloss sich mir die Botschaft. Offenbar war es von religiösen Eiferern verteilt worden; es ähnelte im Stil Texten, wie sie auf missionarischen Websites veröffentlicht wurden. Und weil es offenbar im Irak verfasst worden war, fehlten darin auch nicht gehässige Schmähungen, wie sie dort in amerikanischen Kasernen, Cafeterias und an Checkpoints üblich waren und mit denen die Soldaten ihrem Groll freien Lauf ließen: Verwünschungen gegen die »Hadschis«, die die Wohltaten, die man ihnen brachte, wie den Wiederaufbau von Schulen, die Installation von Wasserpumpen oder die Bereitstellung von Krankenstationen und Kliniken, gar nicht verdienten. Die Iraker waren eben Leute, die einen Tyrannen brauchten, keine Freiheit, und die man besser einfach niederschlug und verprügelte, ja am besten tötete man so viele wie möglich von ihnen.

Aber die Überraschung kam noch: Das Pamphlet enthielt auch eine scharf formulierte persönliche Warnung gegen Miller und verlieh dem Krieg religiöse Weihen, indem es ihn als einen Krieg des christlichen Amerika gegen die Araber und die Muslime bezeichnete. Ich las:

»Die göttliche Vorsehung wollte, dass dieser Krieg stattfindet, und er ist Teil eines universalen Planes. Sie und wir sind für diese heilige Mission auserwählt worden. Wir sind Teil dieser Schlacht, und wir haben hier die Gelegenheit, uns aktiv, nicht nur am Rande, an ihr zu beteiligen. Hier wird weder um ein Land gekämpft noch um Öl, noch geht es um eine Neugestaltung des

Nahen Ostens oder die Verbreitung von Demokratie. Es geht vielmehr um etwas Unverhandelbares, nämlich die Bezwingung des Bösen, indem wir die Muslime vernichten. Unser Bund mit dem Herrn berechtigt uns dazu, und wir werden diesen Bund nicht brechen, denn Gott ist mit uns. Es ist ein Kreuzzug, und Sie sollten nicht glauben, dass Sie darin nur eine Nebenrolle spielen. Sie sind aufgerufen, Ihre Brüder, die Soldaten des Herrn, die ihr Leben dieser Schlacht verschrieben haben, zu retten. Sie haben sich als Freiwillige gemeldet, um die Armeen des Satans zu bekämpfen. Stellen Sie sich ihnen also nicht entgegen, auf dass Sie nicht den Kräften des Antichrist zuarbeiten, ohne es zu ahnen. Und hören Sie auf, ihnen Beschuldigungen anzuhängen. Unsere Soldaten erfüllen ihre Pflicht vor Gott in einem Krieg auf Leben und Tod, der nur mit der Zerstörung der Städte des Islams enden kann.«

Miller kommentierte: »Es scheint, dass Anhänger fundamentalistischer Gruppen aus den USA als Soldaten in den Irak gelangt sind und dass sie Vertreter und Zuarbeiter in der Grünen Zone in Bagdad und anderswo haben. Aber niemand kümmert sich um sie. Wenn der Verfasser dieses Briefs nicht selbst an dem Verbrechen in Dhuluiya beteiligt war, dann haben sie ihn offenbar beauftragt, Druck auszuüben, damit die Ermittlungen eingestellt werden.«

»Und was wäre, wenn ...«

Miller unterbrach mich: »Ach, das ist doch nichts als religiöses Geschwätz.«

»Trotzdem könnte es sein«, sagte ich, »dass es in Washington Leute gibt, die ebenfalls daran glauben und versuchen, diese Leute militärisch zu unterstützen. Dieser Krieg ist grenzenlos.«

»Lass dich nicht zu solchen Phantasien hinreißen«, sagte Miller. »Wenn es so wäre, hätte das beängstigende Konsequenzen.«

Mich veranlasste die Sache, mich wieder mehr auf mich selbst zurückzuziehen. Ich musste mein Verhältnis zu Miller überdenken, es durfte nicht zu eng werden. Ich stand nicht an derselben Front und auf derselben Seite wie er, sondern war gegen die Politik seines Landes. Als ich studierte, hatte ich nie einen Hehl aus meiner Feindschaft gegen die Amerikaner gemacht, ich demonstrierte gegen sie und verteilte Flugblätter gegen US-geführte Putsche, amerikanische Militärbasen und dagegen, dass sie unsere korrupten Herrscher unterstützten. Was war denn heute anders? Nichts, im Gegenteil, jetzt besetzten sie sogar unsere Länder. Ich sagte zu Miller: »Ideen interessieren mich nicht mehr, weder Sozialismus noch Kapitalismus. Mich interessiert nur noch Menschlichkeit in ihrer gewöhnlichsten Form, das Recht auf Leben. Ist es menschlich, ein ganzes Land zu zerstören und Hunderttausende Iraker zu töten? Wofür denn? Niemand weiß es. Glaub mir, dass ich es mir selbst übelnehme, eure Hilfe in Anspruch genommen zu haben.«

Miller schien erschrocken über meine Reaktion. Aber ich fügte ungerührt hinzu: »Was auch immer meine Ansichten sein mögen: Ich bin dagegen, dass ihr hier seid.«

Er machte eine betroffene Miene, und auch ich sagte im Tonfall des Bedauerns: »Richard, ich kann nicht anders, als mich im Kriegszustand mit euch zu betrachten. Und wenn ich diesen Krieg nicht förmlich erkläre, dann nur, weil ich nichts ausrichten kann. Ich bitte dich, zu verstehen, dass mein Gewissen gegen euch ist.«

Er war nun nicht mehr überrascht. Nach einer Weile erhob er sich und sagte: »Auch ich habe ein Gewissen.« Er klopfte mir auf die Schulter und ging.

Bevor ich mich schlafen legte, warf ich noch einen Blick auf meinen Posteingang. Ich sah eine E-Mail von Sana und las sie. Endlich schrieb sie mir, was sie vorher nicht hatte sagen wollen. Sie war schwanger!

Ich war in keiner Weise auf eine solch erschütternde Nachricht vorbereitet gewesen. Mir wurde schwindlig. Ich antwortete Sana, indem ich ihre Nachricht ignorierte und stattdessen eine Anspielung machte, die sie sicherlich zu deuten wüsste.

Die achte E-Mail

Von Tag zu Tag wird hier alles komplizierter. Ich fürchte, ich werde scheitern, hoffe aber noch, dass mein Starrsinn etwas ausrichten wird.

Ich weiß, dass ich Deine einzige Wahl bin. Aber denk bitte trotzdem über Alternativen nach. Ich rede nicht nur so daher. Ich meine es ernst.

Ich wollte, dass Sana alle Hoffnungen auf meine Rückkehr fahren ließ. Ich selbst hatte kaum noch die Illusion, das zu erreichen, weswegen ich gekommen war. Alles stand mir entgegen, und ich wollte Sana mit meiner Stimmung anstecken, nachdem sie mich in ihrem Schreiben auf Frauenart hatte aufmuntern wollen: Ein Kind begann in ihrem Leib und in ihrem Herzen zu wachsen. Sie hatte mir außerdem ihren Entschluss verkündet, nicht abzutreiben. Sie wolle ihrem Kind nicht verwehren zu leben. Sie habe lange gewartet, bis sie sicher gewesen sei, dass sie schwanger war, und noch länger, ehe sie den Mut fand, es mir mitzuteilen.

In der Zeit vor meiner Abreise hatten wir es mit der Verhütung nicht allzu genau genommen. Kinder zu bekommen hatten wir uns für die Zeit nach unserer Heirat aufgehoben, ohne dass wir darüber gesprochen hätten. Es ärgerte mich, wie freudig sie über ihr Kind schrieb, so als wäre es schon fast da, und wie sie mir gleichzeitig die Verantwortung dafür zuschob: *»Das Kind braucht einen Vater, Dein Kind braucht Dich!«* Als ob dieses Kind mich über Samers Verlust, wenn ich ihn denn verlöre, hinwegtrösten könnte. So hatte sie es zwar nicht gesagt, aber ich empfand es so und ärgerte mich darüber. Und darüber, dass Gott mir sozusagen Samer wegnehmen und mir dafür jemand anders geben wollte.

Mir kam Nuhas Mutter, meine Schwiegermutter, in den Sinn, wie sie aus dem Kreißsaal gestürzt und auf mich zugestürmt war, um mir noch vor der Krankenschwester die frohe Botschaft zu überbringen: »Es ist ein Junge! Herzlichen Glückwunsch!« Ich lugte durch den Türschlitz ins Zimmer, und plötzlich wurde die Welt ganz klein. Sie war nun nur noch so groß wie dieses in weiße Tücher gewickelte Bündel, in dem ein Kind steckte, dessen Augen vom Licht geblendet waren und das seine ersten Atemzüge tat. Dieser Moment war kolossal. Da war jemand soeben in die Welt getreten. Ich war so überwältigt, dass ich zwei Schritte zurücktrat, als müsste ich ihm Platz machen.

Und auch die Szene danach werde ich nie vergessen. Das breite Fenster am Ende des Flurs lag in Dunkelheit, im Krankenhaus war es still, und es roch nach Desinfektionsmitteln. Nuha hörte man noch stöhnen, da kam die Ärztin mit meinem neugeborenen Kind aus dem Zimmer, lächelte mich an, und bevor sie zu meiner Frau zurückeilte, gab sie mir das Baby in den Arm, als würde sie mir einen schimmernden Diamanten überreichen. Ich besah mir seine feinen, miniaturhaften Gesichtszüge, und mich überkam ein seltsames Gefühl ob dieses Kindes. Ich fühlte zugleich, dass ich alt geworden war und dass mein Leben im Wortsinn neu begann. Und das alles, weil ich der Vater eines Kindes geworden war, das gerade einmal drei Minuten alt war und das einfach alles brauchte, angefangen bei der Luft zum Atmen. Ich nahm mir vor, alles für diesen Jungen zu tun. Ich wollte ihm eine ideale Welt bieten, eine Welt voller Wunder und Schönheit.

Mit dreißig Jahren war ich Vater geworden. Ich war noch ein junger Mann, der sich die Zeit mit Theorien und Prinzipien vertrieb und der die ruhmreichen Großtaten einer der Zukunft zustrebenden Arbeiterklasse ebenso entdeckt hatte wie den historischen Verrat, den eine feiste Ausbeuterbourgeoisie, die in ihren letzten Zügen lag, an ihr begangen hatte. Ich trug langes Haar, verbrachte ganze Nächte mit Freunden, glaubte an die Unabwendbarkeit der Revolution und erklärte unermüdlich den Unterschied zwischen Haupt- und Nebenwidersprüchen. Und meine Genossin aus der Organisation, die meine Frau geworden war, hatte mich mit gewölbtem Bauch überallhin begleitet, von der Versammlung ins Café, von einer Clique zur anderen, als wäre sie nicht hochschwanger, sondern einfach eine junge Frau, die ebenso begierig auf Essen wie auf Debatten war, die an Übergewicht und Brechreiz litt, die auf der Seite der werktätigen Massen gegen den rabiaten Kapitalismus stand und ihren Feinden mit der Diktatur des Proletariats drohte. Die anderen jungen Frauen, die beeindruckt von ihrer Hingabe waren, beruhigte sie: Ja, eine Diktatur wolle sie, aber eine demokratische Volksdiktatur, dergleichen es nie gegeben habe. Bis irgendwann eine Zeit kam, in der mich die stürmischen und unsinnigen persönlichen Revolten meiner Frau gegen mich misstrauisch gegen jede Revolution machten, in der Frauen eine Rolle spielten.

Aber die Szene im Krankenhaus hatte auch eine unvergessliche Fortsetzung. Eine Putzfrau, die gerade den Flur wischte, bemerkte meinen verträumten Blick. Sie stellte ihren Eimer zur Seite, lehnte den Schrubber an die Wand und sagte leidvoll: »Kinder sind eine Wunde, die nicht verheilt.« Ich sah sie an. Hatte sie mit sich selber gesprochen? Nein, sie meinte mich, und ich sehe noch heute ihre mitleidigen Blicke, als sie weitersprach: »Ein Kind zu verlieren ist ein Unglück, eines zu haben auch. Väter und Mütter schinden sich für ihre Kinder und ziehen sie mühevoll groß, aber sie bekommen doch nur Undank dafür zurück. Kinder würdigen nicht, was wir alles für sie tun, damit sie das bekommen, was sie brauchen. Und wenn sie erwachsen sind, verlieren wir sie.« Sie klagte mir ihr Leid, damit ich mir nicht zu viel Glück erhoffte. Und jetzt, nach dieser langen Zeit, hörte ich ihre Worte nicht nur, ich wiederholte sie sogar selbst. Ich erlebte nun dasselbe Leid wie damals die Putzfrau. Hatte ich nicht tatsächlich meinen Sohn verloren?

Mein eingebildetes großes Verantwortungsgefühl gegenüber dem Jungen wich schon Tage später anderen Dingen. Bald standen zu Hause nur mehr sein Weinen und Lallen, das Stillen und das Sprechen- und Laufenlernen im Vordergrund. Samer war wie eine Puppe, mit der wir uns Tag für Tag die Zeit vertrieben, auch dann noch, als er in den Kindergarten und in die Schule kam. Erst als er sein Abitur geschafft hatte, betrachteten wir ihn als jungen Mann. Aber da seine Noten nicht besonders waren, konnte er nicht an die Universität Damaskus gehen, und er schrieb sich stattdessen an der Arabischen Universität in Beirut ein. Die Verantwortung, die wir für Samer zu haben glaubten, brachte Nuha und mich einander jedoch nicht näher, sondern entfernte uns eher voneinander. Die Art und Weise seiner Erziehung und der Fürsorge für ihn wurden zu einer Quelle des Streits zwischen uns Eltern, auch wenn wir, je mehr er heranwuchs, Sorge trugen, ihn nicht in unsere persönlichen Auseinandersetzungen hineinzuziehen. Sie betrafen ihn nicht, und ihn traf keine Schuld daran. Aber was ich von Nuha erduldete, erduldete ich für ihn. Dieser Grundsatz hielt mich in einer Ehe gefangen, die mir zu einem Quell des Kummers wurde.

Warum erinnerte ich mich nach all der langen Zeit an diese Dinge? Weswegen kehrte ich zurück in eine Zeit, in der ich ein anderer Mensch gewesen war? Vielleicht wollte ich dieser Mensch wieder sein.

Der Hoffnung und der Lüge kann man nicht entfliehen. Ich schrieb erneut an Sana.

Die neunte E-Mail

Deine Nachricht hat mich überrascht, aber auch erfreut. Es ist schwierig geworden, Momente des Glücks zu finden, wenn einem so viele Enttäuschungen jede Freude zunichtemachen.

Sieh es mir nach, wenn ich noch etwas Zeit brauche, um zu begreifen, dass ich alter Mann noch einmal Vater eines Kindes werde, das in einigen Monaten zur Welt kommen will.

Es ist ein großartiges, wenn auch verwirrendes Gefühl, dass ein Leben entsteht, an dessen Entstehung ich Anteil hatte und das nach mir fortbestehen wird, auch wenn es ein Leben inmitten von Verderbnis ist.

Mach Dir keine Sorgen. Ich werde alles für eine Heirat in die Wege leiten, wenn ich zurück in Damaskus bin.

Ich verstehe, wie sehr Du mich brauchst und dass das Kind mich braucht. Aber Samer braucht mich noch mehr, meinst Du nicht auch? Und ich möchte ihn zurückholen. Niemand kann seinen Platz einnehmen, und ich möchte auch keinen Ersatz für ihn haben, selbst wenn es ein Kind von meinem Fleisch und Blut wäre.

Ich werde ihnen Samer nicht überlassen.

Miller war aus Dhuluiya so zurückgekommen, wie er hingefahren war: unter schärfster Bewachung in einem Humvee-Jeep, begleitet von einer Kompanie von Infanteristen, drei Bradley-Schützenpanzern und zwei Helikoptern, die die ganze Zeit über in der Luft kreisten, während sich Miller im Haus der ausgelöschten Familie aufhielt. Hätte deren Bauernhof nicht am Rande des Dorfes gelegen, so hätte Millers Besuch die Unterstützung durch ein ganzes Bataillon von Marines erfordert. Dhuluiya lag in einer der gefährlichsten Gegenden des Irak, seit in der dortigen Provinz Salah ad-Din ein islamisches Emirat ausgerufen worden war. Hier waltete und schaltete jetzt al-Qaida; sie hatte Behördenfahrzeuge entwendet und Waffen von Staatsbeamten konfisziert, hatte Polizisten verboten zu heiraten, solange sie sich nicht öffentlich von ihrer Arbeit lossagten, und den Verkauf von Alkohol und Zigaretten untersagt. Die Organisation hatte eine Fatwa ausgesprochen, dass Rauchern die Finger abgeschnitten würden, und ließ Häscher des von ihr selbst eingerichteten Schariagerichts des islamischen Staates Irak herumfahren, die beauftragt waren, gegen Frevler verhängte Strafen auszuführen und Männer hinzurichten, denen nachgesagt wurde, der kollaborierenden irakischen Regierung anzugehören. Selbst in Städten entgingen viele Menschen nicht der Exekution, wenn sie des Unglaubens oder der Spionage für die amerikanischen oder irakischen Streitkräfte beschuldigt wurden. Ein Komitee zur Förderung der Tugend und Verhinderung der Sünde verteilte Schleier an Schülerinnen, warnte die Frauen, ihr Gesicht zu zeigen, und drohte ihnen mit dem Tod, falls sie Unzucht trieben.

Miller nahm dies erneut zum Anlass, mit mir über den Islam zu diskutieren.

»Sind Frauenhaare denn etwas Anstößiges? Immer wenn diese Radikalen eine Frau sehen, die ihr Haar nicht bedeckt, bedrohen sie sie mit dem Tod, sollte sie weiterhin kein Kopftuch tragen. Setzt eure Religion das Haar einer Frau mit ihrer Schamzone gleich?«

Manchmal wusste ich nicht, wohin es noch führen würde,

wenn ich den Islam weiter gegen Millers Anwürfe verteidigen müsste. Wie sollte ich ihm erklären, dass die Scharia meiner Meinung nach grundsätzlich nicht gegen die Vernunft gerichtet war?

»Das sind extreme Auslegungen«, sagte ich. »Und es geht auch noch extremer. Es gibt Leute, die betrachten selbst die Stimme einer Frau als anstößig. Aber die Mehrheit macht sich solche Ansichten nicht zu eigen. Außerdem kommt es meist nicht zum Mord, sondern es bleibt bei Drohungen.«

»Ich habe von zwei jungen Frauen gehört«, fuhr Miller fort, »die von der Straße verschleppt wurden, weil sie keinen Schleier trugen. Nach ein paar Stunden haben sie sie mit geschorenen Köpfen nach Hause gebracht und danach Flugblätter verteilt, in denen sie das Haarescheren als milde Strafe bezeichneten. Ab jetzt würden sie Unverschleierte töten.«

Was die ermordete Familie betraf, so schloss Miller, dass keine Bande gewagt hätte, eine solche Tat zu begehen. Der Familienvater, der als Scheich Abdarrahim bekannt war, war ein geachteter Mann gewesen, der zwar al-Qaida nicht zugejubelt, sich aber auch nicht gegen sie gestellt hatte. Er hatte die Freilassung mancher Entführter erwirkt und die Ermordung von Gefangenen abgewendet, indem er sie gedrängt hatte, Reue für ihr Verhalten und Loyalität zu al-Qaida zu bekunden. Außerdem hatten er und andere Scheichs mit Abu Musab az-Zarqawi ausgehandelt, dass die Polizei in Dhuluiya nicht angegriffen wird. Miller hatte den Tatort inspiziert. Der gesamte Hausrat war durcheinandergeworfen worden, Türen und Fenster waren zerstört, getrocknetes Blut fand sich nicht nur an Wänden und auf dem Boden, sondern klebte auch an Äxten, Schaufeln, Stangen und Küchenmessern, die offenbar als Tatwerkzeuge benutzt worden waren. Und dieses Massaker war nicht das einzige. Schon an den zwei vorhergehenden Tagen hatten ähnliche Taten stattgefunden. In Bagdad waren in einem Viertel des Stadtteils Dura, in dem al-Qaida starken Einfluss hatte, sieben Bewohner eines Hauses ermordet worden. Drei Leichen wurden an der Decke aufgehängt, vier hatte man auf die Straße geworfen. Letzteren hatte man Köpfe und Glieder abgeschnitten, die Gedärme herausgerissen, sie ihnen wie Geschenkbänder umgebunden und die Herzen obenauf gelegt! Und bei Falludscha wurde ein Farmbesitzer zusammen mit acht Arbeitern getötet, bevor der ganze Hof niedergebrannt wurde. Man hatte nur noch verkohlte Leichen gefunden.

Diese beiden Verbrechen waren dem Anschein nach von Todesschwadronen oder von geheimen Kommandogruppen des Innenministeriums verübt worden, während die Täter wie bei jenem in Dhuluiya ihre Rachsucht kaum verhohlen hatten. Es war jedoch so gut wie ausgeschlossen, dass es sich um eine Abrechnung unter Irakern handelte, denn diese hätten wohl kaum Korane zerrissen und die Seiten der heiligen Schrift auf dem Boden verstreut. Vor allem aber fanden sich bestimmte Indizien bei allen drei Massakern: Überall waren die Opfer von Kugeln durchsiebt und die Leichen in ähnlicher Weise geschändet worden. Und überall waren Patronenhülsen von M4-Gewehren, Reifenspuren von Jeeps und Kettenabdrücke von Panzern zu sehen gewesen, aber nirgends fanden sich Zeugen bereit, die Täter zu benennen, weil sie offenbar selbst um ihr Leben fürchteten. Die bisherigen Informationen stammten von der irakischen Polizei, aber auch deren Angehörige fühlten sich nicht vor Vergeltung von wem auch immer sicher.

Drei Massaker, die an drei aufeinanderfolgenden Tagen verübt wurden, bis der Jeep verunglückt war. Wenn es sich also um einen Auftrag gehandelt hatte, so war dieser noch nicht abschließend ausgeführt worden. Aber war es ein Auftrag und wenn ja, was für einer? Es musste doch zumindest ein Zeuge für diese Verbrechen aufzutreiben sein!

Und es tauchte auch wirklich einer auf, wenn auch vorerst nur am Telefon. Miller bekam einen Anruf von einem Amerikaner, der ihn aufforderte, am Mittwochabend in die Diskothek des Al-Rashid-Hotels zu kommen – nicht um zu tanzen, sondern um über Dinge zu sprechen, die seine Ermittlungen beträfen. Er solle nicht allein kommen, um keine Aufmerksamkeit zu erregen, und so tun, als würde er sich mit seinem Begleiter unterhalten. Der Anrufer behauptete, er habe Informationen, die er vorerst nicht weitergegeben habe, um nicht aus der Grünen Zone ausgeschlossen zu werden. Er habe noch keine gesicherten Erkenntnisse, würde sich aber gerne mit Miller unterhalten.

Miller bat mich um den Gefallen, ihn dorthin zu begleiten. Jonathan sei wegen der Sache mit den Homosexuellen nicht abkömmlich. Ich versuchte mich zu entschuldigen, indem ich sagte, als Syrer, dessen Sohn sich al-Qaida angeschlossen hat, sollte ich an einer solchen Unterredung wohl besser nicht teilnehmen. Aber Miller ließ nicht locker. Er sagte: »Du sollst das Treffen ja nur absichern. Dieser Mann will sich schützen, indem er sich nicht zu erkennen gibt. Wenn du mitkommst, wird das ganz normal aussehen, schließlich wohnst du im Al-Rashid-Hotel.«

Trotz der vielen hin und her schwenkenden bunten Lichter lag die Diskothek beinahe im Dunkeln. Die Musik war laut, aber es liefen ruhige und verträumte Rhythmen. Die Gäste waren in der Grünen Zone lebende Soldaten, private Sicherheitsleute und Angestellte der Militärkoalition. Sie tanzten auf dem Stern der Baath-Partei, der in den Fußboden eingelassen war. Die Männer waren breit und großgewachsen, manche von ihnen neigten zu Übergewicht. Sie bewegten sich steif und langsam, und zugleich waren ihre

Blicke angespannt. Auch Frauen waren unter ihnen, sie trugen kurze Blusen, die den Nabel frei ließen, eng an dicken Schenkeln anliegende Jeans und Turnschuhe, aber anders als in amerikanischen Filmen waren nur wenige dieser Soldatinnen und Söldnerinnen schön. Dafür waren sie in der glücklichen Situation, dass auf jede von ihnen zehn Männer kamen.

Wir setzten uns an einen Tisch etwas abseits der Tanzfläche, und ich vertrieb mir die Zeit damit, die Gesichter der anderen sitzenden Gäste zu studieren. Man sah sie nicht gut, die Luft war verraucht. Es dauerte nicht lange, da erhob sich ein junger Mann, der eben noch mit dem Barkeeper gesprochen hatte, von seinem Platz, kam mit einem Glas Whiskey in der Hand langsam auf uns zu und setzte sich neben uns. Er war zwischen dreißig und vierzig, dünn und mittelgroß. Er wirkte etwas nervös, sah aber ansonsten unauffällig aus. Seine Haut war hell, aber die Sonne hatte ihm wie den meisten Amerikanern hier das Gesicht gebräunt. So schmächtig, wie er war, schloss ich aus, dass er Soldat oder Söldner sein könnte. Er sprach scheinbar teilnahmslos und ohne uns anzublicken. Während er seine Augen auf die Tanzenden heftete, sagte er, er wohne und arbeite in der Grünen Zone, und riet Miller, er solle gar nicht erst versuchen herauszufinden, wer er sei. Er solle ihn vorerst einfach Jimmy nennen. Wenn es erforderlich sei, werde er Miller später seinen richtigen Namen nennen. Dieser müsse aber auch dann vertraulich bleiben.

»Wenn Sie nicht noch mehr Zeit bei Ihren Ermittlungen verlieren wollen«, sagte er zu Miller, »fragen Sie doch einmal den Reverend von Metracorp, Thomas Barcley. Der muss etwas wissen. Er wirkt zwar wie ein Geistlicher, aber nehmen Sie das nicht zu ernst. Er ist ein Söldner wie alle bei Metracorp.«

»Der mit den Bibelstunden?«

»Genau der. Er hat die Kampfgruppe vor jedem ihrer Einsätze gesegnet.«

Ich war mir nicht sicher, ob er sich über Miller lustig machte oder über die Söldner. Miller fragte spöttisch: »Und den irakischen Begleiter, hat er den auch gesegnet?«

Jimmy konnte ein Lachen nicht unterdrücken. »Ich schließe nicht aus, dass er rechtzeitig missioniert wurde und als Christ gestorben ist.«

Dann machte er wieder ein ernstes Gesicht und sprach so teilnahmslos wie vorher weiter: »Barcley ist ein Scharlatan von einer dieser Millenniumssekten, die immer wieder den Weltuntergang vorhersagen. Sie werden nicht so leicht etwas aus ihm herausbekommen. Man hat ihm eine Million Dollar versprochen. Erst sagte er, er würde sie seiner Gemeinde spenden, aber dann stritt er sich mit seinen Auftraggebern und verlangte eine Erhöhung der Summe.«

»Egal wie viel die überfallenen Familien an Geld oder Schmuck besessen haben, es kam sicher nicht an den Wert von einer Million Dollar heran. Wenn die sich das Geld auf diese Weise beschaffen wollen, dann brauchen sie noch Jahrzehnte«, sagte Miller.

»Um Raub geht es ihnen nicht«, sagte Jimmy.

»Was dann? Suchen sie einen Schatz in der Wüste?«

»Eine Art Schatz scheint das durchaus zu sein.«

»Woher haben Sie Ihre Informationen?«

»Sie haben sich nach ihren Einsätzen mit ihren Taten gebrüstet und davon geredet, was sie ihnen alles einbrächten, obwohl sie nur wenig Beute gemacht hatten.«

»Wissen Sie, wie viele solche Überfälle die Gruppe begangen hat?«

»Meines Wissens waren es fünf.«

»Ich weiß nur von dreien.«

»In letzter Zeit haben sie immer öfter zugeschlagen.«

»Interessieren Sie sich aus persönlichen Gründen für diese Leute?«

»Nein, aber für mich ist es wichtig.«

»Was Sie mir berichten, genügt mir nicht. Und um offen zu sein, ich möchte nicht mit jemandem zusammenarbeiten, der seine Identität nicht preisgibt. Diese Art von Versteckspiel ist mit meiner Arbeit nicht zu vereinbaren. Mir geht es darum, zu ergründen, was wirklich passiert ist, und da bringen mich anonyme Quellen nicht weiter. Aber ich werde weiter ermitteln, das können Sie mir glauben.«

»Man wird Sie vorher stoppen«, prophezeite der Informant und fuhr fort: »Ich bin Journalist, aber meine Zeitung nimmt mir diese Geschichte nicht ab, wenn ich keine glaubwürdigen Zeugen bieten kann. Prinzipiell könnte man sagen, dass ich eine Story landen will. Das ist aber nur der berufliche Aspekt, mein wahres Ziel ist ein anderes. – Ich möchte Ihnen einen Deal anbieten: Ich versorge Sie mit allen Informationen, die ich bekomme, nenne aber meine Quelle nicht, um ihr nicht zu schaden. Außerdem darf mein Name in Ihren Ermittlungen nicht auftauchen. Dafür darf ich in der Presse als Erster über die Verbrechen berichten.«

»Möchten Sie die Täter überführen?«, fragte Miller.

»Ja, und ich habe meine Gründe dafür. Aber die zu nennen ist unnötig, Sie würden sonst nur denken, ich sei voreingenommen.«

»Genau diese Gründe interessieren mich aber«, sagte Miller, »damit ich einschätzen kann, inwieweit wir uns einig sind und ob wir später nicht in Konflikt geraten.«

»Man könnte sagen, dass ich auf Seiten der Opfer stehe. Wenn Sie sich auch für die interessieren, kann ich Ihnen helfen. Wenn nicht, dann werde ich mich an andere Leute wenden. Sie müssen nur sagen, auf welcher Seite Sie stehen.«

»Auf der Seite der Wahrheit«, sagte Miller, ohne zu zögern.

»Dann bedanke ich mich für den großen Zufall, hier jemanden getroffen zu haben, der sich für die Wahrheit interessiert«, sagte Jimmy und stand auf. »In Kriegen hört man zwar manchmal von ihr, aber man bekommt sie nicht zu fassen. Ich rufe Sie wieder an, sobald ich Neues weiß.«

Er bahnte sich einen Weg durch die Tänzer und die Besucher, die sich am Tresen drängten. Dann lief er durch die hin und her schwingenden bunten Lichter und verschwand im Dunkel der Tür.

Ich mutmaßte, dass das, wonach die Todestrupps suchten, Koffer mit Millionen von Dollar waren, die vor der Besetzung Bagdads im Land versteckt worden sein sollten, um damit später den Widerstand zu finanzieren. Einige flüchtige Führungsleute des Saddam-Regimes hatten darüber womöglich geplaudert, und nun jagten die Söldner diesem Geld hinterher.

Miller brach sein Schweigen und sagte: »Reverend Barcley hat das Flugblatt verfasst, das ich vorgestern bekommen habe.«

Noch in derselben Nacht rief Jimmy bei Miller an, und sie vereinbarten zusammenzuarbeiten. Miller erfuhr dabei über Reverend Barcley, dass dieser Anfang der neunziger Jahre zum Glauben zurückgefunden hatte. Er ließ sich neu taufen und schrieb sich in seinem religiösen Eifer in der Liberty University in Virginia ein, wo er Theologie studierte und als Prediger abschloss. Danach arbeitete er als Priester in mehreren Kirchen desselben Bundesstaates. Er schloss sich den sogenannten »Kreuzzügen von unten« an, mit denen Amerika rechristianisiert werden sollte, vertrat jedoch immer die Auffassung, dass Amerika von oben zum Christentum bekehrt werden müsse und dass man die Führung des Landes nicht einer Minderheit von Männern und Frauen überlassen dürfe, die keinen Gott hätten.

»Es scheint«, kommentierte Miller, »dass Barcley auch mich für eine heilige Mission erwählt hat.«

»Hat er Kontakt zu Ihnen aufgenommen?«, fragte Jimmy.

»Er hat mir ein Pamphlet geschickt, in dem er mich dazu aufruft, die Soldaten des Herrn zu retten und mich dem Kampf gegen die Armeen des Satans anzuschließen.«

Die zehnte E-Mail

Ich verstehe Deine Befürchtungen, ohne dass Du über sie sprichst. Ja, es kann sein, dass ich nicht zurückkehre. Ich habe Hassan geschrieben, dass wir in einigen Monaten ein Kind haben werden. Ich habe ihn gefragt, was ich seiner Ansicht nach von Bagdad aus in die Wege leiten könnte, um Dir Peinlichkeiten zu ersparen und damit mein Kind später einmal wissen wird, wer sein Vater war.

Er antwortete, dass er mir, wenn wir eine Botschaft in Bagdad hätten, raten würde, ihm über diese eine Vollmacht auszustellen, mit der er mich in Damaskus in Abwesenheit mit Dir verheiraten lassen könnte. Wir haben hier aber keine Vertretung.

Ich weiß nicht, was noch passieren wird. Aber ich bleibe optimistisch.

Nein, ich war überhaupt nicht optimistisch. Im Irak konnte man sich angesichts der Albträume, mit denen man konfrontiert war, keinerlei Optimismus leisten.

Nachdem ich zwei Tage lang nichts von Fadhil gehört hatte, rief er mich an und stammelte zunächst nur heisere Entschuldigungen. Ich nahm an, dass er anrief, damit ich nicht dächte, er wolle sich mir entziehen. Das hatte ich aber ohnehin nicht angenommen. Er hatte die Angelegenheit, wegen der er weggeblieben war, gestern erledigt. Rabias Vater hatte seinen Sohn abgeholt und wieder ins Dorf mitgenommen, nachdem die Zahlung eines Blutgeldes für die geschädigte Familie ausgehandelt worden war. Er, Fadhil, habe mir aber noch etwas Besonderes mitzuteilen, was er nicht am Telefon sagen könne. Er wolle mich mit jemandem bekannt machen, der mir vielleicht helfen könne. Ich hoffte, dies würde die Lösung sein, durch die ich nicht mehr auf den ewig in seinen Ermittlungen steckenden Miller angewiesen wäre.

Fadhil kam. Es stellte sich heraus, dass er sich schon seit einigen Tagen bemüht hatte, etwas für mich zu tun. So war ihm gelungen, über alte Freunde Kontakt zu einer Widerstandsgruppe der verbotenen Baath-Partei aufzunehmen. Er hatte ihnen erklärt, warum ich im Irak war. Gestern hatte er die Nachricht erhalten, dass die geheime Parteiführung in Bagdad die Sache an einen Parteifunktionär übergeben habe, der sich meines Anliegens annehmen solle. Dieser hatte Fadhil kurz darauf tatsächlich angerufen und ihm Zeit und Ort eines Treffens genannt. Am Mittag des nächsten Tages war mein Termin mit dem genannten Baath-Funktionär. Der Treffpunkt war das Sadeer-Hotel am Andalus-Platz.

Ich fühlte mich nicht wohl bei dem Gedanken, mich gerade dort mit ihm zu treffen, nachdem ich von Fadhil, der mich hinfuhr, erfahren hatte, dass der Andalus-Platz schon mehrfach Ziel von Anschlägen gewesen war. Der Sitz der Kommunistischen Partei und das Ministerium für Bewässerung lagen direkt am Platz, und erst vor wenigen Tagen waren in der Nähe Bewaffnete in Pick-ups, die bemalt waren wie Fahrzeuge des Innenministeriums, vorgefahren und hatten hundertfünfunddreißig Personen verschleppt, die sich gerade im Ministerium für Hochschulbildung befunden hatten. Viele von ihnen wurden wieder freigelassen, aber die Universitätsprofessoren und Gebildeten unter ihnen hatten sie behalten. Vermutlich waren sie mittlerweile liquidiert worden. Trotzdem meinte Fadhil, dass dieses Hotel sicherer als jeder andere Ort in Bagdad sei, denn da eine Sicherheitsfirma, die für die Amerikaner arbeitete, ein ganzes Stockwerk für sich reserviert habe und von dort aus operiere, sei es entsprechend geschützt. Betonbarrieren befanden sich vor allen Zufahrten und Eingängen des Hotels, und Wachen mit Stahlhelmen, schusssicheren Westen und Maschinengewehren sicherten das Gebäude. Sogar Fadhil war diesmal bewaffnet. Als er seine Sommerweste etwas öffnete, sah ich, dass er einen Revolver an der Hüfte trug. Ich wusste nicht, ob er mich beruhigen oder Spaß mit mir treiben wollte, als er sagte, falls das Hotel angegriffen würde, könnte ich flüchten, während er sich mit den Angreifern einen Schusswechsel liefern würde.

Mich befiel Sorge. Nicht nur drohte von außerhalb des Hotels eine unbestimmte Gefahr, ich war außerdem im Begriff, mich hier mit einem Mann zu treffen, der für eine Partei tätig war, welche ausgelöscht werden sollte, und der von mehreren Gruppen gejagt wurde, die nur darauf warteten, Rache an ihm zu nehmen. Es war ein Fehler gewesen herzukommen. Ich gestand Fadhil meine Ängste und sagte, dass es mich in Schwierigkeiten bringen und mich verdächtig machen könnte, wenn ich mich mit Vertretern des alten Regimes abgab. Eigentlich, sagte ich, benötigten diese Leute doch viel mehr Hilfe als ich. Fadhil suchte meine Bedenken zu zerstreuen: Seines Wissens gehörten die übriggebliebenen Baath-Funktionäre den größten Widerstandsgruppen im Irak an und kooperierten zum Teil mit Islamisten in Verbänden, die sich Geheime Islamische Armee, Islamische

Armee des Irak oder die Armee Mohammeds nannten. Angeblich verübten sie keine Terroranschläge, sondern nur militärische Angriffe gegen US-Streitkräfte. Sie umfassten Kommandeure, Offiziere und Rüstungsspezialisten der aufgelösten irakischen Armee und seien entsprechend schlagkräftig, gut ausgebildet und technisch versiert. Selbst ihr Nachrichtendienst sei den Geheimdiensten der Koalitionstruppen voraus, sie versorgten andere Widerstandsgruppen mit Waffen, Kriegs- und Nachrichtentechnik und sprächen sich mit ihnen ab.

Der Parteimann, auf den wir gewartet hatten, erschien. Zwei bewaffnete Männer folgten ihm in einigem Abstand, er blieb bei einem Hotelgast stehen, sprach mit ihm und warf uns dabei Blicke zu. Er war etwa fünfundvierzig Jahre alt und trug einen eleganten bleigrauen Anzug. Ein lichter Bart umgab sein Kinn, er hatte durchdringende Augen, buschige Brauen und einen breiten Schnurrbart. Sein Gesichtsausdruck war zugleich mürrisch und wachsam. »Innerlich ein Baathist und äußerlich ein Islamist«, kommentierte Fadhil seine Erscheinung, bevor der Mann zu uns trat. Es war keine perfekte Beschreibung, aber sie klang interessant.

Ich hatte erwartet, dass der Mann so selbstsicher sprechen würde, als wäre er noch immer ein Parteiboss, der Befehle und Verbote erteilt, aber er begrüßte uns äußerst freundlich und hörte mir sehr höflich zu. Ich kam sofort auf mein Anliegen zu sprechen: »Was ich von Ihnen möchte, ist ein Kontakt zu al-Qaida. Ein Syrer namens Samer, mein Sohn, hat sich ihnen angeschlossen. Er soll erfahren, dass ich in Bagdad bin und ihn treffen möchte. Sollte dies nicht machbar sein, bitte ich Sie darum, mich zu informieren, wo er sich aufhält. Ich werde dann selbst zu ihm gehen, egal was es mich kostet.«

»Das ist nicht nur schwierig, sondern unmöglich. Sie werden als toter Mann dort ankommen«, antwortete er sofort. Er erklärte mir, der Widerstand, für den er arbeite, habe ein gespanntes Verhältnis zu al-Qaida, weil diese versuche, die Aufmerksamkeit der Berichterstattung durch Selbstmordanschläge und blutige Angriffe gegen andere Konfessionsgruppen allein auf sich zu lenken. »Mit ihren wahnsinnigen Aktionen schaden sie uns mehr, als sie uns nützen, weil sie die Idee des Widerstands beschädigen. Wir wissen viel über al-Qaida, und gleichzeitig wissen wir nichts über sie oder nur das, was die Medien über sie berichten. Wo sind die Al-Qaida-Kämpfer? Niemand kann das sicher sagen oder auch nur erraten. Sie tauchen plötzlich irgendwo auf und kontrollieren über Nacht kurzzeitig ein nicht fest umrissenes Gebiet, aus dem sie bei Tag wieder abziehen. Dazu gehen sie noch sehr wechselhafte Bündnisse ein. Helfen Ihnen diese Informationen weiter? Wohl kaum.«

Als er meine Enttäuschung bemerkte, fuhr er fort: »Wir wollen Ihnen trotzdem helfen. Nicht weil Sie sich an uns gewandt haben oder aus Mitgefühl mit Ihrem persönlichen Schicksal, sondern weil wir selbst bereits überlegt hatten, wie wir Kontakt mit Ihnen aufnehmen könnten. Man hat uns von syrischer Seite her gebeten, uns Ihrer Angelegenheit anzunehmen. Wir möchten Ihnen keine falschen Hoffnungen machen. Aber sagen Sie mir bitte zuerst, nach wem genau wir suchen sollen: Wir brauchen zumindest den Decknamen Ihres Sohnes. Dann könnten wir ihn vielleicht kontaktieren.«

»Werden Sie vermitteln?«, fragte ich.

»Wir werden es versuchen. Es gibt, wie gesagt, andere, die al-Qaida näherstehen als wir. Ihre Kämpfer trauen uns nicht, sie trauen niemandem, und wir können auch nicht verhehlen, dass wir Baathisten sind. Doch im Widerstand sind wir gezwungen, über viele Exzesse hinwegzusehen.«

Er erhob sich, gab mir die Hand und beendete unsere Begegnung mit den Worten: »Wir werden versuchen, über eine Kette von Vermittlern Kontakt mit ihnen aufzunehmen. Es gibt irakische Islamistengruppen, die mit al-Qaida zusammenarbeiten. Ich werde sie um Informationen über Ihren Sohn bitten. Vielleicht bekomme ich bis in zwei oder drei Tagen etwas heraus.«

Ich erwartete mir kaum etwas von seinen Nachforschungen.

Die elfte E-Mail

Ich klopfe an viele Türen und bekomme Versprechungen.

Jeder neue Tag bringt neue Chancen, die aber mit der Zeit schwinden.

Ich muss hier mit minimalen Rationen von Hoffnung zurechtkommen, um durchzuhalten.

Aber trotz aller Frustration werde ich nicht aufgeben, bevor ich nicht sämtliche Mittel ausgeschöpft habe.

Sana sagt, ich solle auf mich aufpassen, obwohl ich nach wie vor vorsichtig bin und mich bisher nicht wirklich in Gefahr begeben habe. Ich will gar nicht darüber spekulieren, warum sie so besorgt um mich ist. Sie behauptet, es sei aus Liebe, ich halte dagegen, dass sie mich nur des Kindes wegen lebend zurückhaben will. Damit ihr Kind einen Vater hat. Ich weiß nicht, ob ich richtig mit meinen Vermutungen liege, und will auch gar nicht wissen, was Sana wirklich möchte. Am liebsten würde ich Samer und Sana aus meinem Bewusstsein verbannen, um mich nur dem Gedanken an mein ungeborenes Kind widmen zu können. Würde mein Aufenthalt im Irak das Kind am Ende doch um sein Recht auf Leben bringen? Ich versuchte die Frage nicht vorschnell in diesem

Sinn zu beantworten, obwohl es sich mir fast aufdrängte. Was würden wir unserem Kind denn bieten können angesichts der Verheerungen, die wohl bald die ganze Region erfassen würden, wozu sollten wir es in ein Dasein schicken, das wir ihm besser nicht zumuteten? Solche Überlegungen wären mir nicht in den Sinn gekommen, hätte ich nicht gesehen, wie leichtfertig man im Irak in jedem Augenblick mit Leben umging, mit welcher Brutalität, aus welch nichtigen Gründen und durch welch flüchtige Zufälle man hier getötet wurde. Wozu sollte man noch danach trachten, das eigene Leben zu erhalten, wenn es ohnehin nichts wert zu sein schien?

Meine Gedanken kehrten zurück zu Sana. Die Entscheidung betraf nicht nur mich. Sie wollte ein Kind, das ihr in ihrer Ehe nicht zuteilgeworden war. Jetzt war die Gelegenheit da, sie würde sie nicht vergeben, indem sie die Entscheidung mir überließ. Aber auch sie konnte nicht allein darüber bestimmen, obgleich es so schien – es sei denn, sie wollte das Kind notfalls auch ohne Vater.

Miller kehrte voller Zorn von einer Zusammenkunft mit dem Colonel zurück. Der hatte von seinem Verdacht nichts wissen wollen und mitgeteilt, dass er mit seiner Geduld am Ende sei. Miller solle die Ermittlungen zur Not ohne Ergebnis einstellen. Der Major verlangte mehr Zeit, bekam aber nur zwei Tage als allerletzte Frist. Sein Treffen mit den Metracorp-Chefs war ebenfalls ein Fehlschlag gewesen. Sie drohten, sich im Pentagon und im Weißen Haus über ihn zu beschweren, und verweigerten jede Zusammenarbeit. Im Übrigen bildeten ihre Leute nur aus, und wenn sie kämpften, dann würden sie keine Leichen verunstalten. Wenn Fehler trotzdem einmal vorkämen, dann sei das eben im Krieg so.

Zudem kritisierte der Colonel Miller, weil er sich nicht um die Homosexuellen kümmerte, obgleich er wusste, dass Leutnant Jonathan sich der Sache Tag für Tag annahm. Nun sollte Miller sich wieder selbst mit der Sache befassen, obwohl er persönliche Gründe dafür angeführt hatte, sie an seinen Assistenten zu delegieren: Zwar wollte auch er den Homosexuellen helfen, ein direkter Umgang mit ihnen sei ihm aber unangenehm. Indem er ihm vorwarf, zu wenig zu tun, verstärkte der Colonel seinen Druck auf Miller, insbesondere nachdem die Angelegenheit immer größere Kreise gezogen hatte, denn wie sich herausstellte, gingen die Todesdrohungen gegen die jungen Männer auf eine Fatwa zurück, die schiitische Geistliche erlassen hatten. Auch das Weiße Haus und das britische Foreign Office wussten bereits davon, und die Koalitionstruppen hatten Anweisung bekommen, schnelle Maßnahmen zum Schutz der Betroffenen zu ergreifen.

Miller war nicht klar, ob der Colonel der Frage der Homosexuellen so großes Gewicht beimaß, weil er Anweisungen aus Washington hatte oder weil er ihn unter Druck setzen wollte. Miller unterrichtete Jonathan, der es bereits wusste, betonte aber, um Jonathan keine zu großen Hoffnungen zu machen, dass die Schutzmaßnahmen nicht schnell umzusetzen seien. Viel wichtiger war es seiner Einschätzung nach, unter größter Geheimhaltung vorzugehen und die irakischen Behörden in keiner Weise zu irgendetwas zu provozieren. Alle hatten Angst, dass die Geistlichen jede Maßnahme der Amerikaner dazu nutzen würden, die Stimmung weiter anzuheizen. Daher hatte Miller auch neue Instruktionen erhalten, dass alle Schritte zur Rettung der Homosexuellen heimlich in Zusammenarbeit mit der Menschenrechtsvertreterin zu vollziehen seien. Damit sollte auch erreicht werden, dass Letztere nicht plauderte und westliche Fernsehsender die

Nachricht nicht groß aufziehen würden. Oberste Priorität hatte jetzt, Zeit zu gewinnen, indem man Scheinmaßnahmen ergriff. »Aber wirksam werden sie dennoch sein«, scherzte Jonathan mit ernster Miene.

Zu mir gewandt sagte er: »Ich muss wohl einer von der berühmten fünften Kolonne sein, die in der US-Armee im Irak tätig ist.« Und er verriet mir, dass er unter Pseudonym einen Internetblog betrieb, in dem er berichtete, was er von anderen amerikanischen Soldaten im Irak erzählt bekam. Er schrieb dort über die Demütigung von Irakern an Checkpoints, über Hausdurchsuchungen und -zerstörungen, über Kollektivbestrafungen, die Stürmung von Moscheen, über Kontrollen von Frauen durch männliche Soldaten, die Festnahme und Erniedrigung von Männern vor den Augen ihrer Frauen und Kinder und den Diebstahl von Schmuck und Ersparnissen. »Vor zwei Tagen«, sagte Jonathan, »haben unsere Soldaten in die Luft geschossen, um eine Demonstration von Irakern aufzulösen. Die meisten Leute flohen, aber zehn waren noch übrig, die haben sie alle erschossen. Als ein Auto kam, töteten sie den Fahrer, und als der Beifahrer mit erhobenen Händen ausstieg, schossen sie auch den nieder. Dann feuerten sie auf das nächste Fahrzeug und töteten alle Insassen, darunter eine Frau und zwei Kinder. Der Kommandant der Einheit lobte anschließend seine Leute, indem er sagte: Das war eine ertragreiche Jagd, Leute, siebzehn Zivilisten an einem Tag!«

Er wolle seine Entlassung aus der Armee beantragen, sobald er wieder in Amerika sei, verkündete mir Jonathan, und sich danach für Frieden einsetzen und Antikriegsdemonstrationen organisieren.

Mittlerweile waren die Leichen des Massakers von Dhuluiya bei Nacht aus dem Krankenhaus in die Leichenhalle transportiert worden, wo sie als angebliche Opfer konfessioneller Konflikte abgelegt wurden, die man in einer verlassenen Gegend im sunnitischen Dreieck gefunden habe. Sie wurden in nummerierte Säcke gepackt und zum Friedhof für nicht identifizierte Tote gebracht. Die Anweisungen lauteten, die Leichname niemandem ohne Erlaubnis zu zeigen und niemandem zu bestätigen, dass man sie habe, um nicht Unruhen auf der Straße und angebliche weiteren konfessionellen Konflikten Nahrung zu geben.

Wir saßen im Wohnwagen, Miller war wütend, die Hitze war drückend, und die Klimaanlage vermochte seine Nerven nicht zu kühlen. Er hatte weiterhin nichts erreicht. Die bei dem Einsatz in Dhuluiya beteiligten Personen blieben bei ihren Aussagen, und auch ihre scharfe Überwachung hatte zu keinem Ergebnis geführt. Plötzlich kam Jimmy herein. Er wagte es, für alle sichtbar Millers Wohnwagen zu betreten, aber er hatte seine Gründe, dies noch dazu in der mörderischen Mittagshitze zu tun. Er habe etwas mitzuteilen, erklärte er, was keinesfalls am Telefon besprochen werden und nicht warten könne, bis man sich erneut zu einem Treffen verabredete. Zudem müsse es von Angesicht zu Angesicht erörtert werden. Es war kein Zufall, dass das, was ihn zu Miller führte, eben das war, was den grollenden Major so beschäftigte.

»Die Soldaten haben Anweisung, bei ihren Aussagen zu bleiben. Dafür wurde ihnen zugesichert, dass die Ermittlungen sich nicht gegen sie richten und innerhalb von zwei Tagen eingestellt würden«, sagte Jimmy.

Es war eindeutig, dass Jimmy seine Informationen von einem Vertrauten in der Kampfgruppe selbst bezog. Und er vertrat die Meinung, es sei besser, dass Miller erst dann weiterermittelte, wenn er die Verdächtigen mit neuen Informationen konfrontieren könnte. Aber Miller wurde jetzt erst richtig zornig und erwiderte, er halte seine bisherigen Erkenntnisse durchaus für ausreichend. Außerdem bestand er darauf, die Identität von Jimmys Informanten zu erfahren. Der Journalist lehnte ab, er wolle seine Quelle nicht verlieren. Miller fragte ihn wütend: »Liegt Ihnen noch immer an der Wahrheit?«

»Um offen zu sein«, sagte Jimmy, »nicht um ihrer selbst willen. Wenn ich die Wahrheit erfahren möchte, dann auch deshalb, um damit Aufsehen zu erregen.«

»Sie wollen also die Wahrheit erfahren, um über Kriegsskandale zu berichten. Mir geht es aber darum, die Schuldigen zu bestrafen, und wenn ich abwarte oder zu spät handle, dann kommen sie vielleicht ungeschoren davon. Für Sie ist es einfacher, Sie können sich jederzeit aus der Sache herausziehen.«

Miller wollte Jimmy hinauswerfen. Er stand auf und zeigte mit einem Finger zur Tür.

»Wenn ich jetzt hinausgehe, werde ich Sie nicht noch einmal anrufen«, sagte Jimmy.

Miller zögerte. Der Journalist ergriff seine Chance und sagte: »Wenn ich meine Quelle geheim halte, aus welchen Gründen auch immer, so tut das der Wahrheit keinen Abbruch.«

Millers Finger deutete noch immer zur Tür. Er wollte nicht klein beigeben. Beide Männer hatten sich verrannt und würden wohl zu keiner Einigung mehr kommen. Jimmy schwieg; er schien der Unterlegene zu sein. Er dachte nach, dann sagte er, so als wären dies seine letzten Worte, bevor er ging: »Ich warne Sie. Wenn man es mit der Wahrheit übertreibt, erfährt man sie zuweilen gar nicht. Manchmal ist es besser, über sie hinwegzusehen. Ich habe einmal eine große Story verloren, weil ich meinen Informanten genannt habe. Dieser wurde daraufhin so unter Druck gesetzt, dass er alles widerrief, was er mir erzählt hatte.«

Miller ließ seine Hand sinken, setzte sich wieder und ließ Jimmy weiterreden.

»Letztes Jahr war ich an einem Thema dran, das sich gut verkauft hätte. Die Army hatte inhaftierte irakische Kinder foltern lassen, die erst zehn Jahre alt und teilweise sogar noch jünger waren. Damit wollte man ihre mitverhafteten Mütter und Geschwister zwingen, Informationen über ihre Ehemänner beziehungsweise ihre Brüder preiszugeben, wenn diese im Verdacht standen, für Aufständische zu arbeiten. Einige Offiziere, die davon erfuhren, protestierten dagegen, aber man belehrte sie, dass auch Kinder nicht unschuldig seien, denn sie wüssten wichtige Dinge, die man ihnen leicht entlocken könne, wenn man ihnen ein wenig Angst mache. Sie würden ebenso schnell wie ihre Mütter auspacken, was dazu beitragen könne, ihre flüchtigen Verwandten festzunehmen. Es erging daher Anweisung, dass das Vorgehen gegen sie zulässig sei, solange es sich auf Einschüchterung beschränke. Als dies zu Fortschritten bei den Ermittlungen führte, wurde den Verhörenden erlaubt, die Kinder auch zu beschimpfen und ihnen ein paar Ohrfeigen zu verpassen. Auch dies zeitigte Erfolge, so dass man forderte, noch schwereres Geschütz aufzufahren. Daraufhin erging die Anordnung, dass Kindern auch Schmerzen zugefügt werden dürften, wenn dies zu keinen bleibenden Schäden führte. Tatsächlich wurden daraufhin Kinder bei Verhören gefoltert, allerdings noch nicht zu Tode. Aber stellen Sie sich einmal Kinder mit verbrannten Fingern, ausgerenkten Schultern, zerschlagenen Zähnen vor oder Kinder, die mit Stromschlägen traktiert wurden oder denen die Fingernägel ausgerissenen wurden! Kann ein Kind von sechs, sieben oder acht Jahren solche Schmerzen durchstehen? Ich habe zwei dieser Kinder kennengelernt. Eines hatte unter der Misshandlung den Verstand verloren, ein anderes war vollkommen traumatisiert und verstand auch Monate nach seiner Entlassung nicht, warum man es angeschrien und geschlagen hatte. Sie hatten beide keinerlei Informationen gehabt, die sie hätten verraten können. Und selbst wenn, wie bedeutend wären diese gewesen? Und nun stellen Sie sich deren Mütter vor, die ansehen mussten, wie brutal und erbarmungslos ihre Kinder gequält wurden! Mussten die dabei nicht auch verrückt werden? Aber das war ja unwichtig, Hauptsache sie sagten aus, was sie wussten.

Aber nun starben sogar Kinder in Haft. Unsere Militärs wollten dies verheimlichen und versteckten die Leichen. Doch die Mütter weigerten sich, das Gefängnis ohne ihre Kinder zu verlassen, so dass die Ermittler die toten Kinder schließlich in der Wüste im Beisein ihrer Mütter verscharrten. Es müssen unvorstellbare Szenen gewesen sein. Die Mütter schlugen sich ins Gesicht, rissen sich die Haare aus und fielen in Ohnmacht. Manche wären gestorben, wenn man sie nicht ärztlich versorgt hätte. Sogar die Mörder, die die Folterung dieser Mütter und ihrer Kinder angeordnet hatten, ertrugen den Anblick kaum. Um die Frauen zum Schweigen zu bringen, wurde angewiesen, sie gehen zu lassen, allerdings unter der Drohung, sie und ihre übrigen Kinder, auch wenn es noch Säuglinge sein sollten, wieder ins Gefängnis zu stecken, falls sie aussagen sollten, was ihnen geschehen war.

Als die Army merkte, dass ich über die Sache berichtete, wurde ich aus meinem Hotel entführt und in einer Kaserne festgehalten. Dann begannen sie eine Gegenkampagne unter Anleitung von Spezialisten. Das Abstoßende ist, dass wir Fachleute für einfach alles haben. Für Folter, Mord, Lüge und Einschüchterung. In diesem Fall spielte man der Presse die falsche Aussage eines Soldaten zu, der zur Bewachung eines Treibstofftransportes eingesetzt worden sei und sich bei einem heftigen Gefecht, bei dem zwei Marines und sechs Fahrer getötet worden seien, plötzlich bewaffneten Kindern gegenübergesehen haben wollte. Sie seien in einer Bande von Aufständischen gewesen, die den Konvoi angriff, der eine Junge sei zehn Jahre alt gewesen, der andere sieben, und beide hätten Maschinengewehre getragen. Einen von ihnen habe der Soldat in Notwehr töten müssen. Es nähmen also Kinder an Kämpfen teil, und wenn es Opfer unter ihnen gebe, dann sei dies nur natürlich.

Diese Kampagne wurde immer differenzierter geführt; man begann Videos zu veröffentlichen, in denen Kinder den Koran rezitierten und religiöse Gedichte aufsagten, wodurch sie angeblich darauf vorbereitet wurden, irgendwann blutige Selbstmordattentate zu begehen. Um das Ganze zu untermauern, versicherten unsere Experten, dass Kinder durch Filme über eine Organisation namens ›Jünglinge des Paradieses‹ rekrutiert würden, in denen Kinder zu sehen waren, die an Waffen ausgebildet wurden. Diese Behauptungen waren nicht ganz aus der Luft gegriffen, der Verband war eine Unterabteilung von al-Qaida und sollte dazu dienen, Kriegswaisen zu gewinnen, deren Eltern bei Bombenangriffen getötet oder Opfer sektiererischer Gewalt geworden waren. Man nutzte ihr Waisentum, ihre Armut und ihren Wunsch nach Rache aus, um sie für Beobachtungsmissionen oder die Überbringung von Nachrichten einzusetzen. Kinder erregten meist keinen Verdacht, wenn sie sich Checkpoints oder sensiblen Anlagen näherten, aber manche entwickelten auch den Eifer, bei Kampfeinsätzen mitzumachen. Es stellte sich jedoch heraus, dass dies keine Kinder mehr waren, sondern Jugendliche von etwa fünfzehn Jahren. Dann bedienten sich die Experten einer weiteren Gruppe namens ›Vögelchen des Paradieses‹, die zu al-Qaida oder zu islamischen Widerstandsgruppen gehörte, über die aber kaum jemand etwas wusste. Diese kümmerte sich um arme Waisenkinder, auch solche, die noch in Windeln lagen, und unterrichtete sie. Möglicherweise wollte man sie Jahre später auch für Kampfeinsätze trainieren, aber das kann niemand mit Sicherheit sagen. Jedenfalls verbreiteten sie über diesen Verein, er bestehe aus kleinen Kämpfern und Selbstmordattentätern. Und das alles nur, um zu verdecken, dass sie selbst versehentlich achtjährige Kinder zu Tode gefoltert hatten. Nun hieß es, die Eltern dieser Kinder würden ihre Kleinen an al-Qaida verschenken, wo sie als menschliche Bomben eingesetzt würden. Der Informant, der mir dies alles berichtet hatte, widerrief seine Aussagen und verschwand, nachdem ich ihn benannt hatte.

Wo ich festgehalten wurde, stand ich unter Kontaktsperre, bis man mir einen Prozess machte. Die Anklage lautete auf unpatriotisches Verhalten, Schwächung der Kriegsführung und Geheimnisverrat. Man weiß ja dieser Tage nicht, wessen man alles beschuldigt wird. Wenn man Journalist ist, lautet der Tatvorwurf im geringsten Fall Verbreitung unwahrer Tatsachen. Allerdings intervenierten andere offizielle Stellen, so dass das Verfahren eingestellt wurde und ich im Irak bleiben konnte, damit die Sache in der Presse keine Wellen schlug.

Wie auch immer: Ob es mir nun um die Wahrheit geht oder nicht, was mich zudem motiviert, ist, dass meine Bemühungen entlohnt werden. Auf jeden Fall tue ich keine schmutzige Arbeit.«

Miller sagte nichts. Jimmy nahm einen tiefen Atemzug und fuhr fort: »Darf ich Ihnen einen Rat geben? Lassen Sie Reverend Barcley nicht entwischen. Vernehmen Sie ihn schnell, und lassen Sie sich von seiner Religiosität nicht blenden. Denken Sie daran, dass er ein Trickser ist. Als er noch als Prediger in den USA auftrat, war er in Unterschlagungsskandale verwickelt und ließ sich moralisch einiges zuschulden kommen.«

»Hat er Vorstrafen?«, fragte Miller.

»Sein Register ist sauber, obwohl er vor einigen Jahren sein Priesteramt zum Aufbau eines Wohltätigkeitsprojektes genutzt hat, das anschließend pleiteging. Alle Spenden lösten sich in Luft auf. Ironischerweise schwiegen die Spender trotzdem, weil Barcley ihnen in seinen Predigten eingeredet hatte, dass sie im Jenseits auf Erlösung hoffen könnten.«

»Ich befürchte aber, dass er diesmal unschuldig sein könnte. Vielleicht wusste Barcley ja gar nicht, wohin die Kampftruppe fuhr und was sie dort tat. Es könnte auch sein, dass die Söldner ihn benutzt haben, um ihren Aktionen Legitimität zu verleihen und sich selbst das Gewissen reinzuwaschen.«

»Glauben Sie nur nicht, dass er ein Mann der Liebe und des Friedens ist. Er predigt Krieg und Hass und hetzt blutrünstige Marines und Söldner zum Töten auf. Er hasst ohne Ausnahme und ohne Unterschied alle Iraker und sagt in seinen Pamphleten und Vorträgen explizit, dass es am besten sei, sie alle zu töten.«

Barcley vorzuladen war für Miller nun unumgänglich.

Die zwölfte E-Mail

Ich weiß nicht, wie tief ich noch in dieses Land hineingezogen werde.

Die Menschen hier sind wandelnde Tragödien, und jede Leidenserzählung ist schlimmer als die andere. Ich befürchte, dass auch mir eine solche bevorsteht.

Ich könnte nicht bedrückter sein. Ein düsteres Bild tut sich mir auf.

Was ich fühle, ist nicht mehr Trauer. Meine Empfindungen sind abgestumpft.

Ich hoffe, Du zahlst nicht den Preis dafür.

Reverend Barcley residierte in dem Gebäude, das Metracorp für seine Büros angemietet hatte, in einem Raum, der sich an einen mittelgroßen Saal anschloss. Seine Lektionen und Predigten, die er in diesem hielt, wurden von gläubigen Soldaten besucht, denen während der Feuerpausen der Sinn nach einer Prise Frömmigkeit stand oder die getröstet werden wollten, indem ihnen jemand versicherte, ihr Dienst sei nicht nur vaterländische Pflicht, bei der christliche Erlösung keine Rolle spielte, sondern sei ein Opfer auf dem Altar göttlicher Kriege. Eine der Broschüren auf einem Tischchen neben der Tür thematisierte, was wäre, wenn Soldaten in einem Land stürben, das sie hassten.

Der Saal bot mehreren Stuhlreihen Platz und sah aus wie eine Kirche oder ein Gebetsraum in einem Kloster, der allerdings recht modern und martialisch ausgestattet war. Neben dem gekreuzigten Christus mit Dornenkrone und blutigem Haupt und der weinenden Jungfrau hing an der Wand ein großer Bildschirm, und zusätzlich liefen auf einem kleinen Fernseher ununterbrochen tonlos Nachrichten von Fox News. Daneben stand ein Computer mit Drucker auf einem Tisch, davor ein Stuhl, an der Wand lehnte eine Kalaschnikow neuesten Typs, auf einem Regal darüber lagen sechs Munitionsmagazine, eine Glock-Pistole mit drei Magazinen und zwei Handgranaten.

Reverend Barcley hielt eine Lektion über die Prophezeiungen und hatte zur Verdeutlichung ein paar Bilder und Pläne an der seitlichen Wand aufgehängt, als Miller den Saal betrat. Der Pfarrer, ein Mann Mitte vierzig mit grauen Haaren und rasiertem Kinn, war gerade an einer dramatischen

Stelle angelangt, die er mit theatralischer und triumphaler Stimme vortrug: »Gefallen, gefallen ist Babylon, und all seine Statuen wurden zu Boden gerissen und zerschmettert.« Dazu zeigte er auf ein vergrößertes Foto vom Firdaus-Platz in Bagdad mit der zerstörten Statue von Saddam Hussein. Das Gleichnis war deutlich: Bagdad als das Babylon der Götzen, von dem das Buch Jesaja im Alten Testament berichtet, und das gestürzte Standbild des Herrschers als Symbol der großen babylonischen Götter. Der Reverend hatte Miller nie zuvor gesehen und hielt ihn für einen interessierten Besucher. Er begrüßte ihn mit einem flüchtigen Blick und nahm dann einen zuvor geäußerten Gedanken wieder auf, den er erläuterte, indem er mit einem Zeigestock über eine Grafik fuhr, die mit den Worten »Gottes Zeitplan« überschrieben war. Er führte vor allem das Ende der sechsten Epoche des Plans aus, denn dies war die gelebte Gegenwart, in der man das erste Hauptereignis erwartete, die sogenannte Entrückung. Dabei würde der Messias in den Wolken inmitten von Lichtglanz erscheinen, um die Gläubigen in den Himmel zu geleiten, zuerst die Toten, dann die Lebenden. Diese Entrückung würde sich plötzlich und zeitgleich überall auf der Welt ereignen und dazu führen, dass ohne erkennbaren Grund eine große Zahl von Menschen verschwände. Zur weiteren Verdeutlichung zeigte Barcley ein Video, in dem Wolkenkratzer und andere hohe Gebäude, weite Felder, breite Straßen, grüne Bäume, moderne Autos, große Lastwagen und Friedhöfe zu sehen waren. Darüber erschien Christus in den Wolken und hielt die Hand auf, um die Gläubigen aufzunehmen, woraufhin die Autos von den Straßen abkamen, sich überschlugen und in Flammen aufgingen, Flugzeuge in die Gebäude stürzten und aus den Friedhöfen sich menschliche Körper erhoben und in den Himmel aufstiegen, gefolgt von den Lebenden. Das zweite

Großereignis werde die sieben Jahre dauernde Drangsalzeit sein. In dieser Zeit werde der Antichrist die Welt vom Tempel in Jerusalem aus regieren, und schreckliche Plagen werden die Menschen heimsuchen. Ablösen werde ihn schließlich der Messias, der die Armeen der Heiligen und Gläubigen gegen diejenigen des Antichrist in die Schlacht von Armageddon bei Haifa führen wird. Mit dem Sieg des Guten über das Böse werde das Tausendjährige Reich Christi beginnen. Gottes Sohn werde vom Tempelthron in Jerusalem die Welt regieren, und Frieden, Gerechtigkeit und Glück werden herrschen. Dies sei Gottes Plan für die Welt seit Anbeginn und von Ewigkeit zu Ewigkeit.

Ein Soldat fragte Reverend Barcley nach den erwähnten Armeen, und dieser erläuterte, die Heere des Guten umfassten Amerikaner, Europäer und Israelis, die des Bösen Araber, Russen und Chinesen. »Der Sieg aber wird den Streitmächten Gottes gehören«, schloss Barcley.

Ein Infanterist, neben den Miller sich gesetzt hatte, klagte über Schuldgefühle, weil er wehrlose Zivilisten getötet hatte. Ein Mann mit Frau und Kind hatte versehentlich bei einem Kontrollpunkt nicht angehalten. Die Soldaten hätten Anweisung gehabt, auf sich mit hoher Geschwindigkeit nähernde Fahrzeuge zu schießen. In diesem Fall sei das Auto nicht besonders schnell gefahren, aber sein Finger sei eben schnell am Abzug gewesen. Es sei schrecklich gewesen, drei Menschen, die einen Augenblick zuvor noch gelebt hatten, tot aus dem Fahrzeug zu ziehen. Es seien keine Terroristen gewesen, und er könne seither nicht mehr schlafen. Aber Barcley erwiderte: »Nur keine Schuldgefühle! Es war Gottes Wille. Töte sie alle, tu deine Arbeit, und verschone keinen von ihnen. Überlasse Gott, über sie zu richten.«

Die Antwort löste ein leises Murmeln des Missfallens aus, woraufhin der Reverend mit erhobenen Händen zur Ruhe mahnte und darlegte, dass man immer wieder aus Anspannung, Angst oder Unsicherheit oder auch nur aus einem Verdacht heraus schieße und dass manche Soldaten im Gefecht eben auch Frauen und Kinder töten müssten. Da dies aber unabsichtlich geschehe, müssten sie sich nicht als Verbrecher fühlen.

»Ich sage diesen Soldaten: Ihr habt das Richtige getan. Ihr seid nicht dafür zu belangen, denn es war das Wirken Gottes.«

Ein Soldat widersprach: »Es gibt aber auch Soldaten, die aus Spaß töten.«

Barcley lächelte und antwortete undeutlich, dass Gott bereit sei zu vergeben, und wenn es ein juristisches Problem sei, dann gälten mildernde Umstände.

Ein Vertragssoldat von massiger Gestalt, der als VIP-Personenschützer tätig war, wollte wissen, welchen Rang der Krieg im Irak in Gottes Plan einnehme.

»Dieser Krieg ist die Vorstufe zur Erfüllung der Prophezeiung über Damaskus«, erklärte Barcley. »Damaskus wird schon bald zerstört werden und nur noch ein Haufen Trümmer sein.«

Einem schwarzen Corporal gefiel der Vortrag nicht. Er erhob sich und sagte, dass der Islam seines Wissens eine Religion wie das Christentum und das Judentum sei. Die Muslime beteten zum selben Gott, und ihr Glauben halte sie von schlechten Taten ab. »Wenn der Islam eine Religion ist«, so der Reverend, »dann ist es eine niederträchtige. Ihr Anführer Mohammed war ein Terrorist, der Christen und Juden mit dem Schwert tötete. Zudem war er gierig nach Frauen und heiratete so viele, dass selbst kleine Mädchen ihm nicht entgingen. Er vergewaltigte sie! Kann denn ein wahrer Prophet sündhaft sein?« Der Corporal schüttelte ungläubig den Kopf. Er sagte: »Ich weiß zwar nicht viel, aber

Sie sagen nicht die Wahrheit.« Damit verließ er den Saal, und es entstand erhebliche Unruhe. Der Reverend beendete seinen Vortrag, und die Teilnehmer erhoben sich und gingen.

Miller wartete, während der Saal sich leerte, trat zu Barcley und stellte sich ihm vor. Dessen Gesicht verfinsterte sich, er presste die Lippen aufeinander, begrüßte Miller kühl und bat ihn schroff, er möge sich kurzfassen, denn er könne ihm nicht viel Zeit widmen. Miller konfrontierte ihn ohne Umschweife mit den Massakern, die die Truppe, die Barcley betreute, offenbar begangen hatte. Er bat um eine Erklärung und um Informationen.

»Ich weiß nicht mehr als andere«, erwiderte Barcley. »Sie waren beauftragt, Aufständische festzunehmen, die Fahrzeuge in die Luft sprengen und unsere Soldaten töten. Mein Beitrag bestand nur in einem kurzen Gebet, das ich für sie sprach, bevor sie aufbrachen. Ich segnete sie, und sie sprachen mir nach: Herr, hilf uns, die schlechten Menschen aufzuspüren, und verzeih uns, wenn wir sie töten.«

»Aufgespürt haben sie sie offenbar.«

»Der Herr hat ihnen geholfen.«

»Glauben Sie, dass er ihnen auch verzeihen wird? Ihre Leute haben mehrere Massaker verübt. Sie haben unschuldige Männer, Frauen und Kinder getötet. Sie hätten sie davon abhalten sollen, anstatt sie zu segnen.«

»Ich habe meine religiöse Pflicht ihnen gegenüber erfüllt.«

»Was haben die Männer denn gesucht?«

»Ich habe sie nicht gefragt.«

Der Pfarrer beantwortete Millers Fragen mürrisch und unfreundlich. Miller sagte: »Wenn Sie von den nächtlichen Überfällen wussten, dann wussten Sie auch, dass sie dafür keine Erlaubnis hatten. Antworten Sie mir bitte wahrheitsgemäß. Ich weiß viel über Sie.«

»Ich lüge Sie nicht an. Vergessen Sie nicht, dass Sie mit einem Geistlichen sprechen.«

»Ich weiß auch von der Million Dollar, die Ihnen versprochen wurde. Wofür sollten Sie belohnt werden?«

Barcley zuckte kurz zusammen, fing sich aber wieder. »Eine Million Dollar? Glauben Sie denn, die Soldaten finden irgendwo eine Goldmine?«, fragte er spöttisch und lächelte dabei niederträchtig. Miller hatte es noch nicht geschafft, ihn in die Enge zu treiben.

»Ich scherze nicht mit Ihnen. Ich habe Informationen darüber, dass Sie mit der Gruppe gemeinsame Sache machen.«

»Sie beschuldigen also einen christlichen weißen amerikanischen Geistlichen! Seien Sie vorsichtig! Die Armee hat keine Macht über mich und auch sonst niemand außer Gott.«

Miller ertrug es nicht, wie sich dieser Pfarrer wand, der ihn nicht nur anlog, sondern auch noch Gott für sich ins Spiel brachte. Er war als Söldner für Metracorp tätig. Was sollte ihn daran hindern, Soldaten unter dem Banner Jesu zum Töten zu schicken? »Folgen Sie dem Ruf des Herrn! Stellen Sie sich ihm nicht entgegen, auf dass Sie nicht im Höllenfeuer enden«, versuchte ihn der Reverend mit frechem Grinsen einzuschüchtern. Barcley benahm sich, als sei es ausgeschlossen, ihn wegen eines Verbrechens zu belangen. Miller packte ihn am Kragen und zog ihn zu sich heran. »Sie haben mir diesen Zettel unter der Tür durchgeschoben!«

Barcley war überrascht von Millers wütendem Blick und seiner Faust, die ihn am Hals packte. Er röchelte etwas der Art, dass der Krieg für den Glauben geführt werde. »Für die Demokratie«, hielt Miller dagegen und stieß ihn mit beiden Händen weg. Barcley fiel über einen Stuhl. Er richtete sich auf, blieb aber auf dem Boden sitzen und rief wutentbrannt: »Sie Narr! Statt diese Gelegenheit für Katholiken und Protestanten zu nutzen, die muslimischen Banden auszumerzen, haben Sie Mitleid mit Irakern! Das sind muslimische arabische Schurken, denen der Unglaube angeboren ist. Sie hängen einer Terrorreligion an, deren Buch sie streng befolgen. Es befiehlt ihnen, Christen nachzustellen und sie zu töten, wo immer sie sie treffen!«

»Das Recht auf Leben gilt auch für sie«, brummte Miller.

»Sagen Sie das nicht, Major«, erregte sich Reverend Barcley weiter. »Die Leute, die Sie verteidigen, sind des Lebens nicht würdig! Sie sind minderwertiger Abstammung, sie sind Tiere, die man im besten Falle anschreit. Wenn Sie und andere diese Leute befreien und ihnen Demokratie bringen wollen, dann kann ich nur sagen, dass sie die nicht verdienen. Sie sind böse, und wir sind im Recht! «

»Ich werde alles tun, um Sie hinter Gitter zu bringen!«

»Begreifen Sie nicht, was wir hier erreicht haben? Wir zwingen sie, die immer behaupten, sie würden sich nur vor ihrem Herrn verneigen, zu unseren Füßen niederzuknien.«

»Bringen Sie mich nicht so weit, Sie zu töten!«

»Ich warne Sie, Major! Sie sehen Gottes Weltenplan nicht, der für alle Zeitalter seit Anbeginn der Schöpfung und von Ewigkeit zu Ewigkeit gilt.«

Die hitzige Begegnung endete damit, dass Miller dem Reverend ein weiteres Mal drohte, ihn verhaften und vor allem suspendieren zu lassen.

Miller sprach sofort beim Colonel vor und klärte ihn darüber auf, was für einen kriminellen Geistlichen mit zweifelhafter Vergangenheit Metracorp deckte. Er bat darum, Barcley festnehmen zu lassen, damit er ihn in Haft vernehmen könne. Der Colonel hob die Augenbrauen, schien aber nicht überrascht. Er erhob sich von seinem Bürostuhl und ging nervös hin und her, um seine Wut zu zügeln. Dann blieb er plötzlich stehen und sagte zu Miller gewandt:

»Hören Sie, Miller, wir kramen nicht in der Vergangenheit der Leute, mit denen wir zusammenarbeiten. Die meisten haben eine dubiose Geschichte, aber wenn wir all dem nachgehen wollten oder ethische Maßgaben für ihre Verwendung aufstellen würden, dann käme überhaupt niemand mehr in den Irak. Wollen Sie wissen, mit was für Leuten wir uns hier einlassen? Chilenische Militärs aus der Zeit von Pinochet, die Oppositionelle zu Tode gefoltert haben, ohne dass ihr Land sie dafür belangt hat. Offiziere aus Südafrika, die zur Zeit der Apartheid politische Morde begangen haben und die spezialisiert darauf waren, jeden Aufstandsversuch im Keim zu ersticken. Wir haben ehemalige Fallschirmspringer aus Frankreich und Belgien, denen schlimmste Untaten nachgesagt werden, und wir haben sogar Russen, die in Tschetschenien Gefangene in die Luft gesprengt haben. Wir haben Israelis, die Arabisch können und die in den Palästinensergebieten zur Zeit der Aufstände Kinder und Frauen getötet haben. Dazu kommen amerikanische Veteranen, die in Lateinamerika Putsche mit organisiert haben. Und die Liste ist noch lang. Aber all diese Männer haben Erfahrung, und sie arbeiten professionell, sie sind mutig, tatkräftig und können Entscheidungen treffen. Der Krieg ist ihr Beruf. Das Geräusch von Bomben, Granaten und Maschinengewehren ist für sie Musik, die sie anspornt. Erwarten Sie bitte nicht, dass man solche Leute zur Verantwortung zieht, indem man ihnen Prozesse macht. Ich möchte von Ihnen nichts mehr darüber hören.«

Noch am gleichen Tag ging Reverend Barcley gleich doppelt gegen Miller vor. Er richtete eine Beschwerde an Metracorp, in der er den Major beschuldigte, ihn in seinen eigenen Räumen zu Boden geschlagen und mit Verhaftung bedroht zu haben. Im selben Schreiben, und dies traf Miller noch empfindlicher, verzieh er ihm und forderte keine Wiedergutmachung, schließlich sei Miller ein Soldat in der Armee des Herrn, der Armee der Vereinigten Staaten von Amerika. Miller konnte nirgends einen Haftbefehl gegen Barcley erwirken. Die von ihm erläuterten göttlichen Pläne seien religiöses Getöse, das man nicht kommentieren wolle, hieß es von der Besatzungsbehörde. Man wollte keine unnötige Aufmerksamkeit erregen.

Miller fragte mich, ob es bei den Muslimen auch Endzeittheorien wie die von Barcleys Weltenplan gebe. Ich sagte: »Soweit ich weiß, glauben wir Muslime, dass Gott niemanden in seine Pläne einweiht.«

Die dreizehnte E-Mail

Ich rechne Dir hoch an, dass Du mir keine Vorwürfe machst. Ich mache mir selbst welche.

Ich habe ein riesiges Problem hinterlassen und sehe, in welch komplizierter Lage Du bist. Es tut mir leid, dass ich nicht bei Dir bin, um Dich davon zu entlasten.

Immer tue ich denen weh, die ich liebe.

Wenn ich mir mein Leben besehe, erschrecke ich darüber, wie viele Fehler ich gemacht habe. Und in den größten davon bin ich gerade verstrickt.

Bitte lass mich nicht glauben, dass der Fehler, den ich Dir gegenüber begangen habe, nur wiedergutzumachen ist, indem ich abbreche, was ich unbedingt zu Ende bringen will. Ich brauche gerade Deine Unterstützung am notwendigsten.

Gestatte mir noch eine Frage: Stehst Du zu unserer Beziehung oder nur zu unserem ungeborenen Kind?

»Bringe mich nicht dahin, dass ich mich für einen von Euch entscheiden muss. Ich will Euch beide«, schrieb Sana mir zurück. Trotzdem war es mein Recht, Unterstützung von ihr einzufordern. Sie stand in meiner Schuld, so wie ich in ihrer Schuld stand.

Zweifellos brauchte sie mich dringend. Sie ertrug ihre Einsamkeit kaum noch und redete sich ein, alleingelassen worden zu sein. Sie fühlte sich so verloren, dass sie daran verzweifeln wollte, wie aussichtslos ihr die Zukunft erschien. Schon als ich sie kennenlernte, hätte sie das Angebot ihres damaligen Mannes, als die ältere von zwei Ehefrauen bei ihm zu bleiben, beinahe angenommen, und ich musste ihr viel Mut machen, um sie davon abzuhalten. Sie bezeichnete mich deshalb scherzhaft als ihren geistigen Führer, und mehr wollte ich anfangs auch nicht sein, denn unser Altersunterschied betrug fast fünfzehn Jahre.

Nachdem sie die Scheidung vollzogen hatte, versuchte ich, sie nicht ins Leere fallen zu lassen. Womöglich hätte sie noch Reue über ihren Schritt empfunden; es wäre nach einer so langen Ehe und den Jahren der Liebe davor zumindest denkbar gewesen. Aber die endgültige Trennung von ihrem Mann erweckte auch noch andere Gefühle in ihr, und das anstrengendste davon war das umfassende Selbstmitleid, mit dem sie kämpfte. Sie klagte, sie habe von ihrer Ehe nichts als Schaden davongetragen und ihre besten Jugendjahre damit verloren, sie habe auf Unterhaltsansprüche verzichtet und habe nicht einmal ein Kind, das ihrem Leben Sinn geben könnte. Sie stellte sogar ihre Weiblichkeit in Frage und hätte sich beinahe auf triviale Affären eingelassen, nur um sich ihrer körperlichen Reize zu versichern.

Ihren Neuanfang nach einem Eheleben, an das sie sich trotz aller Mängel gewöhnt hatte, betrachtete sie mit Skepsis. Beinahe hätte sie kurz entschlossen gleich wieder geheiratet, denn ein Mann aus der Vergangenheit erschien plötzlich wieder in ihrem Leben, ein Studienkollege, für den sie damals nichts empfunden hatte und der nun mit einem Mal ihr Traumritter wurde, der alle ihre Hoffnungen erfüllen sollte. Ihre größte Angst war, dass sie einer verpassten Gelegenheit nachtrauern könnte. Ich sagte zu ihr: »Das Leben darf dich nicht noch einmal dazu zwingen, unbedacht etwas so Dauerhaftes wie eine Ehe einzugehen.« — »Das Leben fegt mich hinweg«, war ihre Antwort. Sie habe Angst vor den Depressionen der Wechseljahre. »Depressionen sollte es in gar keinem Alter geben«, gab ich zurück. »Das Leben fängt immer dann neu an, wenn wir es wollen.«

In Wirklichkeit glaubte ich das selbst nicht. Ich wusste oft nicht, was mir mein Leben noch bedeutete, nachdem ich meine großen Hoffnungen hatte fahrenlassen. Aber es ließ mich auch nicht los. Immer wieder fühlte ich einen undeutlichen Antrieb weiterzumachen, aber mir fehlte die Überzeugung. Ich benahm mich unsicher und zögerlich, weil das mein Gewissen am wenigsten belastete und weil es mir besser schien, als mich dem Zeitalter der Heuchelei zu ergeben.

Sana war in einer glücklicheren Position als ich. Sie konnte sich in das Schreiben von Gedichten flüchten und sich dadurch etwas schaffen, was ihr in dieser Zeit des Übergangs fehlte. Ich bestärkte sie darin, weiterzudichten, um so die Tiefen ihres Lebens auszuloten, statt sich an neue Illusionen zu klammern und falschen Hoffnungen hinzugeben. Je ernsthafter sie das Dichten betrieb, desto mehr hatte sie zu tun, und es half ihr dabei, in Ruhe nachzusinnen, bis sie schließlich davon Abstand nahm, erneut zu heiraten. Die Poesie war ihre Alternative, denn sie bedeutete ihr Freiheit. Tatsächlich gab sie ihr die Möglichkeit, sich selbst zu finden.

Aber ich leugne nicht, dass auch sie mir half, meine Krise nach der Trennung von meiner Frau leichter zu ertragen. Wir kurierten gegenseitig unsere Wunden und halfen uns, ohne dass ich meinerseits daran dachte, Sana oder sonst wen zu heiraten. Ich war von dem Gefühl beherrscht, alt geworden zu sein, und auch unsere Beziehung war nicht so schwungvoll, dass sie meine Vergangenheit einfach hinweggefegt hätte. Mein politisches und moralisches Scheitern hatte mich dahin gebracht, Politik und Moral zu meiden, und obgleich ich noch einen Rest Lebenslust besaß, hatte ich dennoch das Gefühl, nicht wirklich zu leben. Und so nahm unsere Freundschaft einen ziellosen und beschaulichen Verlauf, wir trafen uns unregelmäßig mit vielen Unterbrechungen, ohne dass unsere Beziehung einen Wandel erfuhr. Wir blieben auf der Hut vor überbordenden Gefühlen, mit denen wir uns womöglich noch einmal in etwas verstricken würden wie das, wovon wir uns gerade befreit hatten. Dass jeder von uns damals geheiratet hatte, konnte man noch damit rechtfertigen, dass wir blind vor Liebe waren, aber was sollten wir jetzt sagen? Wir waren im Übermaß klarsichtig und nüchtern und geradezu krank davon. Die Gelassenheit, mit der wir uns zueinander hingezogen fühlten, ließ mich hoffen, ich hätte mich vom Joch der Emotionen befreit. Ich spürte keinerlei Bedürfnis nach einem heiligen oder unheiligen Bund. Aber obwohl ich versuchte, eine Distanz zwischen uns aufrechtzuerhalten, wurde diese allmählich immer geringer, und so tat ich, ohne es zu bemerken, erste Schritte hin zu einer Beziehung, die langsam Liebescharakter annahm.

Ich eröffnete Sana in aller Freundlichkeit, wie sehr sie mir gefiel, und sprach von meiner Hoffnung, dass unsere Beziehung weitergehen und intensiver werden möge. Ich schlug vor, uns öfter zu treffen, um uns besser kennenzulernen, und ihr gefiel die Idee. Erst spät begriff ich, dass ich eine sehr elegante und von der Art her recht bürgerliche Liebesgeschichte erlebte. Alles war vorgezeichnet und mit Vorbehalt berechnet, ganz im Gegensatz zu der Zeit, als ich noch links war. Aus tatsächlichen und vermeintlichen Hindernissen errichtete ich nach wie vor eine Mauer zwischen uns, die nicht leicht zu überwinden war. Das Eheleben hatte ich hinter mir gelassen, und es musste schon etwas sehr Ermutigendes passieren, dass ich es noch einmal ausprobierte. Ich glaubte, wenn ich nur die üblichen Verliebtheitsphasen übersprang, würden mir die Gefühle nicht viel anhaben können. Dass ich in einer anderen Richtung unterwegs war, bemerkte ich erst, als ich unter für mein Alter gänzlich untypischen Liebessymptomen zu leiden begann. Diese äußerten sich in verzehrender Sehnsucht und Schlaflosigkeit sowie Sorge um die Geliebte. Ich beschloss, einen Rückzieher zu machen, tat es aber nicht.

Ob das ein Fehler war? Besser, ich mühe mich jetzt nicht zu sehr ab, über die Vergangenheit nachzudenken. Dies soll vorerst genügen.

Ich kam etwas zu spät im Al-Mansour-Melia-Hotel an. Der Baath-Funktionär hatte auch für unser zweites Treffen ein Hotel gewählt und auch diesmal, weil es so gut gesichert war. Er saß entspannt in der Lobby und strich sich über den mächtigen Schnurrbart und den dünnen Kinnbart. Seine Beschützer standen an der Rezeption, neben ihm saß Fadhil und hörte ihm zu. Der Parteimann sprach von seinen schmerzlichen Erinnerungen, als er von diesem Hotel aus während eines blutigen und tosenden Sonnenuntergangs zum letzten Mal Bagdad gesehen hatte, bevor die Stadt an die amerikanischen Truppen fiel. Er sprach davon, als sähe er die Szene wie durch Glas hindurchschimmern:

»Die Situation war noch nicht hoffnungslos. Wir hörten immer neue Nachrichten von der gerade beginnenden

Schlacht. Der Präsidentenpalast war am Morgen von den Amerikanern bombardiert worden. Um das Hotel herum stieg Rauch in den Himmel, und überall breitete sich Pulvergeruch aus. Irreguläre Freiwilligenverbände sammelten sich an den Kreuzungen der Straßen, die zum Palast führten, am Tigrisufer und auf der Allee, an der das Außenministerium lag. Zivile Kämpfer trugen Kleidung in allen Farben, rote Kopftücher, Helme und Barette, andere waren ohne Kopfbedeckung, es gab Spezialeinheiten in Tarnanzügen und Soldaten in grünen Uniformen, manche trugen auch Jeans, und alle rannten in unterschiedliche Richtungen. Einige errichteten Befestigungen rund um den Palast. Währenddessen fegte ein Sandsturm über die Stadt und erschwerte die Sicht. Etwas später sah man die Leiche eines Milizionärs in einer Blutlache auf dem Boden liegen, aber niemand konnte sie bergen. Drei seiner Kameraden verschanzten sich hinter einer Barrikade an der Tigrisbrücke und bedeuteten den Autos umzukehren. Dann kam es zu einem heftigen Feuergefecht um den Präsidentenpalast. Dutzende Kämpfer mit Patronengürteln suchten Deckung hinter Mauern und Bäumen. Die Zufahrten zur zentralen Palastanlage, die mehrere Hektar umfasste, waren mit Steinbrocken, Stühlen und Autoreifen blockiert. Manche trugen Kalaschnikows, Panzerfäuste oder Munition auf dem Rücken, andere lagen hinter schweren Maschinengewehren. Den ganzen Abend hielten die Kämpfe an. Staubbedeckte Lastwagen transportierten Kämpfer irgendwohin. Am Morgen bezogen zwei amerikanische Panzer Stellung an der Brücke, während Flugzeuge aus geringer Höhe die Palastanlage und das Planungsministerium bombardierten. Es begann ein wilder Schusswechsel mit den amerikanischen Soldaten, der über drei Stunden andauerte. In meinen schlimmsten Träumen hatte ich mir nicht vorstellen können, Abrams- und Bradleypanzer über die Brücke der Republik fahren zu sehen. Ich dachte, sie müsste unter ihnen zusammenbrechen. Ich werde nie vergessen, wie die Bradleys stehen blieben, ihre Kanonen auf das Hotel richteten und Granaten abschossen. Dann kehrten sie um und zielten auf das Verteidigungsministerium. Im Fernsehen sah man, wie amerikanische Kettenfahrzeuge über den Firdaus-Platz rollten. Der Irak war gefallen. Und als sie das Standbild von Saddam Hussein herunterrissen, war die Niederlage komplett. Aber dass unsere Kämpfer sich zurückzogen, war geplant. Sie sammelten sich danach wieder, um den Widerstand aus dem Land heraus weiterzuführen.«

In der Hotellobby mit ihren Resten an teurem, aber erneuerungsbedürftigem Mobiliar lief laute Musik, deren Rhythmus in meinem Kopf mit Kriegsszenen verschmolz. Ich sah Bilder von Panzerketten und glühenden Granaten an mir vorbeiziehen. Aber auf diesen Mann, das war mir klar, konnte ich nicht zählen. Er hatte ein Land und einen Staat verloren, nachdem er und seinesgleichen mit Tyrannei und Gewalt, mit Eisen, Feuer und Galgen regiert hatten. Jetzt war seine Macht dahin, und nichts war von ihm zu erwarten. Selbst der Fall Bagdads war für ihn nicht mehr als eine Kriegsszene gewesen, an der er selbst keinen Anteil gehabt hatte, so als hätte er nur unbeteiligt zugesehen, um es später erzählen zu können. Nun erwartete er wohl von den Widerstandskämpfern aller Couleur, dass sie ihn mit ihrem Blut wieder in Amt und Würden brachten.

Ich fragte ihn erst gar nicht, was aus der Kontaktaufnahme zu al-Qaida geworden war. Ich dachte nach, worüber ich mit ihm überhaupt sprechen konnte, und versuchte es mit den Massakern. Ich fragte ihn, ob er glaube, dass al-Qaida die Morde in Dhuluiya begangen haben könnte. Zu meiner Überraschung kannte er den Vorfall in allen Einzelheiten.

»Die Amerikaner nutzen es aus, dass man dem Familienoberhaupt Scheich Abdarrahim ein schlechtes Verhältnis zu al-Qaida nachsagte«, erklärte er, »und hängen die Tat den Islamisten an. Der Scheich hatte sich gegen al-Qaida ausgesprochen. Er war nicht damit einverstanden, wie sie die Schiiten verteufelt, und hat viele von ihnen sogar beschützt. Er kritisierte die Enthauptung von Geiseln und scheute keine Mühen, Entführte freizubekommen. Al-Qaida schickte ihm einen Geistlichen, der versuchen sollte, ihn umzustimmen. Er stritt sich mit ihm. Aber die Diskussion endete damit, dass al-Qaida und er ihre unterschiedlichen Ansichten jeweils respektieren würden. Daran hielten sich dann auch alle.«

»Aber die Tat trägt doch die Handschrift von al-Qaida«, wandte ich ein.

»Nein«, beharrte der Baath-Mann, »al-Qaida wollte dem Scheich nicht schaden, denn sie hätte damit einen Zufluchtsort verloren. Die Absprache zwischen ihm und der Organisation lautete: Wir lassen dich in Ruhe, und du lässt uns in Ruhe. Er versprach, die Leute in seiner Gegend nicht gegen al-Qaida aufzubringen und sie nicht anzugreifen, und so wie er Schiiten Zuflucht bot, so nahm er auch Kämpfer der Organisation bei sich auf. Damit hatte er sogar auf Abu Musab az-Zarqawi Einfluss. «

Ich musste ihn unterbrechen, denn ich hatte nicht erwartet, dass ein Baath-Funktionär von az-Zarqawi sprach, als sei seine Existenz unbestritten: »Ich dachte immer, Abu Musab az-Zarqawi sei eine amerikanische Erfindung. Haben sie ihn nicht zumindest schon vor Jahren getötet?«

»So hieß es zuerst, aber dann haben sie wieder gesagt, dass er lebt. Sie stellen ihn als ein Terrorphantom dar, das gar nicht genug töten kann. Lebendig ist er ihnen nützlicher als tot, und er dient ihnen immer als Vorwand, wenn sie beabsichtigen, eine verdächtige Gegend zu säubern. Wenn sie eine Ortschaft abstrafen wollen, dann sagen sie, az-Zarqawi halte sich darin auf. Dann machen sie ein Viertel nach dem anderen dem Erdboden gleich, ohne Rücksicht auf Menschen, Moscheen oder Krankenhäuser. Sie reißen den Bewohnern die Häuser über ihren Köpfen nieder.« Soweit er wisse, sei az-Zarqawi im sunnitischen Dreieck aktiv. Ob es ihn tatsächlich gebe, könne er nicht sagen. Er bezweifle es, aber er könne es auch nicht widerlegen. Es gebe Leute, die ihn gesehen oder getroffen haben wollen. Aber viele könnten beide Versionen über seine Existenz oder Nichtexistenz gut für sich nutzen.

»Was die Sache in Dhuluiya betrifft, war es wahrscheinlich so, dass die Amerikaner Metracorp damit beauftragt hatten, einen Konflikt zu provozieren, der damit enden sollte, dass die Bewohner der Gegend al-Qaida vertreiben. Die Amerikaner hätten dann natürlich nachgeholfen.«

Es war schon erstaunlich. Er wusste genauestens Bescheid, was sich auf der anderen Seite tat, obwohl die Amerikaner das Verbrechen, die Söldnerfirma und den Autounfall bemäntelten. Er bemerkte meine Überraschung.

»Kein Grund, sich zu wundern«, sagte er. »Es war ein Deal. Die Amerikaner hatten einen Plan, und die Firma setzte ihn gegen Geld um. Das ist jedenfalls die kurze Version, wenn Ihnen die genügt.«

Er redete nicht nur so daher. Er wusste offenbar wirklich viel. Aber weiter brachte ihn das auch nicht. Die Baathisten schoben immer alles auf eine Verschwörung, hinter der die Amerikaner stecken mussten.

Ich kam nun doch kleinlaut auf mein Anliegen zu sprechen und fragte ihn, was aus der Kontaktaufnahme zu al-Qaida geworden sei. Aber ich behielt recht: Er war gekommen, um sich zu entschuldigen und mir mitzuteilen, dass alle Versuche der Partei, mit der Organisation in Verbindung zu treten, gescheitert seien. Ich fragte ihn nicht, ob er die Baath-Partei meinte oder irgendeine islamische, mit der sie gemeinsame Sache machten.

»Die islamische Gruppierung, über die wir es versucht haben, operiert mit al-Qaida nur militärisch bei bestimmten Aktionen. Al-Qaida lässt sich von niemandem in die Karten schauen. Alle Versuche, etwas über Ihren Sohn in Erfahrung zu bringen, waren ergebnislos.«

Er zündete sich eine Zigarre an. Ich hatte keine Lust, weiterzureden und wandte mein Gesicht ab. Fadhil schaltete sich ein: »Vielleicht klappt es über eine andere Gruppe.« Aber der Parteiboss stellte klar: »Denen sind ihre konfessionellen und politischen Kämpfe wichtiger als solche Nebensächlichkeiten. Was bedeutet Ihr Sohn diesen Leuten? Er gilt ihnen als junger Kerl, der darauf wartet, sich in die Karawane der Märtyrer einzureihen. Wegen so einem riskieren die nichts. Er gibt viele junge Männer wie ihn.«

Sein Mobiltelefon klingelte, er antwortete kurz und legte auf, dann erhob er sich von seinem Sessel. Er müsse sich nun verabschieden, er habe noch einen Termin. »Ich versuche es noch einmal«, sagte er nun doch, »kommen Sie morgen wieder her. Allerdings will ich Ihnen nichts vormachen: Ich kann Ihnen nicht garantieren, dass etwas dabei herauskommen wird.«

Ich sollte mir also keine Hoffnungen machen. Sobald er aus der Tür war, wäre er an keinerlei Versprechen mir gegenüber gebunden, und ich wäre ihm wohl auch egal. Fadhil war ganz meiner Meinung.

Die vierzehnte E-Mail

Alle meine Bemühungen haben nichts gefruchtet. Mir wurde dies und das versprochen, aber ich habe nichts erreicht. Jetzt sitze ich herum und tue gar nichts.

Ich verfolge nebenher eine andere Angelegenheit, die mich eigentlich nicht betrifft, und warte darauf, wie sie ausgeht. Es frustriert und ermüdet mich.

Sollte ich auch weiter kein Glück haben, werde ich bald zurückkommen, aber erst, wenn ich alles ausgeschöpft habe, was in meiner Macht steht.

Ich habe Sehnsucht nach Dir. Immerhin das empfinde ich noch, falls ich überhaupt noch menschliche Gefühle habe.

Millers Lage wurde immer kritischer. Der Colonel hatte ihm zwar weitere zwei Tage zum Ermitteln eingeräumt, aber gleichzeitig legte er ihm Hindernisse in den Weg, so dass es zusehends schwieriger für ihn wurde. Seine Vorgesetzten trieben ihn zur Eile, bereuten, ihm die Ermittlungen übertragen zu haben, und unterstellten ihm Unfähigkeit. Was ihm an Kritik zugetragen wurde, bereitete ihm Sorge, nachdem er bisher immer Anerkennung erfahren hatte. Auf allen Ebenen war seine Arbeit gewürdigt worden, aber nun wurden selbst seine bisherigen Leistungen in ein schlechtes Licht gerückt, und seine Kritik an den Kontraktoren wurde belächelt. Wenn er hingegen früher mit Kündigung gedroht hatte, stimmten sie ihn um, indem sie Metracorp ebenfalls kritisierten und in Aussicht stellten, der Firma den Vertrag zu entziehen. Miller war beliebt, und der leitende General der Koalitionstruppen hatte ihm das Kommando über eine Geheimeinheit zur Verfolgung von Terroristen übertragen. Miller hatte daraufhin eine vorzeitige Beförderung beantragt, doch dieses Verfahren war gestoppt worden, seit man ihm vorwarf, die Ermittlungen zu verschleppen. Man gab ihm zu verstehen, dass man eher bereit wäre, ihn mit einem Orden auszuzeichnen und in die Vereinigten Staaten zurückzuversetzen. Sie betrachteten seine Arbeit und seinen Argwohn als hinderlich. Als er sich darüber beklagte, dass die Herabsetzungen durch seine Kollegen ihn belaste und er unter ständiger Spannung und Schlafmangel litt, riet ihm der Colonel, den Psychologen seiner Einheit zu kontaktieren. Aber Miller wusste, dass man ihn nur behindern wollte und dass dies der Grund für seinen Zustand war.

Der Major hatte gedacht, seine Ermittlungen würden vertraulich behandelt, aber sein Arbeitsstab hatte seine Erkundungen zum Teil bereits öffentlich gemacht und so mit Gerüchten angereichert, dass es Millers Glaubwürdigkeit beschädigte. Daher eröffnete ich ihm, dass das Massaker von Dhuluiya mittlerweile so bekannt geworden war, dass sogar ein alter Baath-Funktionär davon wusste und dass jeder die Geschichte nach Gutdünken ausschmückte und deutete. Miller schien der Einzige zu sein, der noch darüber sinnierte, wer das Verbrechen begangen hatte.

»Willst du wissen, wer es war?«, fragte ich Miller. »Es waren deine eigenen Leute, die Amerikaner, und sie werden dich nicht weiter ermitteln lassen, denn was passiert ist, ist genau das, was sie von ihren Vertragspartnern verlangen.«

»Du willst doch wohl nicht sagen«, wandte Miller ein, »dass die Armee ein Massaker ausgeschrieben und Metracorp den Zuschlag dafür bekommen hat.«

Trotzdem sprach Miller seinen Vorgesetzten auf das an, was ich ihm berichtet hatte. Er drohte ihm, falls die Armee das Massaker in Auftrag gegeben habe und deswegen seine Untersuchungen behindern wolle, würde er auch die dafür Verantwortlichen nicht schonen und alles daransetzen, sie anzuzeigen.

Der Colonel wurde wütend und sagte: »Wenn wir einen Plan haben, dann nur, dass sich Sunniten und Schiiten weiter bekämpfen, denn das ist das Einzige, was uns entlastet. Aber wir fördern es auch nicht. Und wenn doch, dann beauftragen wir nicht andere damit, denn ein solches Vorgehen erfordert höchste Geheimhaltung. Was Dhuluiya oder andere Orte betrifft, so können Sie sicher sein, dass wir mit solchen grässlichen Verbrechen nichts zu tun haben.«

Aber Miller hörte auf niemanden, der ihm riet, die Akte zu schließen. Er hörte lediglich auf Jimmy, der ihm empfahl, sich zu beeilen. Der Journalist bekam Angst, dass sein Informant auffliegen und seine Aussagen widerrufen könnte.

»Sein soldatisches Gewissen könnte wieder erwachen«, meinte er. »Er hat sich vor seinen Kameraden durch Eid verpflichtet, kein Wort über die nächtlichen Expeditionen der Gruppe nach außen dringen zu lassen. Was würde mit ihm wohl passieren, wenn sie seinen Verrat entdeckten?«

Das eigentlich Wichtige, was der Soldat bisher nicht preisgegeben hatte, war die Frage, was die Söldner gesucht hatten oder was das Ziel ihrer Attacken gewesen war. Wenn das herauskäme, so Jimmy, wäre klar, dass der Verrat aus der Gruppe selbst erfolgt war und wer die Information geliefert hatte. Sie würden seinen Informanten dann beseitigen.

Doch nach allen Fehlschlägen und Blockaden tat sich für Miller ein Hoffnungsschimmer auf. Das Ibn-Sina-Krankenhaus in der Grünen Zone, das von der 28. Division der US-Armee genutzt wurde, teilte Miller mit, der Gruppenführer Captain Harry Kittel sei aus dem Koma erwacht. Sein Zustand sei allerdings noch instabil, und er rede wirres Zeug. Miller eilte ins Krankenhaus, wo ihm der Arzt in ironischem Ton mitteilte: »Der Patient scheint sich irgendwo zu befinden, wo er Mord und Totschlag befiehlt.« – »In Dhuluiya?« –

»Machen Sie sich nicht zu viele Hoffnungen. Ein solches Gefasel ist unbrauchbar, selbst wenn es eindeutige Geständnisse enthalten sollte.«

Die wirren Äußerungen des Patienten brachten in der Tat nichts, auch wenn sie erschreckend waren. Kittel schrie und benutzte Schimpfwörter, die umso schlimmer klangen, als sie in einem Zimmer mit strahlend weiß getünchten Wänden, blankgeputzten Fenstern und sauberem Fußboden fielen und diese adrette Umgebung zu beschmutzen schienen. Der Himmel war blau und wolkenlos, kein feiner Wüstenstaub drang in Mund, Rachen, Ohr und Auge, und hier brüllte ein Wahnsinniger gegen all die lebenserhaltenden Apparate in einem keimfreien Zimmer eines modernst ausgestatteten Krankenhauses an. Die Stationsärzte, Chirurgen und Pfleger hätten den Mann gern aus seinem Zustand erlöst, denn er beschimpfte auch sie, und sie wollten nicht unbedingt noch mehr hören, doch sie konnten seine unflätigen Schmähungen und Befehle und sein Spucken nicht ignorieren. Er wies an, seine Opfer zu foltern und zu schänden, zu töten und wieder zu schänden ...

Jimmy schlug Major Miller vor, er solle sich den bei dem Unfall getöteten Iraker Ibrahim Dscharbuli vornehmen. Er hatte die Söldnergruppe bei all ihren Einsätzen geführt und könne nun vielleicht Miller zum Erfolg führen. Irgendetwas würde er sicher über ihn herausfinden.

Die Idee erwies sich als gut, als Miller aus dem Gefängnis Abu Ghuraib erfuhr, dass der Betreffende dort bekannt war und dass er interessante Vorstrafen aus der Zeit des alten Regimes hatte. Er hatte an Saddams Kriegen teilgenommen und das Handwerk des Tötens nicht nur gelernt, sondern an der Front gegen Iran und in Kuwait auch ausgiebig praktiziert. Einmal hatte er im Streit einen Vorgesetzten geschlagen und ihm so in den Unterleib getreten, dass dieser impotent davon wurde. Er floh, wurde nach Jahren gefasst und zum Tode verurteilt. Während er im Gefängnis noch darauf wartete, eines Tages zum Galgen zu schreiten, wurde er aufgrund einer Amnestie, die der Präsident kurz vor der Invasion aussprach, entlassen. Er war mittellos und fand nicht in ein ziviles Leben zurück. Nach der Besetzung des Irak bildete er mit früheren Mithäftlingen, die ebenfalls freigekommen waren, eine Bande. Zuerst raubten sie Behörden aus, dann gingen sie dazu über, Autofahrer an Verkehrskreuzungen zu überfallen, ihnen ihr Geld und ihre Autos abzunehmen. Eine Polizei, die sie hätte stoppen können, gab es nicht mehr. Die irakischen Polizisten waren entweder in ihre Dörfer zurückgegangen oder selbst zu Räubern geworden, und die wenigen im Dienst Verbliebenen hatten höchstens eine Pistole bei sich, während Ibrahims Diebesbande AK-47-Sturmgewehre besaß. Schon bald begann sie mit Entführungen von Geschäftsmännern, deren Familien sie erpressten.

Zwei Jahre darauf kam Ibrahim wieder in Haft, nachdem er einen Studenten entführt hatte, dessen Vater als wohlhabend bekannt war. Im Gefängnis gestand der Entführer, dass er manche seiner Geiseln an islamische Milizen und andere Widerstandsgruppen verkauft hatte. Die von den Amerikanern angeheuerten Sicherheitsleute, die ihn verhörten, glaubten, sie könnten sich sein Wissen zunutze machen, indem er sie zu den Verstecken gesuchter Personen führte, also vereinbarten sie mit ihm, ihn freizulassen, wenn er im Gegenzug mit ihnen kooperierte. Er kam frei, aber aus der Vereinbarung wurde nichts, denn Ibrahims Spur verlor sich schon bald in Bagdad. So behaupteten sie jedenfalls, denn er war keineswegs verschwunden, sondern arbeitete bei Metracorp. Die Firma hatte ihn den Verhörern von Abu Ghuraib für eine stattliche Summe abgekauft und führte ihn als Dolmetscher. Sie schonte ihn nicht und versuchte den

Angestellten so gut auszunutzen, wie es ging, aber auch Ibrahim nutzte seine Stellung aus. Er arbeitete nebenher auf eigene Rechnung, nachdem er den chilenischen Ex-Militär José Rota, einen Sergeant namens Fractos Salina unbekannter Nationalität und Delon Faans kennengelernt hatte. Letzterer hatte während der Apartheid für die südafrikanische Geheimpolizei gearbeitet und war nun im Ruhestand. Sie alle waren Teil der Gruppe, um die Miller sich kümmern sollte, sie waren bei Metracorp angestellt, unterstanden dem Kommando von Harry Kittel, und Ibrahim Dscharbuli war ihr Führer. Es war schwer, zu sagen, wer von ihnen wen verdorben hatte, denn ohne Übertreibung konnte man behaupten, dass sie allesamt Mörder großen Kalibers und Diebe ersten Ranges waren.

Als Ibrahims Unterschlupf durchsucht wurde, fand man dort Dutzende von Handgranaten, Mörsergeschosse, gefälschte Ausweise und eine Maschine zum Geldfälschen, alles Überbleibsel seiner früheren Arbeit, die er für die Zukunft aufbewahrt hatte. Außerdem wurde ein unterirdisches Verließ entdeckt, in dem er Geiseln gefangen gehalten und gefoltert hatte, worauf Blutspuren auf dem Boden und Stricke hinwiesen, mit denen Entführte an der Decke aufgehängt wurden. An den Wänden hingen Bilder von nackten Frauen, die der Entführer wohl von seinen amerikanischen Freunden bezogen hatte und mit denen die Gefangenen gekränkt werden sollten. Der Keller musste bis vor etwa einem Monat noch benutzt worden sein, also bis zu der Zeit, in der die Gruppe ihre nächtlichen Überfälle begonnen hatte.

Miller hatte damit einen starken Trumpf in der Hand. Der Colonel gewährte ihm einen weiteren Tag, nachdem Miller ihn dahin gehend beruhigt hatte, dass seine neugewonnenen Informationen die Metracorp-Gruppe entlasten würden, da nun feststehe, dass Ibrahim als Hauptverantwortlicher für die Massaker anzusehen sei, indem er seine Stellung als Lotse und Dolmetscher ausgenutzt und die anderen in seine Aktionen hineingezogen habe.

Es war dennoch nicht einfach für Miller, die Firma davon zu überzeugen, dass er seine Ermittlungen nun in eine andere Richtung weiterführen müsse, indem der Verdacht von dem Unternehmen selbst auf Ibrahim gelenkt wurde. Dessen Vorstrafen reichten bereits aus, ihm alles zuzutrauen, was bei den Massakern angerichtet wurde, und da er nun einmal tot war, würde er sich auch nicht verteidigen können. Dennoch müssten die Ermittlungen weitergeführt werden, um ausreichende Beweise zu sammeln. Zudem deutete Miller an, wo Beweise fehlten, könnte man sie schaffen. Dennoch ermahnte ihn der Colonel, dass jede Anschuldigung gegen Mitarbeiter von Metracorp sich nicht nur auf diese Firma, sondern auf alle Sicherheitsunternehmen im Irak auswirken würde. Wenn man sie juristisch belange, so sei dies ein Verstoß gegen die Verträge mit ihnen, sie würden gesetzliche Hürden aufbauen und auf Millionen von Dollar Schadenersatz klagen, ganz zu schweigen davon, dass sie ihre Sachen packen und abziehen würden. Man brauche sie aber noch.

Miller war nicht glücklich mit dem, was er da trieb. Er sah sich gezwungen, dieselben schmutzigen Methoden anzuwenden wie die anderen, man ließ ihm keine Wahl, und er fragte mich, ob ich meinte, dass er damit seine Seele verspielen würde. Er glaubte, dass dies zum Teil bereits passiert sei, weil er sich auf diesen Handel eingelassen hatte, obwohl er damit letztlich bezweckte, seine Gegner zu überführen. Ich versuchte ihn zu trösten, indem ich sagte: »Du brauchst dich nicht zu bekümmern, es ist nur ein vorübergehender Kompromiss. Auch ich werde mich wohl bald solcher Methoden bedienen müssen.«

Meine Antwort erstaunte ihn nicht, er empfand sie als Ermutigung. Aber ich wusste, dass ich eines nicht allzu fernen Tages nicht zögern würde, selbst zu fragwürdigen Praktiken zu greifen, auch wenn ich damit meine Freundschaft mit Richard aufs Spiel setzen würde.

Die fünfzehnte E-Mail

Ich habe eine verrückte, aber unumkehrbare Entscheidung getroffen. Es gibt keinen anderen Ausweg.

Ich fasse mich heute sehr kurz. Meine Gedanken sind konfus, aber es stimmt mich optimistisch, dass ich noch nicht aufgegeben habe.

Ich brütete über einer Idee, die mir Zuversicht gab. Vielleicht hätte ich ja Glück. Allzu viel Hoffnung machte ich mir dennoch nicht. Ich dachte darüber nach, wie ich ins sunnitische Dreieck gelangen könnte, das von islamischen Widerstandsgruppen dominiert war, und ließ den Einfall reifen. Morgen würde ich ihn Fadhil darlegen und ihn nach seiner Meinung fragen.

Am Abend ging ich in Millers Wohnwagen, wo ich hoffte, Ablenkung zu finden. Ich traf dort auf Jonathan und Damey, die Vertreterin der Menschenrechtsorganisation, in der Gesellschaft eines etwa siebzehnjährigen Jungen. Ich vermutete gleich, dass er mit der Sache zu tun hatte, die Jonathan und Damey bearbeiteten, und ich behielt recht. Die beiden informierten mich, dass die Lage der verfolgten Homosexuellen immer schwieriger wurde. Das Weiße Haus und das britische Außenministerium zeigten nur noch wenig Interesse an der Sache und wollten die Drohungen gegen die jungen Männer nicht offiziell verurteilen, um die irakischen

Glaubensgruppen nicht zu provozieren. Man befürchtete, dass dies die Schiiten und die Sunniten gleichermaßen verärgern und zu einem Unfrieden führen würde, den die Amerikaner nicht gebrauchen konnten. Die Besatzer würden beschuldigt werden, gegen Verbote des islamischen Gesetzes einzutreten, schließlich war Homosexualität diesem zufolge eine Todsünde. Und wenn die Schiiten nachlässig wären, würden die Sunniten sich an der Sache festbeißen, und schließlich würden sich beide den Rang streitig machen, wer sich des Themas am radikalsten annahm. Man wollte die Sache daher lieber nicht an die Öffentlichkeit zerren.

Um das Leben der Betroffenen zu schützen, beschlossen Jonathan und Damey, die Angelegenheit in eigener Regie und in aller Stille zu regeln. Sie wollten zunächst in Erfahrung bringen, wie viele junge Männer Morddrohungen erhalten hatten, um für diese dann eine Rettungsaktion einzuleiten. Damey konnte einen von ihnen, Salman, dazu überreden, mit ihr zu kommen. Sie hatte bereits vorher davon gesprochen, was für ein hübscher Kerl er sei, und gescherzt, sie habe sich in ihn verliebt. Hier saß er nun. Damey hatte es geschafft, Salman aus seinem Wohnviertel in die Grüne Zone zu begleiten, und ihm versprochen, ihn auch heil wieder nach Hause zu bringen. Aber zuerst sollte er berichten, wer von seinen Freunden noch Drohbriefe erhalten hatte und wie man sie kontaktieren könnte. Sie und Jonathan würden ihnen jeweils eine Unterkunft besorgen und dann Asyl für sie in einem europäischen Land erwirken.

Salman trug eine Wuschelfrisur, mit der er gehofft hatte, unterwegs nicht erkannt zu werden, und weite Kleider, die um seinen knochigen, nur an der Brust etwas kräftigeren Körper schlabberten. Die großen Augen unter ebenmäßig gewölbten Brauen waren weit geöffnet, in seinen Gesten lag etwas Zartes und Erotisches, und er sprach trotz der Furcht, die sich auf seinem Gesicht abzeichnete, in sanftem Ton. Seine feingliedrigen Hände zitterten etwas, wogegen er nicht ankam. Ich musste es Damey nachsehen, der Junge war tatsächlich bezaubernd. Er bat: »Damey, lassen Sie mich heute hier übernachten. Ich kann auf dem Boden schlafen.« Damey bat Jonathan, es ihm zu erlauben, aber Jonathan bestand darauf, ihn nach Hause zu bringen, damit er seine Freunde unterrichten konnte, wo sie sich am nächsten Tag versammeln würden. Jonathan hatte einen Plan: Die Jungen sollten sich in einer Moschee außerhalb ihres Wohnbezirks treffen. Gegen Mittag kämen dann ein amerikanisches Panzerfahrzeug und ein Transporter vorbei, und Soldaten würden sie an einen sicheren Ort in der Grünen Zone bringen. Dazu würden sie die Moschee stürmen und sie hart anfassen, damit es den Anschein hätte, die Amerikaner würden irgendwelche Verdächtigen festnehmen.

»So haben die Familien keine Repressalien durch die Fanatiker zu befürchten«, erklärte Jonathan die Aktion. »Sie müssen nur eine Vermisstenanzeige für ihre Söhne aufgeben.«

Als Salman erfuhr, dass ich Syrer war, fasste er Vertrauen zu mir und setzte sich neben mich. Wir kamen ins Gespräch, und ich erzählte ihm, dass ich meinen Sohn suche. Er klagte mir, dass er sich nicht gerne verstecke. Ihn tröste nur, dass er nach der Flucht in Gesellschaft seines Freundes sein würde. Ich sagte: »Es ist besser, wenn du dich versteckst. Damit ersparst du deinen Eltern viel Kummer. Sie sind wahrscheinlich nicht sehr glücklich über deine Eigenart.«

»Im Gegenteil«, korrigierte er mich. »Meine Eltern und meine Geschwister machen sich Sorgen um mich.«

Ich war überrascht, weil ich erwartet hatte, die Familien wären erleichtert, ihre so gearteten Söhne loszuwerden.

»Meine Geschwister wollen nicht, dass ich weggehe. Und meine Eltern nehmen ihre Kinder so an, wie Gott sie ihnen gegeben hat. Sie glauben, dass sie selbst Schuld daran haben, wie ich bin. Mein Vater wollte einen Jungen, meine Mutter ein Mädchen. Möge Gott ihnen vergeben. Während mich mein Vater immer als Jungen behandelt hat, hat meine Mutter mich so erzogen, als sei ich ein Mädchen.«

Ich schwieg, und er erriet, woran ich dachte. Traurig fragte er mich: »Stellen Sie sich vor, ich wäre Ihr Sohn. Was würden Sie tun? Würden Sie sich von mir lossagen?« Ich überlegte nur kurz und sagte: »Wegen meines Sohnes bin ich in den Irak gekommen.«

Zum ersten Mal machten uns Panzerfahrzeuge und Soldaten Hoffnung. Sie würden die jungen Schwulen retten. Zuvor hatte ich mir nur ein schreckliches Ende für sie vorstellen können.

Mit der so gewonnenen Hoffnung widmete ich mich gegen Morgen wieder meiner Idee. Ich zögerte zwar noch ein wenig, aber mein Entschluss stand fest. Gleich würde ich wieder meinen Freund von der Baath-Partei treffen, und als Fadhil kam, um mich zu ihm zu bringen, eröffnete ich ihm, was ich mir in den Kopf gesetzt hatte: »Ich werde mich dem Parteimann als Geisel anbieten. Er soll mich an irgendeine Gruppierung weitergeben, die meine Entführung dann für sich beanspruchen kann. Dabei würde al-Qaida keinen Hinterhalt der Amerikaner vermuten«

Fadhil war in schlechter Stimmung und überhaupt nicht begeistert von meiner Idee. Als ich versuchte, sie ihm auseinanderzusetzen, schrie er mich plötzlich an: »Sie sind wohl verrückt! Sie wollen sich Verbrechern und Mördern ausliefern, damit sie Sie verhökern?« Dann schwieg er. Er hatte gemerkt, dass er mir zu nahe getreten war. Seine Miene war verspannt und sein Blick unruhig. Ich spürte, dass er etwas sagen wollte, es aber nicht herausbrachte. Offensichtlich war er so aufgebraust, weil ihn etwas bedrückte. »Rabia wurde ermordet!«, presste er schließlich hervor. Ich begriff nicht. Erst zwei Tage zuvor hatte sein Vater ihn doch bei Fadhil abgeholt, nachdem die Familie der beiden Getöteten sich bereit erklärt hatte, ein Blutgeld anzunehmen. Betroffen fragte ich nach einer Erklärung und hörte Fadhil sagen: »Sein Vater hat ihn getötet.« Ich glaubte mich verhört zu haben. Eher hatte ich angenommen, dass die Verwandten der Opfer ihn entgegen der Absprache ermordet hätten.

Aber ich hatte richtig gehört. Rabias Vater hatte gelogen. Es gab keine Absprache über ein Blutgeld, die Angehörigen der Toten wollten Blutrache. Rabias Vater machte zur Bedingung, sie selbst auszuführen. Und so, wie er seinen Sohn aus Fadhils Wohnung gelockt hatte, lockte er ihn im Dorf auf die Felder. Er brachte es nicht übers Herz, ihm die Wahrheit zu sagen, und fürchtete außerdem, Rabia würde weinen und ihn um Gnade anflehen, so dass er ihn aus Mitleid am Leben lassen würde. Er bat daher seinen Sohn vorauszugehen und lief hinter ihm her. Stroh raschelte unter ihren Füßen, und Schweiß tropfte ihnen von der Stirn. Die Bäume und Pflanzen waren fahlgelb. Rabia ging einen Hügel hinauf, und nun gab der Vater von hinten mit zitternder Hand und Tränen in den Augen einen Schuss auf seinen Sohn ab. Rabia, von der Kugel getroffen, blickte zu ihm. Er dachte, jemand schösse auf sie beide, und stürzte zu seinem Vater, um ihn zu schützen. Doch nun sah er, wie dieser, einen Klagelaut ausstoßend, ein zweites Mal auf ihn schoss. Rabia fiel tot auf fahlgelbe Erde, sein Vater warf sich neben ihm auf die Knie, umarmte ihn und weinte. Dann hüllte er ihn, blutig, wie er war, in ein Leichentuch und trug ihn zum Dorfplatz. Tags darauf sprach er für seinen Sohn das Totengebet und begrub ihn, ohne Beileidsbekundungen entgegenzunehmen. Am Abend nahm er erneut sein Gewehr und schoss sich selbst in den Mund.

»Gab es das jemals, dass ein Vater gezwungen wurde, seinen eigenen Sohn meuchlings hinzurichten?«, fragte Fadhil. Er war nicht in der Stimmung, mit mir über meine Idee zu diskutieren. Glücklicherweise rief in diesem Moment der Baath-Mann an, um mitzuteilen, er könne mich erst morgen wieder treffen.

Die sechzehnte E-Mail

Ich bin nach wie vor entschlossen, meinen Plan umzusetzen. Eine andere Lösung ist nicht in Sicht. Aber ich muss mich noch gedulden.

Es geht mir nicht gut. Was ich hier höre und sehe, zerreißt mich und schmerzt mich ungeheuer.

Verfall umgibt mich, und Verfall ergreift mein Inneres.

Den ganzen nächsten Morgen über versuchte Fadhil, mich von meinem Vorhaben abzubringen. Man könne niemandem trauen, meinte er. Aber es war zu spät, mich umzustimmen. Ich war entschlossen, mich als Geisel anzubieten. Dies würde das letzte Mal sein, dass ich den Herrn von der Baath-Partei sah, und mit Sicherheit würde er meine Hoffnung wieder enttäuschen. Wenn ich die Sache also nicht selbst in die Hand nahm, würde ich keinen Schritt weiterkommen.

Unser Freund von der verbotenen Partei erschien und hatte, wie erwartet, nichts anzubieten. Meine Idee gefiel ihm aber, als ich sie ihm darlegte, obgleich sie ihn überraschte. Erst schwieg er und strich sich wie immer über seinen Schnurrbart, was nun so aussah, als dächte er gründlich nach. Endlich sprach er, und er war sehr offen: »Das könnte tatsächlich klappen. Ich glaube nicht, dass diese Leute etwas dagegen haben, gratis und ohne eigenes Zutun eine Geisel zu bekommen. Aber ich kann nicht dafür garantieren, was danach passieren wird. So eine Operation ist sehr gefährlich. Und wenn eine der Gruppen sich darauf einlassen sollte, dann hoffe ich, dass wir ihr damit nicht zu einem langersehnten Fernsehauftritt verhelfen, bei dem sie Ihnen vor laufender Kamera den Kopf abschneidet.«

Wir vereinbarten, dass er sich wieder bei mir melden würde, sollte jemand Interesse zeigen. Er meinte, ich solle die Sache noch einmal überdenken und es sei kein Problem, wenn ich es mir anders überlegen würde und mich doch lieber nicht als Geisel anbieten wolle.

Am selben Tag traf ich Miller und eröffnete ihm, dass ich mein Anliegen im Alleingang weiterverfolgt hatte. Ich würde demnächst über einen ehemaligen Parteifunktionär der Baath Kontakt zu islamistischen Gruppen aufnehmen und mich entführen lassen. Ich bat ihn, mir nicht böse zu sein, ich hätte einfach keine Zeit, noch länger zu warten. Eine Rechtfertigung hatte ich ja, Millers Ermittlungen zogen sich hin und würden voraussichtlich nicht so schnell beendet sein. Währenddessen war irgendwo im Irak das Leben meines Sohnes in Gefahr, ich musste zu ihm, vielleicht würde ich es schaffen, vielleicht auch nicht. Es war ein Abenteuer mit unsicherem Ausgang, ein Spiel, dessen Einsatz mein Leben war, aber ich musste es wenigstens versuchen.

Miller murmelte ungläubig: »Das ist doch unmöglich.«

Aber für mich war nichts mehr unmöglich.

Er bat mich, nur noch einige Tage abzuwarten, dann würde sich meine Idee erledigen. Er stehe kurz davor, Gewissheit darüber zu erlangen, was die Gruppe von Captain Harry bezweckt hatte, ob sie wirklich eigenständig gehandelt hatte oder ob sie von Metracorp beauftragt war. Er müsse herausfinden, mit wem sie eine Absprache hatte und was ihr Ziel war. Mittlerweile hatte er auch von Entführungen erfahren, die die Gruppe unternommen hatte, bevor sie gezielt auf Mordtour ging, und dass sie ihre Geiseln an Rebellengruppen jedweder Couleur verkauft hatte. Ibrahim hatte den Menschenhandel eingefädelt. Aber irgendetwas musste in den vergangenen Monaten passiert sein. Sie war nun nicht mehr nur auf Geld aus, sondern auf Mord.

Jimmy rief Miller täglich an und gab ihm Informationen, aber viel Neues war nicht mehr dabei. Miller vermutete, dass Jimmy ihm etwas vorenthielt, um seinen Informanten zu schützen. Jimmy hingegen behauptete, er dürfe nicht zu viel Druck ausüben, um dem Soldaten keine Angst zu machen, er würde sonst gar nichts mehr oder nur Irreführendes sagen. Aber Miller wollte ihn nicht geschont wissen.

»Ihr Freund war nicht nur Zeuge der Verbrechen, er hat sie mit begangen«, argumentierte er. Sein Zwist mit Jimmy trat nun offener zu Tage. Miller war der Meinung, das Ausmaß der Untaten sei so ungeheuer, dass Jimmy seinen Informanten ausliefern müsse. Wenn man ihn dann mit seinen Aussagen konfrontierte, würde er nicht länger verbergen können, was er wusste. Miller stellte in Aussicht, dass er dem Betreffenden ein gutes Angebot machen und auch keine Gewalt gegen ihn anwenden würde, wenn er auspackte. Aber Jimmy verbat sich Millers Nachfragen bezüglich seines Gewährsmannes. Noch bestehe Hoffnung, mehr von ihm zu erfahren, aber jede Einmischung von außen könne dazu führen, dass diese Quelle schlagartig versiegte. Miller solle lieber die gewonnenen Erkenntnisse nutzen. Er dürfe die Gruppe nicht zu stark unter Druck setzen, denn ihre Mitglieder beobachteten sich gegenseitig und würden jeden beseitigen, der einknickte. Zudem würde auch die Firma selbst jeden Mitarbeiter sofort außer Landes bringen, der Schwäche oder Nachlässigkeit zeigte.

Der Major versuchte trotzdem, die Identität der Quelle zu erfahren, und glaubte auch einmal, kurz vor dem Ziel zu stehen, aber er ging der Sache dann doch nicht weiter nach, um sich mit Jimmy nicht zu überwerfen und ihm nicht zu schaden. Miller war überzeugt davon, dass die Söldner, mit denen er es zu tun hatte, allesamt kein Gewissen hatten. Sie gaben sich ihm gegenüber unbeeindruckt, glaubten von einer Untersuchung nichts befürchten zu müssen und versuchten, Miller in die Irre zu führen. Es entging ihm nicht, dass sie das Töten nur als Arbeit begriffen. Sie äußerten immer wieder Verwunderung und Spott darüber, dass Miller so ernst und eifrig ermittelte. Für sie verdiente die Angelegenheit all diese Mühe und Hartnäckigkeit nicht. »Was liegt Ihnen eigentlich so sehr an diesen Irakern?«, höhnten sie. »Sie stinken, tragen dreckige Kleidung und binden sich Lumpen um den Kopf. Halten Sie die wirklich für Menschen? Die bringen sich doch gegenseitig Tag für Tag zu Hunderten um!« Welchen Sinn hatte es, wenn Miller ihnen erklärte, dass sie nicht anders waren als Amerikaner und nur deshalb gegeneinander kämpften, weil diese zu ihnen gekommen waren? Die Gegenargumente waren immer schnell bei der Hand: »Warum sollten wir Mitleid mit ihnen haben, wenn sie untereinander kein Mitleid haben? Sie töten sich gegenseitig auf grausamste Weise. Was bedeutet ihnen denn Leben? Gar nichts.« Die tapferen Söldner hingegen gaben sich mit so etwas wie Mitgefühl gar nicht ab. Lieber rühmten sie sich der Tötung auch unschuldiger Menschen, die dem Leben ohnehin keinen Wert beimaßen.

Die siebzehnte E-Mail

Und wieder spiele ich abwarten. Aber das ist immer noch besser, als mir einzureden, ich hätte alles in meiner Macht Stehende getan und alle auch gefahrvollen Mittel ausgeschöpft, um kein schlechtes Gewissen haben zu müssen.

Ich fühle mich verantwortlich für das, was Samer getan hat und noch tun wird, und werde mich nicht davor drücken, mein Versäumnis wiedergutzumachen.

Sie haben ihn mir weggenommen, und ich will ihn von ihnen zurückholen.

Ich werde meine Vaterschaft nicht verleugnen und Samers Eigensinn nicht damit beantworten, dass ich mich von ihm abwende.

Sana würde nun hoffentlich begriffen haben, dass ich unsere bedrohte Beziehung nicht retten würde. Ich hatte mir vorgenommen, ihre Fragen nicht mehr zu beantworten und ihre Bitten nicht zu beachten. So oder so, es würde bald ein neues Kapitel beginnen, und die kommenden Tage würden entscheiden, ob es gut oder schlecht für mich ausging. Im Moment bedeutete mir nur Samer etwas, das ungeborene Kind brauchte seinen Vater viel weniger als seine Mutter, und wenn ich nicht mehr auftauchen sollte, würde Sana vielleicht einen Mann finden, der an meine Stelle trat.

Ich wünschte mir, die Zeit zurückdrehen zu können. Ich hätte Sana und mir einen mühevollen Weg und ein bitteres und peinliches Ende ersparen können. Aber wer wäre denn damals, als wir begannen, uns näherzukommen, auf den Gedanken verfallen, dass wir bald hilflos auf unser Schicksal blicken würden? Dabei hatte ich sogar schon einmal entschieden, meine Beziehung zu Sana zu beenden. In dem kleinen Café hinter dem Abu-Rummane-Park in Damaskus war ich kurz davor gewesen, ihr zu eröffnen, dass ich keinen Sinn in einer Liebesbeziehung zu ihr sah, die zur Unzeit kam. Ich wollte mich damit rechtfertigen, dass der Zug der Ehe für mich abgefahren war, dass ich weder aus Liebe noch aus anderen Gründen ein zweites Mal heiraten wollte, dass ich aufs Ende zuging und nicht kurz vor Torschluss noch einmal ein

Experiment wagen wollte, welches für uns beide mühselig zu werden drohte. Mit einer Freundschaft wäre uns mehr geholfen, und sie wäre gewiss weniger schmerzhaft.

Aber ich brachte nicht den Mut auf, es ihr zu sagen. Wir kamen aus dem Café, und die Nacht war so berauschend, dass sie dazu einlud, Sana zu umarmen, nicht um eine schöne Beziehung mit ihr zu beenden. Ich beschloss daher, es ihr erst dann zu sagen, wenn wir im Auto wären und uns nicht gegenübersäßen. Um nicht zu schnell bei ihrer Wohnung anzukommen, nahm ich die Stadtautobahn von Mazze und war nun, ohne es bemerkt zu haben, schon fast selbst zu Hause. Ich war ganz eingenommen von dem Gedanken an eine Trennung ohne Groll, deren Zeit gekommen war. Sana würde es sicher verkraften. Aber obwohl ich von der Richtigkeit meiner Entscheidung überzeugt war und meinte, nüchterner zu sein als jemals zuvor, blendete ich im entscheidenden Moment meine Vernunft aus. Ich ließ alle Disziplin und Entschlossenheit fahren und gab meinen Gefühlen nach, die zu verbergen über meine Kräfte ging. Stattdessen sagte ich zu Sana, dass ich sie liebte und dass ich unter diesem Gefühl litt, aber nicht davor fliehen wolle, wer weiß, vielleicht würde es uns für unser Leid in der Vergangenheit entschädigen. Mir war, als hätte ich jeden Schutz abgelegt und würde ins Bodenlose fallen, als sie mich dafür zärtlich umarmte und ihr eine Freudenträne über die Wange lief. Mein Geständnis hob mich schon im nächsten Moment über alle Wolken, und die Welt lag mir zu Füßen! Das Bett, das uns danach vereinte, war nicht nur ein weicher Ort, an dem wir Kleidung und Scham ablegten, sondern hier legten wir auch alle Lügen ab. Ich begriff, und dieses Gefühl ist mir noch jetzt gegenwärtig, was ich mir bis dahin angetan hatte. Ich hatte nur für andere und für Ideen gelebt, für Fortschritt und Zukunft, für eine Gerechtigkeit, die nie kam. Ich wurde gewahr, dass das Leben verdiente, gelebt zu werden, und sei es in Sklaverei, Unrecht und Bedrückung, solange es eine Frau gab, die mir ihre Seele und ihren Körper schenkte. Und warum sollte sie nicht auch meine Seele und meinen Körper haben?

Wenn mir mein Leben damals so wertvoll vorkam, wie sollte mir heute das Leben meiner Kinder weniger bedeuten – sei es Samers oder das Leben dessen, mit dem Sana schwanger war? Es stand mir nicht an, ihnen ihr Leben vorzuenthalten, wenn ich selbst in der Lage war, sie vor ihren eigenen Fehlern zu retten. Das Leben ist eine Chance, und sei es einfach nur, um gelebt zu werden.

Miller kam und unterbrach meinen Gedankenfluss. Er berichtete mir, Jimmy hätte ihn um Erlaubnis gebeten, Captain Harry im Militärkrankenhaus zu besuchen, diesmal in seiner eigentlichen Eigenschaft als Korrespondent, der über Kriegsversehrte und ihre Verwundungen berichtete. Der Captain war Untersuchungsgefangener und stand gleichzeitig unter medizinischer Beobachtung. Zu besuchen war er nur mit Erlaubnis Millers und des Oberarztes. Miller war in Rage über Jimmys Bitte. Statt dass er seinen Gewährsmann aufdeckte, verschwendete er seine Zeit, indem er durch die Stationen des Krankenhauses schlenderte, bis er seinen Rundgang beim süß von Blut träumenden Captain Harry beendete und dazu noch verlangte, man möge ihn mit ihm so lange wie möglich allein lassen!

Was wollte er aus einem Mann herauskriegen, der schlief und, wenn er denn erwachte, nur wirres Zeug stammelte? Glaubte er etwa, so einer könnte ihm eine Story liefern? Aber Jimmy bedrängte ihn so, dass Miller es ihm nicht verwehren konnte. Schließlich hatte ihm Jimmy bisher, so meinte er, viel geboten, ohne eine Gegenleistung dafür zu erhalten. Hatte er ihm wirklich etwas geboten? Hatte er Miller nicht eher in ein Labyrinth gelockt, in dem er wertvolle Zeit verlor, Zeit, die immer knapper wurde? Es blieben ihm nur noch Stunden, die zusehends verrannen, dann würde die ihm zugestandene Frist ablaufen. Ihm war klar, dass er weiteren Aufschub nicht bekommen würde.

Millers Gedanken schwirrten umher, er arbeitete die ganze Nacht weiter und wartete auf Jimmy, obwohl er sich von ihm nichts mehr erhoffte. Er argwöhnte schon, dass Metracorp selbst ihm diesen Journalisten aufgehalst hatte, um seine Mission zu durchkreuzen. Er fühlte sich von allen belagert. Aber er fasste einen Entschluss. Bevor er sich zurückzöge, würde er in seinem Bericht ausführlich darlegen, welche Hürden man ihm in den Weg gestellt hatte, und mit der Bemerkung abschließen, dass es unter seiner Würde sei, eine Untersuchung weiterzuführen, die von allen Seiten behindert und die nicht einmal vertraulich behandelt wurde. Und wozu überhaupt ein Bericht, wo doch das Ergebnis schon vorher feststand? Die Verdächtigen sollten ja in jedem Fall schuldlos bleiben. Keine Frage, die Chefs von Metracorp steuerten selbst die Ermittlung.

Miller wollte schon aufgeben, als Jimmy in seinen Wohnwagen stürmte. Mittlerweile war es zehn Uhr morgens. Er bat Miller, mit ihm ins Freie zu gehen, der Wohnwagen könne verwanzt sein. Die beiden gingen durch eine kleine Grünanlage hinter Millers Wagen. Es war heiß, und sie blieben im Schatten eines Baumes stehen.

»Haben Sie schon einmal vom Zarqawi-Fieber gehört?«, fragte Jimmy.

Miller wandte sich ihm verwundert zu. Der Name Zarqawi allein konnte schon Fieber auslösen. Statt zu antworten, starrte er Jimmy verständnislos an.

»Viele haben sich schon damit angesteckt«, führte dieser aus. »Unsere Leute haben Abu Musab az-Zarqawi gesucht!«

Deswegen waren sie bei Nacht ausgeschwärmt, hatten gefoltert, gemordet und Leichen geschändet! Jimmy hatte den Anlass der Massaker herausgefunden, die scheinbar grundlos und ziellos verübt worden waren. Az-Zarqawi! Eigentlich hatten ja alle von ihm gesprochen, sein Name stand auf jeder Wand und fiel in jeder Nachrichtensendung. In Bagdad und um Bagdad herum bildeten US-Soldaten, Abenteurer, Söldner und andere Leute Banden, die alles daransetzten, Abu Musab az-Zarqawi zu jagen und zu fassen, um an das auf ihn ausgesetzte Kopfgeld zu gelangen.

»Und wir sitzen hier und kommen nicht darauf!«, meinte Jimmy. »Jeder weiß doch mittlerweile von der Belohnung.«

Die Besatzung hatte eine Prämie von fünfundzwanzig Millionen Dollar für denjenigen ausgesetzt, der Abu Musab az-Zarqawi lebend oder tot fangen würde. Das also waren die Millionen, die sie sich teilen wollten. Das Geld hatte die Gier aller im Irak tätigen Söldner geweckt, und alle träumten davon, es einzuheimsen. Ein solches Vermögen würde ihnen ein luxuriöses Leben in bequemem Frühruhestand ermöglichen. Es beflügelte Phantasien von Stränden in der Karibik, den Casinos von Las Vegas und Hotels an der Côte d'Azur, wo sie mit Mannequins und Filmschauspielerinnen dauerurlauben würden.

Immer mehr Leute beteiligten sich an der Jagd und suchten nach Mitteln, wie sie seiner habhaft werden könnten, so dass sie auch Kontakt zu jenen aufnahmen, die sie eigentlich bekämpften, zu Widerstandsgruppen, die in Konkurrenz zu az-Zarqawi standen, unter ihnen Stammesführer, Chefs imaginärer Parteien und Gewohnheitsverbrecher, denen sie einen Teil des Geldes versprachen. Sie sammelten alles über den Gesuchten, Videoaufnahmen, Fotos und Kommuniqués, sie heuerten Agenten an, die Informationen über ihn liefern, und Spione, die seine Bewegungen beobachten sollten. Immer wieder glaubten sie, für kurze Zeit die Möglichkeit zu haben, ihn schnappen zu können, wenige Tage lang nur, wenn ihnen nicht jemand zuvorkam und ihn tötete, bevor sie ihn fanden.

Ibrahim war der Hauptakteur der Söldnergruppe gewesen, denn ihm war am ehesten zuzutrauen, dass er an exklusive Informationen kam, die einer Gefangennahme az-Zarqawis dienlich sein konnten. Auf ihn stützte sich die Gruppe, und dafür wurde ihm ein beträchtlicher Anteil an der Kopfprämie in Aussicht gestellt, verbunden mit einer Garantie, in die USA emigrieren zu können und dort in Sicherheit zu leben. Ibrahim steckte das Gebiet ab, in dem er az-Zarqawi vermutete, und sammelte Namen von Personen, die mit ihm Kontakt hatten und vielleicht wussten, wo er war. So folgten sie seiner Spur.

Die Metracorp-Gruppe konkurrierte mit vielen anderen und zögerte daher nicht, jede Person oder Familie zu misshandeln, die zufällig einmal mit dem Terrorfürsten Kontakt gehabt oder ihn vor langer Zeit getroffen hatte. Keine Gnade walten zu lassen, wenn auch nur die geringste Vermutung bestand, dem Gesuchten näher zu kommen, war ihr Motto. Und so gerieten sie an Scheich Abdarrahim aus Dhuluiya, der mit az-Zarqawi zweimal zusammengekommen war, um ihn zur Mäßigung zu mahnen. Solche vermeintlichen Spuren brachten sie dazu, ganze Familien zu töten und ihre Leichname zu verunstalten, damit es so aussah, als seien sie Opfer terroristischer Akte unter den Konfessionen geworden.

Miller erschien diese Erklärung einleuchtend, denn jeder Beteiligte hätte damit eine Million Dollar oder mehr zu erwarten gehabt. Ich kommentierte seine neue Erkenntnis nicht. Für mich war die Annahme, Abu Musab az-Zarqawi sei das Ziel der Gruppe gewesen, wenig überzeugend, weil ich noch immer nicht wusste, ob die Amerikaner nicht nur eine Legende um den Gesuchten schufen. Was, wenn all diese Leute ein Phantom jagten? Wenn auch ein ziemlich teures.

Aber wie war Jimmy überhaupt an seine Informationen gekommen? Ganz einfach, er hatte eine endlose dunkle Nacht lang Harrys Selbstgespräche belauscht und so erfahren, was dieser bei seinen glorreichen Überfällen auf friedliche Häuser getrieben hatte. Er drang in Harrys Albträume ein, hörte auf sein Gestammel und konnte so die schrecklichen Mordszenen rekonstruieren. Er musste nur noch die Begleitmusik von Schüssen, Hilfeschreien, von Flehen und Klagen ergänzen und sich das Bühnenbild aus verkohltem und blutbespritztem billigen Mobiliar dazu vorstellen. Daraus reimte sich Jimmy eine Geschichte zusammen, denn er war nicht nur Journalist, sondern er schrieb selbst Erzählungen, die er an literarische Webseiten und Zeitschriften schickte.

»Aber es geht hier um journalistische Recherche, nicht um Fiktion«, wandte Miller ein.

»Deshalb werde ich es auch erst dann an meine Zeitung senden, wenn die fehlenden Kapitel der Geschichte abgeschlossen sind«, beschied Jimmy. Er frage sich nur, wer ihm in Amerika glauben würde, wo über die Heldentaten amerikanischer Soldaten im Irak berichtet wurde, nicht über deren Verbrechen.

»Man kann sich doch nicht auf eine Aussage stützen, zu der auch nur ein kleiner Teil hinzugedichtet wurde«, protestierte Miller. »Wissen Sie, Herr Schriftsteller, was das bedeutet, wenn man selbst etwas dazuerfindet? Dass es eine Phantasieerzählung ist, nichts weiter.«

»Es ist keine Erzählung, es ist die Wahrheit.«

»Werden Sie Harry denn dazu bringen können, zu gestehen, was die Gruppe verbrochen hat?«

»Sein Zustand verschlechtert sich. Seine Verletzungen sind tödlich, und er wird nicht mehr lange leben«, schätzte Jimmy.

Tatsächlich starb Harry am Abend desselben Tages. Und damit hatte sich seine Geschichte verflüchtigt. Trotzdem handelte Miller sofort. Er sah die ausgelobte Belohnung für die Gefangennahme az-Zarqawis als Schuldbeweis für die Söldner und ließ Reverend Barcley festnehmen. Er brachte ihn in seinen Wohnwagen und verabreichte ihm Schläge, ohne auf seinen religiös verbrämten Protest, sein Gerede vom Krieg gegen das Reich Mohammeds und von den ewigen Prophezeiungen Gottes zu hören. Barcleys Auge war geschwollen, sein Kiefer und sein Nasenbein gebrochen, Blut rann ihm übers Gesicht. Mehr ertrug er nicht, und er gab zu, dass es bei den Überfällen um az-Zarqawi gegangen war. Kleinlaut unterzeichnete er ein Geständnis, bat Miller jedoch, ihn freizulassen, und stellte ihm dafür in Aussicht, seine Misshandlungen nicht anzuzeigen. Aber Miller fesselte ihn an ein Feldbett, nahm das Geständnis, legte es dem Colonel auf den Schreibtisch und verlangte, die ganze Gruppe verhaften zu lassen. Die Antwort kam nach einer knappen Stunde: Die Militärpolizei stürmte seinen Wohnwagen, befreite den Reverend und entzog Miller die Ermittlungen!

Ich traf Miller am Abend. Er war zerstreut und niedergeschlagen, aber noch immer unnachgiebig. Sein Entschluss, die Gruppe um Captain Harry anzuzeigen, stand fest. Es kümmerte ihn nicht, was er dafür in Kauf nehmen musste. Man werde hart mit ihm zu feilschen versuchen, aber er werde sich nicht umstimmen lassen, selbst wenn sie ihn in seine Heimat abschöben. Miller entschuldigte sich, dass er für mich nun doch nichts tun könne. Das Einzige, was er mir zusagen könne, sei, mir bei meiner Rückkehr nach Syrien zu helfen.

Seit einigen Tagen schon war ich die einzige Person, mit der Miller offen sprechen konnte. Was er seiner Frau schrieb, war unpersönlich und meist auch unwahr. Sie wusste trotzdem, dass er unter Druck stand, und bat ihn zurückzukommen. Millers Kampf mit Metracorp war nicht mehr geheim. Und er kam mit sich selbst nicht mehr klar. Er hätte sich längst in Behandlung begeben müssen, doch damit hätte er sich seinen Gegnern zum Fraß vorgeworfen. Er glaubte, wieder gesund zu werden, wenn er die Verbrecher hinter Gittern sähe und ihnen ihre Schuld nachweisen könnte. Aber schon die Andeutung, man könnte ihm das Verfahren entziehen, ließ ihm nun seine gesamte Arbeit im Irak sinnlos erscheinen.

»Lass doch den Irak zur Hölle fahren«, sagten ihm wohlmeinende Kollegen. Ich hätte es nicht so ausgedrückt, denn der Irak erlebte bereits die Hölle. Miller war dies bewusst, aber er hoffte, zumindest sein Land könne dieser Hölle entkommen, ohne allzu großen Schaden zu nehmen. Er meinte dies nicht nur im materiellen Sinn und in Bezug auf die Verluste von Menschenleben, sondern auf die vermeintlichen Prinzipien, um derentwillen die US-Armee in den Irak gekommen war. Miller begriff offenbar nicht, dass Amerikas Ruf nicht auf dem Spiel stand, sondern bereits hoffnungslos im Dreck lag. »Warum überlassen wir diesen Krieg Verbrechern und Dieben?«, pflegte er zu fragen, so als bestünde das Problem nur in den Söldnern.

Ich ließ mich von seiner Unnachgiebigkeit blenden, doch sein innerer Zustand verschlechterte sich. Man hatte ihn kaltgestellt, und das verwand er nicht. Ich begann mit ihm zu streiten und riet ihm nun auch, sich nicht zu versteifen. Das Ermittlungsverfahren war beendet, er spielte keine Rolle mehr darin, aber die Wahrheit würde eines Tages dennoch ans Licht kommen.

Am nächsten Tag schien er eine Verwandlung durchgemacht zu haben. Das Verfahren interessierte ihn nicht mehr, und er wollte nicht mehr darüber sprechen. Über Nacht habe er viel weitergehende Ambitionen entwickelt, und er werde sich nicht davon abbringen lassen, sie ins Werk zu setzen. Ich glaubte, Miller wolle eine Dummheit begehen, aber er war wohl schon einige Phasen weiter. Auf meine Frage, was er denn meine, blickte er mich scharf an und sagte: »Ich möchte, dass diese Region zu einer Demokratie wird.« Ich hielt es für einen Scherz. Aber er sprach ganz ernst weiter. Statt seine Hoffnungen zu begraben, richtete er sie nun auf weit Größeres. Ich war verdutzt darüber, dass er offenbar den Unsinn glaubte, den das Weiße Haus verbreitete und über den die Weltpresse längst spottete. Seine Wandlung konnte ich mir nur damit erklären, dass er von einer Art Wahn erfasst war, als er bekräftigte: »Ich begreife dies als Herausforderung, und ich nehme sie an. Entweder sterbe ich dabei oder ich werde neu geboren.« Ich hatte einerseits Angst um ihn und war andererseits wütend auf ihn. Er gab sich der Illusion hin, er könne seine Niederlage ausgleichen, indem er sich ein neues Betätigungsfeld suchte.

»Du kannst dir hier jederzeit nach Belieben eine neue Aufgabe suchen«, sagte ich zu Miller. »Aber wenn du auf Ruhm aus bist, wirst du damit scheitern. Ein paar hundert Meter von hier liegt ein Land im Elend, und keine Heldentat wird es davor erretten. Deine hehren Prinzipien sind nichts als Täuschung, und sie haben dem Irak lediglich Zerstörung, Chaos, Mord und Totschlag beschert. Sie haben die Iraker dazu gebracht, die Freiheit zu verfluchen und über die Demokratie zu spotten.«

»Diese Opfer sind die Sache wert, wenn sie uns und euch ermöglichen, Geschichte zu schreiben.«

Der Major war offenbar nicht mehr ganz klar im Kopf. Der Wahn hatte ihn so gepackt, dass er Teil einer Geschichte werden wollte, die weder uns Arabern noch den Amerikanern Ehre machen würde. Er tat mir leid. Er hegte plötzlich ganz große Hoffnungen, nachdem er damit gescheitert war, ein klein wenig Gerechtigkeit zu schaffen. Den Opfern der Massaker aber wurde damit nicht einmal ein winziger Teil dessen zurückgegeben, was ihnen genommen worden war. Eher gewährte ihnen ein Grab Gerechtigkeit als ein Major, der nicht einsehen wollte, dass Krieg nur immer mehr Quälerei bedeutete. Warum sollten die Iraker nicht tatsächlich auf den Jüngsten Tag hoffen, an dem die Hölle die Verbrecher strafte und das Paradies sie belohnte? Was mich schmerzte, war, dass nur gutmeinende Menschen mit uns sympathisierten und dass die Naiven unter ihnen lediglich neugierig auf »die Wahrheit« waren. Und vielleicht konnte ein amerikanischer Soldat nur dann ein guter Mensch sein, wenn er von Sinnen war. Aber der Major war offenbar weder von dieser noch von jener Sorte. Jetzt schwatzte er von einer Demokratie, die unerreichbar war, während die Menschen im Irak nichts weiter als ein Leben in Sicherheit führen wollten.

So oder so, die Ereignisse eilten uns beiden voraus. Während Miller noch nicht wusste, wie er weitermachen sollte, begann ich, meinen weiteren Weg zu planen. Nach Syrien zurückzukehren war nicht meine Absicht, und egal, was aus Miller werden würde, es würde mich nicht daran hindern, das zu tun, was ich vorhatte. Denn noch bevor ich ihn an jenem Tag getroffen hatte, hatte ich eine gute Nachricht erhalten. Mein Plan würde möglicherweise funktionieren, zumindest war meine Bitte erhört worden. Die SMS, die mich erreicht hatte, lautete:

Falls Ihr Entschluss noch gilt, es gibt eine Gruppe, die Sie an die weitergeben würde, die Sie genannt haben. Man hat dort vorgefühlt und könnte Sie vermitteln.

Und jetzt, zwei Stunden später, hieß es in einer weiteren Textnachricht:

Wenn Sie einverstanden sind, kann die Übergabe morgen Nachmittag im Café Shahbandar erfolgen.

Die achtzehnte E-Mail

Ich muss für einige Tage verschwinden. In dieser Zeit werde ich Dir nicht schreiben können, aber mach Dir keine Sorgen.

Ich glaube, dass ich einen Schritt weitergekommen bin. Ich hoffe, dass ich ihn endlich treffen werde. Du weißt schon, wen ich meine.

Besser, ich handle jetzt, als dass ich warte, bis mir Reue nichts mehr nützen wird.

Eine letzte Bitte noch: Schütze unser Kind!

Von jetzt an würde mein Leben nicht mehr mir gehören und ein ungewisses Schicksal beginnen. Und wenn ich mich diesem Grundsatz unterwarf, würde ich auch für mein ungeborenes Kind nichts mehr tun können. Der letzte Satz meiner E-Mail war mein Testament gewesen, das ich an Sana gesandt hatte, bevor ich vielleicht verschwände.

Miller rief mich nachts dreimal an. Beim ersten Mal war er so durcheinander, wie ich ihn noch nie erlebt hatte. Man drohe ihm mit unehrenhafter Entlassung, und wenn er sich dem widersetzte, werde man ihn gefesselt unter Bewachung nach Amerika bringen und ihm dort den Prozess machen. Sie hatten es offenbar geschafft, ihn auszuschalten. Beim zweiten Mal war er ruhiger und meinte, er habe noch nicht endgültig beschlossen, was er tun werde. Von dieser Entscheidung hänge sein Schicksal ab. Ich bat ihn, keine Dummheit zu begehen. Ich hatte das Gefühl, dass er sich nicht fügen wollte und etwas vorhatte, womit er sich schaden würde. Beim dritten Anruf entschuldigte er sich dafür, dass er nicht imstande sei, etwas für mich zu tun. Er ermutigte mich, auf eigene Faust weiterzumachen. Er würde Jonathan aber bitten, mir bei meiner Ausreise behilflich zu sein.

Am nächsten Morgen ging ich zu Jonathan, aber nicht, um seine Hilfe in Anspruch zu nehmen, sondern weil ich die Grüne Zone nicht verlassen wollte, ohne ihn darauf hinzuweisen, dass Millers Zustand Anlass zu Sorge gab. Jonathan saß allein im Wohnwagen, und man sah ihm an, dass eine Katastrophe passiert war.

Mir kam gleich in den Sinn, dass die Maßnahmen, die gegen Miller eingeleitet worden waren, zum Teil auch ihn betroffen haben könnten. Dann fiel mir ein, dass Jonathan auf Beförderungen und Dienststrafen nichts gab. In Wirklichkeit ging es um die Operation in Sadr City, mit der er betraut war. Sie hätte tags zuvor stattfinden sollen, und ich hatte inzwischen nichts Weiteres davon gehört. Ich war davon ausgegangen, dass Jonathan Salman und seinen Freunden (nach meiner Erinnerung waren es zehn) eine Unterkunft besorgt und ihnen Kleidung und Essen zur Verfügung gestellt hatte, während Damey sie davon überzeugt haben würde, dass es das Beste für sie sei, irgendwo in Europa Asyl zu beantragen.

Ich fragte Jonathan, was passiert sei, und er schien nur darauf gewartet zu haben, um vollends zusammenzubrechen. Kurz vor Sonnenaufgang war er Zeuge geworden, wie Salman eilig verscharrt worden war! Die Rettungsaktion war perfekt vorbereitet gewesen, aber es war etwas dazwischengekommen. Wie geplant, waren Jonathan und Damey mit einem Aufgebot an Panzerfahrzeugen und Marines und dem Transporter vor Ort gewesen, ein Apache-Hubschrauber schwebte in der Luft, aber was sie vor der Moschee sahen, war schrecklicher als alles, was sie je erwartet hätten. Der schöne Salman lag dreckverschmiert am Boden, Arme und Beine verdreht, mit zwei Schüssen im Kopf und mehreren im Bauch, seine Eingeweide hingen heraus, der Gestank war unerträglich. Im Gesicht, auf der Brust, am Hals und an den Händen hatte er Blutergüsse. Blutige Furchen schienen darauf hinzudeuten, dass Salman versucht hatte, sich das Gesicht und den Körper zu zerkratzen, bevor er starb.

Die ärztliche Autopsie hatte ergeben, dass Salman noch schlimmer gefoltert worden war, als es im Irak mittlerweile zur Gewohnheit geworden war. Er musste mehrfach mit einem Rohr vergewaltigt worden sein. Danach schmierten ihm seine Peiniger stark klebenden Leim in den After und verabreichten ihm ein Abführmittel. Die Krampfschmerzen wurden ihm so unerträglich, dass er versuchte, sich den Körper aufzureißen. Anscheinend war er dazu noch zum Essen gezwungen worden, was er wieder erbrach, bevor ihm erneut Abführmittel eingeflößt wurde. Die Folterer hatten wohl erwartet, dass er an einem Darmriss sterben würde; als sie jedoch sahen, dass dies länger dauerte, als sie erwartet hatten, sahen sie sich gezwungen, ihn zu erschießen. Denn was der Arzt nicht wusste, war, dass die Entführer ihn öffentlich vorgeführt hatten, bevor sie ihn töteten. Als die Betenden aus der Moschee kamen, brachten sie Salman auf den Vorplatz, damit die Menge ihn sähe, wie er verrückt vor Schmerzen herumhüpfte. Niemand ahnte, was dieser Junge hatte, der, von Bewaffneten umringt, wie ein Hund heulte. Schließlich eröffnete einer von ihnen das Feuer, als Umstehende versuchten, ihm zu helfen.

Salmans Familie wagte nicht, eine Trauerfeier für ihn

abzuhalten, ja nicht einmal, ihn zu bestatten. Man hatte sie angewiesen, seine Leiche abzuholen und sie zur Warnung für andere drei Tage lang an einem Strommast aufzuhängen. Die Familie hatte die Nacht über mit der Regierung telefoniert, die wiederum Kontakt mit schiitischen Autoritäten aufgenommen hatte. Schließlich handelten diese mit den Extremisten, die Salman gefoltert hatten, aus, dass man ihn nicht zur Schau stellen müsse, und versprachen ihnen dafür irgendetwas. Die Entführer beharrten aber darauf, dass er nicht auf einem Friedhof bestattet werden dürfe, sondern auf einem Müllplatz ohne Waschung und Gebet zu verscharren sei.

Jonathan hatte es noch mit einer List versucht. Er hatte ein mit Lumpen gefülltes Leichentuch auf den Müllplatz werfen lassen und die Eltern und Geschwister Salmans unter Bewachung zum Friedhof begleitet, wo der Vater um seinen Sohn und die Mutter um ihre Tochter weinen konnten. Aber soeben hatten sie ihn angerufen und ihm mitgeteilt, dass sein Grab geschändet und seine Leiche durch die Straßen geschleift worden sei.

Jonathan machte sich Vorwürfe, dass er Salmans grausames Schicksal hätte verhindern können. Er hatte ihn in den Tod geschickt, als er ihn nicht hier auf dem Boden hatte schlafen lassen, obwohl Salman sein eigenes Ende hatte kommen sehen.

Ich verließ Jonathan mit einem letzten Blick auf die Grüne Zone. Sie lag ruhig, fast schlafend in der Sonne. Ich würde sie ohne Bedauern verlassen, und wenn ich Glück hätte, würde ich sie nie wiedersehen.

Auf dem Weg zum Café Shahbandar bemühte sich Fadhil erneut, mich von meinem Vorhaben abzubringen. Die Gruppe, die mich weitergeben wolle, sei niemandem bekannt, man könne ihr nicht trauen, und die Partei könne für meine

Sicherheit nicht garantieren. Zumindest müsse irgendjemand, den man kenne, für mein Leben einstehen. Ich war in Gedanken und hörte Fadhil kaum zu. »Haben Sie wenigstens Major Miller informiert?«, fragte er mich, zum zweiten Mal, wie mir jetzt auffiel. »Miller ist in Schwierigkeiten«, sagte ich. »Sie wollen ihn zwingen, die Armee zu verlassen.«

Ich versicherte Fadhil, dass ich nicht vorhätte, in die Grüne Zone zurückzukommen. Ich hatte alle Kontakte abgebrochen. Die Leute, die für mich hätten da sein sollen, steckten selbst nicht nur in Schwierigkeiten, sondern in Katastrophen, und ich wollte nicht, dass sie Verantwortung für mein Bleiben oder Gehen trugen. Wenn ich Glück hätte, würde es am Ende auch al-Qaida nicht schwerfallen, mich zur syrischen Grenze zu bringen.

Fadhil parkte in der Nähe des Cafés, wir betraten es und warteten auf unseren Bekannten von der Baath-Partei. Es waren nicht viele Gäste da, und ich dachte, die Operation könnte vonstattengehen, ohne dass jemand im Café Verdacht schöpfen würde. Ich würde nicht nur abgeholt, sondern würde, wenn alles glattlief, mich auch von Fadhil verabschieden müssen. Wir würden uns wohl nie wiedersehen. Seine Miene blieb angespannt, er hoffte, es würde etwas passieren, was die Sache im letzten Moment vereitelte.

»Ich werde Ihnen in meinem Auto mit etwas Abstand folgen«, sagte er. »Ich werde Sie nicht aus den Augen lassen.«

»Das würde mich erst recht in Gefahr bringen«, wandte ich ein. »Wenn sie merken, dass sie verfolgt werden, glauben sie, die ganze Sache wäre ein Hinterhalt. Denken Sie nur nicht daran, irgendetwas in dieser Art zu tun«

Ich war immer noch dabei, ihn von seiner Idee abzubringen, da klingelte mein Telefon. Es war Jonathan. Er teilte mir mit, dass Miller soeben ins Krankenhaus eingeliefert worden sei. Es gehe ihm sehr schlecht, wahrscheinlich habe er versucht, sich umzubringen. Ich war schockiert. Selbstmord hatte ich Miller nicht zugetraut. Jonathan wollte wissen, was Miller gestern zu mir gesagt habe. Er habe vorhin noch eine SMS von ihm erhalten, dass er mich anrufen solle.

»Er wollte sicher, dass Sie mir helfen«, sagte ich. »Aber das ist nicht mehr nötig. Ich bin nicht mehr in der Grünen Zone.«

»Sie meinen ...?«

»Keine Sorge, ich komme schon klar. Wenn ich Sie brauche, melde ich mich. Wie schlimm steht es um Miller?«

»Ich weiß nicht. Ich hoffe, dass er überlebt. Ich fürchte ...«

Jonathan sprach nicht weiter, sondern murmelte nur noch Andeutungen, denen ich entnahm, dass Miller möglicherweise hatte ermordet werden sollen.

»Sind Sie sicher?«, fragte ich. Aber Jonathan hatte schon aufgelegt.

Ich hatte nicht gemerkt, dass man mich beobachtete. Ich hatte Englisch gesprochen, leise zwar, doch man hörte, dass ich kein Iraker war. Ein dicker Mann, der seinen Kopf an der Wand abstützte und einen schwarzen Tee nach dem anderen trank, kam mir seltsam vor. Schweiß lief ihm in Strömen übers Gesicht, und immer wenn er den Kopf hob, blickte er ruckartig herum und spähte auf alle Gäste, vermied aber, dass sich unsere Blicke trafen. Ich spürte eine seltsame Atmosphäre, die ich nicht deuten konnte, führte dies jedoch auf meine eigene Anspannung zurück. Ich machte mir Sorgen um Miller und fürchtete zugleich, dass meine Entführer nicht Wort halten würden oder die ganze Aktion schiefgehen könnte, besonders als Fadhil einen Anruf von unserem Baath-Freund bekam, der ausrichten ließ, er habe jemanden losgeschickt, der als Vermittler auftreten würde. Wir würden ihn daran erkennen, dass er mit drei Begleitern kam.

Es dauerte eine Weile, bis ich mich erinnerte, den schwitzenden Mann schon einmal gesehen zu haben, hier im Café, im Hotel oder auf der Straße. Um mich zu beruhigen, nahm ich an, dass ich mich irrte. Aber mein Argwohn blieb selbst dann noch, als der Vermittler mit seinen Begleitern erschien. Er setzte sich zu uns, während seine Gefolgsleute an einem Tisch im Eingangsbereich Platz nahmen. Nun stand der Dicke auf, er transpirierte jetzt noch mehr, nahm ein Taschentuch und wischte sich Stirn und Kinn damit ab. Er bewegte sich mühsam und verschwand in einem Raum im Inneren des Cafés, kam aber gleich darauf wieder heraus. Was war denn da hinten drin? Das Klo, nichts weiter.

Der Mittelsmann sprach davon, dass die Partei mir gerne helfe, leider seien ihre Möglichkeiten aber begrenzt, und alles Weitere hänge jetzt davon ab, dass sich die Gruppe an die Abmachung hielt. Auf al-Qaida habe man allerdings keinerlei Einfluss. Er blickte auf seine Uhr. »Sie sind gleich da, es dauert keine zehn Minuten mehr.« Dann riet er mir noch, ich solle ja niemandem sagen, dass ich in der Grünen Zone gewohnt und welch gute Beziehungen ich zu den Amerikanern gehabt hätte. »Da verstehen die gar keinen Spaß. Sagen Sie lieber, Sie stünden unter dem Schutz der Baath-Partei.«

Es folgten Anweisungen, wie ich möglichst wenig Verdacht erregen würde. Die letzte lautete, ich solle den Irak so schnell wie möglich verlassen, wenn meine Aufgabe erledigt sei.

Er hatte noch nicht zu Ende gesprochen, als plötzlich drei vermummte Bewaffnete ins Café stürmten, von denen einer auf die Begleiter meines Vermittlers schoss. Sie fielen zu Boden wie im Kino, unter einem breitete sich eine Blutlache aus, und er rührte sich nicht mehr. Die anderen beiden warfen ihre Waffen weg und starrten den Angreifer an. Unterdessen hatte mein Vermittler ebenfalls die Hände gehoben, Fadhil war völlig verdutzt, und auch ich wusste nicht, was ich tun sollte. Ich betrachtete alles, als ginge es mich nichts an. Ein zweiter Vermummter hielt drohend sein Gewehr auf uns gerichtet. Mein Vermittler sagte: »Das ist ein Irrtum, wir sind Freunde!«

Der Verhüllte wollte offenbar nicht noch mehr Munition verschießen.

»Das ist gegen unsere Abmachung«, sprach der Vermittler weiter.

»Du irrst dich, nicht wir«, sagte der Bewaffnete. »Zwischen uns gibt es keine Abmachung.«

Er schlug dem Vermittler auf die Stirn. Wir hatten es mit einer Bande von Entführern zu tun, die nicht bestellt war, und ich war das Ziel. Jetzt kam der dritte Vermummte, packte mich an der Schulter und schubste mich zur Tür. Ich drehte mich noch einmal um, dabei hatte ich eine Gewehrmündung im Rücken, und warf einen letzten Blick auf Fadhil. Lebe wohl, sagte ich wohl noch. Gleichzeitig sah ich, wie der verschwitzte Mann aufstand. Das Taschentuch hatte er noch immer in der Hand, und nun erkannte ich, dass er ein Handy darin eingewickelt hatte. Er verließ das Café mit uns. Er war also ein Späher gewesen, und ich war ihm ins Netz gegangen. Von der Toilette aus hatte er meine Entführer angerufen.

Sie zwängten mich in ein Auto, wo ich zwischen zweien von ihnen auf dem Rücksitz saß, der Späher nahm vorn Platz. Das Auto raste los. Die Vermummten schossen durch die offenen Fenster in die Luft und bahnten sich einen Weg zwischen zur Seite springende Menschen hindurch. Kurz darauf bogen sie in eine Seitengasse ab. Der Späher stieg aus, nachdem er dem Fahrer etwas zugeflüstert hatte. Mich warfen sie aus dem Auto und stellten mich an eine brüchige Hauswand mit verblasster schmutziger Farbe. Es roch nach Müll und Urin, und auf der Mauer stand: *Nieder mit Saddam* und darüber *Es lebe Saddam.* Es war das Letzte, was ich von Bagdad sah, bevor mir die Hände auf dem Rücken gefesselt, die Augen mit einer schwarzen Binde verbunden wurden und sie mich in den Kofferraum stießen. Als die Haube zuknallte, begriff ich endgültig, dass diese Entführung echt war.

Dritter Teil

Ich wünschte, meine wiedererwachten Erinnerungen würden hier enden. Ich habe die Reise in den Irak überstanden und eine Entführung überlebt. Warum soll ich jetzt eine Tragödie daraus machen? Aber Bilder, die ich verdrängt hatte, spuken mir nun durch den Kopf. Ich entkomme ihnen nicht. Es fehlt mir nur der Zusammenhang, aus dem sie stammen, und der Mut, ihn zu rekonstruieren. Ich spüre, dass er zu brutal wäre für einen Vater, der nicht nur seinen Sohn verloren hat, sondern der diesen Verlust mehrmals und auf verschiedene Weise zu beklagen hatte und nicht weiß, wie schmerzhaft er für ihn noch werden wird.

Aber wer kann sich schon aussuchen, was ihm bevorsteht? Oder wie soll ich es interpretieren, dass mein Widerstand sich zusehends auflöst? Weil man sich dem Schicksal stellen muss? Es hat keinen Sinn, sich zu wehren. Soll doch der Horror seinen Lauf nehmen. Er hat bereits seine Fänge nach mir ausgestreckt. Und ich werde ihn nicht nur streifen, sondern ihn ein zweites Mal erleben.

Am Rande der Hölle

I

Ich bekam kaum Luft, blieb aber bei Bewusstsein. Der Kofferraum war so eng, dass er mich kaum fasste. Meine Nerven waren aufs äußerste gespannt und meine Sinne wach. Ich bereute meinen Wagemut nicht. Mich beruhigte der Gedanke, dass ein unabwendbares, unnennbares Schicksal sich gegen meine Skepsis stellte. Die Grüne Zone zu verlassen war unumgänglich gewesen, und es wäre zwecklos gewesen, meinem Leben eine andere Richtung geben zu wollen als die ihm vorgezeichnete. Selbst meine Entführer waren nicht Herr ihres Tuns, sondern Geiseln meines Geschicks.

Bringt Hoffnung einen auf solche Gedanken? Jedenfalls währte sie nicht lange.

Vergeblich unternahm ich den Versuch, die Richtung zu erraten, in die das Auto fuhr. Ich kannte mich in Bagdad noch immer nicht aus und erst recht nicht in irgendwelchen Vororten oder Dörfern außerhalb der Stadt. Wir fuhren auf asphaltierten Straßen mit Schlaglöchern, zuweilen bog das Auto nach rechts, dann wieder nach links ab, bis die Geschwindigkeit gleichmäßiger wurde und der Fahrer nicht mehr abzweigte. Einmal wichen wir auf eine Piste aus, vielleicht um einen Kontrollpunkt oder eine Patrouille zu umgehen, und zwischenzeitlich musste der Wagen längere Zeit anhalten, offenbar weil uns eine amerikanische Kolonne entgegenkam. Ich konnte schwere Lastwagen an uns vorbeifahren hören, danach setzten wir unseren Weg in normalem Tempo fort. Wir passierten anscheinend auch Kontrollpunkte befreundeter Clans und solche der Polizei, und einmal hörte ich, wie der Fahrer durchs Fenster rief: »Dschihadkämpfer!«, und wie man ihn willkommen hieß und mit den Worten »Möge Gott euch zum Sieg führen!« verabschiedete.

Lange Zeit verging, und ich dachte, dass es schon dunkel sein müsse. Es waren wohl vier Stunden oder mehr verstrichen, als sie mich aus dem Kofferraum holten. Trotz meiner Augenbinde konnte ich erkennen, dass es doch noch hell war. Dazu war die Luft sauber und roch zu meiner Überraschung nach wildem Gras. Jemand zog mich am Arm ein paar Meter weg und stieß mich dann nach vorn. Ich stolperte und fiel hin, er zog mich am Kragen hoch, und ich richtete mich mühsam wieder auf. Jetzt durchsuchten sie mich. Sie fassten mich grob an, schrien herum und nahmen mir alle Papiere ab. Wir schienen bei einem abgelegenen Haus zu sein. Einer schubste mich zu einer Treppe, die ich hinabsteigen musste. Er befahl mir, den Kopf einzuziehen und in einen Raum zu treten, aus dem es faulig roch. Dann nahm er mir die Handfesseln und die Augenbinde ab und ließ mich in der Dunkelheit stehen.

Etwas später konnten meine Augen etwas erkennen. Ich war in einem fensterlosen Raum mit kahlen Wänden und nichts als ein paar Decken auf dem nackten Zementboden. Ich setzte mich darauf und begann meine Gedanken zu ordnen. Die erste Phase war beendet. Die Entführer hatten mich dem Späher abgekauft. In der zweiten Phase würden sie mich allen möglichen Gruppen zum Weiterverkauf anbieten. Das hoffte ich jedenfalls. Die Vorstellung, ich ginge einem unbekannten, aber unausweichlichen Schicksal entgegen, gefiel mir. Ich hatte diese Entführung gewollt. War mein Plan bereits aufgegangen? Würde es gut ausgehen? Meine ganze Hoffnung war, dass al-Qaida mich kaufen würde. Mit etwas Glück würde sich meine Lage dann zum Guten wenden. Natürlich nur, wenn Samer noch am Leben war. Wenn nicht, wie würden sie mir dann glauben, dass ich sein Vater war? Allzu optimistisch war ich nicht. Ich phantasierte nur.

Ich dachte an den Mittelsmann, den die Baath-Partei geschickt hatte, wie er mit erhobenen Händen im Café zurückgeblieben war. Ich stellte mir vor, in welch schwieriger Situation er jetzt war. Es war peinlich, dass sie nicht auf ihn geschossen hatten, denn dadurch sah es so aus, als wäre er ein Komplize der Entführer und hätte mich der Bande ausgeliefert. Ich war mir sicher, dass er nichts damit zu tun hatte. Aber auch wenn er es schaffen würde, die Sache zu bereinigen, würden bis dahin noch Tage vergehen. Zudem gab es viele Entführerbanden, und die Baath-Leute würden erst erfahren, wer mich gekidnappt hatte, wenn mich meine Entführer der Partei zum Kauf anböten. Doch selbst wenn dies geschähe, würden sie Geld bezahlen, um mich zurückzubekommen? Einige tausend Dollar würde die Partei das sicher kosten, und was hätten sie im Gegenzug von mir? Nichts, außer dass ich sie daran erinnern würde, welchen Fehler sie gemacht hatten, indem sie mich unter ihren Schutz stellten. Und wer weiß, ob sie sich überhaupt noch für mich zuständig fühlten.

Einer von der Bande kam in den Raum und unterbrach meine Gedanken. Er blendete mich mit einer Lampe. Als ich wieder etwas erkennen konnte, sah ich einen vermummten Fleischberg vor mir. Der Mann ging in die Hocke und schlug mir, ohne ein Wort zu sagen, mit der Faust gegen die Stirn. Ich stieß mit dem Kopf gegen die Wand, er hielt mir ein Messer an den Hals und brüllte mir etwas ins Ohr. Ich verstand nichts. Er stank, und mir wurde schwindlig. Dann verstand ich ein paar seiner Worte. Mein Ende sei gekommen, meinte er, und er würde mir die Kehle durchschneiden, wenn ich ihn anlöge. Mir wurde nicht bange, denn ich wusste, dass er nur bluffte. Mein Leben war wichtig für ihn, denn nur wenn ich überlebte, könnte er Geld für mich bekommen.

Er legte das Messer beiseite und breitete meine Papiere auf dem Boden aus. Ich sah meinen amerikanischen Reisepass und meinen Passierschein für die Grüne Zone. Er wedelte damit vor mir herum wie mit einer Anklageschrift. Dann ohrfeigte er mich und beschimpfte mich: »Du Kollaborateur, du Hund, du Spion, du Kreuzritter, du Ketzer ...«

»Ich bin Muslim«, sagte ich.

»Ein dreckiger Ungläubiger bist du!«

Er warf mir die Papiere ins Gesicht. »Was tust du hier im Irak?«

Ich versuchte, ruhig zu bleiben. »Ich suche meinen Sohn. Er hat sich Glaubenskämpfern angeschlossen.«

»Erzähl mir nur nicht, dass dein amerikanischer Sohn für den Dschihad kämpft.«

»Er hat al-Qaida Treue gelobt.«

»Lügner!« Er schlug mir auf die Nase, und Blut rann mir über die Lippen.

»Glauben Sie mir, ich lüge nicht.«

Er verlor die Fassung und boxte mir ins Gesicht und auf die Brust. Ich krümmte mich auf dem Boden, um seinen Schlägen auszuweichen, aber er setzte sich auf mich und drückte mir sein rechtes Knie auf die Schläfe. Mir war, als müsse mein Kopf unter seinem Gewicht zerplatzen. Endlich stand er auf, aber nur, um mir mit der Schuhspitze in den Magen zu treten. Ich dachte, mein Bauch würde aufreißen. Dann trat er mir in die Rippen und in die Seiten, bis er endlich den Raum verließ.

Kurz darauf kam er zurück. Ich lag noch immer auf dem

Boden, entkräftet und geschunden, mein ganzer Körper schmerzte. Der Schläger warf mir eine Plastikflasche hin: »Das ist zum Pinkeln.« Und einen schwarzen Beutel. »Und das für das andere.« Bevor er ging, überschüttete er mich erneut mit Verwünschungen.

Als er mich ein zweites Mal misshandelte, wiederholte ich, was ich bereits gesagt hatte, und versuchte ihm zu erklären, dass ich in Beirut einen gefälschten Pass hätte kaufen müssen, um in den Irak reisen zu können. Er hörte nicht auf, mich zu schlagen, er glaubte, mich nur so zu dem Geständnis zwingen zu können, dass ich Amerikaner arabischer Herkunft sei, eine Firma habe und nur in den Irak gekommen sei, um die Koalitionstruppen um Aufträge anzubetteln. Ich hätte meine Religion und mein Arabertum verraten und meine Sprachkenntnisse dazu missbraucht, der amerikanischen Armee meine Dienste anzubieten und damit die Besatzung zu verlängern. Ich sei zudem einer der schlimmsten Räuber der Schätze des Irak.

Mein dicker vermummter Kerkermeister bedachte mich arme schwache Person mit Zuschreibungen, die im Irak den Tod bedeuteten. Hätte ich sie alle bestätigt, hätte mich das für jedwede Miliz begehrenswert gemacht. Solche Leute waren als Geiseln gefragt: Ein je schlimmerer Kollaborateur ich war, desto mehr Dollar war ich wert, und als Besitzer eines Unternehmens würde ich nicht zögern, dieses zu verkaufen, um das Lösegeld für mein Leben aufzubringen. Meine Begründungen, warum ich im Irak war, wollte der Dicke gar nicht hören. Er war offenbar entschlossen, die Wahrheit aus mir herauszuprügeln. Aber welche Wahrheit sollte ich gestehen, wenn er nichts gelten ließ, außer dass ich ein Spion und ein Schwein war?

Mir kam Jonathan in den Sinn. Ob er wusste, dass ich entführt worden war? Hatte er gar schon etwas für mich unternommen? Er könnte seine Vorgesetzten überreden, nach mir zu suchen. Aber da ich Miller zugeordnet war, würden sie kein gesteigertes Interesse für mich aufbringen. Besser klammerte ich mich nicht an vage Hoffnungen. Lieber stärkte ich meine Moral und überlegte, wie ich meine Entführer dazu bringen könnte, mich an al-Qaida zu verkaufen. Hoffentlich würden deren Kämpfer bald von meiner Verschleppung erfahren. Nur sie konnten mich jetzt noch retten!

Nach etwa einer Stunde kam der Dicke wieder und begann von neuem, dann ging er wieder und kam wieder. Ich bezweifelte, dass er selbst wusste, welche Informationen er von mir haben wollte. Ich hatte Pech, denn die Quälerei, die ich durchmachte, führte nicht dazu, dass ich zusammenbrach. Ich wünschte mir, das Bewusstsein zu verlieren, aber es war mir nicht vergönnt. Andererseits wollte ich die Schmerzen gar nicht stoppen oder lindern. Bei jeder neuen Misshandlung hatte ich das Gefühl, das zu erleben, was auch andere durchmachten; ich war einer von zahllosen Menschen, die solche schrecklichen Schmerzen erdulden mussten. Ich bat meinen Peiniger nicht, von mir abzulassen. Hin und wieder machte er von sich aus eine Pause und verschnaufte. Dazu wies er mich an, mit dem Gesicht zur Wand zu sitzen und mich nicht umzudrehen, nahm sein Tuch ab und wischte sich damit über Gesicht und Haare. Ich hörte dann nur seinen schwer gehenden Atem, der sich gelegentlich wie das Schnauben eines Stiers anhörte.

Der erste Tag war vorüber, und er hatte noch nichts Neues aus mir herausbekommen. Da hatte ich einen Gedanken, wie wir beide einen Ausweg aus der verfahrenen Situation finden könnten. Die Gelegenheit war da. Er saß müde vom Foltern vor mir und keuchte vor sich hin. Ich schlug ihm vor, al-Qaida mitzuteilen, dass ich bei ihm sei, wenn er sich davon überzeugen wollte, wer ich war. Wer so etwas anbot, musste lebensmüde sein. Kein anderer Entführter hätte sich gewünscht, von al-Qaida gefangen gehalten zu werden. Wer ihr in die Hände fiel, hatte kaum Hoffnung, zu überleben. Da ich mit meinem Vorschlag also meinen Kopf riskierte, so dachte ich, wäre er wohl eher geneigt, mir fürs Erste zu glauben, bis er eine Antwort von jenen erhielte, die sonst nur töteten.

Aber er verlor nun erst recht den Verstand. Er kroch auf allen vieren zu mir heran, und als hätte ich ihm einen weiteren Grund gegeben, mich zu prügeln, packte er mich mit beiden Händen am Hals, schlug meinen Kopf auf den Boden und würgte mich dabei. Kurz bevor ich erstickte, ließ er von mir ab. Ich erkannte, welchen Fehler ich gemacht hatte. Meine Dummheit hatte mich um meine letzte Hoffnung, al-Qaida, gebracht. Ich hatte ihn selbst daran erinnert, dass er sich in Acht nehmen musste. Denn wenn ich die Wahrheit sagte und al-Qaida erführe, was mit mir geschehen war, wären meine Entführer die Verlierer. Sie hatten jemanden verschleppt, der, über seinen Sohn, mit der Organisation verbunden war, was nicht nur bedeuten würde, dass sie die Organisation übergangen, sondern dass sie ihr offen den Krieg angesagt hatten. Diesen konnten sie dann höchstens noch abwenden, indem sie mich al-Qaida überstellten und sich entschuldigten. Aber warum sollten sie mich herschenken?

Das Ende des Abends bestand in trockenem Brot und Gurken, die ich zu essen bekam. Der Dicke warf es mir auf den Boden und verkündete, dass sie jetzt jemanden gefunden hätten, der mich kaufen würde. Ich begriff, dass er mich deswegen nicht weiter verprügelte. Ich fiel in einen tiefen, wenn auch immer wieder unterbrochenen Schlaf und wachte erst auf, als ich ein Rumpeln an der Türe und von fern einen Ruf zum Mittagsgebet hörte. Ich erinnerte mich, dass ich mein Abendbrot nicht gegessen hatte, denn mittlerweile hatte man mir auch noch Frühstück hingestellt, das aus kaltem Tee, Käse und Brot mit Kakerlaken darin bestand. Meine Entkräftung hatte mein Zeitgefühl durcheinandergebracht.

2

Kurz darauf oder einige Stunden später ging die Tür erneut auf. Mein Entführer kam in Begleitung eines Mannes herein, dem die Augen verbunden waren. Er nahm ihm die Augenbinde ab und trat mich mit dem Fuß. Ich setzte mich auf. Der zweite Mann hatte einen Vollbart und trug ein Jackett über einem Langgewand, und um Hüfte und Brust hingen ihm Patronengürtel. Eine Waffe hatte er jedoch nicht. Einen Moment dachte ich, er sei ebenfalls eine Geisel, aber warum sollten sie ihm dann die Munition gelassen haben? Der Mann nahm mich interessiert in Augenschein. Nein, er war kein Mitgefangener, sondern von einer Gruppe gesandt, die mich kaufen wollte. Die Augen waren ihm verbunden worden, damit er nicht sah, wo ich festgehalten wurde. Der Dicke gab ihm meinen Pass und meinen Passierschein für die Grüne Zone, der Mann sah sie sich bedachtsam an und verglich mein Gesicht mit dem Passfoto. Er musterte mich lange eingehend und rückte ganz nahe an mich heran, als wollte er mich beschnuppern. Dann hob er die Hand, hielt mir zwei gekrümmte Finger vors Gesicht und drehte sie hin und her, als wollte er mir die Augen herausreißen. »Bist du Muslim?«, fragte er mich. Ich nickte. »Dann bereite dich auf ein höllisches Ende vor«, sagte er. »Bete schon jetzt für deine dreckige Seele.«

Er wandte sich an den dicken Entführer und vereinbarte mit ihm, mich morgen zu übernehmen. Der Dicke verband ihm wieder die Augen und führte ihn hinaus. Nach einer Weile kam er zurück und sagte, meine Käufer seien eine noch unbekannte Organisation, sie brauchten mich für ihre erste Aktion, bei der sie mich vor laufender Kamera ermorden wollten. Ich hatte aufrecht gestanden, aber jetzt wankte ich und torkelte nach hinten, der Boden schwankte unter meinen Füßen, meine Glieder zitterten und meine Zähne schlugen aufeinander. Mir schwanden die Kräfte. An die Wand gestützt, sank ich langsam zu Boden. Ich ergab mich einem Gefühl von Hammerschlägen auf meinen Kopf. In meinen Ohren dröhnte ein Echo, mit dem ich verschmolz.

Ein Tag trennte mich also nur noch von meinem Tod, vielleicht zwei oder ein paar mehr. Der Käufer, der mir geraten hatte, für meine dreckige Seele zu beten, wusste ja nicht, dass ich gar keiner Religion anhing und auch keinen Wunsch empfand, einen Glauben wiederzufinden, den ich schon vor langer Zeit verloren hatte, oder mich auf den Jüngsten Tag vorzubereiten, selbst wenn ich am Ende ins Paradies käme. Wenn dies Gottes Strafe war, dann würde er ja wohl wissen, dass ich wegen meines Sohnes hier war. Wozu also die Verzweiflung und die Folter? Ich würde Gott nicht um Verzeihung und Gnade bitten. Wenn mein Schöpfer mich prüfen wollte, dann sollte er das tun, wie es ihm beliebte. Und wenn er sich hiermit an mir rächen wollte, dann könnte ich ihn nicht daran hindern. Er hatte mir das Leben geschenkt, und ich fand es nicht schade, es zu verlieren. Es hatte ohnehin nur aus Verwirrungen, Enttäuschungen und Niederlagen bestanden, war sinnlose Suche und banales Dasein gewesen. Und so endete es jetzt also: mit Quälerei, Erniedrigung, Gefangenschaft und vertrocknetem Essen, das ich mir mit Ameisen, Ratten und Kakerlaken teilte, in der Ecke ein Beutel und eine Flasche, um mein Bedürfnis zu verrichten. Drecksleben, sollten sie es mir doch nehmen!

Leere erfasste mich; das wenige, was von mir noch da war, zerfiel und zerbröckelte in meinem Innern. Meine Seele entschwand, und alles, wovon ich gehofft hatte, es würde mir helfen, standhaft zu bleiben, entfloh mir: mein Stolz, mein Beharrungsvermögen, meine Gottesleugnung, meine Würde, mein Wesen. Ich wollte mich nur noch an irgendetwas festklammern, aber ich griff überall ins Leere, ich lief durch Leere und fiel ins Leere. Was machte es schon. Hatte ich nicht seit jeher in einem grenzenlosen dunklen Nichts gelebt, in das ich jetzt lediglich zurücksackte? Wenn ich jetzt mit einem Nichts konfrontiert war, dann begegnete ich mir darin selbst, einem resignierten, hoffnungslosen Wesen, dem ich blind in sein schwarzes Auge sah.

Wenn ich mir bis jetzt noch einen jämmerlichen Rest von Standhaftigkeit bewahrt hatte, so folgte dem mit einem Mal ein völliger Zusammenbruch. Mein Mund wurde trocken, mein Blick verschwamm, die Wände drehten sich um mich, und mein Atem setzte aus. Mir war, als wäre in meinem Kopf etwas, was mich mal hierhin, mal dahin jagte, ohne dass ich mich von der Stelle bewegte. Nein, ich war der Angst keineswegs entflohen, sie hatte mich jetzt erst richtig in ihrer Gewalt. Ich war in Todesgefahr, und ich war nicht bereit zu sterben. Mein Leben war mein Ich, und wenn es endete, dann ging auch ich, wenn ich starb, dann starb mein Ich. Ich sah mich, wie ich mich nie zuvor gesehen hatte: als einen nackten und getriebenen, gedemütigten und verängstigten Menschen, der sich vor Gott niederwarf. Ich betete und bat Gott inbrünstig um etwas Unmögliches. Ich bat darum, am Leben zu bleiben. Aber würde Gott mich überhaupt als Gläubigen annehmen? *Herr, vergib mir meine Fehler und Sünden, meine schlechten Taten und Fehltritte* (welchem Gedächtnis entnahm ich diese Fürbitten?). Mit trockener Zunge und brennendem Herzen beschwor ich Gott, mich am Leben zu lassen.

Die Stunden vergingen langsam und öde, eine taube Nacht zog sich dahin, ohne Gefühl und ohne Pulsschlag, eine kraftlose Stille legte sich schwer auf den Raum um mich herum. Immer wieder überwältigte mich Erschöpfung, ich schlief ein und erwachte, nur um Gott zu preisen und ihn mit lallender Zunge um Erbarmen und Wohlwollen anzuflehen. *Rette mich, lass mich nicht im Stich, Herr,* es war, als wäre der Glaube nie aus meinem Herz gewichen, meine Zunge formte immer wieder Gottes Namen. Ich rechtfertigte mein Flehen mit Samer, ich wollte wissen, was aus ihm geworden war, und ich wollte meiner Tochter, meiner Frau und Sana Schmerzen ersparen. Plötzlich vernahm ich ein Brummen, das die Geräuschlosigkeit der Nacht durchbrach, Militärfahrzeuge näherten sich, Helikopter kreisten, Hunde bellten. Ich schrie, so laut ich konnte: »Ich bin hier!«, und trommelte wie ein Verrückter gegen Tür und Wände, aber niemand antwortete, bis meine Hände ermatteten und meine Füße mich nicht mehr trugen. Ich sank zu Boden und weinte lauthals.

Wann kam ich wieder zu Bewusstsein und zu Verstand? Hatte ich geträumt? Was hatte mir meine Verzweiflung da vorgegaukelt? Dass ich gerettet würde. Warum denn? Alles, was ich wollte, war sterben, nichts weiter. Ich hatte phantasiert.

3

Mir war, als hätte ich die ganze Nacht lang keinen Moment geschlafen und ununterbrochen gebetet, mich hin und her gewälzt, halluziniert, Fürbitten gestammelt und Angst gehabt. Ich befeuchtete meinen Mund mit irgendetwas wie Wasser, Tee oder bitter schmeckender Flüssigkeit. Halb bewusstlos schwamm ich in Trugbildern, beginnendes Tageslicht drang durch einen Türspalt, nein, auch das war Phantasie, in meinem Kellerraum brach nie ein Tag an. Ganz kurz nickte ich ein, vielleicht schlief ich auch eine Stunde lang oder etwas weniger, Traumbilder erschöpften mich, ich sah mich als Gejagten, kaum ließen die Bilder etwas nach, waren sie wieder da, Vermummte verfolgten mich und töteten mich ein ums andere Mal.

Als er mich aufweckte, sah ich fahles Licht, und ich begriff, dass ich in der Zeit zwischen Nacht und Morgen eingeschlafen war. Heute schlug er mich nicht. Er befahl mir, mein Frühstück einzunehmen, und ging wieder. Erneut fiel ich in Schlaf und erwachte erst, als er mir die Hände auf den Rücken fesselte und mir die Augen verband. Jetzt hieß es endgültig Abschied nehmen.

Trotz meiner Erschöpfung und Hinfälligkeit raffte ich mich noch einmal auf und sammelte meine verbliebenen Kräfte. Ich würde keine Schwäche zeigen und ihnen mit Gleichgültigkeit begegnen. Ich wollte aufrecht sterben, mit meiner Würde, die ihnen nichts bedeutete, die aber alles war, was ich noch besaß. Ich durfte mich meiner Angst nicht beugen, einen letzten Akt lang noch. Aber würde ich durchhalten? Ich bat Gott, mich tapfer sein zu lassen auf meinem letzten Gang.

Sie packten mich in den Kofferraum. Das Auto fuhr über eine kurvenreiche Strecke voller Schlaglöcher, kurz darauf ging es geradeaus weiter, und wir bogen auf eine Asphaltstraße ein. Vorbeifahrende Autos dröhnten in meinen Ohren, bis wir wieder auf eine Piste abbogen. Dann hörte ich Menschen herumschreien, wir fuhren durch ein Dorf, da musste eine Art Wochenmarkt sein, ich hörte Schafe blöken und Ziegen meckern, dazwischen riefen Leute. Dann wurde es draußen wieder leiser. Das Auto fuhr weiter, einmal begleitete uns ein Gebetsruf, bis er in der Ferne verklang. Jetzt wurde das Motorengeräusch von draußen laut zurückgeworfen, das Auto bremste ab und fuhr langsam weiter, es blieb stehen, und der Motor ging aus. Ich blieb still liegen, schwamm in meinem Schweiß und lauschte. Mehrere Minuten lang hörte ich nur mein Herz klopfen. Auch die Insassen schienen zu warten, dann hörte ich die Türen aufgehen, sie stiegen aus und holten mich aus dem Kofferraum.

Die Augenbinde wurde mir abgenommen. Eine rote Sonnenscheibe stand am Himmel. Wir befanden uns vor einem zweistöckigen Haus, um mich herum der Dicke und drei Begleiter, in einem Garten voller Apfel-, Aprikosen-, Orangen- und Pomeranzenbäume. Etwas weiter weg war neben einem hohen Feigenbaum ein schwarzes Auto geparkt, daneben standen drei Männer mit weißen Langgewändern und rotgemusterten Kopftüchern, die gerade ihr Gebet beendet hatten. Ein vierter betete noch immer; er kniete und sprach Fürbitten vor sich hin. Er schien der Anführer der Gruppe zu sein, denn die anderen warteten auf ihn, unter ihnen der, der mich gestern in Augenschein genommen hatte. Als der Chef fertig war, richtete er sich ruhig auf, ging zu dem schwarzen Auto und holte eine Aktentasche heraus. Darin war der ausgehandelte Kaufpreis. Er übergab sie dem Mann von gestern und schaute zu, was geschah. Der andere nahm die Tasche, kam auf meinen dicken Verkäufer zu, der neben unserem Kia stand, sprach kurz mit ihm und händigte ihm die Tasche aus. Zum ersten und zum letzten Mal sah ich das Gesicht des Dicken. Es war grob und aufgeschwemmt.

Der Mann von gestern führte mich zu dem schwarzen Auto hinüber und setzte mich auf den Rücksitz zwischen zwei bärtige junge Männer. Ihre Maschinengewehre waren entsichert und ihre Finger lagen am Abzug. Er selbst setzte sich auf den Fahrersitz, der Anführer der Gruppe nahm neben ihm Platz. Einer dieser Verrückten würde mich ermorden. Die Fahrt begann. Zuerst ging es geradeaus. Der Anführer auf dem Beifahrersitz holte eine Gebetskette hervor und begann den Namen Gottes vor sich hin zu murmeln. Er war nicht älter als dreißig, hatte harte Gesichtszüge und schien ganz ruhig zu sein. Er blickte nicht zu mir nach hinten, aber als der Fahrer mich aufforderte, die Augen zu schließen, damit der Bärtige zu meiner Rechten sie mir wieder verbinden könne, tadelte er seine Mitfahrer: »Lasst ihn doch Abschied vom Leben nehmen.« Wie großmütig von ihm.

Ich begann mit meinem Leben abzuschließen und machte mich auf einen Weg, der noch lang sein mochte, aber nicht endlos sein würde. Ich ergab mich in einen baldigen messerscharfen Tod. Mein Schicksal war nicht länger verschwommen, es gab kein Entrinnen davor, aber ich würde ihm nicht ganz allein entgegentreten. Ich bat um Gottes Hilfe. *Herr, ich erbitte von dir nicht, mein Los abzuwenden, ich bitte nur darum, es mir erträglich zu machen.* Ich fühlte mich erleichtert. In diesem weiten Raum, den Tod vor Augen, war nur Platz für Gott.

Am fernen Horizont glitzerte eine Luftspiegelung wie ein zart gemaltes friedliches Bild, das durch die Stille noch erhabener wirkte. Farben schienen auf, verschmolzen zu einer einzigen und erstarben. Wolken zogen langsam über einen blitzblauen Himmel, ein Anblick, der in seiner ruhigen Kraft die Banalität der Waffen, Bomben und Bärte hinter sich ließ. Vom Horizont her kam mein Tod, wohltuend und leicht, dahingleitend auf den Wellen des Äthers, er berührte mich wie ein Duft, er beschützte mich vor meiner Armseligkeit und meinen Vorahnungen. Ach, läge mein Grab doch in jenem Dunst statt unter der Erde.

Ich stellte mir einen schnellen Tod vor, ohne Geständnisse und Betteln um Gnade, ohne Klagen, Seufzen und Weinen, ich würde sie nicht um Barmherzigkeit bitten, nur darum, mich mit verbundenen Augen rasch zu töten, ich wollte nichts um mich herum sehen, keine vermummten

Bewaffneten und keine Videokamera, ich wollte kein *Allahu akbar* hören oder zusehen, wie ein Arm sich um meinen Hals legte, nicht das Grauen erleben, wenn die scharfe Klinge meine Kehle zerschnitt. Jetzt wünschte ich gar über meinen Tod hinaus, dass sie mir nicht das Gesicht verunstalten oder meinen Körper schänden würden, und ganz übermütig wünschte ich mir, irgendjemand würde meine Leiche finden, bevor sie verwest wäre, oder jemand würde mein Gesicht wiedererkennen, die erste Sure des Korans für mein Seelenheil sprechen und mich auf dem Friedhof meiner Familie in Damaskus bestatten lassen.

Ein solcher Tod war ein wunderschöner Traum, würde Gott ihn mir erfüllen? *Ach, lieber Gott, ich wünsche mir zu viel! Ich möchte nur, dass deine Güte mich ein paar Schritte begleitet und mir ein schnelles Ende zuteilwird.*

Plötzlich schrie der Fahrer: »Ein Auto verfolgt uns!« Ein vierradgetriebener Wagen tauchte hinter uns auf und kam näher, er verschlang die Straße, wirbelte Staub auf und trieb Schafherden auseinander. Vermummte hielten drohend ihre Gewehre aus dem Fenster und bedeuteten uns anzuhalten. Unser Fahrer drückte aufs Gas und fluchte: »Es sind zwei!« Auch das zweite Auto war ein Geländewagen, es überholte nun das erste und kam heran, bis es auf unserer Höhe war und neben uns herfuhr. Schweiß trat den jungen Männern neben mir ins Gesicht, sie hielten die Mündungen ihrer Gewehre aus dem Fenster, aber ihr Anführer schrie sie an: »Nehmt die Waffen runter! Provoziert sie nicht, die sind von al-Qaida!«

Ich atmete auf. War das meine Chance? Aber wie denn, gleich würden sie aufeinander schießen! Einer der jungen Männer forderte den Fahrer auf: »Häng sie ab!« Dieser drückte aufs Gas und manövrierte die Verfolger kurze Zeit aus, indem er eine Abzweigung nahm. Aber die Fahrer der beiden verfolgenden Autos schienen das erwartet zu haben und bogen mit ab. Sie fuhren in gleicher Geschwindigkeit neben uns her, und als die Seitenstraße sich verbreiterte, glaubte ich schon, die Verfolgungsjagd würde nie enden. Aber sie dauerte nicht lange.

Eines der Verfolgerautos überholte und schnitt uns den Weg ab. Darin sitzende Bewaffnete schossen vor unsere Vorderräder, worauf unser Fahrer ins Gelände auswich. Der Anführer meiner Kidnapper befahl anzuhalten, und auch die Verfolger brachten ihre Wagen zum Stehen, den einen vor, den anderen hinter uns. Sechs Bewaffnete sprangen heraus und richteten ihre Gewehre auf uns. Aus dem vorderen Auto stieg nun ein Mann ohne Kopfbedeckung und ohne Schuhe. Er trug nichts als ein Langgewand. Er befahl seinen Leuten, hinter die Autos zu treten, und hob die Hände, um anzuzeigen, dass er selbst unbewaffnet war. Kurz darauf stieg auch unser Anführer aus, nachdem er seine Männer angewiesen hatte, im Wagen zu bleiben. Sein Maschinengewehr ließ er im Auto. Der Barhäuptige kam zu ihm und grüßte. Die beiden wechselten in der nun schon brennenden Sonne einige Worte und spazierten dabei ein wenig umher. Keinem der beiden war Ärger anzumerken, ja, es schien, als wären sie befreundet. Trotz der heiklen Situation führten sie eine ruhige, wenn auch harte Verhandlung, doch wenn sie scheiterte, das war offensichtlich, würden sich die Tore der Hölle öffnen. Aber sie einigten sich. Der Barhäuptige rief einem seiner Männer etwas zu. Dieser brachte daraufhin eine Tasche. Es war die schwarze Aktentasche mit dem Kaufpreis für mich, und sie war voller Blutspritzer.

Sie hatten mich wieder gegen ihr Geld zurückgetauscht. Umgehend wurde ich in einen der Geländewagen der Verfolger auf die Rückbank verfrachtet. Der Chef der Gruppe setzte sich neben mich. Er war dünn, und bei all seiner Härte hatte er ein gütiges Gesicht und etwas Nachsichtiges. Den Blick in die Ferne gerichtet, dankte er Gott dem Erhabenen und Mächtigen. Er sprach mit saudischem Akzent.

»Mein Name ist Abu Harith«, ließ er mich wissen.

»Ich bin Abu Samer, der Vater von Samer«, stellte auch ich mich vor.

Er lächelte über einen so modernen Namen. »Preise Gott«, sagte er, »alles wird gut werden.«

Er berichtete mir, dass seine Leute und er heute Morgen am Ort meines Versteckes gewesen, aber eine halbe Stunde zu spät gekommen seien. Sie hatten nur einen jungen Mann angetroffen, der ihnen nicht viel entgegenzusetzen hatte. Er verriet ihnen, wo der Obstgarten lag, in dem ich übergeben werden sollte. Sie erwischten die, die mich vorher entführt hatten, als diese bereits auf dem Rückweg waren, und töteten drei von ihnen. Der einzige Überlebende nannte ihnen die Richtung, in die die Käufer gefahren waren, nun mussten sie nur noch Gas geben.

Ich wollte glauben, dass Gott meine Bitten erhört hatte. Noch schneller als den Tod, den ich mir gewünscht hatte, hatte er mir einen Mann geschickt, der mich sogar noch vor dem Sterben bewahrte. Mein Glauben hatte mich wieder! Leider teilte mir mein Retter jedoch mit, dass der Mann, der ihn gesandt habe, ein gewisser Abu Musab sei. »Az-Zarqawi?«, rief ich erschrocken. Mein Begleiter nickte. Er hatte mich in eine Realität ohne Gott zurückgeholt. Az-Zarqawi war Wirklichkeit geworden. Aber ich blieb noch immer skeptisch. Al-Qaida hatte ihre Gründe, den Tod des Terrorführers zu leugnen. Aber selbst wenn es ihn nun doch gab, was sollte er von mir wollen? Ein paar Augenblicke lang wollte ich Gott wieder seinen Platz zuweisen. Vielleicht war es ja seine Fügung gewesen, dass Abu Musab az-Zarqawi oder jemand, der an seiner Stelle agierte, Männer losgeschickt hatte, welche meine Entführer töteten, nachdem diese versucht hatten, al-Qaida auszutricksen. Dann hatten sie die Tasche mit dem Geld an sich gebracht, waren mir gefolgt und hatten mich meinen Käufern entrissen. In meinem Kopf pochte es, ich brauchte eine Erklärung bar jeden Aberglaubens für meine Fragen. Sollte Samer meine Rettung veranlasst haben? Ich fragte Abu Harith nach meinem Sohn. »Keine weiteren Fragen«, beschied er jetzt. Nun denn, immerhin waren wir unterwegs zu al-Qaida, und meine Hoffnung, dort Samer zu begegnen, war groß.

4

Das zweite Auto der Gruppe nahm eine andere Richtung. Wir setzten unsere Fahrt fort und passierten hier und da Kontrollpunkte, die oft erst sichtbar wurden, nachdem wir vorbeigefahren waren, indem hinter einem Hügel oder einem Baum der Kopf eines Vermummten auftauchte, der uns per Handzeichen anwies, in derselben Richtung weiterzufahren, umzukehren oder die Richtung zu ändern. Abu Harith sagte, die Gegend, durch die wir fuhren, sei in der Woche zuvor dem islamischen Widerstand zugefallen und werde jetzt von al-Qaida und anderen Gruppen kontrolliert. Wir kamen in eine Ebene, die, so weit der Blick reichte, von Palmen, Weingärten und Zitrusbäumen bedeckt war und die ein Fluss teilte. Östlich davon erstreckten sich kahle Hügel. »Da drunter liegen alte Tempel, Paläste und Statuen von Götzen«, erklärte mir Abu Harith.

Ich fühlte mich in Sicherheit, weil ich mich meinem Ziel nahe wähnte, und schloss die Augen, um die vielen Gedanken, die mir durch den Kopf schossen, zur Ruhe zu bringen. Als ich jedoch ein Flugzeug hörte, öffnete ich sie wieder und blickte zum Himmel. Ich sah nichts, aber an den zusammengezogenen Augenbrauen von Abu Harith las ich die Furcht ab, dass wir jeden Moment beschossen werden könnten. Wir rasten nun auf ein Dorf zu, das noch einen knappen Kilometer entfernt lag. Als wir ankamen, schien es verlassen zu sein. Unser Fahrer hielt unter Bäumen, wir rannten zu einer Lehmmauer und drückten uns daran, bis das Flugzeug nicht mehr zu hören war.

»Die werden bald wieder da sein«, mutmaßte Abu Harith und wies seine Bewaffneten an, sich zu Stellungen von Kampfgruppen jenseits des Flusses zu begeben. Er selbst müsse hierbleiben, weil er sich verpflichtet habe, mich heil zu überbringen. Abu Harith kannte offenbar jeden Winkel des Dorfes. Wir schlichen durch staubige Gassen zu einem erhöht gelegenen Haus, hinter dem irgendwo in weiter Ferne ein Gefecht stattzufinden schien. Hier im Dorf dagegen plätscherte ein Bach, Dieselpumpen tuckerten, wurden langsamer und gingen aus. Weithin erstreckten sich Bäume und grüne Wiesen, hinter denen Luftspiegelungen und aufsteigender Rauch zu sehen waren.

Das Haus gehörte einem Dschihadkämpfer, der irgendeiner islamischen Organisation angehörte. Als wir kamen, schickte er seine Familie auf die Felder und begrüßte uns. Er spähte aus dem Fenster und warnte uns vor den Kämpfen, die in der Umgebung stattfanden. Amerikanische Flugzeuge hatten bereits einige Häuser an der Zufahrtsstraße zum Dorf bombardiert, weswegen die Bewohner ihre Häuser mitten in der Nacht verlassen hatten. Daraufhin hatten Helikopter die Plantagen wahllos mit Bomben und Gewehrfeuer beschossen, als würden sie Insektizide sprühen.

So sicher konnte ich mich also doch nicht fühlen, wir waren mitten in einem Kriegsgebiet. Der Kämpfer erzählte, dass es täglich zu Beschuss komme, mal mehr, mal weniger, die Amerikaner versuchten im Verein mit der irakischen Komplizenarmee seit zwei Tagen, die Milizen von zwei Richtungen her aufzureiben. Den Aufständischen gelinge es jedoch immer wieder, sich in ihre Stellungen zurückzuziehen, die sie in verlassenen Kasernen des untergegangenen Regimes nahmen. »Heute ist es ganz harmlos«, sagte der Mann lächelnd. »Vergangene Woche waren die Kämpfe viel schlimmer. Am Donnerstag haben wir drei Amerikaner getötet. Sie hatten uns eingekreist, wir konnten sie mit bloßem Auge sehen und sprachen das Glaubensbekenntnis, so nahe waren wir dem Tod. Vier Mann von uns starben als Märtyrer.«

Er schlich sich aufs Dach, um die Lage von oben zu betrachten. Nach wenigen Minuten war er wieder da. Im Westen sei die Front durchbrochen, eine irakische Armee-Einheit rücke vor, unterstützt von zwei US-Panzerfahrzeugen. Er verabschiedete sich, um sich selbst zu seiner Stellung zu begeben. Abu Harith hatte Angst, mir könnte etwas passieren, und wollte deshalb nicht, dass ich hinausspähte. Er selbst ging von einem Fenster zum anderen, um zu sehen, was draußen passierte. Aber hin und wieder erhaschte ich doch einen Blick auf die Schlacht. Der Beschuss aus der Luft öffnete den irakischen Armee-Einheiten Korridore, damit sie sich im Gelände ausbreiten konnten. Jetzt tauchten die gepanzerten Transporter auf, öffneten eine Tür am Heck, amerikanische Soldaten sprangen heraus und gingen hinter ihren irakischen Kollegen in Deckung. Die Dschihadkämpfer empfingen sie mit Feuer aus Kalaschnikows, Schnellfeuergewehren, mit Handgranaten sowie mit Rufen und Gesängen, die den Märtyrertod verherrlichten.

Das Gefecht war heftig und lang, dann flaute es ab, und für kurze Zeit war gar nichts zu hören. Offenbar waren die Angreifertrupps vorgerückt, und nun tobte die Schlacht noch wilder als zuvor. Abu Harith unterschied zwischen Panzerfäusten, Granaten und Schüssen von Humvees, die von Westen her kamen. Dazwischen traf eine Mörsergranate die Angreifer, und sie mussten sich zurückziehen, was die Dschihadisten mit Jubel quittierten. Danach endete der Kampf.

Der Hausbesitzer kam zurück und verkündete, seine Gruppe habe einen Märtyrer zu beklagen. Außerdem seien eine Frau und ihr Sohn ums Leben gekommen, wahrscheinlich durch amerikanisches Feuer, denn die Amerikaner hätten auf alles geschossen, was sich bewegte. Er selbst habe gesehen, wie sie Verletzte geborgen und einen ausgebrannten Bradley abgeschleppt hätten. Mindestens drei Amerikaner seien gefallen.

Während der Feuerpause sammelten sich die Kämpfer. Ich betete zusammen mit ihnen das Nachmittagsgebet, dann aßen wir schnell etwas, bis der wechselseitige Beschuss wieder begann und mit Unterbrechungen bis sieben Uhr abends weiterging.

Am frühen Morgen des nächsten Tages konnten wir die Linien durchbrechen. Abu Harith und ich fuhren allein los, denn mein Beschützer hatte Anweisung erhalten, seine bewaffneten Begleiter zur Verteidigung des Dorfes zurückzulassen. Um aus dem Dorf zu gelangen, fuhren wir über einen engen, grasbewachsenen Weg am Rand der Ebene, die die Amerikaner einzunehmen versucht hatten. Von den Kämpfen zeugten verbrannte Bäume, zerstörte Lastwagen, tiefe Krater, zerfetzte Hühner, Kühe, Esel und Hasen und ein Kleinbus, aus dem die Leiche des Fahrers hing. Offenbar hatte er es nicht rechtzeitig ins Dorf geschafft. Eine Frau lag mit dem Gesicht auf dem Boden, eine weitere Leiche war unkenntlich, menschliche Gliedmaßen lagen herum. Die Stille war unheimlich. Die verlassenen Häuser waren zerstört, manche waren von Geschossen beschädigt, andere waren nur noch Asche. Abu Harith ließ mich nicht aussteigen. Jeder

Müllhaufen und jeder Erdhügel konnte eine Sprengfalle sein, ja, selbst aufgeblähte Tierkadaver erklärte er zur Gefahr. An Häuserwänden stand in schwarzer Farbe: *Verlasst unser Land!*

Nachdem wir stundenlang im Schritttempo herumgekurvt waren, dachte ich, wir hätten uns längst in diesem Gewirr von staubigen Pfaden verirrt. Aber Abu Harith schien jeden Feldweg zu kennen. Um nicht Kontrollpatrouillen in die Hände zu fallen, musste er permanent Umwege nehmen.

Schließlich hielt er an einem offenbar aufgegebenen Bauernhof, dessen Felder vertrocknet waren. Wir betraten ein kleines Haus mit Diele, zwei Zimmern und Küche. Es war ein getarntes Versteck von al-Qaida ohne Bewachung und Schutz, dafür aber rundherum vermint. Abu Harith fand ein Papier, auf dem die Minen verzeichnet waren und in dem er angewiesen wurde, hier zu übernachten.

Ich durfte ihn auf einem Kontrollgang begleiten. Unscheinbarer konnte ein Bauernhaus nicht sein, aber es hatte einen Keller, in dem sich hinter alten Möbeln eine Geheimtür verbarg. Diese öffnete sich zu einem Tunnel, welcher in einen riesigen Lagerraum führte. Hier befanden sich Unmengen von Plastiksprengstoff und selbstgebauten Bomben, außerdem AK47-Automatikgewehre, Munition, Panzerfäuste und ein Trainingsgerät für die Bedienung von Boden-Luft-Raketen. Das meiste stammte laut Kennzeichnung aus Restbeständen der irakischen Armee, anderes war von Widerstandsgruppen geliefert worden, und ein paar erbeutete Polizeiwaffen waren auch darunter.

Die nächste Morgendämmerung begann mit einem Gebet, dann fuhren wir wieder durch die Ebene mit ihren Obstgärten, Feldern und Palmen. Erneut nahmen wir unter der sengenden Sonne verschlungene Wege, bis wir kurz vor Mittag am Ziel waren. Dieses Gebiet stand seit kurzem unter der Kontrolle von al-Qaida.

In einem Dorf fuhren wir langsam auf einen Platz zu, auf dem sich die Bewohner versammelt hatten. Sie ließen unser Auto durch, wir stiegen aus und gingen zur Platzmitte, wo drei Männer von Mitte zwanzig und ein vielleicht zwölfjähriger Junge standen. Ihre Hände waren zusammengebunden, und sie ließen die Köpfe hängen, während ein alter Mann mit Rauschebart laut von einem Papier ablas, das er in den Händen hielt. Die Anklage lautete, dass man diese jungen Leute dabei ertappt habe, wie sie unmoralische Filme auf DVD verkauften. Die Beschuldigten bekundeten Reue, das verkündete Strafmaß betrug hundert Peitschenhiebe für die drei älteren und fünfzig für den Jungen, und all dies wurde wie ein Fest begangen, begleitet von Jubel und Segenswünschen der Versammelten. Die öffentliche Vorstellung war eine Botschaft an die Bewohner des Dorfes, dass das irakische Gesetz vom islamischen abgelöst worden war.

Ich sah mich um. Der Marktplatz fand nach dem Auflauf wieder zur Normalität zurück, und in den umliegenden Läden und an den Ständen drängten sich Kunden, Müßiggänger, Dschihadkämpfer und Leute, die begierig auf neue Nachrichten warteten. Es gab einen Metallwarenladen, einen für Elektroartikel und ein Geschäft für Düngemittel und Ackergeräte. Das Café war bis auf drei Besucher menschenleer, das Internetcafé war geschlossen, an der Scheibe des Friseursalons stand »Rasur nach islamischer Art«, darunter ein Schild »Keine Kinnbartrasuren und kein Haarezupfen«. Auf einer Freifläche nebenan kickten Jungen einen Stoffball umher.

Abu Harith traf auf den Scheich, der das Urteil verkündet hatte, und umarmte ihn mit den Worten: »Für diese Tat wird Gott dich belohnen.« Der Bärtige begrüßte mich, nahm Abu Harith an der Hand und lud uns beide zum Mittagessen ein. Wir liefen durch eine enge Gasse, die vom Dorfplatz abging.

Zu beiden Seiten reihten sich Hauseingänge, die Mauern waren baufällig. Wir traten durch eine Eisentür, die sich auf einen weiten Hof öffnete. Hier wuschen sich die beiden zum Gebet, und ich tat es ihnen gleich. Dann gingen wir in den Gästediwan, wo bereits andere Männer saßen, die dort vor unserer Ankunft gemeinsam gebetet hatten. Alle trugen ungestutzte Bärte, schariagerechte, bis zum Knöchel reichende Langhemden mit kakifarbenen oder schwarzen Jacketts darüber oder kürzere Hemden mit Pluderhosen. Die jüngeren unter ihnen trugen dazu noch schwarze Rundkappen auf dem Kopf, wie man sie auch von Abu Musab az-Zarqawi kannte.

Sie diskutierten die überlieferten Sprüche des Propheten über die Strafe, die Muslimen zugedacht sei, welche nicht beteten. Über das Strafmaß für Ehebruch waren sie uneins. Niemand fragte, wer ich sei, obwohl mein Begleiter kein Wort darüber verloren hatte, warum ich hier war oder wie ich hieß. Er hatte lediglich gesagt, ich sei ein willkommener Gast, und das genügte, damit keiner irgendwelche Fragen stellte.

Wir wurden ins Esszimmer gerufen, das von der Küche und dem Rest des Hauses durch einen Vorhang getrennt war. Durch diesen huschten immer wieder Knaben und trugen Teller mit Speisen herein, die sie auf dem Boden um ein rundes Tablett mit Reis und Fleisch herum aufstellten. Der Scheich musste der Herr des Hauses sein, denn statt mit uns zu essen, begann er uns zu bedienen. Angeblich hatte der Prophet das für Gastgeber so vorgeschrieben. Vielleicht war es aber auch einfach Brauch in dieser Gegend.

Nach dem Essen tranken alle gemütlich Tee. Manche nahmen schwarzen Tee mit Pfefferminzblättern, andere grünen, und währenddessen lief ein Junge herum und bot zusätzlich Kaffee aus einer Kanne an. Manche verließen schon die

Runde, um ihrer Arbeit nachzugehen. Mit Abu Harith ging ich wieder in das Zimmer, in dem wir das Mittagsgebet verrichtet hatten und das uns der Scheich freigeräumt hatte, damit wir uns von unserer anstrengenden Reise ausruhen konnten. Ich schlief ein und empfand es nach dem, was ich durchgemacht hatte, als höchste Wonne. Gegen Abend weckte uns der Scheich. Wir mussten wieder aufbrechen, und zwar unverzüglich.

Unser Gastgeber ging uns voran und ertastete den Weg in der Dunkelheit ohne Lampe oder Kerze. Wir kamen auf ein Feld, überquerten es und mussten ein Stück durch einen Fluss waten. Über einen Felsen, der aus dem Wasser ragte, kletterten wir am anderen Ufer wieder heraus und liefen auf einem schmalen, kurvigen Fußweg weiter. Wir mussten uns an der Felswand abstützen, die an dieser Seite des Flusses steil aufragte, und um eine Erhebung herumgehen, bis wir an eine höhlenartige Vertiefung kamen, in der im Schein einer Lampe vermummte bewaffnete Männer saßen. Abu Harith blieb stehen, während ich hineinging.

Da saß er mit gekreuzten Beinen auf dem Boden, seine schwarze Mütze auf dem Kopf, an die Felswand gelehnt, unter sich nur eine dünne Schaumstoffmatratze. Vor ihm standen ein paar kleine Teller mit getrocknetem Quark, Käse, Datteln, Feigen, Brot und ein Glas Wasser. Abu Musab az-Zarqawi, der Mann, der fünfundzwanzig Millionen Dollar wert war, empfing mich.

5

Er war erst am Nachmittag hier angekommen, er war auf der Durchreise und wollte nur kurz rasten. Als er erfahren hatte, dass ich angekommen sei, wollte er mich sehen, um mich zu meiner Rettung zu beglückwünschen.

Inmitten der Dunkelheit stand die Petroleumlampe zwischen uns beiden und beleuchtete mit ihrem matten Schein unsere Gesichter. Ich musste überrascht ausgesehen haben, az-Zarqawi in Fleisch und Blut gegenüberzustehen. Er sah tatsächlich aus wie auf den wenigen Bildern, die ich von ihm aus Zeitungen kannte. Er war kein Phantom mehr, da saß kein Doppelgänger und kein Gerücht, er war es in Person. Die furchterregende Legende war in einem Mann verkörpert, der ruhig, müde und sorgenvoll zugleich wirkte und der mich lange ansah, bevor er sagte: »Dein Sohn ist uns ein geschätzter Bruder.«

In seiner Stimme klang Tadel mit, so als befasse er sich gegen seinen Willen mit mir. Und wie um mein Gefühl zu bestätigen, fuhr er fort: »Wir können ihm keinen Wunsch abschlagen.«

Meine Rettung war also meinem Sohn zuliebe erfolgt. Hätte Samer die Entscheidung az-Zarqawi überlassen, hätte dieser nichts für mich unternommen. Mir kam in den Sinn, ihm zu sagen, dass ich Gott um meine Rettung gebeten und sie nicht ihm zu verdanken hätte. Aber ich riskierte es nicht. Ich wusste, dass Glaube, der aus Angst entsteht, schnell vergeht, wenn man wieder in Sicherheit ist und der Verstand ihn verleugnet. Und mir gegenüber saß nicht irgendwer und mimte Ruhe, sondern es war ebenjener Vermummte, der mit seinem Schwert vor laufender Kamera einmal einen angeblichen amerikanischen Kollaborateur abgeschlachtet hatte.

Es waren Bilder nie gekannter furchtbarster Grausamkeit. Fünf Vermummte standen hinter dem auf dem Boden sitzenden Amerikaner. Er trug orangefarbene Kleidung und sagte, er heiße Nick Berg, sein Vater heiße Michael, seine Mutter Suzanne, sein Bruder David, seine Schwester Sarah, und er sei aus Philadelphia. Einer der Vermummten verlas eine Erklärung, dann brüllten alle *Allahu akbar!*, einer stieß

Berg zu Boden, während sich ein anderer über ihn beugte und ihm den Kopf abschnitt. Dieser war kein anderer als Abu Musab az-Zarqawi, er hob seine kräftigen, sehnigen Fäuste in die Luft, dieselben, die ich jetzt vor mir sah, in einer hielt er den abgetrennten Kopf, in der anderen das bluttropfende Schwert.

Az-Zarqawi erschien mir wie ein Vulkan, der jeden Moment ausbrechen konnte. Ich hatte keine Angst davor, dass er mich verbrennen könnte. Was mir Angst machte, war, dass ich nicht noch einmal mit Gott rechnen konnte. So sagte ich leise: »Das hätten Sie nicht tun müssen. Mir liegt nichts an meinem Leben.«

Einer der Bewaffneten brachte eine Kanne Tee und stellte sie vor uns hin. Az-Zarqawi machte eine Handbewegung, und der Mann verschwand wieder. Wir waren jetzt allein. Ich erwartete, dass er mir etwas Unangenehmes mitteilen würde, und fragte ihn: »Ist Samer verletzt?«

»Er ist bei bester Gesundheit«, antwortete az-Zarqawi, »und er weiß, dass es auch dir gut geht. Du wirst ihn morgen sehen. Anschließend wirst du einige Tage als sein Gast verbringen.«

Er erklärte mir, dass Samer kein Selbstmordkandidat sei, sondern eine Führungsperson. Ich atmete auf, das hieß, dass ich noch Zeit hatte. Auch er schien sich nun zu entspannen. Er goss Tee in ein Glas, reichte es mir und sagte: »Wir nennen ihn Abdallah, Diener Gottes. Er hat sich den Namen selbst gewählt. Aber weil wir alle Gott dienen, haben ihm die Brüder noch den Beinamen *as-Suri* gegeben. Er heißt also jetzt Abdallah der Syrer.«

Ich dankte ihm für meine Rettung, aber er schien sich nicht für das Thema zu interessieren, so als hätte er nichts dergleichen angeordnet. Er sagte nur: »Vielleicht haben wir das Richtige getan.«

Ich sagte: »Es hätte gereicht, dass Sie meine Entführer bestrafen. Sie hätten sie nicht töten müssen.«

Aber er lächelte nur verächtlich und sagte: »Die haben ihre Strafe bekommen.«

»Gott allein gibt und nimmt das Leben«, theologisierte ich, »keinem Geschöpf steht es zu, jemanden in den Tod zu schicken.« Ich wollte klarstellen, was ich von ihm hielt, damit er nicht dächte, ich würde seine Taten gutheißen, und sei es nur, um meine eigene Haut zu retten. Aber az-Zarqawi sagte energisch: »Die ganze Scharia ist nur dazu da, Gutes zu befördern und Übel abzuwenden. Das Abwenden eines Übels ist Voraussetzung dafür, Gutes herbeizuführen.«

»Schlechtes wendet man nicht nur durch Töten ab«, wandte ich ein.

Er schien sich selbst zu befragen, was er nun antworten müsse. Aber mir war bewusst, dass dies hier kein Mann war, der lange überlegte. Die Maske der Nachdenklichkeit, die er trug, und die Bedachtheit, die aus seinen Gesten zu sprechen schien, konnten mich nicht darüber hinwegtäuschen, zu welcher Grausamkeit er fähig war.

»Nur durch Töten«, beharrte er. »Wir sind im Krieg.«

Ich wollte ihm meine Sicht auf den Krieg, den er führte, darlegen: »Mit dem Töten darf man es nicht übertreiben. Jemandem die Kehle durchzuschneiden ist eine schreckliche, unentschuldbare Tat.«

»Geben Sie mir Panzer und Flugzeuge, dann brauche ich niemandem die Kehle durchzuschneiden«, gab er zurück und führte aus: »Was die Amerikaner heute erleben, ist nichts im Vergleich zu der Demütigung, die uns zuteilwurde. Seit Jahrzehnten metzeln sie uns in Palästina, in Tschetschenien und in Kaschmir hin. Hast du nicht gesehen, was sie hier im Irak anrichten?«

Es war unsinnig, mit ihm darüber zu diskutieren, dass

seine menschlichen Bomben keinen einzigen Luftangriff, dem Dutzende, Hunderte oder Tausende Unschuldiger zum Opfer fielen, verhinderten.

»Man sollte dem Menschen nichts aufbürden, was er nicht zu tragen imstande ist«, sagte ich.

»Dies ist eine Prüfung für uns alle«, meinte er.

»Die Amerikaner haben Sie in den Irak gelockt, um Sie hier zu vernichten!«

»Unsinn, wir haben sie hierhergelockt, und jetzt lassen wir sie ausbluten. Dies ist ein weltweiter Krieg, der noch lange nicht zu Ende ist. Sie wollten ihn, aber wir auch. Es ist eine gottgegebene Gelegenheit, eine Schlacht gegen den großen Satan zu führen. Und so viele Opfer wir bringen, so viel werden wir gewinnen.«

Mich ärgerte sein selbstgefälliger Ton. Er tat, als käme er aus einer anderen Welt, einer Welt von Ritterlichkeit, Tapferkeit und Opferbereitschaft. Mit Schwertern wollte er gegen Interkontinentalraketen, Atombomben, Kriegsschiffe und Kampfflugzeuge kämpfen.

»Diesen Krieg werden Sie schwerlich gewinnen.«

»Wir sind Leute des Glaubens, und wir stellen unser Schicksal Gott anheim.«

Er bemerkte meine Fassungslosigkeit und fuhr fort: »Wir werden sie im Irak besiegen, danach werden wir weiterziehen, um Syrien, Jordanien und Ägypten von den Tyrannen zu befreien. Und schließlich werden wir mit Gottes Hilfe Jerusalem erobern.«

Ich sah ihn an und merkte, dass er weiterreden wollte und dass ich mich weiterärgern würde.

»Seien Sie nicht zu optimistisch«, sagte ich.

Er erwiderte nichts. Er wollte keinen Streit mit mir. Ich war sein Gast, er war mein Gastgeber und mein Retter. In Wahrheit war ich sein Gefangener, aber er verbiss es sich,

Unmut zu zeigen. Seine Nervenstärke beeindruckte mich mehr als seine ausgeprägten Muskeln. Ich war nicht überrascht, als er kurz darauf dazu überging, mich zu provozieren. Barsch sagte er: »Spar dir das Treffen mit Abdallah.«

»Wenn Sie wüssten, was ich durchgemacht habe und welche unsäglichen Qualen und Ängste ich ausstehen musste, nur um meinen Sohn zu sehen, würden Sie nicht so reden.«

»Ich versage es dir nicht, ihn zu sehen. Er hat es gewünscht.«

»Ich habe mich auf Dinge eingelassen, die ich in meinem Leben nie hätte tun wollen. Ich habe mir einen gefälschten Pass geben lassen, habe mit allen möglichen Geheimdiensten kooperiert und hatte Umgang mit Amerikanern und gesuchten Baathisten. Glauben Sie mir, wenn es nötig gewesen wäre, hätte ich mit allen Teufeln paktiert. Ich werde nicht umkehren, ohne Samer gesehen zu haben.«

»Was willst du von ihm?«

»Ihn überreden, mit mir zurückzugehen.«

»Er hat dich verlassen.«

»Reden Sie nicht so mit einem Vater.«

»Vater bin ich auch. Ich habe vier Kinder.«

»Mit denen haben Sie doch gar nichts zu tun. Das, wofür Sie kämpfen, hat Sie blind für sie gemacht. Ich dagegen kämpfe für nichts mehr.«

»Das sagst du, weil du deinen Kampf verloren hast.«

Ich fühlte mich von ihm durchschaut, aber auch ich wusste einiges über ihn und wollte ihm das zu verstehen geben: »Und Ihre Mutter, hätte die sich nicht gewünscht, dass Sie umkehren? Hätte sie Sie nicht gern gesehen, bevor sie starb?«

»Das hätte sie, und auch ich hätte es mir gewünscht, aber der Tyrann stand zwischen uns.«

»Aber Sie waren doch einmal heimlich in Amman und haben die *Fatiha* an ihrem Grab gebetet.«

Ich trug ziemlich dick auf, er sollte spüren, dass auch er nicht völlig gefeit war vor den Gefühlen eines Kindes gegenüber seinen Eltern und umgekehrt.

»Ich werde ihr im Paradies begegnen.«

»Keine Mutter und kein Vater lässt sich von so etwas trösten.«

»Mir ist klar, dass du manches über mich weißt, aber lass dir eines gesagt sein: Was ich über dich weiß, verbietet mir in jeder Weise, Gnade gegen dich walten zu lassen. Nur weil Abdallah ein gutes Wort für dich eingelegt hat, stehst du unter unserem Schutz.«

Ich begriff, dass dieser Mann mein Gegner war, nur er konnte mir meinen Sohn wiedergeben.

»Bitte rauben Sie mir meinen Sohn nicht. Ich habe keinen anderen Jungen, ich will ihn nicht mit Ihnen teilen und ihn Ihnen nicht überlassen. Sie haben genügend andere Männer.«

»Die Entscheidung liegt nicht bei mir.«

»Aber er verehrt Sie.«

»Er verehrt den Allmächtigen.«

War Gott also mein Gegner? Und wenn ja, welcher? Der nachsichtige oder der unerbittliche?

»Als meine Lage aussichtslos erschien, habe ich zu Gott gebetet, und er hat mich erhört«, sagte ich.

»Um deinem Sohn Gutes zu erweisen, nicht aus Mitleid mit dir.«

Wir tranken unseren Tee weiter und schwiegen. Ich war mir sicher, dass er etwas zurückhielt, was er noch nicht gesagt hatte, wusste aber nicht, wie ich es ihm entlocken sollte. Im schwächer werdenden Schein der Öllampe konnte ich seine Gesichtszüge nicht mehr erkennen. Mir war noch immer klar, dass er sich jederzeit gegen mich wenden konnte. Aber er hatte sich unter Kontrolle, genauso wie er jedes seiner Worte unter Kontrolle zu haben schien. Irgendwann brach er unvermittelt sein Schweigen und sagte barsch: »Verschwinde dahin, woher du gekommen bist. Dein Sohn wird uns nicht verlassen, um mit dir zu gehen.«

Jetzt hatte er es ausgesprochen. Ich nahm es zur Kenntnis, aber ich wollte ihm noch eine Frage stellen, auch wenn diese wieder Streit provozieren würde: »Schon in Bagdad habe ich mich gefragt, wohin all dieses Töten und diese Brutalität führen sollen. Wie lange wollen Sie damit noch weitermachen?«

»Das solltest du unsere Feinde fragen. Wir waren niemals brutaler als sie. Und wenn wir töten, dann allenfalls ein paar Personen, während sie Hunderte abschlachten. Meine Möglichkeiten reichen nicht annähernd an ihre heran.«

Ich beschloss, eine dunkle, nur wenigen Menschen bekannte Seite des Terrorpaten anzusprechen.

»Ich habe gehört, Sie würden ›der Fremde‹ genannt, stimmt das?«, fragte ich.

Er hob den Kopf, und seine Augen blitzten.

»Ich *bin* ein Fremder in dieser Welt«, sagte er.

»Obwohl Sie mitten in der Welt leben und trotz Ihrer Verborgenheit alle Aufmerksamkeit auf Sie gerichtet ist.«

»Ich habe immer als Fremder gelebt und werde als Fremder sterben. Ich habe mir nie etwas anderes gewünscht, als ganz für das Jenseits zu leben. Ich habe Gott gebeten, mich als Namenlosen aus dieser Welt scheiden zu lassen, hingestreckt von einer Bombe, so dass nichts von mir übrig bleibt. Ich wünschte, dieses Fleisch und diese Knochen würden in seinem Reich zunichtewerden wie die jener Kämpfer, die von Sprengstoff zerrissen werden, und meine Seele würde zu ihrem Schöpfer emporsteigen. Aber Gott allein entscheidet darüber. Es ist sein Ratschluss.«

»Haben Sie denn vor gar nichts Angst?«

»Auf Erden fürchte ich niemanden. Wenn ich Angst vor etwas habe, dann vor den Qualen der Hölle, vor nichts sonst. Ich bin verfolgt bei allem, was ich tue, und bei jedem Schritt, den ich gehe. Viele möchten mich den Amerikanern ausliefern, aber sie werden mich nicht lebend fassen. Ich glaube daran, dass das Leben in Gottes Hand liegt, und ich glaube, dass mir nicht mehr viele Atemzüge beschert sind. Nicht mehr lange, und ich werde getötet.«

Ich sah ihn ungläubig an. Er prophezeite mir seinen eigenen baldigen Tod! Lächelnd fuhr er fort: »Gestern traf ich deinen Sohn Abdallah. Ich erzählte ihm von einem Traum, den ich hatte. Ich trieb allein im Meer auf tosenden Wellen. Blitze zuckten, und es donnerte. Aber ich war bei Kräften und voller Willensstärke. Dann sah ich in der Ferne Licht und bewegte mich dorthin, oder es kam zu mir. Bevor es mich erreichte, fragte ich: Wohin? Und das Licht antwortete mir: Ins Haus des Labsals. Ich fragte Abdallah, wie er diesen Traum deute. Er sagte, für göttliche Träume gebe es keine Deutung, aber ich sei wohl unterwegs in das Reich des Lichts und des Glücks und solle mich bereithalten. Das erfüllte mich mit Freude und mit der Zuversicht, dass mein Märtyrertod nicht mehr fern sein kann.«

»Warum erzählen Sie mir das?«, wollte ich wissen.

»Selbst wenn ich sterbe, werden meine Kämpfer weitermachen.«

Nach einem Moment des Schweigens goss er mir erneut Tee ein. Sein Blick verlor sich draußen in der Dunkelheit, wo nicht einmal mehr Umrisse zu erkennen waren. Seine Züge entspannten sich, er wirkte jetzt wie ein Kind, das mit Tod und Gotteswissen spielt. Ich dachte, ich könnte es noch einmal mit Bitten versuchen.

»Mein Sohn ist noch so jung. Verlangen Sie ihm nichts ab, was über seine Kräfte geht.«

Er ließ seinen Blick auf mich zurückfallen.

»Du kennst ihn nicht.«

»Glauben Sie, ich sei gekommen, um ihn kennenzulernen?«

»Erspare dir etwas, was aussichtslos ist.«

Wir tranken wortlos weiter, jeder von uns beiden drehte sein Gesicht von der Öllampe weg und starrte in die Nacht hinaus.

Schließlich erhob sich az-Zarqawi von seinem Platz und sagte: »Dein Sohn ist noch fremder als ich in dieser Welt.«

Im Gehen wandte er sich mir noch einmal zu und ergänzte: »Unser Prophet sagte einst: Der Islam kam fremd in die Welt, und fremd wird er wieder gehen. Selig sind die Fremden.«

Und er verschwand auf gewundenen Wegen in der Finsternis. Ich blickte um mich. Das Licht der Lampe war fast erloschen. Abu Harith trat in die Höhle. »Wir werden hier übernachten«, teilte er mir mit. »Morgen werden wir losgehen, um Abdallah den Syrer, den Emir dieses Gebiets, zu treffen.«

6

Während der gesamten Fahrt am Morgen ging mir az-Zarqawi nicht aus dem Sinn. Er war sich sicher, dass ich scheitern würde. Nach Hause zu fahren, hatte er mir geraten, auch wenn er mir das Treffen mit meinem Sohn nicht verweigert hatte. Samer war nicht nur einer seiner Gefolgsleute aus dem engeren Kreis, er war hoch aufgestiegen. Er würde wohl schon bald nicht nur einen islamischen Staat im Irak oder die Organisation al-Qaida im Zweistromland mit anführen. Offenbar stimmte es, was mir in Damaskus gesagt worden war: Samer würde eine bedeutende Rolle dabei zufallen, die Organisation für ganz Großsyrien aufzubauen. Ich schien nun mit meinem Sohn kämpfen zu müssen, aber mein eigentlicher Gegner war Abu Musab az-Zarqawi. Dieser Mann hielt Samer gefangen, er zog ihn mit seinen Ideen, seiner Art von Frömmigkeit und seinen blutigen Taten an. Kein Zweifel, er war das Vorbild, an dem sich Samer orientierte.

Immer wenn amerikanische Kampfflugzeuge am Himmel erschienen, mussten wir anhalten. Sie kreisten in großer Höhe, aber Helikopter flogen zusätzlich niedrig und behielten die Mais- und Gemüsefelder, die Palmengärten, die Feldwege und das übrige Gelände im Auge. Nichts konnte ihnen entgehen. Wir versteckten uns mehrmals im Schilf und mussten eine Stunde oder länger abwarten, bis wir weiterfahren konnten. Zuweilen flüchteten wir uns auch in Häuser, an denen wir zufällig vorbeikamen. Die Bewohner ließen uns ängstlich und widerwillig ein.

Ich fragte Abu Harith nicht, wie die Dörfer hießen, durch die wir kamen, und er verriet mir nicht, wohin wir fuhren. Als ich einmal um Auskunft bat, gab er mir keine Antwort: Er machte mit mir keine Ausnahme, Sicherheit ging vor. Erst als die Sonne untergegangen war, kamen wir in Samers Lager. Ein junger Algerier, der sich Abu Salih nannte, empfing uns. Er war Mitte zwanzig und lächelte immerzu. Wenn er mit seinem einfachen und hastigen algerischen Akzent etwas sagte, blitzte ein Goldzahn in seinem Mund auf. Er führte uns zu einem Zimmer, das an ein Haus angebaut und für mich bereitgestellt worden war, eine Art Gästezimmer für Dschihadkämpfer. Als er sich davon überzeugt hatte, dass ich nichts weiter brauchte, eröffnete er mir, ich könne den Emir Abdallah heute nicht mehr sehen. Er habe das Dorf eine halbe Stunde vor meiner Ankunft eilig verlassen müssen und ihn, Abu Salih, beauftragt, sich um mich zu kümmern. Er bat um Entschuldigung, dass er nicht mit mir zusammen zu Abend essen könne, schöpfte mir noch persönlich Essen auf einen Teller und verabschiedete sich dann. Er müsse heute noch etwas erledigen und morgen früh zu einer Mission aufbrechen.

Ich blieb mit Abu Harith allein und fragte ihn: »Wo sind wir?« – »Du wirst es noch erfahren«, gab er zurück. Ich würde ihn morgen nicht sehen, fügte er hinzu, ein anderer Mann sei dazu eingeteilt, mich zu begleiten. Ich dankte ihm dafür, dass er sich meiner angenommen hatte, und scherzte, dass er mich in Ehren zu meinem Sohn geleitet habe. »Abdallah ist dein Sohn?«, fragte er mich erstaunt. Ich nickte und bedauerte, um seine Verwunderung noch zu verstärken, dass er uns auf unserer Rückreise nicht auch begleiten würde. Er verstand nicht, was ich meinte. »Ich bin in den Irak gekommen, um meinen Sohn wieder mit nach Syrien zu nehmen«, sagte ich. Er blickte zu Boden, und als er den Kopf wieder hob, war der Glanz aus seinen Augen gewichen. »Wärst du lieber nicht gekommen«, sagte er.

Ich hatte ihn enttäuscht. Er hatte geglaubt, ich sei hergekommen, um mein kurzes noch verbleibendes Leben zu opfern, stattdessen wollte ich meinen Sohn dazu bringen, sein Gelübde zu brechen. Und mein Sohn, das war nicht irgendwer, er war der Emir des Stützpunktes! Abu Harith versicherte mir, dass aus unserer Rückkehr nichts werden würde. Um das Thema zu wechseln, fragte ich ihn nach seinem Alter. Seit wenigen Tagen sei er fünfunddreißig, sagte er. Er sehe eher wie fünfzig aus, gab ich zurück. »Gott hat mir mehr als ein Leben zugedacht«, war seine Antwort. Anders als ich es erwartet hatte, ließ der verschlossene Abu Harith während des Abendessens, das wir gemeinsam einnahmen, seinem Wunsch zu sprechen freien Lauf. Seine Zunge löste sich, aber die tiefen Falten in seinem Gesicht blieben.

Er hatte die Schule abgebrochen und war mit zwanzig Jahren nach Afghanistan gereist. In einem Lager für arabische Freiwillige erhielt er eine Kampfausbildung und nahm dann am Guerillakrieg gegen die sowjetischen Besatzer teil. Er war bei allen großen Schlachten dabei: Dschalalabad, Khost und Kabul. Nach dem Sturz des kommunistischen Regimes brachen Kämpfe zwischen den Mudschahidin aus. Wie viele andere auswärtige Dschihadisten hielt er sich aus diesen Kämpfen heraus und ergriff für keine Gruppe Partei. Die Siege, die sie in Afghanistan gegen die gottlosen Russen errungen hatten, ermutigten sie dazu, ihnen nach Tadschikistan zu folgen, wo ebenfalls muslimische Rebellen gegen ihre Regierung Krieg führten. Zwei Jahre lang kämpften sie unter widrigsten Bedingungen, zumeist in unwegsamem und schneebedecktem Bergland, und hielten trotz frappantem Mangel an Waffen und Munition stand. Als ein Abkommen zwischen den Dschihadkämpfern und der Regierung den Krieg beendete, ging er nach Afghanistan zurück.

Doch er blieb nicht lange dort. Nachrichten aus Tschetschenien gingen um die Welt, die russische Armee verübte Grausamkeiten gegen die dort lebenden Muslime, und Abu Harith überlegte, nun dorthin weiterzuziehen. »Es war, als wären wir darauf spezialisiert, gegen die Russen zu kämpfen.« Was ihn dazu bewog, wirklich dort hinzugehen, war der arabische Guerillaführer Khattab, genannt der Löwe, den er schon Jahre zuvor in afghanischen Trainingslagern getroffen hatte und der den Kampf in Tschetschenien mit führte. Fernsehnachrichten und Dschihad-Webseiten taten ihr Übriges. Man sah tschetschenische Widerstandskämpfer mit dichten Bärten und schwarzen Stirnbändern mit aufgedrucktem islamischen Glaubensbekenntnis, die sich in Höhlen an einem Feuer wärmten, in Wäldern ihre Waffen präsentierten und *Allahu akbar* riefen. Der Ruf zum Dschihad war eindeutig, und Abu Harith zögerte nicht, Khattab nachzufolgen.

»Wir machten es uns zur Aufgabe, unseren bedrängten muslimischen Brüdern in aller Welt zu Hilfe zu kommen.« Abu Harith schloss sich Khattab an und kämpfte unter seinem Kommando in Dörfern, Bergen und Wäldern und bei winterlichem Frost. Er organisierte Hinterhalte mit ihm und griff mit ihm zusammen Grosny an. Er blieb keiner Kampfhandlung fern, zu der er gerufen wurde. Als Khattab im Süden Tschetscheniens vergiftet und begraben wurde, hatte Abu Harith einen Gefährten im Kampf und im Glauben verloren und sah dies als einen Wink, das Land zu verlassen.

Er beschloss, in sein Heimatland Saudi-Arabien, in dem die Amerikaner Stützpunkte aufbauten, zurückzukehren. Er musste heimlich einreisen, viele seiner Mitstreiter waren bereits verhaftet worden. Zusammen mit Freunden von früher plante er, auch dort den Kampf aufzunehmen und amerikanische Einrichtungen anzugreifen. Schon bald waren ihm die Sicherheitskräfte auf den Fersen, aber Abu Harith gab nicht auf. Er hätte jeden Augenblick verhaftet oder getötet werden können. Doch er wollte seinem Herrn rein und als vollendeter Erfüller seiner religiösen Pflichten gegenübertreten, also begab er sich zu seiner Abschiedswallfahrt nach Mekka. Er bat Gott darum, ihm den Märtyrertod zu gewähren. Bei der Umkreisung der heiligen Kaaba traf er seinen alten Koranlehrer, der ihn zu sich nach Hause einlud. Er teilte ihm mit, dass er vorhabe, den Weg des Dschihad zu Ende zu gehen. Der alte Mann gab ihm seine Tochter zur Frau und riet ihm, dem Ruf von Usama bin Laden in den Irak zu folgen. Wenn man den Feind im eigenen Land nicht bekämpfen könne, so sei einem damit nicht erlassen zu versuchen, ihm anderswo entgegenzutreten. Er nahm Abschied von seiner schwangeren Frau und reiste zunächst nach

Jordanien, meldete sich in Syrien als Kämpfer und spendete all seinen Besitz für den Glaubenskampf im Irak.

»Es sollte meine letzte Reise werden, und ich erwartete nicht, länger als einige Tage zu überleben. Nun sind es bald zwei Jahre.« Nach einer Woche im Irak schloss er sich den Rebellen in Falludscha an und kämpfte in der zweiten großen Schlacht um die Stadt mit. Es unterschied sich nicht sehr von dem, was er in Afghanistan, Tadschikistan und Tschetschenien erlebt hatte. Aber der Krieg gegen die Amerikaner war härter als der gegen die Russen. Die Amerikaner hatten modernste Waffen, sie rückten immer erst vor, wenn sie flächendeckend bombardiert hatten, und sie zerstörten alle Häuser, in denen sich Kämpfer verschanzten. Sie rechtfertigten es damit, dass keine Zivilisten darin seien, doch die meisten Opfer waren unbewaffnet. Sie terrorisierten die Bewohner, trieben sie zur Flucht und töteten sie schließlich. Ganze Wohnviertel wurden mit Raupen niedergewalzt, im wahrsten Sinne des Wortes dem Erdboden gleichgemacht, Moscheen und Schulen wurden beschossen. Trotzdem krochen Abu Hariths Kampfgenossen aus ihren Verstecken und stellten sich mit ihren leichten Waffen und Maschinengewehren Panzern und Armeefahrzeugen entgegen.

Falludscha, die Stadt der Minarette, ging in Flammen und Rauch auf, der Beschuss wollte nicht enden, die Straßen wurden zu offenen Gräbern, Verletzte flehten vergeblich um Rettung, niemand konnte ihnen helfen, Hunde rissen an verstreut herumliegenden Leichen. »In den wenigen Stunden, in denen keine Bomben fielen, bargen wir Tote aus den Trümmern und bestatteten sie zu Dutzenden.« Der erbitterte Widerstand der Kämpfer führte zu Zerstörung und Tausenden Toten, Verwundeten und Vertriebenen. Zudem zogen die Kämpfer noch den Unwillen der Bewohner auf sich, die in der Stadt eingeschlossen waren oder aus ihr fliehen mussten. Die Menschen, die sie als Gäste bei sich aufgenommen hatten, bezeichneten sie jetzt als Fremde, Ausländer und Diebe. Abu Harith aber hatte nicht den Wunsch, an einem Ort zu sterben, an dem nicht einmal mehr die Ansässigen ein Obdach hatten. Seine Entschlossenheit war verflogen, und er verließ die Stadt, ohne zu wissen, wohin es ihn verschlagen würde.

Als er den Euphrat überqueren wollte, sah er eine Frau mit ihrer Tochter neben einem Trümmerhaufen sitzen, im Koran lesen und weinen. Eine amerikanische Rakete hatte ihr Haus zerstört. Er fragte die Frau, ob ihr Mann in den Trümmern gestorben sei, aber sie wies in die Ferne. Das Grab ihres Mannes liege dort. In diesem Haus hätten drei junge Araber gelebt und seien zu Märtyrern geworden. Sie wisse nicht, wie sie geheißen hätten oder aus welchem Land sie kamen, aber sie seien hier gewesen, um den Islam und die Würde der Frauen zu verteidigen. Wie es ihren Müttern wohl gehe? Ihnen zuliebe wolle sie wenigstens für die jungen Leute beten, wenn gerade nicht bombardiert werde.

Abu Harith entschied sich zu bleiben. Wenn es im Irak auch nur eine Frau gab, die dereinst die *Fatiha* für ihn beten würde, so würde er gerne den Märtyrertod sterben. Er nahm den Kampf vorbehaltlos wieder auf, bis eine Explosion eine Mauer neben ihm zum Einsturz brachte, die ihn begrub. Er verlor das Bewusstsein, und als er wieder erwachte, lag er auf der Türschwelle eines Hauses, neben ihm ein toter Mann, dessen Hand in seiner lag. Der Unbekannte musste ihn unter den Trümmern hervorgezogen und versucht haben, ihn in Sicherheit zu bringen, und war dabei von einer Granate getroffen worden. Gott hatte Abu Harith einen Menschen geschickt, der für ihn gestorben war. Er konnte dies nur als ein Zeichen ansehen. Er erhob sich aus Staub, Splittern und Trümmern, rannte, dem Feuer amerikanischer

Scharfschützen ausweichend, zurück zur Stellung der Freischärler und kämpfte mit ihnen, bis sie alle zusammen Falludscha verließen. Dann traf er mit Abu Musab az-Zarqawi zusammen und schloss sich al-Qaida an.

»Ich hatte Khattab in Tschetschenien verloren, doch dafür gab mir Gott im Irak Abu Musab az-Zarqawi.« Nun gelobte er, für Gott nicht nur kämpfen, sondern sich selbst opfern zu wollen. Az-Zarqawi setzte ihn auf die Liste der Selbstmordattentäter. Aber sein Einsatz verzögerte sich ein ums andere Mal. Az-Zarqawi wollte ihn nicht allzu schnell losschicken, er begann ihm zu vertrauen und betraute ihn mit immer neuen Aufgaben. Abu Harith war seinerseits noch immer entschlossen, sein Gelübde zu erfüllen. Er musste sein Leben geben, Gott würde ihn dafür belohnen. Nicht für Zaghaftigkeit, sondern für den Dschihad war der Mensch geschaffen, er war Gottes Vertreter auf Erden. Umso dringender bestand Abu Harith darauf, den Märtyrertod zu sterben. »Wir müssen unsere Gegner besiegen, egal wer sie sind, was sie tun oder welcher Religion sie anhängen.« Aber er wollte den Dingen auch auf den Grund gehen und fragte sich nun, warum dieser Krieg mit immer mehr Gewalt geführt wurde. »Früher haben wir Leute getötet, die mit der Besatzung kooperierten, heute verschonen wir auch die nicht mehr, die zur Besatzung schweigen. Jeden, der nicht für uns ist, sehen wir als Gegner an.« Einmal sandte ihm sein alter Lehrer und Schwiegervater einen Brief, der nichts enthielt als einen überlieferten Ausspruch des Propheten: Wer einem Gläubigen Leid antut, der kann sich nicht auf den Dschihad berufen. »Tat ich noch das Richtige«, sinnierte Abu Harith, »oder handelte ich Gott zuwider?« Gestern, meinte er, habe er für az-Zarqawi zum letzten Mal eine Mission erfüllt.

»Ich habe deine drei Entführer getötet«, sagte er zu mir.

»Selbst wenn sie Verbrecher waren, kann ich mich nicht als unschuldig an ihrem Tod bezeichnen. Gott wird mich dafür zur Rechenschaft ziehen. Nun ist es Zeit für meine letzte Mission. Ich habe Abu Musab gebeten, mir einige Zeit freizugeben, und er gewährte es mir, ohne mich zu fragen, wofür. Ich muss mich mit Gott beraten. Ich habe Angst, weil ich spüre, dass ich nach allem, was ich getan habe, nun zögere.« Abu Harith fürchtete, er könnte in seinem Entschluss, als Märtyrer zu sterben, wanken. Er hatte eine Frage, er hatte viele Fragen, und er konnte sie nur beantworten, wenn er allein wäre. Nun, da er mich heil abgeliefert hatte, war er frei. Morgen früh würde er sich an einen Ort zurückziehen, an dem ihn nichts von Gott ablenken würde.

»Wo willst du denn hier inmitten dieses Wahnsinns einen einsamen Ort finden, an dem du mit Gott allein bist?«, fragte ich.

»Ich habe ihn schon gefunden«, sagte er. Damit umarmte er mich und nahm Abschied. Ich achtete nicht darauf, welche Richtung er einschlug. Was er gesagt hatte, hatte alle meine Vorstellungen auf den Kopf gestellt. Er hatte eine Kehrtwende vollzogen. Gerade noch war er als Märtyrer dem Tod zugestrebt, und nun suchte er Einsamkeit und Meditation. Kompliziert war das!

7

Ich konnte nicht einschlafen, obwohl ich sehr müde war, und als mich der Schlaf endlich überkam, war er nicht tief. Ich verlor mich in einem Albtraum, der in der Grünen Zone, in Straßen und Hotels von Bagdad und irgendwo im sunnitischen Dreieck spielte. Jonathan und Miller waren in der Ferne zu sehen und waren in Gefahr, durch einen Sprengstoffanschlag getötet zu werden, dann wieder waren sie neben mir und von einer Dolchklinge bedroht. Zu leiden hatte ich, nicht sie, denn ich konnte sie nicht retten und sie würden sterben. Mal war ich Zeuge und mal Beobachter, aber nie wagte ich, sie zu verteidigen. Einmal krümmten sie sich, dann wieder floss ihnen Blut aus der Kehle, und immer wieder stand ich zögerlich und feige daneben. Ich versuchte zu fliehen, aber die Mörder fanden mich, sie zwangen mich, ebenso gebeugt wie sie in einem Meer von Blut neben ihnen zu stehen. Ich stellte mir vor, dass sich mein Blut mit ihrem vermischte. Der Dolch war kurz davor, mir den Hals durchzuschneiden. Meine Kehle war wie zugeschnürt, ich bekam keine Luft mehr. In diesem Moment trat Samer in die Szene, rettete mich vor dem Ersticken und zog mich aus meinem Albtraum heraus.

Nein, er rettete mich nicht, er war nur irgendwie bei mir in dieser Welt aus Blut und Dolchen, er sah mich, ohne dass ich ihn sah, und er machte, dass ich diesen Tod oder was sich so anfühlte, nicht länger erleiden musste. Sein Erscheinen war ein Traum im Traum. Er bückte sich zu mir herunter und umarmte mich, er berührte sein und mein Gesicht, dann nahm er meine Hände und küsste sie. In seinen Armen wurde mir wieder wohl. Ich seufzte, der Albtraum schwand, aber ich träumte weiter, und als Samer etwas von mir abrückte, fürchtete ich, er würde wieder weggehen. Ich blickte ihn an und flehte ihn an zu bleiben, aber er entschwand aus meinem Traum und zerrte mich in die Wirklichkeit.

Da stand Samer mit seiner schlanken Gestalt und seinem schönen Gesicht neben mir, er trug einen langen Bart, seine Haut war sonnengegerbt, seine Blicke mitfühlend, und auf der Stirn hatte er einen dunklen Fleck vom Beten. Ich zog ihn zu mir und nahm ihn in die Arme, er weinte, und ich weinte mit ihm. Ich hörte ihn in mein Ohr sagen: »Ich danke Gott, dass er mir die Güte erwiesen hat, dich heil hierherzubringen.«

Ich sagte ihm nicht, dass ich seine Güte, mich zu empfangen, als eine noch größere ansah. Ich wollte ihm kein Wunder präsentieren, das er Gott zuschreiben würde, ohne meiner Entschlossenheit, zu ihm zu gelangen, Bedeutung beizumessen. Aber es war nicht der Raum für Gespräche dieser Art. Ich sah ihn noch einmal an. Sein Blick war durchdringender als früher, seine Mimik schärfer. Die Veränderungen behagten mir nicht. Samer erschien mir so stark wie nie zuvor. Aber trotz dieser rauen Erscheinung war er mein Sohn. Er war mein gutherziges, schwaches – und fehlgeleitetes Kind. Nun ja, für ihn war es Rechtleitung.

Er hatte kein großes Interesse, über daheim zu sprechen. Ich wollte ihn mit der Nachricht erfreuen, dass seine Mutter nun Kopftuch trug, wie er es verlangt hatte, und seine Schwester es vielleicht auch schon tat. Ich verheimlichte ihm aber auch nicht, dass mich das nicht begeisterte. Ich sagte ihm noch, dass seine Mutter es sich fürs Erste nicht erlauben könne, keine Männer mehr zu begrüßen, dass sie aber alles Mögliche tun würde, um es Samer recht zu machen. Dann sagte ich lächelnd: »Ich für meinen Teil werde dir aber nichts recht machen. Nicht unter dem Druck dieser Umstände.« Ich berichtete ihm, wie ich zu ihm gekommen war und was ich während meiner Entführung durchgemacht hatte, damit er begriff, dass all dieses Leid mich nicht davon abgebracht hatte, zu ihm zu kommen, und er einsah, dass uns ab jetzt nichts mehr trennen konnte und ich nicht ohne ihn wieder nach Syrien zurückgehen würde.

Samer ging nicht darauf ein, so als wäre das, was ich gesagt hatte, nicht so wichtig. Leise und schnell berichtete er, er habe mein Bild nach der Entführung auf al-Dschasira gesehen. Er nahm Kontakt zu allen möglichen Gruppen auf, die Entführungen praktizierten, bis er erfuhr, dass eine Gruppe namens »Kompanie der Vergeltung« mich kaufen wolle. Als er wusste, wer mich gefangen hielt, forderte er die Betreffenden auf, mich herauszugeben. Gemäß einem Abkommen durfte niemand verschleppt werden, der mit al-Qaida in Verbindung stand. Meine Kidnapper leugneten, dass sie mich hätten, um ihre zehntausend Dollar nicht zu verlieren. »Deshalb mussten wir sie töten«, sagte er, als spräche er davon, wie er einen banalen, nicht weiter erwähnenswerten Streit beigelegt hatte.

Ich unterbrach ihn: »Ich wurde zwei Tage lang gefoltert. Ich hasste meinen Peiniger zwar so sehr, dass ich mir wünschte, er würde sterben, aber ich hatte nicht den Wunsch, ihn zu töten. Hättest du es dir nur nicht so leicht gemacht. Du hättest dir auch eine andere Lösung überlegen können.«

»Sie hatten unser Abkommen gebrochen«, sagte Samer und wollte das Thema damit abschließen. Aber meine Miene zeigte ihm, dass ich sein Tun missbilligte, und so fragte er mich: »Vater, stehe ich noch in deiner Gunst?«

»Ich weiß nicht, ob meine Gunst oder Missgunst dir noch etwas bedeuten«, sagte ich.

»Doch, deine Gunst ist mir wichtig.«

»Würde meine Missbilligung dich daran hindern, etwas zu tun, was ich nicht gutheiße?«

»Wenn es Gottes Willen nicht entgegensteht.«

»Falls wir wissen, was Gott will.«

»Das weißt du nicht, aber ich weiß es. Du bist nicht gläubig. Ich war erstaunt zu hören, dass du während deiner Reise hierher gebetet hast. Dein Glaube ist sehr fragwürdig.«

Es hing viel davon ab, was ich jetzt erwidern würde – vielleicht mein ganzes Verhältnis zu Samer. Aber vormachen wollte ich ihm trotzdem nichts. Ich sagte: »Ich wollte nicht die Gefühle derer verletzen, in deren Begleitung ich war. Ich war ihr Gast, und keiner von ihnen hat mir Hilfe vorenthalten. Ich wollte nicht auftreten als einer, der Ungläubigkeit zur Schau stellt. Ob ich glaube oder nicht, geht allein mich etwas an, da haben andere nicht mitzureden. Eines sollst du wissen: Ich habe kein Problem mit Religion und Gott. Ich bin nur dagegen, dass man beides für irgendwelche Zwecke missbraucht. Mit meiner Religion fühle ich mich auf eine Weise verbunden, die ich selbst nicht ganz verstehe. Sollte ich es eines Tages besser begreifen, werde ich es dir gerne erklären.«

»Mein Glaube gibt mir das, was dir fehlt.«

»Ich streite mit dir nicht über den Glauben. Dein Glaube ist allein deine Sache. Worüber wir zu streiten haben, ist Mord. Du weißt sicherlich, dass der Islam das Töten untersagt. Und erzähl mir nicht, dass das, was ihr tut, Dschihad ist! Mord ist das, und es ist die größte Sünde gegen Gott. Dschihad ist etwas anderes.«

Samer unterbrach mich, bevor ich ihm meine Sicht auf diese Glaubenspflicht darlegen konnte.

»Dschihad heißt nicht nur Bildung, Missionierung, gute Taten zu tun und verwerfliche zu verhindern. Dschihad heißt Kampf für die Sache Gottes, und es ist die höchste Pflicht aller, die in der Lage sind, Waffen zu tragen. Dieser Kampf ist jedem Muslim bis zum Tage der Auferstehung auferlegt, und wer dem Herrn gegenübertritt, ohne ein Gewehr in der Hand zu halten, der wird als Sünder gelten. Das Banner des Kampfes wird über jedem muslimischen Ort dieser Erde wehen, den Ungläubige betreten oder wo Muslime getötet werden. Wir sind haftbar für jeden Tropfen unseres Blutes, der vergossen wird, für unsere Würde, wenn sie verletzt wird, und für jedes Stück Erde, das uns geraubt wird.«

»Du führst einen blinden Dschihad«, sagte ich.

Samer ging Richtung Tür und sagte: »Bleib über Nacht hier. Wir sehen uns morgen wieder.«

Unser Kampf hatte begonnen.

8

In der folgenden Nacht drang im Halbschlaf an mein Ohr, wie jemand rief: »*Zum Paradies, auf ins Paradies!*« Dann war es still. Bis es wieder losging: »*Mudschahid, bekenne dich zum einen und ewigen Gott!*« Ich fühlte mich an den Nachtrufer im Ramadan erinnert. Es wurde lauter: »*Steh auf, Kämpfer für den Glauben, heute ist dein Tag!*« Dies wurde mehrfach wiederholt. Ich überlegte, ob es ein Ruf zum Morgengebet sein könnte, aber es dämmerte noch gar nicht. Es war wohl eher ein Weckruf für einen der hier lebenden Kämpfer, der sich auf den Weg zu einem Selbstmordattentat machen würde. Etwas später ertönte dann wirklich der Ruf zum *Fadschr*-Gebet, und kurz bevor ich wieder in den Schlaf sank, kam es mir so vor, als würden die Aufrufe von vorher wiederholt.

Später weckte mich ein junger Syrer mit dem Kampfnamen Abu Muadh, der beauftragt war, mich zu begleiten und mir zu Diensten zu sein. Er kam aus einem Dorf in der Nähe von Aleppo, war dauernd in Bewegung, gutherzig und etwas naiv und lächelte unentwegt. Die Finger seiner rechten Hand waren in einer Art spastischen Lähmung gekrümmt und versteift. Trotz seiner Freundlichkeit verhielt er sich zurückhaltend, so als hätte man ihm untersagt, allzu frei mit mir zu sprechen. Offenbar sollte er mich nicht nur begleiten, sondern auch beaufsichtigen, auch wenn er angab, er sei dazu da, mich zu führen und mir zu helfen, falls ein Flugzeug auftauchte oder amerikanische Armeefahrzeuge in der Umgebung gemeldet wurden. Eher würde ich ihm helfen müssen, dachte ich.

Seine Stimme erinnerte mich an den Dschihad-Weckruf heute Morgen, und ich fragte, ob er der Rufer gewesen sei. Nun wurde er doch redselig. Ja, er war es, er wollte mit seinem Ruf einen Selbstmordkandidaten wecken, aber als er zu ihm kam, war dieser bereits wach und las die *Al-Fath*-Sure des Korans. Abu Muadh fuhr ihn mit einem Auto in ein Dorf in der Nähe und ließ ihn aussteigen. Er sah ihm nach, bis er verschwunden war. Ich fragte ihn nicht nach weiteren Einzelheiten.

Samer tauchte nicht auf. Mir schien, er mied mich. Abu Muadh erklärte mir, gestern sei spät in der Nacht eine Gruppe neuer Freiwilliger eingetroffen. Sie waren bis zum Morgen wach geblieben, hatten noch zusammen gebetet und den Attentäter verabschiedet. Sie seien gerade aufgestanden und säßen mit Samer im Gästehaus.

Ich sah mich ein wenig im Lager der Kämpfer um, der Junge mit der verkrüppelten Hand blieb immer in meiner Nähe. Die Anlage war wie ein größerer Bauernhof ohne Außenmauern, mit Häusern aus Stein und Lehm, die teilweise aneinandergebaut waren. Etwas isoliert stand ein zweigeschossiges Gebäude, umgeben von Bäumen, und Gemüsebeeten, daneben eine alte Mühle. Dahinter erstreckten sich Maisfelder und Palmengärten, und in einer anderen Richtung lag ein Felshügel, der mit seinen Höhlen und Winkeln ein ideales Versteck zu bieten schien.

Mit dem angrenzenden Ort war das Gelände der Dschihadisten durch einen weitläufigen Platz verbunden, an dem sich eine Klinik, eine Schule, eine Moschee und zum Teil geschlossene Läden befanden.

Ich setzte mich mit meinem Begleiter an einen Bewässerungskanal in den Schatten einer Palme. Kaninchen rannten vor uns umher und versteckten sich hinter Grasbüscheln, in der Ferne knatterten Motorpumpen. Als Abu Muadh hörte, dass ich Samers Vater war, entspannten sich seine Züge, und er begann, mehr von sich zu erzählen. Er war vor drei Monaten hierhergekommen. Um Geld für seine Reise in den Irak zusammenzubekommen, hatte er den kleinen Laden, den er in seinem Dorf in Syrien betrieb, verkauft. Seiner Frau und seinem kleinen Sohn hinterließ er nur wenig, seine Familie würde für sie aufkommen. Gott sorgte ja für jeden. Kaum dass er im Irak war, ließ er sich sofort auf eine Liste für Selbstmordkandidaten setzen. Aber bis heute hatte man ihm keinen Anschlag aufgetragen. Er stand auf der Reserveliste. Viele, die nach ihm gekommen waren, hatten längst ihre Mission bekommen und ausgeführt, während er noch immer wartete. Er war bereit, jede Operation zu übernehmen, die man ihm übertragen würde. Schließlich hatte er gelernt, wie man einen Sprengstoffgürtel anlegte und zündete, aber alle sagten, er brauche noch mehr Übung. Er fürchtete, er könnte durch einen verirrten Splitter sterben, wenn die Amerikaner eines Tages wahllos Bomben abwürfen, bevor seine Zeit gekommen war. Es war offensichtlich, dass man ihm hier nicht viel zutraute. Seine Intelligenz war nicht so stark ausgeprägt wie seine Kampfbegeisterung. Er dagegen glaubte, es habe mit seiner Hand zu tun. Er freute sich darauf, dass er auch sie los sein würde, wenn es so weit wäre, aber vor allem ging es ihm darum, sein Leben als Märtyrer zu lassen. Er war stolz darauf, niemals Ehebruch oder Diebstahl begangen oder jemandem etwas zuleide getan zu haben. Er träumte davon, seinem Herrn so rein und ohne Sünde gegenüberzutreten, wie seine Mutter ihn geboren hatte. Ihn wunderte nur, dass ich nicht nach dem Märtyrertod strebte, nachdem Gott es mir ermöglicht hatte, in den Irak zu kommen, und mich zu Menschen geführt hatte, die mich mit allem ausstatten konnten, was zum Dschihad nötig war.

»Da es ja dein Sohn Abdallah ist, der entscheidet, wird er dich sicher nicht auf die Warteliste setzen. Wie kannst du da nur zögern?«

Ich sagte, ich sei nicht für lange hier, ich hätte nur nach meinem Sohn sehen wollen. »Was, du willst wieder zurück?«, wunderte er sich. »Du bist doch nur einen Knopfdruck weit vom Paradies entfernt, das Gott den Gläubigen versprochen hat! Hat dein Sohn dir nicht zugeraten, diese Wohltat zu empfangen? Schließlich weiß er besonders gut, wie es im Paradies aussieht. Gott hat ihm die Güte erwiesen, es ihm im Traum zu zeigen. Es war ihm, als habe er lange dort gelebt, und er hat uns davon berichtet.«

Ein Junge kam zu uns gerannt und unterbrach unser Gespräch, um uns zum Mittagessen zu rufen. Wir gingen zum Gästehaus, ich grüßte die Versammelten und setzte mich. Es war ein großer Raum, in den durch acht Fenster Licht fiel. Draußen sah man Bäume mit vertrockneten gelben Blättern. Stoßweise kam so heiße Luft herein, dass man kaum atmen konnte. Alle saßen auf kleinen Teppichen auf dem Fußboden und lehnten sich an die Wand. Das Essen war noch nicht aufgetragen. Neben Samer saßen fünf Neuankömmlinge, ein Tunesier, ein Marokkaner, ein Algerier und zwei saudische Brüder. Kurz nachdem ich eingetreten war, stieß noch ein etwa zwanzigjähriger Iraker namens Abu Ubada dazu, der gerade angekommen war. Einer der Alteingesessenen ließ sich die Telefonnummern der Freiwilligen von zu Hause geben, damit er deren Familien später mitteilen konnte, dass ihre Söhne im Irak angekommen beziehungsweise gestorben seien. Ins Paradies eingegangen, nannte er es. Währenddessen bedienten uns drei Knaben und stellten Schüsseln mit Essen vor uns. Abu Ubada war der Einzige, der keine

Telefonnummer nennen konnte, weil seine Familie auf der Flucht war.

Der Tunesier Abu Hudhaifa war von allen am glücklichsten darüber, im Irak zu sein. Er war zu Hause seiner Festnahme entgangen; mindestens drei Jahre Haft hatten ihm gedroht, weil er verdächtigt wurde, Glaubenskämpfer zu rekrutieren. Also musste er selbst abtauchen. Sein Bruder war schon vor zwei Monaten hergekommen und in der Schlacht um Ramadi gefallen. Abu Hudhaifa war höchstens dreißig. Er hatte sein Geld mit einem Kleintransporter verdient, welchen er zum Abschied seinem frischverheirateten jüngeren Bruder überlassen hatte, auf dass dieser damit nun zwei Familien ernähre. Er selbst hatte drei Töchter, von der Geburt seines Sohnes hatte er kurz vor seiner Ankunft im Irak erfahren. »Die Nachricht von Hudhaifas Geburt hat mich nur noch entschlossener gemacht, hierherzukommen«, sagte er.

Der Algerier Abu Aiham war mit Samer noch nicht darüber einig geworden, ob er als Selbstmordattentäter eingesetzt werden sollte. Er bot sich als bewaffneter Kämpfer an. Seine Staatsangehörigkeit war französisch, er war in Paris geboren, hatte die Schule abgebrochen, war nach Algerien gegangen und hatte sich dort einer Untergrundgruppe angeschlossen. Er hatte den Umgang mit Waffen, das Herstellen von Bomben und Guerillataktiken gelernt. Seine Kollegen versuchten ihn umzustimmen: Märtyreroperationen seien viel effektiver, ein Einziger könne da gleich Dutzende verletzen und töten, ganz abgesehen von dem Schreck und dem Grauen, die man Kollaborateuren und Ungläubigen damit einjage. Außerdem könne der Täter nicht mehr festgenommen und gefoltert werden. Ein offenes Gefecht dagegen koste viel mehr Kämpfer, und man könne nicht einmal sicher sein, Gegner zu treffen. Der Marokkaner und die beiden Saudis hatten dem Emir von Beirut bereits geschworen, als Märtyrer sterben zu wollen; die Brüder hatten sich lediglich ausbedungen, ihre Operation am selben Tag auszuführen.

Samer nahm kaum am Gespräch teil, er beobachtete. Als das Essen kam, unterbrach er die Diskutierenden, klopfte dem Algerier auf die Schulter und sagte: »Was Gott uns erwählt, das kann nur das Beste sein.«

Wir begannen zu essen. Nur Abu Ubada, der auch während des Gesprächs mit hängendem Kopf dagesessen und geschwiegen hatte, rührte keinen Bissen an, weil er angeblich auf dem Herweg schon gegessen hatte.

9

Kurz bevor wir zu Ende gegessen hatten, eilte ein Bewaffneter herein, beugte sich zu Samer und flüsterte ihm etwas ins Ohr. Samer reagierte, indem er den Kopf hob und im Ton einer frohen Botschaft sagte: »Gott sei gepriesen! Dies ist ein segensreicher Tag!« Er hatte soeben erfahren, dass fünf Märtyreranschläge erfolgreich durchgeführt worden waren: drei in Bagdad, einer in al-Hilla und einer in Mossul. Samers Emirat hatte einen dazu beigesteuert. Dies gab ihm nun Gelegenheit, von den Tugenden und der Tapferkeit der Märtyrer zu schwärmen, die sich bei diesen Anschlägen geopfert hatten und von denen er selbst drei gekannt hatte. Einer der Attentäter hatte sich in einem mit Sprengstoff gefüllten Auto am Checkpoint des Innenministeriums in die Luft gesprengt. Es war ein Racheakt, nachdem angeblich zwei Mitglieder von al-Qaida in den Kerkern des Ministeriums erschossen worden waren. Der zweite Anschlag war von einem ausgeführt worden, dessen Bruder vor eineinhalb Monaten im Abu-Ghuraib-Gefängnis unter Folter gestorben war. Die übrigen drei Selbstmordattentate waren eine Antwort darauf gewesen, dass die Schiiten, so die Behauptung, mit den Amerikanern gemeinsame Sache machten. Sie hatten vor einer Polizeiwache, in einem Café, das von Kollaborateuren besucht wurde, und an einem Busbahnhof stattgefunden. Und alles war Dschihad, getan, um Gott zu gefallen. Samer lief eine Träne über die Wange. Erst gestern hatte er mit dem Märtyrer aus seiner Gruppe sein Testament abgefasst. Dieser war glücklich gewesen und hatte Gott gebeten, ihm eine Wohltat zu erweisen, indem er möglichst viele Ungläubige und Komplizen der Besatzer zu Tode kommen lassen und ihm, dem Attentäter, Eingang ins Paradies gewähren möge.

Samers Tränen rührten mich nicht. Ich nahm an, dass dieser umfangreiche Nachruf der Situation geschuldet war, aber als er immer beseelter und tränenreicher von ihnen sprach, musste ich erkennen, dass ihm die Sache tatsächlich naheging. So hatte ich ihn als kleines Kind gekannt, so war er gewesen, wenn ihm etwas abhandengekommen war, nur worüber hatte er damals geweint? Als ihm als Fünfjährigem einmal seine Eisenbahn kaputtging, erfüllte sein Geheul das ganze Haus. Später schluchzte er hemmungslos, als er das Abitur nur knapp bestand oder als ihn seine Freundin kurz vor seinem Universitätsstudium sitzenließ, oder als er, noch etwas später, eine andere verließ, weil sie den veränderten Ansprüchen seines neuen Lebens nicht mehr entsprach. Und jetzt, da er fromm geworden und in den Lehren seines Glaubens bewandert war und bewaffnet kämpfte, vergoss er Tränen für Selbstmörder, und die Trauer, die ihn ergriff, würde seine Entschlossenheit nur steigern.

Er litt unter seinen Gefühlen, er versuchte sie zu verbergen, aber sie übermannten ihn. Samer war nicht mehr anwesend, er war bei seinen toten Kameraden, er nahm Abschied von ihnen mit Leid im Herzen, mit Worten des Kummers, der Bewunderung und des Neides darüber, dass sie da waren, wo er noch hinstrebte. Er fuhr sich übers Gesicht, erwähnte die Lauterkeit der dahingegangenen Gefährten und wünschte ihnen, der Paradiesesgärten teilhaftig zu werden. Nun waren auch die Bärte der im Raum Sitzenden tränennass, ihre Gesichter düster, aber schon hellten sie sich wieder auf, als Samer darauf verwies, dass auch sie bald die Wohltaten des Paradieses würden genießen können. Nur Abu Ubada saß weiter mit hängendem Kopf da, und Tränen tropften ihm vom Kinn.

Ein Fernsehapparat in der Ecke des Raumes übertrug die Nachrichtensendung. Sie begann mit Bildern von Sanitätswagen, die mit eingeschalteter Sirene durch die Straßen rasten. Alle schwiegen und starrten gebannt auf den Bildschirm. Es waren Bilder von dem Autobombenanschlag am Busbahnhof. Ein Bus lag auf der Seite, man sah Hände und Köpfe heraushängen, Betonmauern waren eingestürzt und lagen in Trümmern, Schaufenster und Fassaden waren aufgerissen, Kioske verbrannt, ein Dutzend Leichen lag inmitten von Tomaten, Auberginen, Gurken und Datteln, die über den Platz verstreut waren. Die Kamera zeigte, wie sich eine Frau in Feuer und Rauch verzweifelt aufs Gesicht schlug, neben ihr stand ein kleiner Junge mit zerzaustem Haar und zerrissenen Kleidern, Verwundete krochen umher, schreiend vor Schmerz und um Hilfe rufend, Männer bedeckten die Leichen mit weißen Tüchern, Blutlachen vermischten sich mit Öl, Ruß und Dreck, Männer- und Frauenschuhe lagen herum, ein junger Mann suchte jemanden unter den Opfern, Körperteile waren von der Explosion auf Bäume und Balkone der umliegenden Gebäude geschleudert worden, Männer und Frauen trugen verletzte Kinder eilig zu Ambulanzwagen, Polizisten brüllten in Mobiltelefone, und ein Helikopter kreiste so tief über dem Platz, dass er fast die Dächer der Häuser berührte.

Der Fernsehsprecher sagte, die Busstation sei zu dieser Tageszeit meist voller Arbeitspendler, Gemüsehändler, Textilverkäufer, fliegender Bartschneider und Schuhputzer. Dann schwenkte die Kamera auf das Auto, das der Attentäter zur Explosion gebracht hatte. Es lag auf dem Dach und war nur noch ein Haufen Schrott. Im Inneren sah man die Überreste des Fahrers, eine verkohlte Leiche, die mit dem schwarzen Metall ringsum verschmolzen zu sein schien. Samer rief: »Gott hab dich selig, Abu Salih, mögest du im Paradies weilen!«

Mir blieb ein Schrei im Hals stecken. Es war also der junge Algerier, den mein Syrer heute Morgen im Dorf abgesetzt hatte! Mir kam ganz kurz sein freundlicher Umgang in den Sinn, als er mir Essen gebracht hatte. »Onkel« hatte er mich mit seinem algerischen Akzent schüchtern genannt. Ich starrte auf den Bildschirm und betrachtete seine Überreste. Da schien etwas zu schimmern, vielleicht war es sein Goldzahn, der immer sichtbar geworden war, wenn er gelächelt hatte. Sein freundliches Gesicht, sein klarer Blick, seine ungekünstelte Bescheidenheit waren in dieser Szene aus Rauch, Tod und Wahnsinn aufgegangen. So als würde ein trügerischer Glaube zu Blindheit führen, ein falsch verstandenes Martyrium ins Verderben und ein Gottesbetrug zu einem so unbeschreiblichen Maß von Leid.

Ich sah mich um. All der Heldenmut und die Preisungen des Martyriums schienen den Glaubenskämpfern abhandengekommen zu sein. Ich schaute zu Samer, unsere Blicke trafen sich kurz, er fühlte sich ertappt und wandte sein Gesicht ab. Was ihm jetzt wohl durch den Kopf ging, was er jetzt wohl fühlte? Wir hatten dieselbe Szene gesehen, aber dachten wir dasselbe? Was er wirklich fühlte, konnte ich mir nicht vorstellen. Aber hier ging es nicht um mich. Es ging um die Moral der Selbstmordkandidaten, die erschüttert war, und Samer musste wieder die Initiative ergreifen. Seine Stimme drang durch das Schweigen der Runde, sie klang demütig und freudig zugleich: »Wo sind unsere Märtyrer nun?«, fragte er seine Gefährten.

Der Tadel in seiner Frage war unüberhörbar, und sein Blick war missbilligend. Er gab sich selbst die Antwort und sah mich dabei herausfordernd an: »Sie wurden dessen teilhaftig, was sie erstrebt hatten. Der Schöpfer hat ihnen ihr Leben geschenkt, dafür gaben sie ihm ihren Tod. Kann es etwas Edleres und Erhabeneres als einen solchen Tod geben? Einen Tod, der dem Islam und den Muslimen Leben bringt, Gott segne sie und gewähre ihnen Glück! Jeder von ihnen ist nun in einem der vielen Räume des Paradieses.«

Und um sie aus ihrer Verwirrung zu reißen, die die Freiwilligen noch immer beherrschte, rief er eine weitere Frage in den Raum: »Wisst ihr denn, wie das Paradies beschaffen ist?«

Wieder gab er selbst die Antwort: »Sein Boden ist Safran, seine Erde Moschus, seine Wände sind aus Silber- und Goldstücken gebaut. Die darin weilen, bleiben dort auf ewig, unseren Märtyrern wird dort Ehrerbietung zuteil, ihre Gesichter leuchten in höchster Frische, sie erleben weder Geiz noch Demütigung, sie fühlen nicht Furcht noch Trauer, der Tod kann sie nicht ereilen. Sie essen Paradiesesspeisen und trinken von Flüssen aus Milch, Wein und Honig, deren Grund aus Silber ist und deren Kies Korallen sind, sie sitzen auf Kanzeln aus Rubin in Zelten aus kühlen weißen Perlen und liegen auf Polstern, umschwärmt von Knaben, die ihnen Quellwasser aus weißen Kannen anbieten, so rein, dass die Gefäße glänzen.

Unsere Märtyrer erfreuen sich nun ihres Wohlergehens, sie sitzen bei schönsten Paradiesjungfrauen, so fein, als seien sie aus Rubin und Korallen, kein Mensch und kein Geist haben sie jemals zuvor berührt, kein Alter überkommt sie und kein Elend. Wenn nun einer weiß, dass dies nur ein Teil des Paradieses ist, wird er dann nicht danach streben, es zu erreichen? Bei Gott, selbst wenn es nur körperliche Unversehrtheit und sicheren Schutz vor Unglück, Hunger und Durst böte, so wäre das Paradies doch würdig, dass wir, um seiner teilhaftig zu werden, diesem Diesseits entsagen, welches dem Untergang zustrebt. Umso mehr, als die Bewohner des Paradieses Tag für Tag an der Seite des Allmächtigen weilen, sein gütiges Antlitz schauen und sich an einem Anblick ergötzen, der alle Wohltaten der Gärten Eden übersteigt! Auf immer schwelgen sie in diesen Labsalen, nie mehr werden sie sie entbehren.«

Samer hatte es geschafft. Er hatte seinen Männern wieder den Geist des tapferen Martyriums um des Paradieses willen eingehaucht. Nach einigen Augenblicken des Schweigens brach erneut Begeisterung aus, man jubelte und ließ Gott hochleben, und alle sahen den Opfergeist, den sie im Herzen trugen, aufs Beste in dem Sprechgesang bekundet, den die beiden saudischen Brüder lauthals anstimmten:

»Und legst du meine Hände auch in Ketten, schlägst auf die Brust mir die Geißel und lässt meinen Hals spüren die Klinge ...«

Schon stimmten die anderen ein:

»... meinen Geist wirst du doch nicht fesseln, noch wirst du meinen Glauben mir nehmen, denn das Licht brennt in meinem Herzen, und Herz und Hand sind eins bei mir.

Mein Herr, mein Beschützer, mein Retter, mein Glaube an dich soll mich schützen, und lächelnd werde ich sterben, wenn dadurch der Glaube an dich lebt.«

Ich blickte erschrocken zu Samer. Das war nicht mein Sohn. Das war Emir Abdallah der Syrer, ein Selbstmordmissionar, ein Mann, den ich nicht kannte, der mir und sich selber fremd war, nichts verband mich mit ihm außer einer elenden Blutsverwandtschaft. Es war, als hätte ich ihn nun zum zweiten Mal verloren und mit ihm alle Hoffnung. Er gehörte zu einer Welt, die ich ablehnte, er ging mit Träumen von Himmelspalästen und Paradiesesjungfrauen hausieren, drehte anderen Illusionen von einer schönen, unbekannten Welt an, die nichts war als Schein, und bekam dafür Menschenleben. Ich erhob mich, ohne ein Wort zu sagen, und ging hinaus.

10

Samer schickte mir den Jungen mit der verkrüppelten Hand, ich solle doch bitte zu ihm kommen, aber ich wollte ihn nicht sehen. Es war noch immer drückend heiß und feucht, obwohl der Abend bereits anbrach. Ich ließ ausrichten, ich wolle heute früh zu Bett gehen, doch Abu Muadh bestand darauf, dass ich ihn sofort begleitete. Abdallah der Syrer hatte ihm eingeschärft, keinesfalls ohne mich zurückzukommen. Ich musste also mit.

Als Samer mich kommen sah, ließ er die Gruppe stehen, die um ihn geschart war. Wir gingen ein wenig in die Dunkelheit hinaus und nahmen einen Weg, der in ein Dickicht führte. Ich wollte nichts von ihm hören und auch nicht noch einmal versuchen, ihn umzustimmen. Ich wollte mich nur noch von meiner Bedrückung befreien, *ich* wollte reden, nicht *er* sollte es tun, ich wollte meine Stimme, nicht seine hören. Ich wollte klagen, ohne eine Erwiderung zu bekommen, wollte mich von der Bürde der Enttäuschung und der Bitterkeit unerfüllter Hoffnung befreien.

»Ich bin in den Irak gekommen, um dich nach Damaskus zurückzubringen«, hob ich an. »Ich habe tiefe Schuldgefühle dir gegenüber. Es schmerzt mich, dass ich dich über viele Jahre vernachlässigt habe, statt dir Orientierung für dein Leben zu bieten. Ich wollte das wiedergutmachen, und ich hätte mein Leben dafür gegeben. Ich sah es als die beste Art der Sühne dafür, dass ich meiner Verantwortung dir gegenüber nicht gerecht geworden bin, auch wenn es mich nicht frei von Schuld gemacht hätte. Aber heute habe ich gesehen, dass es keinen Sinn hat. Was ich falsch gemacht habe, ist nicht wiedergutzumachen, und meine Verzweiflung könnte größer nicht sein. Willst du mir nicht mit einem Wort etwas Trost geben oder mich spüren lassen, dass es zumindest noch ein klein wenig Hoffnung gibt? Sag, kannst du das?«

»Es ist zu spät.«

»Ich weiß, dass du sehr weit gegangen bist. So weit, dass ich Schwierigkeiten habe, dich wieder zurückzuholen.«

Er wollte mich unterbrechen. Ich hielt mich zurück, um nicht zu schreien, so sehr ärgerte ich mich über seine Gleichgültigkeit gegenüber meinen Gefühlen. Mit vor Wut stockender Stimme fuhr ich fort: »Was du tust, sind Verbrechen! Und was sollte dieses Theater vom Paradies heute Mittag? Wer war denn mal dort, hat es angeschaut und ist dann wiedergekommen, um es so genau zu beschreiben? Solche Lügen sind gleichbedeutend mit vorsätzlichem Mord!«

»Diese Männer«, erklärte Samer, »haben ihre Familien, ihre Frauen und ihre Kinder verlassen. Sie haben ihre Heimat, ihre Arbeit und ihre Freunde aufgegeben und sind von weit her gekommen, um sich zu opfern. Glaubst du nicht, dass auch sie manchmal Angst vor dem befällt, was sie zu tun im Begriff sind? Und dass sie gleichzeitig nicht den Mut haben, ihren Entschluss rückgängig zu machen? Soll ich sie dann ihren Ängsten überlassen, oder soll ich ihre Herzen und ihre Moral stärken? Sollte ich sie nicht in ihrem Glauben daran stützen, dass sie dafür mit dem Paradies belohnt werden? Wie das Paradies nun genau aussieht, darüber müssen wir nicht streiten. Es ist ein Ort des Glücks. Du kannst dir das Glück vorstellen, wie du magst.«

»Und woher willst du wissen, und woher sollen sie wissen, was sie tatsächlich erwartet?«

»Gottes Buch, der Koran, gibt mir und ihnen die Antwort.«

»Gibt es im Koran nicht auch eine Sure, die zum Gehorsam gegenüber den Eltern auffordert?«

»Warum?«

»Weil ich möchte, dass du mit mir zurückgehst.«

»Wenn der Dschihad ruft, hat ein Vater keine Gewalt mehr über seinen Sohn. Kein Geschöpf darf Gehorsam leisten, wenn es sich dadurch gegen seinen Schöpfer stellt. Ich werde dir nicht gehorchen, denn ich würde mich gegen Gott versündigen.«

»Das tust du bereits, und du gehorchst dem Satan, wenn du Freiwillige zu zwei Grundsünden anstiftest, nämlich Mord und Selbstmord. Kein religiöses Gesetz erlaubt das Töten. Ich kenne den Koran als ein Buch des Friedens, nicht des Kriegs, als ein Buch der Barmherzigkeit und der Liebe, nicht als ein Buch, das Gewalt und Fanatismus lehrt. Wenn du den Koran einmal so läsest, würdest du den wahren Geist der Religion ergründen.«

»Und warum kümmert dich der Geist dieser Welt nicht? Wir töten andere, so wie sie uns töten.«

»Und was ist mit all den unschuldigen Menschen, die ihr mit euren Attentaten abschlachtet? Unbeteiligte Zivilisten sind sie, unter ihnen alte Leute, Frauen und Kinder. Meistens jedenfalls.«

»Die Religion zu wahren hat Vorrang vor der Wahrung von Menschenleben.«

»Als ob nicht beides ginge!«

»Uns ist aufgegeben, den Feind zu bekämpfen, da ist es

gleich, ob unschuldige oder schuldige Menschen sterben. Wir tragen keine Verantwortung dafür, wenn sie sich am falschen Ort befinden, und vielleicht sind sie ja auch am richtigen Ort, wer will das wissen? Wir alle sind Gottes Gnade anheimgegeben, und er lässt seine Vorsehung walten. Er allein bestimmt über uns und alle anderen Menschen. Wer für den Feind arbeitet, kommt in die Hölle, und der Märtyrer ins Paradies.«

In der Dunkelheit konnte ich sein Gesicht nicht sehen. Ich stellte es mir noch immer so sanft vor, wie ich es früher gekannt hatte. Er starrte in die Nacht auf etwas, was ich nicht sah. Ich bekam Angst, dass er mir nicht mehr zuhören würde. Während meine Stimme zitterte, sprach er in tiefer Tonlage, so selbstsicher und bestimmt, als könnte nichts seinen Glauben an das, was er sagte, erschüttern. Wieder empfand ich diesen Verlust. Er war mein Sohn, aber er war mir weggenommen worden. Er war mir fern, er widersetzte sich mir und lehnte sich gegen mich auf. Was sollte mein Bitten dagegen ausrichten? Über mich selbst spottend, sagte ich: »Und dafür bin ich diesen weiten Weg hergekommen!«

»Ich habe dich warnen lassen. Hat man dir nicht gesagt, du sollst umkehren?«

Mich überkam ein seltsames Gefühl. Ja, er hatte recht. War ich nicht aufgefordert worden zu verschwinden, als ich einmal mit Fadhil die Rashid-Straße entlanggegangen war?

»Du hast mir also diesen Mann geschickt, der mich im Gedränge angerempelt hat?«

»Wer sonst? Jemand hatte uns ein Bild von dir vorgelegt, daher wusste ich, dass du im Irak bist. Ich wollte, dass du so schnell wie möglich wieder abreist und dir und mir diese Diskussion ersparst.«

»Warum hast du mich dann gerettet?«

»Da du offenbar unbedingt im Irak bleiben wolltest, nahm

ich an, du wolltest mich unterstützen. Oder dich mir sogar anschließen.«

»Und ich dachte schon, du würdest sagen: Weil du mein Vater bist. Ich weiß nicht, ob ich um dich trauern oder mir selbst leidtun soll.«

»Du wirst dich mit irgendetwas anderem trösten müssen.«

»Was soll mich darüber hinwegtrösten, dich verloren zu haben?«

»Genug jetzt. Ich will dich auch nicht gänzlich verlieren.«

»Wer soll mir dich ersetzen?«

»Wenn du gläubig wärst, würdest du verstehen, welchen Segen ich hier erlangt habe, und brauchtest auch keinen Ersatz, denn du wärst selbst voll der größten Freude. Aber davon bist du weit entfernt. Du weißt nicht, was es heißt, sicher im Glauben zu stehen.«

»Und was ist damit, dass ich dein Vater bin?«

»Setze mich damit nicht unter Druck. Du lebst in einer Welt der Unwissenheit.«

»Nur damit du dir nicht zu viele Hoffnungen machst: In dieser Welt hier gibt es keinen Gott, und wahrscheinlich gibt es auch keinen Himmel und keine Hölle. Also lüg dich selbst und andere nicht an.«

»Du bist ein Gottesleugner!«

»Sei dir da mal nicht so sicher. Ich kann selbst nicht mit Bestimmtheit sagen, was in meinem Herzen ist. Ich werde dir etwas verraten, was mich selbst vor ein Rätsel stellt. Ich hatte gedacht, mich von jedem Glauben gelöst zu haben, seit ich allein der Vernunft vertraue. Aber als ich entführt wurde, hat die Angst mich wieder gläubig gemacht. Gegen meinen Willen! Und es war nicht nur ein Angsterlebnis, es war eine erschreckende Erkenntnis. Ich will nicht übertreiben, und vielleicht irre ich mich ja auch. Aber kam da vielleicht jener Glaube zum Vorschein, den wir sonst aus Hochmut vor uns selbst verbergen, der aber trotz allem tief in uns steckt? Sicher bin ich mir nicht, und ich will jetzt auch nicht darüber nachdenken, weil ich mir sonst ins Gedächtnis rufen müsste, was ich durchgemacht habe, und dazu bin ich noch nicht bereit. Wie dem auch sei, es ist passiert. Ich habe wieder geglaubt.«

Samers Augen leuchteten in der Dunkelheit, als er sagte: »Vater, verleugne dieses Erlebnis nicht!«

»Ich verleugne es ja nicht ...«

Da kam mir etwas in den Sinn. Ich spürte, dass sich mir eine Chance auftat. Ob sie realistisch war oder nicht, wusste ich nicht, aber ich wollte sie keinesfalls ungenutzt verstreichen lassen. Ich sagte: »Was wäre, wenn Gott mir dieses Erlebnis verschafft hätte? Und wenn nicht ich damit gemeint wäre, sondern du? Wenn es eine Botschaft an dich sein sollte, die ich dir überbringen sollte? Wie hätte ich ohne göttlichen Beistand diesen weiten Weg machen können, allen Widerständen, Hindernissen, Kontrollpunkten zum Trotz? Ich bin nur knapp dem Tod entronnen. Glaubst du nicht, dass das alles passiert ist, damit ich dich zurückhole? Vielleicht hat Gott mir auf die Zunge gelegt, dass ich dir sage: Du umgibst dich mit Dutzenden von Koranauslegungen, mit denen du Selbstmord und Blutvergießen rechtfertigst und die dich blind machen für Gottes Gerechtigkeit und Gnade.«

»Gott hätte mir jemand anders geschickt. Und wenn er wirklich dich zu mir gesandt hat, dann um *dich* auf den rechten Weg zu bringen. Ich kenne meinen Weg zum Licht.«

Ich zeigte zum sternlosen Nachthimmel: »So ein Licht wie dieses hier meinst du? Mit deiner Behauptung, du wüsstest den Weg zum Heil, machst du diese armen Kerle zu todbringenden Selbstmördern!«

»Dies ist der Weg des gläubigen Kämpfers für den Dschihad.«

»Du schickst sie in den Tod, siehst du das nicht?«
»Ich sehe sehr klar.«
»Gar nichts siehst du in deiner Finsternis!«

11

Währenddessen liefen wir in ganz realer Finsternis durch das Gestrüpp, und Samer nahm mich an der Hand, damit ich nicht stolperte, obgleich ich es war, der ihn hätte an der Hand nehmen müssen, um ihn auf den richtigen Weg zurückzuführen. Er brachte mich zu dem Haus, das er bewohnte. Der Eingang war nur daran erkennbar, dass durch ein kleines Fenster in der Haustür etwas Licht schien. Er klopfte ein paar Mal an die Tür, bis eine schlanke Frau von vielleicht zwanzig Jahren erschien. Sie hatte ein rundes, braunes Gesicht, sofern man es im Halbdunkel erkennen konnte, und große, schwarze, aber dennoch matt wirkende Augen. Ihre Wangen waren ein wenig eingefallen, und sie trug ein weißes Tuch auf dem Kopf. Sie musterte mich mit freudlosem Blick und zog sich ins Haus zurück.

Samer führte mich in ein spärlich möbliertes Zimmer mit nackten Wänden. Licht kam nur von einer kleinen Kerze neben einem Koran, der auf einem Holzregal lag. Dazu gab es noch einen Tisch an der Wand, auf dem ein Computer und ein Fernseher standen. Strom nutzte Samer nur, um diese beiden Gegenstände zu betreiben. Auf dem Boden lag ein bunter Teppich, auf den wir uns niederließen, strohgefüllte Polster dienten uns als Armlehnen. Samer rief die junge Frau und bat sie, eine Kanne Tee zu kochen. Sie heiße Hind, sagte er, und dass er Verantwortung für sie trage. Ich fragte nicht weiter nach, wer sie war oder warum sie bei ihm lebte. Ich nahm an, dass sie vielleicht wie viele andere Mädchen im

Irak ihre Familie bei einem amerikanischen Luftangriff verloren hatte oder dass ihre Angehörigen ethnischen Morden zum Opfer gefallen waren. Andere, die ihr Schicksal teilten, endeten in Damaskus, Amman oder am Golf in der Prostitution, wenn sie niemand irgendwo aufnahm.

»Sie ist die einzige Überlebende ihrer Familie«, sagte denn auch Samer, und doch hatte ich falsch geraten. Diese Frau war von Amerikanern vergewaltigt worden, einem Offizier und zwei Marines, auf die die US-Armee so stolz war. Danach hatten sie sie an Freunde in der irakischen Polizei weitergegeben. Sie wollte nur noch Rache nehmen und hatte sich daher als Kandidatin für Selbstmordanschläge gemeldet.

»Ich sollte sie für einen Einsatz vorbereiten«, erklärte Samer, »aber ich wollte zuerst sichergehen, dass sie fest im Glauben steht und für Gott sterben und nicht nur ihre Schande tilgen will. Da erfuhr ich, dass sie schwanger ist und was sie alles ertragen musste. Sie war zwei Monate lang in Kellern eingekerkert und hat währenddessen ihre Entscheidung getroffen. Ich habe sie geheiratet, damit sie nicht länger das Gefühl hätte, sie würde verachtet für das, was ihr widerfahren ist. Unser Arzt hier im Stützpunkt wird bald die Abtreibung vornehmen.«

Ich sah ihn verwundert an und hörte mich einen Koranvers zitieren: »*Ihr sollt nicht töten, was Gott euch verboten hat zu töten.*«

»Hier geht es um die Folge eines Vergehens, das schwerer wiegt als Unzucht.«

Ich fühlte mich angesprochen. Und ich beschloss, Samer zu ärgern, indem ich ihm ohne Umschweife sagte: »Es gibt da etwas, das du wissen solltest. Dein Vater hat selbst die Sünde begangen, die du Unzucht nennst. In Bagdad habe ich erfahren, dass ich ein außereheliches Kind haben werde. Bevor du also dein Urteil fällst, denke daran, dass du ein nichteheliches Geschwisterchen haben wirst.«

»Töte es.«

»Vor meiner Abreise aus der Grünen Zone habe ich in einer E-Mail geschrieben, dass ich meinem Kind alles Gute wünsche. Ich werde ihm sein Recht auf Leben nicht verwehren.«

»Was einer Sünde entspringt, ist Sünde.«

»Über die Definition von Sünde werden wir noch zu streiten haben.«

»Du steckst so tief im Laster, dass du zwischen erlaubt und verboten nicht mehr zu unterscheiden weißt.«

»Es sind nicht wir, die das Leben schenken. Also maße dir nicht an, darüber zu befinden.«

Samer lächelte verächtlich. Er wollte nicht mit mir weiterdiskutieren und sagte, als hätten wir gar nicht gestritten: »Die Täter wussten, dass Hinds Angehörige alle tot waren und dass ihre ferneren Verwandten geflohen waren. Sie dachten, niemand würde sie für ihr Tun belangen. Aber die Iraker sind nicht davongekommen. Wir haben sie alle getötet, indem wir die Wache, in der sie Dienst hatten, in die Luft sprengten. Die Amerikaner kommen auch noch dran. Wenn wir die Täter selbst nicht kriegen, dann andere.«

Hind kam mit dem Tee herein und setzte sich schweigend zu uns. »Das ist mein Vater«, sagte Samer zu ihr. Sie hob scheu ihren Blick zu mir, senkte ihn jedoch gleich wieder, während sie zu zittern begann und ihre Brust sich hob und senkte. Jetzt flossen ihr Tränen über die Wangen, und es schien, als müsse sie an sich halten, um nicht zu schreien. Ich nahm sie in die Arme, sie nahm meine Hand, küsste sie und hielt sie an ihre Wange. Dann lehnte sie ihren Kopf an meine Schulter, und ich hörte nur ihren Atem, ehe sie laut zu schluchzen begann. Die junge Waise und Mutter war noch voller Gram und Schmerz.

Eine heiße Brise wehte durch das kleine Fenster, die Kerzenflamme flackerte, und über den vergoldeten Einband des Korans huschten Schatten. Der Duft von Räucherwerk breitete sich im Raum aus. Hind goss uns Tee ein, aber niemand nahm ein Glas. Ich hätte sie gerne getröstet, wusste aber nicht wie. Mir fielen nur dumme Worte ein, die ich ihr und mir ersparte.

Ich stand auf, verabschiedete mich von Hind und ging zur Tür. Ich wollte allein sein. Hinds Schicksal schmerzte mich, und ich hatte nie zuvor einen solchen Groll gegen die Amerikaner gespürt. Was sie im Irak an Tragödien anrichteten, war nicht wiedergutzumachen. Samer folgte mir nach draußen, hielt mich auf und sagte, ohne mich anzusehen: »Du musst noch vor Ende der Woche weg von hier.«

»Wird es hier denn gefährlich?«, fragte ich.

»Besser, du bleibst nicht zu lange«, sagte er nur.

»Ich weiß, dass ich hier nicht erwünscht bin.«

Es war Montag. Er gab mir also eine Frist von drei Tagen. Er ging wieder ins Haus und ließ mich in der Dunkelheit stehen.

12

Die Dunkelheit um mich herum war nichts im Vergleich zur Finsternis in meinem Innern. Undeutlich sah ich einen Traum, auf dessen Oberfläche sich eine Szene abzeichnete, die mich überrumpelte und in eine andere Welt zog. Plötzlich war ich auf eine mehrdeutige Weise mit Sana vereint, ich spürte eine gewaltige Liebe zu ihr, die mein Herz gar nicht fassen konnte, und gleichzeitig bereitete ich mich auf einen Streit mit ihr vor. Ich musste mit ihr ins Reine kommen, bevor ich mich anderen Menschen zuwenden konnte, sie war das Hindernis, das ich beseitigen musste, um nicht mehr an eine Rückkehr nach Syrien zu denken. Ich steckte in einem Dilemma, meine Seele und mein Körper lagen in Sanas Händen, und ich musste sie ihr entreißen. Ich fragte sie: »Warum lieben wir uns, haben wir nicht genug unter Liebe gelitten?« – »Sie verdient eine zweite Chance«, erwiderte sie.

Sie habe das Heiratsangebot des anderen Mannes nicht um des Dichtens willen abgelehnt, wie sie mir einmal gesagt hatte, sondern wegen mir. Um mir das zu offenbaren, musste sie also erst in diesem Traum gefangen sein. In dem Moment entdeckte sie, dass sie mich liebte, und sie entschied sich für mich und verknüpfte ihr Schicksal mit meinem, ganz gleich, was damit auf sie zukäme. Dann phantasierte ich eine weitere Szene, die sich wie aus einer vergangenen Zeit erhob: Wie ihr Haar auf ihrem Körper liegt, während sie schläft, und mildes Licht tänzelnde Schatten auf ihre nackte, entspannte Haut wirft. Ich erlebe, dass es noch einen anderen Zustand gibt, der nicht von Zweifeln und Schmerzen zerfressen ist, der sich meinen Berechnungen entzieht. Ich versuche, mich von Sana zu entfernen, aber sie erwacht, sie umarmt mich, ich höre sie atmen, sie durchbricht eine Sperre, die unüberwindlich hoch war und nun durchlässig und brüchig geworden ist. Ich erfahre, was Liebe ist, nein, ich erfahre, von welcher Scheinwahrheit die Welt lebt. Was kann ich dem entgegensetzen?

Nun erst glaubte ich aus dem Traum zu erwachen, mit aller Last der Zeit, der Geschichte, des Wahnsinns, des Vergessens, des Verzeihens, des Verrats, der Gewalt, des Hasses und der Dummheit. Ich wollte all dies ignorieren, war doch die Wahrheit kalt und veränderlich und konnte sich jederzeit in ihr Gegenteil verkehren. Lieber gab ich mich einer Stimmung hin, die mir sagte, dass mir alles Kommende nichts anhaben konnte, wenn nur Sana auf Gedeih und Verderb zu mir hielt.

Etwas durchbrach das Bild, das mir vor Augen stand. Ich hörte Autos anspringen, Lichter gingen an und aus, halluzinierte ich? Ich hörte mal von nah, dann von fern Rufe und Geklapper. Irgendetwas ging im Lager vor und vermischte sich mit meinem Befinden, ich war hin und her geworfen zwischen meinen Gedanken und meiner Umgebung. Ich will nicht weg von hier, dachte ich immer wieder, ich habe nichts erreicht. Trotzdem verbrachte ich die Nacht in dem Bewusstsein, aufbrechen zu müssen. Aber wohin würde ich eigentlich gehen?

Am nächsten Tag mied mich der Syrer mit der verkrüppelten Hand. Sicher hatte Samer allen Anweisung erteilt, sich von mir fernzuhalten. Ich rief Abu Muadh zu mir und fragte ihn, wo seine Kameraden seien. Im Gästehaus, antwortete er. Dann fragte ich, wie eigentlich die Gegend hieß, in der wir waren. Er wisse es nicht, sagte er.

Ich ging zum Gästehaus, in dem die sechs Freiwilligen übten, Sprengstoffgürtel umzulegen, und darüber sprachen, wie man sie auslöste. Im Zimmer nebenan war niemand.

Ich lief ums Haus und sah eine Treppe, die in einen Kellerraum führte. Ich stieg hinab und stieß auf ein Lager. Vorn lagen Mehlsäcke, dahinter Waffen, Sprengstoff, Raketenwerfer, Bombenteile und Zeitzünder. Ich sah Anleitungen zum Bau von Sprengkörpern, Broschüren über Tod und Paradies, ganze Stapel von Leitfäden *So werde ich in wenigen Tagen ein Muslim*, höchstens dreißig Seiten stark, mit Anleitungen zur Gebetswaschung, zur Almosensteuer und zur Pilgerfahrt sowie Ausführungen über gute und verwerfliche Taten, zum Dschihad und zum Märtyrertod.

Als ich wieder nach oben ging, hatten die Kämpfer ihre Übung beendet. Jetzt sprachen sie darüber, wie man Autos am besten mit Sprengstoff präparierte. Ich zog ab, aber der junge Iraker aus der Gruppe folgte mir und sprach mich an.

Zuerst nannte er mir seinen richtigen Namen. Er hieß Hazem.

»Ich habe gehört, dass Abdallah der Syrer dein Sohn ist«, fuhr er fort. Ich nickte.

»Er hat gesagt, dass du bald nach Syrien fahren wirst.«

Ich hatte nicht den Wunsch, ein Gespräch zu führen, aber aus Groll gegen die Gruppe sagte ich: »Ich war hierhergekommen, um meinen Sohn zu sehen. Ich hatte mir etwas davon erhofft, aber es war vergebens. Wie du siehst, habe ich hier nichts zu tun. Also muss ich zurück.« Und verbittert setzte ich hinzu: »Ich bin gegen das, was ihr tut, und es schmerzt mich, zu sehen, welchen Weg ihr geht. Euer junges Leben ist zu schade dafür. Erhaltet es für eure Familien! Hast du keinen Vater, keine Mutter, keine Geschwister?«

Es war gewiss sinnlos, so mit einem jungen Mann zu reden, der sich gerade auf einen Anschlag vorbereitete, durch den er zum Märtyrer zu werden gedachte. Aber ich war nun einmal wütend.

»Was hat dich hierhergebracht?«, fragte ich ihn.

»Ich wollte dem Morden entfliehen«, sagte er.

Was war denn das nun für ein Rätsel, war er nicht genau dazu hergekommen?

Hazem erklärte es mir. Der Grund war sein Bruder. Er hatte einer Miliz angehört, die es sich zur Aufgabe gemacht hatte, Teile des Wohnviertels al-Azamiya in Bagdad von Schiiten zu säubern. Er hatte einer Familie eine Aufforderung geschickt, ihre Wohnung zu räumen und wegzuziehen, aber diese fügte sich nicht. Er schickte eine zweite Warnung, vergebens. Dann stürmte er eines Nachts mit seinen Kameraden das Haus der Familie und tötete alle Bewohner. Nur ein siebenjähriger Junge überlebte, und der hatte den Mörder erkannt. Daraufhin schnappte ihn ein Killerkommando in Polizeiuniformen, und wenige Stunde später lag die Leiche von Hazems Bruder entstellt auf der Straße. Noch am selben Tag wurden auch seine Frau und seine beiden Kinder getötet, die übrige Familie floh nach Syrien. Nur Hazem blieb, obwohl auch er von den Rächern gesucht wurde. Er wollte seinen Bruder und dessen Familie rächen, und dies konnte er nur, indem er sich einer Kampfgruppe anschloss. Schließlich war er bei al-Qaida gelandet und in dieses Lager geschickt worden. Aber jetzt merkte er, dass er nicht in der Lage war zu tun, was man von ihm verlangte. Lieber wollte er sich seiner geflüchteten Familie anschließen. Er wolle mich nach Syrien begleiten und in Damaskus sein Wirtschaftsstudium fortsetzen. Nein, das Selbstmordattentat würde er nicht ausführen. Er traue sich nur nicht, es den anderen zu sagen.

»Kannst du es Abdallah nicht sagen?«, bat er mich. Ich versprach, es Samer mitzuteilen. Er nahm meine Hand und drückte sie: »Ich will nicht sterben, wirklich nicht!« – »Du wirst nicht sterben«, sagte ich, »wir fahren zusammen.«

Beim Mittagessen sahen wir uns wieder. Als die Kämpfer fertig gegessen hatten, verließen alle das Gästehaus, bis nur noch Samer und ich da waren. Ich sagte zu ihm: »Abu Ubada wagt nicht, es dir und den anderen zu sagen. Er will keine Aktion ausführen. Er will seiner Familie nach Syrien folgen und dort studieren. Ich habe ihm vorgeschlagen, ihn mitzunehmen.«

Samer sah mich an. Er hatte nichts dagegen. Ich hatte erwartet, ihn verärgert zu sehen oder dass er mich beschuldigen würde, ich hätte den jungen Mann zu diesem Schritt überredet. Aber er sagte: »Es ist seine Sache. Möge Gott geben, dass seine Entscheidung die richtige ist.« Samer schien sogar erfreut zu sein, denn er fügte hinzu: »Dann hast du wenigstens jemanden, der dir auf der Reise Gesellschaft leistet.«

13

Es war nach Mitternacht, ich war noch wach und dachte nach, da klopfte es an meine Tür. Ich versuchte durch den Spalt etwas zu erkennen, aber ich sah nichts. Da erkannte ich Hazems Stimme und ließ ihn herein. Er bat mich, kein Licht zu machen. Wir setzten uns im Dunkeln. Er zitterte und seine Stimme bebte. Dann ließ er seinen Worten freien Lauf. Was er heute gesehen hatte, war nicht zu glauben.

Nach dem Nachmittagsgebet hatte ihn Samer zu einem Rundgang mitgenommen. Hazem dachte zunächst, Samer wolle mit ihm die kleine muslimische Gemeinde inspizieren, in der sie lebten. Aber sie stiegen zusammen mit den anderen Kämpfern in ein Auto und fuhren über holprige Wege hinaus in eine unbewohnte Gegend, in der nur vermummte Wächter die Umgebung kontrollierten. Nach etwa einer halben Stunde stiegen sie aus und liefen eine Viertelstunde zu Fuß weiter.

Sie kletterten scheinbar ziellos über Felsen und Steine. »Niemand außer Samer wusste, dass wir zu einem Außenposten unterwegs waren, den al-Qaida und von Zeit zu Zeit andere mit ihr verbündete Gruppen nutzen.« Die Sonne neigte sich zum Horizont, und ein seltsamer stechender Geruch lag in der Luft. Je weiter sie vordrangen, desto schlimmer wurde der Gestank. Er kam aus riesigen, in der Erde verlegten Röhren und einem Steinbruch. Die Tunnel waren Jahre vor der Besetzung des Irak als Abwasserkanäle angelegt und wegen des Wirtschaftsembargos wieder außer Betrieb genommen worden. Jetzt dienten sie den Islamisten als Kerker, wo Gefangene verhört und unter Folter zum Sprechen gezwungen wurden, bevor ein Schariagericht sie verurteilte, meist zum Tode.

Hazem und die anderen liefen aufrecht durch die hohen

Röhren und hörten die Schreie von Gefangenen, die ihre Aufseher um Gnade anflehten und ihnen schworen, sie seien keine Komplizen der Besatzung, keine Verräter, Spione, Ungläubige oder Abtrünnige. Hier fanden Hinrichtungen oft auch ohne Gerichtsverfahren statt, meist durch Kopfschuss, manchmal mit dem Schwert. Banden brachten die Menschen, die sie von der Autobahn nach Amman oder nach Damaskus weg entführten. Sie wählten sie nach den Angaben in ihren Ausweisen aus, meist waren es Schiiten. Die Nacht zuvor waren drei schiitische Familien hergebracht worden; man hatte sie aus dem Bus gezerrt, mit dem sie nach Amman unterwegs gewesen waren, hierher transportiert und hingerichtet. Unter den Opfern waren auch fünf- oder sechsjährige Kinder. »Wir stiegen über Leichenteile und wateten durch Blut.« In dem Steinbruch nebenan war ein großes Massengrab, aber nicht alle Toten wurden dorthin gebracht. Manche Leichen wurden auch verunstaltet. »Auf dem Boden lagen Hände, Beine, Augen und Eingeweide.« Die verstümmelten Körper waren Trophäen, mit denen die Morde bestialisch und erbarmungslos gefeiert wurden. An den Wänden lehnten und hingen die Werkzeuge, mit denen man hier vorging. Es war ein menschlicher Schlachthof. Unter den Hingerichteten waren ein Polizist, ein Soldat oder Offizier der irakischen Armee, ein Geistlicher, der sich gegen Terror oder für die Teilnahme an den Wahlen ausgesprochen hatte, eine Frau, der Unsittlichkeit nachgesagt wurde, ein Komplize, Spion oder Fahrer für die Amerikaner, ein Universitätsprofessor, ein Dolmetscher ... Später würden diese Leichen dorthin gebracht, wo sie ihre Wirkung tun würden: Man hängte sie an Strommasten, schleifte sie durch Straßen, warf sie in den Tigris oder auf eine Müllkippe.

Abdallah der Syrer erklärte, sie täten nur das, was ihre Feinde auch ihnen antäten. Sie seien gezwungen, sich derselben Mittel wie ihre Feinde zu bedienen. Jede Nachlässigkeit bedeute Schwäche und Unfähigkeit, sich zu wehren. Außerdem nahm der Emir die Gelegenheit wahr, seinen Anhängern die frohe Kunde mitzuteilen, dass ihre Körper zunichtegemacht und ihre reinen Seelen in eine himmlische Ruhestätte erhoben würden, sobald sie sich in die Luft sprengten.

»Am Tag des Gerichts dürft ihr stolz sein auf eure Tat«, sagte Samer. »Die Kriege, die Gott führt, haben nur den Zweck, die Märtyrer von den Übrigen zu scheiden.« Die Schlacht zwischen Glaube und Unglaube sei im Gange, und die Gläubigen seien aufgerufen, ihren Glauben unter Beweis zu stellen, indem sie sich opferten. »Dies ist der euch verheißene Tag, und wenn eure Taten im Jenseits in jenem alles entscheidenden Akt aufgerechnet werden, dann sollt ihr darauf vorbereitet sein, indem ihr eure Körper zu Bomben macht. Es ist Zeit, eure Körper zu opfern, um entleibt zum erhabenen Schöpfer aufzufahren. Man wird euch im Jenseits fragen: Was hast du getan, um dem Islam zum Sieg zu verhelfen? Was hast du mit deinem Körper, den Gott dir anvertraut hat, getan, was ist aus ihm geworden? Hast du ihn benutzt, um dich in Vergnügungen zu ergehen, oder hast du ihn zur Waffe gemacht, um die Feinde Gottes in Schrecken zu versetzen?« Dann wandte er sich Abu Ubada zu, gewährte ihm einen wohlwollenden Blick und tätschelte ihm die Schulter.

»In diesem Moment kochte das Blut in meinen Adern«, gestand mir Hazem, »und wenn er mir befohlen hätte, gleich jetzt in den Tod zu gehen, so hätte ich keine Sekunde gezögert. Alles, was er verlangt hätte, hätte ich, ohne Diskussion und ohne nachzudenken, ausgeführt. Der Tod war mir etwas Begehrenswertes geworden, und das Leben sah ich nur als einen Übergang ins Jenseits. Mein einziger Weg war der in den Himmel, um als Märtyrer zu Gott aufzufahren.«

Erst als er wieder allein war, erlangte er seinen Verstand zurück. Was war mit ihm geschehen? Unter Abdallahs Einfluss war er verwandelt gewesen, einige Stunden lang war er sein Gefangener. Aber auch jetzt, ohne ihn, war er seinem Bann noch nicht ganz entflohen. Es konnte jederzeit wieder passieren, während doch eine Mutter, ein Vater und Geschwister auf ihn warteten und ihn brauchten. Er hatte vor Abdallah nicht deswegen Angst, weil er der Emir war, dem er Gehorsam schuldete, sondern weil dieser die Macht hatte, ihn zu manipulieren und all seine Argumente zu widerlegen. Hazem war entschlossen, keinen Anschlag zu verüben und niemanden zu töten, weder Schiiten noch Amerikaner.

»Wirst du mir helfen, von hier zu fliehen?«, fragte er mich.

»Als ich mit Samer über dich sprach, wandte er gar nichts dagegen ein, dass du auf einen Anschlag verzichtest. Selbst dass du mich begleitest, war ihm recht.«

»Aber er betrachtet mich noch immer als Freiwilligen, deswegen hat er mich doch mitgenommen!«

»Vielleicht wollte er dir eine Warnung mit auf den Weg geben, eben weil du bald weg sein wirst, damit du nicht auf die Idee kommst auszuplaudern, was du hier gesehen hast.«

Hazem wollte sich dennoch nicht beruhigen. Ich fragte ihn, ob er wisse, wo wir hier seien. »Östlich von Ramadi, etwa zwanzig Kilometer von der Stadt entfernt«, erfuhr ich. Ich versprach, übermorgen mit ihm aufzubrechen.

Die ganze restliche Nacht über bekam ich die Bilder von Leichen nicht aus meinem Kopf. Ich hatte wieder die Szenen aus dem Leichenschauhaus in Bagdad vor Augen, sah Kadaver ohne Kopf herumwandeln, verunstaltete Körper ohne Beine, abgetrennte Füße, die umherliefen, Hände, die um Hilfe flehten, und Augen, die im Dunkeln schimmerten.

Zwischendrin erwachte ich und begriff etwas noch Schrecklicheres, nämlich dass Samer es war, der sie in den

Tigris, in Mülltonnen und auf Gehwege warf. Und das Schmerzlichste war, dass keine Vaterschaft und kein Sohnsein uns mehr verbinden würde und eine Verständigung selbst über einfachste Dinge zwischen uns nicht mehr möglich war. Ich konnte Samer nur noch für immer verleugnen und vergessen. Er war zu weit gegangen, und er würde nicht mehr umkehren. Er war jetzt ein anderer, mit dem ich nichts mehr zu tun hatte. Ich merkte, dass ich ihn hasste und ihm den Tod wünschte. Mir fiel ein, dass wir vielleicht ähnliche, wenn nicht gleiche Gefühle gegeneinander hegten. Wenn ich ihm schon den Tod wünschte, dann würde Samer ihn mir nicht nur wünschen, sondern bereits daran arbeiten. Was sollte ihn daran hindern? Hatte er mich nicht deshalb zur Abreise gedrängt, damit er nicht gezwungen wäre, mich zu töten? Voll Bitterkeit betrachtete ich mich selbst: Was für ein verrückter Vater war ich, der seinem Sohn den Tod wünschte, nachdem er ihm sein Leben hatte opfern wollen!

14

Der Ruf zum Morgengebet mischte sich in meine Schreckensbilder, und er war mir ein Rettungsanker, denn er veranlasste mich, aufzustehen und zum Gästehaus zu gehen. Gleich an der Schwelle hörte ich seine klare Stimme. Samer und seine Gefährten verrichteten gemeinsam das Gebet. Ich blickte hinein. Sie waren schon fast fertig mit Beten, sie hockten auf ihren Schenkeln und entboten sich gegenseitig nach rechts und links den Gruß. Ich wandte mich um zur Terrasse, von der man auf die Felder blicken konnte, und blieb dort stehen. Ich hoffte, Samer würde mich nicht sehen.

Der frischgeborene Morgen malte ein bezauberndes Bild der taufeuchten, von einem leichten Dunstschleier überzogenen grünen Gärten. Wenn es Gott gäbe, dann könnte wohl nur er eine solche Pracht erschaffen und sie so großartig inszenieren. Einen solchen Anblick hatte ich lange vermisst, nun sah ich ihn zur Unzeit und am falschen Ort. Ich wusste, dass ich ab dem morgigen Tag nichts wie dies mehr erblicken würde. Unter der Oberfläche der Schönheit dieser Szene tobten unsichtbare Stürme, und nie wieder würde etwas zugleich so schön und so verstörend sein. Ungern erinnere ich mich an diesen Anblick, weil er so unwirklich war. Er war eine himmlische Erscheinung, erschaffen weniger durch den anbrechenden Morgen als durch meinen Blick auf ihn.

Laut drang Samers Stimme herüber, als er die Tagesandacht sprach: »*Wir und aller Besitz gehören Gott, dem Herrn der Welten. Gott, ich bitte dich um einen guten Tag. Ich nehme Zuflucht zu dir vor allem Übel dieses Tages, der Tage zuvor und jener danach. Verzeihender, Allerbarmer, der du die Sünde vergibst und die Reue annimmst, vergib mir und meinen Eltern und allen Gläubigen am Tag des Gerichts.*«

Immer weniger Lichter glommen in den Häusern in der Ferne, je heller der Tag heraufzog, und das Quaken der Frösche entbot den Resten der abziehenden Nacht den Abschiedsgruß. Eine leichte Brise, die über die Felder und durch die Palmzweige strich, trug den Geruch von Erde und Gras.

»*O Gott, gib meinem Wesen Frömmigkeit und läutere es, denn niemand ist dazu imstande wie du, mein Helfer und mein Gebieter. Ich nehme Zuflucht zu dir vor Wissen, das nichts nützt, vor einem Herzen, das nicht demütig ist, vor einem Wesen, das nicht satt wird, und einem Gebet, das nicht erhört wird.*«

Die ersten Atemzüge des Tages gingen durch das noch schlafende Dorf neben dem Lager. Die Bewohner erwachten auf den Dächern ihrer Häuser oder auf Gras neben Brennholz- und Heuhaufen. Leben und junge Träume waren überall, wo die frischen Sonnenstrahlen sich einen Weg bahnten.

»Der du aufs Vortrefflichste den Sieg verleihst, Allmächtiger, lass deine gläubigen Diener die Oberhand gewinnen. Du weißt, was der Gemeinschaft deines Propheten Muhammad widerfahren ist. Du allein kannst für sie da sein und ihr helfen, o Gott.«

Bewässerungskanäle durchzogen dunkel sich erstreckende abgeerntete Felder, Morgenlicht färbte die schillernden Gräben rot. Grüner Klee kontrastierte damit, und breite Rizinusblätter wiegten sich dazu.

»Gott, lass mich stark sein und gib mir Entschlossenheit, das Richtige zu tun. Lass mein Herz nach dir streben, und lass mich niemand anderen begehren, denn du bist mein Herr und Gebieter im Diesseits und im Jenseits, Erhabener und Gütiger.«

Ein Bauer öffnete eine Bewässerungsrinne und verschloss eine andere, ein anderer schnitt Gräser ab, die am Rand wuchsen. In der Ruhe des Morgens ergoss sich das Wasser in die Gärten, Vögel zwitscherten in den Palmen, und eine Kuh muhte.

»Halte mich von Sünde fern, so wie du Ost und West voneinander fernhältst. Reinige mich von Frevel, auf dass ich sei wie ein unbeflecktes Kleid.«

Apfelduft wehte herüber, vermischt mit dem Rascheln fallender Blätter. Eine alte Mühle, die ich für stillgelegt gehalten hatte, stieß eine hohe Rauchwolke aus, und es roch nach Blüten.

»Herr, wasche mir meine Sünden ab mit Wasser und Eis, führe meine Seele zu dir, auf dass sie dein Wohlgefallen finde, und lass mich ein ins Paradies deiner rechtschaffenen Diener.«

Kein Morgen konnte klarer und reiner sein, und ich hoffte, er möge nie vergehen. Ich fühlte mich zurückversetzt in meine Grundschule, ein altes Damaszener Haus am Ende der Straße, die neben dem Kardamom-Markt am Khandschi-Badehaus anstieg. Jede Woche hatten wir Religionsunterricht beim Scheich. Er öffnete das Fenster zum Schulhof mit seinen in Beete gepflanzten Pomeranzen- und Zitronenbäumen, seinen Lauben aus Jasmin und Myrte, seinen Rosen- und Blumentöpfen. »Seht«, pflegte er zu sagen, »wie selbst die Pflanzen Tag und Nacht ihren Schöpfer preisen!«

Samers Stimme drang noch immer an mein Ohr, auch er pries Gott mit demütigen Worten und bat ihn um Gnade. Wen bat er da um Gnade? Und um Vergebung wofür? Um Entschlossenheit, um was zu tun? Um den Sieg für die Gemeinschaft des Propheten und die Auslöschung der Sünden. Waren das wirklich nur Sünden?

Ich hätte es nicht ertragen, jetzt auch nur einem der frommen Männer zu begegnen, und entfloh in die Landschaft. Ich schlenderte umher, setzte mich an den Rand des Kanals und ließ meine Gedanken schweifen. Immer wenn ich ein wenig Zuversicht schöpfte, entglitt sie mir wieder, und immer wieder sah ich mich ohne Samer. Er war ein verlorener Sohn, der mich in Verlorenheit stürzte, ein Sohn, den ich nicht mehr hatte und der mich nicht mehr hatte. Ich fürchtete mich vor Samers Zukunft. Sie würde nicht mehr meine sein, und ich wünschte mir, ich könnte sie abwenden.

Ich sah den Jungen mit der verkrüppelten Hand vom östlichen Rand des Dorfes auf mich zukommen. Ich stand auf, und wir gingen nebeneinander her. Er klagte mir sein Leid. Zum mindestens fünften Mal war er wieder übergangen worden, erst gestern hatte Abdallah ihm versprochen, ihn mit einer Märtyreraktion zu betrauen, aber zum morgendlichen Training sei er nicht aufgetaucht. Sicher hatte er wieder einen anderen losgesandt. Den Algerier vielleicht, den Marokkaner oder die beiden Saudis?

Er erzählte mir, dass er gerade Abu Harith an seinem Rückzugsort besucht habe. Dieser hatte die Suppe und das Wasser von gestern nicht angerührt und kein Wort gesprochen. So sei das, seit er sich zurückgezogen habe. Als ich ihn fragte, wo er sei, zeigte Abu Muadh auf ein kleines Haus aus Lehm auf der anderen Seite des Kanals. Er merkte, dass ich ihm nicht mehr zuhörte, und ließ mich allein. Ich ging zu einer Pontonbrücke aus Holz, die auf dem Kanal lag, und näherte mich dem bezeichneten Haus. Mich hatte Wut auf den Eremiten gepackt. Essen und trinken wollte er also nicht mehr, langsam zugrunde gehen wollte er. Das Spiel des Mordens und Abschlachtens, das hier beständig im Namen des Allmächtigen und Erhabenen getrieben wurde, wollte er aber nicht beanstanden.

Ich klopfte mit der Faust an die Tür, bekam jedoch keine Antwort. Also öffnete ich selbst und trat ein. Abu Harith saß auf dem Boden, las im Koran, und Tränen liefen ihm über die Wangen. Unbeherrscht schrie ich ihn an: »Dir wird keine Vergebung zuteil, solange du nicht aus diesem Loch herauskommst und zu deinen Leuten gehst! Sag ihnen, dass es Sünde ist, Menschen zu töten. Was ist denn aus der Beförderung des Guten und der Verhinderung des Übels geworden? Ist die Entstellung von Leichen keine Übeltat? Oder was ist es sonst?« Ich merkte nicht mehr, was ich redete. Es mag sein, dass ich das Diesseits und das Jenseits verflucht habe, dass ich Gott beschimpft und die Kämpfer für den Dschihad als Abschaum von Verbrechern und Schlächtern bezeichnet habe.

Er erhob sich nicht, er wandte sich nicht zu mir um, er würdigte mich keines Blicks. Stumpf verblieb er da, wo er saß, bewegte kein Augenlid und überließ mich meiner Verzweiflung und Hilflosigkeit. Vielleicht hielt er mich einfach für einen egoistischen Vater, der diesen ganzen Lärm nur veranstaltete, um seinen Sohn zurückzubekommen. Und darin lag sogar ein Körnchen Wahrheit, auch wenn es mir um mehr ging als das. Aber er rührte sich nicht. »Tu doch etwas, um mich zum Glauben zu bekehren!«, schrie ich ihn an.

Er öffnete den Mund und sagte, ohne sich umzuwenden: »Geh hinaus. Die Menschen haben keine Antworten. Ich warte auf eine Antwort von Gott.«

Auf diese Antwort konnte er lange warten, ging es mir durch den Sinn.

15

Zornig und mutlos ging ich zurück zu Samers Gruppe. Der Geruch von frischem gewürztem Tee lag in der Luft, Samer machte mir neben sich Platz und goss mir eine Tasse ein. Mir fiel gleich auf, dass Hazem fehlte, oder Abu Ubada, wie ihn die anderen nannten. Ich glaubte, er sei irgendwo in der Nähe, und fragte auch deshalb nicht nach ihm, weil ich keinen Verdacht erregen wollte. Das Gespräch drehte sich darum, inwieweit die Ausübung des Dschihad Vorrang vor der pünktlichen Verrichtung des Gebets habe. Samer führte gerade aus, der Dschihad sei die Bekräftigung der Göttlichkeit Gottes auf Erden und eine Absage an jeden Götzendienst, der die Menschen in moralische Dekadenz und geistigen Bankrott führe. Die Herrscher und die mit ihnen verbündeten ausländischen Ungläubigen stünden mit ihrer Tyrannei der absoluten Herrschaft Gottes im Wege. Herrschaft komme keinem Präsidenten, keinem König und keinem Emir zu, sondern allein Gott. »Es gibt keinen Herrscher außer Gott!«, bekräftigte er. Dann richtete er seinen Blick auf mich und beendete seine Ansprache, indem er sagte: »Wir kämpfen Gottes Schlacht auf Erden, die Schlacht der Wahrheit und des Glaubens. Wir sind Gottes Soldaten, und im Paradies werden wir vereint sein, wenn es Gott gefällt.«

Schon während seiner Ansprache hatte er immer wieder flüchtig zu mir herübergesehen, und es erinnerte mich daran, wie er mich als Kind angesehen hatte, wenn er fürchtete, ich könnte etwas entdecken, was er heimlich angestellt hatte. Samer hatte irgendetwas angerichtet, und ich ahnte nichts Gutes. Ich überlegte, was es sein könnte, und beobachtete ihn. Als er mich fest anblickte, begriff ich, dass er mich genarrt hatte. Ich folgte wieder dem Gespräch der Gruppe und entnahm ihm, dass der Algerier Abu Aiham nun doch die Idee der Selbstopferung unterstützte. War es das gewesen, was Samer am Abend zuvor erreicht hatte? Hatte er einen Kämpfer dazu überredet, sich in die Luft zu sprengen, und empfand das als großen Sieg?

Nun ließ Samer die anderen weiterreden und heftete seine Augen auf den Fernseher. Offenbar wartete er auf die Nachrichtensendung. Der Marokkaner fragte ihn nach Abu Ubada, und Samer antwortete: »Er ist gegangen. Möge Gott mit ihm sein.« Ich begriff nicht. Er hatte doch mit mir fahren sollen. Warum war er jetzt allein aufgebrochen? Und wenn Samer ihm erlaubt hatte zu gehen, warum hatte er mich nicht mit ihm losgeschickt? Hazem hatte mir nichts gesagt. Hatte er mich nicht wecken wollen? Das kam mir unwahrscheinlich vor.

Samer hatte nicht auf irgendwelche Nachrichten gewartet, sondern auf eine Eilmeldung, mit der jetzt plötzlich die laufende Talkshow unterbrochen wurde. Ein Selbstmordattentäter hatte sich vor einer Moschee in der Nähe eines belebten Marktplatzes in die Luft gesprengt. Verschreckt umherrennende Menschen wurden gezeigt, die versuchten, sich von dem Markt zu entfernen, auf dem sie eine zweite Explosion befürchteten. Dann sah man, wie sie aus der Ferne zum Markt hinübersahen. Die Szenen waren zufällig kurz nach der Explosion gefilmt worden, als die Menschen noch unter dem Schock der Detonation standen. Nachdem die Polizei die Kontrolle übernommen und die Leute beruhigt hatte, füllte sich der Marktplatz wieder mit Verkäufern, Kunden und Kindern.

Ein Polizeisprecher erklärte, es habe nur Sachschäden gegeben, da der Selbstmordattentäter seine Bombe nicht direkt auf dem Platz, sondern fern der Menschenmenge gezündet habe. Ein Augenzeuge berichtete, der Attentäter habe abseits einer Haltestelle gestanden, wo Berufspendler auf ihre Busse gewartet hatten. Als einige Menschen aus einer Moschee in seine Nähe gekommen seien, habe er ihnen zugerufen, sie sollten sich fernhalten, damit ihnen nichts passiere. Dann sei er in die Luft geflogen. Nun sah man einen bewaffneten Polizisten, der sich den Resten des Attentäters näherte. Er zeigte auf einen unförmigen Haufen aus Schrott und Fetzen, den die Kamera heranzoomte. Fleisch, Metall, Stoff und ein Teil eines Gürtels lagen da, und jetzt erkannte ich ihn. Es waren die Überreste von Hazem. Der Marokkaner rief: »Abu Ubada!«

Alle blickten verwundert zu Samer und warteten auf eine Erklärung. Der Tunesier sagte: »Wir haben ihn nicht verabschiedet.«

Samer schaute seine Kameraden nicht an. Er wandte sich zu mir und sagte, als sei dies eine Mitteilung an mich: »Ich habe vor zwei Tagen bemerkt, dass Abu Ubada zögerlich und ängstlich war. Gestern bat er mich, ihn mit keiner Aktion zu betrauen. Ich versprach, ihm ein Auto zu besorgen, das ihn zur Grenze nach Syrien brächte, denn da wollte er hin. Aber letzte Nacht kam er zu mir und bat um eine erneute Unterredung. Ich riet ihm, lieber den Kampf für die Sache Gottes zu führen, sonst würde er es später bereuen, die Gelegenheit, als Märtyrer zu sterben, verpasst zu haben. Heute Morgen brach er seelenfroh und entschlossen auf.«

»Aber er hat niemanden getötet«, wandte der Tunesier ein. »Er hat die Menschen aufgefordert, sich fernzuhalten!«

»Dieser angebliche Augenzeuge war ein Polizeispitzel«, erklärte Samer. »Sie wollen den Leuten weismachen, er habe sich im letzten Moment anders entschieden oder sei zu seiner Aktion gezwungen worden. Ihr wisst ja, welche Propaganda sie verbreiten.«

»Aber es gab nicht einmal Verletzte«, wunderte sich der Marokkaner.

»Vielleicht ist sein Gürtel versehentlich vorzeitig hochgegangen«, mutmaßte Samer, nun wieder an seine Leute gewandt, denn mich konnte er damit nicht überzeugen. Samer allein trug die Verantwortung für diese Tat, sollte er Hazem nun überredet oder ihn gezwungen haben. Hazem hatte nicht zufällig Angst davor gehabt, Samers Einfluss zu unterliegen. Abdallah der Syrer konnte andere so für sich einnehmen, dass es nicht weniger als Zwang war, wenn auch unter dem Vorwand des Dienstes am Dschihad. Aber Hazem hatte mich nicht angelogen. Er war entschlossen gewesen, keinen Menschen zu töten, und dieser Entscheidung war er treu geblieben, selbst als er den Auslöser betätigt hatte.

Ich wusste, wie deprimierend dies für Samer sein musste. Ich war der Einzige, der um seine Schlappe wusste, und was passiert war, hatte auch mit mir zu tun. Dass ich gewonnen hatte, schmerzte Samer, aber für mich war dieser Erfolg teuer erkauft. Ich hatte Hazem verloren, der mir in meiner Bedrängnis Beistand geleistet hatte und der mich, wenn auch unwissentlich, unterstützt hatte, während ich ihm nichts hatte bieten können.

Samers Gesicht verfinsterte sich, und Beklommenheit lastete auf der Runde im Gästehaus. Ich beschloss zu gehen, aber bevor ich mich erhob, beugte ich mich zu Samer und flüsterte ihm ins Ohr: »Du lügst. Du hast ihn umgebracht.«

Von wegen gewonnen. Ich war der eigentliche Verlierer und Unterlegene. Mein Sohn war nicht mehr nur das Gegenteil von mir, er war mein Feind.

Samer lief mir kurz darauf nach. Ich hörte ihn näher kommen und beschleunigte meinen Schritt. Ich war schon fast im benachbarten Dorf, als er mich einholte und sagte: »Wäre uns nicht die Ehrung unserer Eltern aufgegeben, müsste ich dich bestrafen.«

Spöttisch fragte ich: »Wofür müsstest du mich denn bestrafen?«

»Für deinen Abfall vom Glauben.«

»Du brauchst dich weder auf die Elternehrung zu berufen, noch musst du mir mit Strafen für Unglauben kommen. Ich misstraue solchen Begrifflichkeiten. Aber freue dich nicht zu früh. Ich werde mich nicht zum Atheismus bekennen, weil ich mich nicht dafür opfern möchte. Warum sollte ich Gott überhaupt lästern? Ich habe gar keinen Grund dazu, egal ob er nun ein einziger, ein dreifaltiger oder überhaupt nicht da ist. Aber falls du noch schwerwiegendere Vorwürfe gegen mich hast, nur zu, dann töte mich doch, du braver Sohn.«

»Gott verzeiht dem nicht, der seinen Vater tötet.«

Der verhinderte Märtyrer mit der verkrüppelten Hand tauchte auf und unterbrach unser Gespräch. Er machte ein trauriges Gesicht, und Samer wusste sofort, was er von ihm wollte. Er ließ ihn nicht zu Wort kommen, schickte ihn mit einer Handbewegung fort und vertröstete ihn auf den Abend. Der unerwünschte Freiwillige ging Richtung Dorf. In der Ferne lief eine Herde Ziegen einem Hirten hinterher, der am Rand des Ortes entlang Richtung Kanal schritt.

Samer sprach nicht weiter, obwohl er mir eigentlich etwas erwidern wollte. Er stand plötzlich mit offenem Mund da, hob seinen Kopf und lauschte. Ich hörte ein Sirren und blickte nach oben. Der Himmel war leer und klar. »Ein Flugzeug!«, sagte Samer. Wir lauschten weiter mit angehaltenem Atem. Das Geräusch wurde lauter und steigerte sich zu einem sanften Dröhnen. Abu Muadh war noch nicht weit weg, und Samer befahl ihm, den Kameraden im Gästehaus zu sagen, sie sollten sofort das Gebäude verlassen und sich im Gelände verteilen.

Im nächsten Moment packte Samer mich am Arm und zog mich in einen Graben. Man hörte erste Explosionen, die näher kamen. Ich lehnte mich an die Wand des Grabens, aber Samer drückte mich nach unten. Jetzt detonierten um uns herum Bomben, so dass die Erde unter uns bebte. Es war ein ohrenbetäubender Lärm, Flammen bissen mir in die Haut, Erde und Steine fielen auf mich herab. Ich glaubte zu ersticken. Ich wusste nicht, wie lange ich das durchhalten würde, und begriff nur, dass es nicht aufhörte. Mir war nicht klar, ob ich verletzt war. Ich sah zu Samer, er hatte eine Hand auf mich gelegt, um sich meiner zu versichern, ich drückte ihn an meine Brust und umschlang ihn mit beiden Armen, um ihn zu beschützen.

Als ich den Kopf hob, sah ich die beiden saudischen Brüder in unsere Richtung rennen. Sie hielten sich an den Händen, als eine Rakete sie erwischte, kurz bevor sie den Graben erreichten. Im nächsten Augenblick waren sie nur noch eine Rauchwolke, die alles einhüllte. Überall regnete feiner Staub herab. Von den beiden Männern blieb nichts übrig, ihr Wunsch, gemeinsam zu sterben, hatte sich erfüllt.

Nun kreisten zwei Apache-Kampfhubschrauber in geringer Höhe über uns. Aus dem einen wurde geschossen und wurden Granaten abgeworfen, der andere überzog das Gebiet mit Maschinengewehrfeuer, während das Dröhnen der Düsenflugzeuge schwächer wurde und entschwand. Der Luftangriff war beendet. Die Ziegenherde lag am Boden, daneben der Leichnam des Hirten und sein toter Hund. Durch den Rauch war in der Ferne zu sehen, wie Soldaten aus Panzerfahrzeugen stiegen, begleitet von Humvees, vorsichtig durchs Dorf huschten und dabei Maschinengewehrsalven abgaben. Aber sie schafften keinen Durchmarsch und mussten sich sogar auf den Boden legen. Widerstandskämpfer schossen mit Mörsergranaten, Panzerfäusten und Maschinengewehren auf sie. Kombattanten hatten sich am Straßenrand versteckt und griffen eines der Fahrzeuge mit einer panzerbrechenden Granate und einem Raketenwerfer an. Sie hatten es getroffen und warfen nun eine Brandbombe hinein. Die Amerikaner mussten sich zurückziehen.

Samer schob mich mit den Händen, und wir krochen im Graben vorwärts. Als wir an seinem Ende ankamen, waren wir außerhalb der Feuerzone, neben uns war ein Dickicht aus Büschen und Palmen und Bewässerungskanälen. Ich wandte den Blick zurück. Überall loderten Brände, ein Auto und ein Lastwagen waren zu einem Haufen zusammengeschmolzen. Kein Gebäude hatte das Bombardement heil überstanden, und niemand, der nicht ins Freie gegangen war, konnte unverletzt geblieben sein. Samer starrte hinüber auf die andere Seite des Grabens. Ich hörte nichts, ich war in einer Welt, in der es nichts gab außer dem schrecklichen Echo des Todes, und der Kosmos schrumpfte zu einem leeren Etwas.

Als ich über das offene Gelände lief, schien mir die Erde unter meinen Füßen noch immer zu beben. Ich ließ meinen Blick über das Lager schweifen. Das Gästehaus war eine große Grube, aus der dichter schwarzer Rauch aufstieg. Ringsum brannte es ebenso. Der Rumpf des jungen Syrers mit der verkrüppelten Hand hing an einem Baum, es roch nach verbranntem Fleisch. Auch der Tunesier, der Marokkaner und der Algerier hatten es noch geschafft, aus dem Gebäude zu fliehen und sich hinter dem Lastwagen zu verstecken, aber gerettet hatte sie das nicht.

Ich schaute dahin, wo die Schwimmbrücke gewesen war, es war nichts mehr von ihr zu sehen, dann zu dem Lehmhaus des Eremiten. Abu Harith stand vor dem Eingang wie ein Fels im Sturm, die Arme in Richtung der Flugzeuge ausgestreckt, als wollte er all die Granaten empfangen, die um ihn herum explodierten. Eine traf ihn, und er flog mit einer Rauchwolke in die Luft. Von Gott hatte er keine Antwort erhalten, aber von den Amerikanern.

So weit der Blick reichte, war die Erde aufgerissen. Dorfbewohner, die aus ihren Häusern geflohen waren und versucht hatten, sich ins Gebüsch zu retten, waren in das Gewehrfeuer der Helikopter geraten und lagen tot auf der Erde. Über manche von ihnen fuhren nun die Militärfahrzeuge und zerquetschten sie. Marines hatten die Moschee übernommen, und Schützen feuerten vom Minarett, andere Soldaten drückten sich an Häuserwände, bereit, über die Straße zu huschen. Auf der gegenüberliegenden Seite stand ein weiterer Soldat, das Auge am Zielfernrohr seines Gewehrs, und gab seinen Kameraden Feuerschutz. Diese rannten auf mich zu.

Kugeln pfiffen mir um die Ohren, ich spürte ein Stechen in meiner rechten Hand und im linken Fuß, meine sämtlichen Organe schmerzten, ich atmete Schmerz, in mir brannte es. Ich war getroffen, hoffentlich tödlich, gerne wollte ich mein widerwärtiges, nichtswürdiges Leben aushauchen. Die Marines kamen auf mich zu, ihre Gewehrmündungen auf mich gerichtet, sie sahen aus wie Geister, aber sie waren echt. Das Schießen hörte nicht auf. Ich lief ihnen entgegen, ich wandte all meine verbliebenen Kräfte auf, um zu sterben, und wartete auf einen Gnadenschuss oder eine Granate, die Erbarmen hätte und mich träfe.

Bildete ich mir das ein, oder war es Wirklichkeit? Jonathan

erschien im Staubnebel, ich fiel wenige Schritte von ihm entfernt zu Boden, er kam zu mir und hob mich mit anderen Soldaten zusammen auf eine Trage. Alles um mich herum wurde still, und ich verlor das Bewusstsein.

17

Im Krankenhaus sah ich wieder Jonathans Gesicht, diesmal ohne Staub und Rauch. Ich wurde in den Operationssaal gebracht, Jonathan begleitete mich. Er beruhigte mich, mein Zustand sei nicht schlimm, aber die Furcht, die ich in seinem Gesicht sah, veranlasste mich nicht, anzunehmen, ich würde überleben. Bevor ich starb, wollte ich noch erfahren, was aus Miller geworden war. Hatte er überlebt? Jonathan antwortete zuerst nicht. »Hat er Selbstmord begangen, oder wurde er umgebracht?«, fragte ich ihn. »Auch wir begehen Selbstmord«, flüsterte mir Jonathan ins Ohr. Mittlerweile sei Miller in Kalifornien beigesetzt worden.

Ich wusste nicht genau, was Miller vorgehabt und warum er sich das Leben genommen hatte. Ich wusste lediglich, dass er in guter Absicht gehandelt hatte, auch wenn diese von Einbildung getrübt war und er manchen Fehler gemacht hatte. Für gute Ideen zahlt man oft einen hohen Preis, und Miller hatte es nicht ertragen, zu unterliegen. Er hätte sonst alles verloren, wofür er gearbeitet hatte. Jonathan meinte missbilligend, Miller sei für eine Idee gestorben. Selbst für eine gute Sache sei es falsch, sich selbst zu opfern. Ich war nicht in der Lage, mit ihm zu diskutieren. Ich drückte lediglich meine aufrichtige Trauer aus, indem ich sagte: »Ich habe einen lieben Freund verloren.«

Still nahm ich Abschied von Miller und wünschte, ich könnte selbst durch einen sanften Tod erlöst werden. Ich stellte keine weiteren Fragen, um nicht von Samers Ende zu erfahren, bevor ich aus dem Leben schied.

Schließlich überlebte ich doch, aber ich konnte meine Rückkehr ins Leben nur als eine Rückkehr in den Schrecken begreifen. Daher lag mir nichts daran, die Geschichte meiner Entführung und meiner Rettung zu erfahren. Jonathan berichtete mir jedoch, dass Miller noch einmal kurz zu sich gekommen sei, bevor er gestorben war. Er hatte Jonathan bestätigt, dass er selbst Hand an sich gelegt hatte, und ihm die Verantwortung für mich übertragen. Jonathan wollte nur ungern aus Bagdad hinausfahren und bat seinen Vorgesetzten, den Irak verlassen zu dürfen, wenn er die Mission in meiner Sache beendet hätte. Aber Miller hatte mir zugesichert, für meine Rückkehr nach Syrien zu sorgen, und diese Aufgabe war nun auf Jonathan übergegangen.

Es kam ihm zugute, dass die Jagd auf al-Qaida in vollem Gange war, und da die Amerikaner nun einmal az-Zarqawi auf der Spur waren, war es denkbar, dass sie auch Samer finden würden und dass ich bei ihm wäre. Jonathan begleitete daher die Suchtrupps, welche ihre letzte Razzia ohne vorherige Absicherung durchführten. Sie stürmten das Dorf, das wie das Lager unter der Kontrolle von al-Qaida stand, weswegen der Angriff gemäß den neuen Kampfregeln erfolgte, nach denen solches Territorium uneingeschränkte Feuer-frei-Zone war, in der jede Person, Frau oder Mann, jung oder alt, bewaffnet oder nicht, als feindlich angesehen wurde. Insofern war die Bombardierung und Erstürmung des Lagers nicht nur ein Angriff, sondern eine Vernichtungsaktion gewesen, in der nur Leichen und verbrannte Erde hinterlassen werden sollten. Es war allein Jonathan zu verdanken gewesen, dass man nicht auch mich getötet hatte.

Jonathan blieb an meiner Seite, bis ich operiert wurde, und auch danach sorgte er dafür, dass mir die bestmögliche Pflege zuteilwurde. Er behauptete den Ärzten gegenüber, ich hätte Informationen, die für die US-Armee bedeutsam seien, und müsse daher schnell gesund werden. Ich dachte zuerst, er meine es ernst und mahne mich, ihm nichts zu verbergen. Daher sagte ich: »Aber du weißt doch selbst am besten, was passiert ist. Das Lager ist zerstört, und alle Kämpfer sind tot.«

Aber Jonathan fragte mich gar nichts. Wir waren gut genug befreundet, um einander nichts vormachen zu müssen. Jeder verstand das Schicksal des anderen, so gut er konnte. Jonathan respektierte meine väterlichen Gefühle und berichtete mir, dass Samer die Flucht gelungen sei, er aber nichts über seinen Verbleib wisse.

Auch Fadhil besuchte mich im Krankenhaus und redete mir gut zu: »Machen Sie sich keine Sorgen.«

»Ich würde gerne vergessen«, sagte ich nur.

Als er mich ein weiteres Mal besuchte, tauschten wir ein letztes Lächeln aus. Ich nahm herzlich Abschied von Fadhil, ohne dass er wusste, dass es für immer war. Als er mein Zimmer verlassen hatte, ließ ich meinen Kopf auf das Kissen sinken, und mir war, als würde eine gütige Hand reichlich gnädiges Vergessen über mich ausgießen. In diesem Moment setzte meine Erinnerung aus, und ich weiß nicht, ob ich es so gewollt hatte und ob es gut für mich war. Aber es war wohl die beste Lösung, um Schmerzen zu vermeiden, die ich erst später, aber dann umso heftiger wieder spürte.

Als alle bemerkten, dass ich mein Gedächtnis verloren hatte, versuchten sie es zuerst mit einem Kennenlernspiel, um meinen Erinnerungen auf die Sprünge zu helfen. Sie stellten mir Jonathan und Fadhil vor, aber ich hatte nur das peinliche Gefühl, dass ich ihnen irgendetwas zu verdanken hätte. Dann begriffen sie, dass mir das Vergessen ein Bedürfnis war, und sahen es mir nach. Ich überließ es der Zeit, ob ich mich wieder würde erinnern können. Eilig hatte ich es nicht.

Im Krankenhaus kümmerte man sich vorzüglich um mich, aber lange bleiben wollte ich nicht. Obwohl selbst die Ärzte meinten, dass meine Rückkehr nach Syrien meine Heilung beschleunigen und mir mein Gedächtnis zurückgeben könnte, rieten sie mir, meine Behandlung in Bagdad fortzusetzen. Auch Jonathan mahnte, ich müsse erst zu Kräften kommen, bevor ich zurückfuhr. Aber ich bestand darauf, den Irak schnell zu verlassen, so dass Jonathan schließlich meine Abreise vorbereiten musste. Er organisierte dafür einen Fahrer mit einem alten, möglichst unauffälligen Auto. Irgendetwas trieb mich dazu, so schnell wie möglich in meine Heimat zurückkehren zu wollen, auch wenn ich mich ihrer nicht entsann, und deshalb vorzugeben, es ginge mir schon viel besser. In Wirklichkeit hatte ich das deutliche Gefühl, dass mein Körper schon bald versagen würde, und ich wollte nicht, dass dies in Bagdad geschähe.

Es geschah aber auch in Damaskus nicht.

Das helle Licht stört mich. Es ist unerträglich. Ich schreibe, um wieder ins Dunkel abzutauchen, ich schreibe, um zu verstehen, aber nicht, um zu leben. Dazu ist es jetzt zu spät. Aber verstehen möchte ich, auch wenn es schwerfällt. Wie kann man etwas berichtigen, das schon bald Geschichte sein und damit Verfälschung, Bereinigung und Interpretation anheimfallen wird? Dafür habe ich mir die Mühe gemacht, dies aufzuschreiben. Um anderen zuvorzukommen, die mir meine Geschichte entwenden könnten.

Aber ich fiel nicht zurück in Dunkelheit. Die Frau, die ich liebte, umsorgte mich, stand mir bei und überwand meine Unzugänglichkeit und meinen Eigensinn. Nie hätte ich gedacht, dass Liebe Wunder bewirken kann, aber Sana hat mir den Glauben daran geschenkt. Sie hat mich vom Tod ins Leben zurückgeholt, aus der Finsternis ins Licht. Sie gab mir das Gefühl, dass ich nicht alles richtig, aber auch nicht alles falsch gemacht hatte, dass Aufgeben keine Option ist und ich mich besser dafür entschied, durchzuhalten. Und so habe ich nicht nur durchgehalten, sondern bin mir selbst begegnet. Aber ich habe noch nicht alles erzählt. Ein Kapitel fehlt noch, und es macht mir besonders große Angst. Ich habe versucht, es auszulöschen, es als ungeschehen oder als einen Albtraum zu betrachten, der kein Körnchen Wahrheit enthält. Und doch ist es geschehen.

Es ist Zeit. Zeit, Erinnerungen zuzulassen, die restlos, ohne Auslassung, erzählt sein wollen. Das ist der Preis des Lichts und des Lebens. Es schmerzt unendlich, aber ich wage es. Ich berichte.

18

Über Lautsprecher wurden die Überlebenden aufgefordert, sich zu ergeben, aber Gewehrfeuer und eine Mörsergranate unterbrachen die Durchsage, und es begann wieder heftiger Beschuss. Ich folgte Samer ins Gebüsch, während das schreckliche Sirren wieder begann. Wenn es jetzt gleich brummen würde, dann wären die Flugzeuge wieder am Himmel zu sehen. Mittlerweile hatten wir das Schilf ganz durchquert, aber Samer rannte weiter, ich hinter ihm her. Er wollte Hind aus seinem Haus holen, bevor auch dort die Bomben einschlügen.

Es war zu spät. Bomben hatten das Haus zerstört, Hind lag neben einem Beet, sie war hinausgerannt, bevor sie getroffen wurde, und dann noch ein paar Meter weit gekrochen. Wir liefen zu ihrem Leichnam, sie lag auf dem Rücken, ihr Gesicht war vor Schreck verzerrt, ihre Augen kündeten von unvorstellbarer Panik. Es roch nach verbranntem Fleisch, Rauch stieg aus ihrem Haar und ihrem Mund auf. Samer hob sie auf und trug sie in den Armen, so als könnte er noch etwas für sie tun, er lief ein paar Schritte, aber seine Beine vermochten ihn nicht zu tragen. Auf der Erde kniend, starrte er mit verwunderten Augen zum Himmel, als erwartete er, das Firmament müsse sich auftun und Gott erscheinen und alles in seinen Urzustand zurückversetzen.

Das Schweigen Gottes war beängstigend. Ich nahm Samer die Leiche aus den Armen, bettete sie unter einen Baum, von dem nur der Stamm übrig geblieben war, zog meine Jacke aus und bedeckte Hind damit. Samer stand auf, zog die Jacke wieder weg und sagte: »Möge ihr Blut am Jüngsten Tag Zeuge gegen ihre Mörder sein.« Er trat zur Seite und betrachtete sie. Vielleicht sah er sie so, wie ich sie sah: eine schöne, zarte und zerbrechliche Frau, aber vermutlich dachte er nicht so wie ich: Hatte sie nicht Besseres verdient als Folter, Vergewaltigung und diesen grauenhaften Tod? Für ihn musste alles vorherbestimmt sein, selbst wie sie hier langsam verbrannte. Doch er sagte etwas, das ich nicht erwartet hatte: »Vater, ich habe sie geliebt.«

Seine Augen füllten sich mit Tränen. Mit gebrochenem Herzen stand er vor mir, bedrückt von Liebe und Hass. Ich hatte Mitleid mit ihm, und es zerriss mir das Herz.

Samer richtete sich zu voller Größe auf, blickte verächtlich auf den Rauch und die Asche, hob seinen Kopf erneut zum Himmel, seine Augen blitzten drohend, und mit donnernder Stimme, lauter als alle Flugzeuge und Panzer, rief er: »Herr, du weißt, dass ich dich nie um Ruhm und Ehrennamen gebeten habe! Ich habe die Feinde nicht bekämpft, um deiner Vergebung und deiner Gunst teilhaftig zu werden. Ich habe das Paradies nicht für mich, sondern für andere begehrt. Weder Beute noch Vorteil habe ich mir von dir gewünscht. Ich wollte das Land der Muslime vom Schmutz unserer Feinde reinigen und einen Staat des Islams errichten, in dem dein Gesetz gilt und in dem nur du angebetet wirst, in dem dein Buch gelesen wird und in dem dein Wort erklingt und Wahrheit wird.«

Samer reckte seine Fäuste in die Luft und rief mit einer Stimme wie Blitz und Donner: »Gepriesen seist du, Gott, auf deinem Thron. Ich habe mein Gelübde nicht gebrochen, wie steht es um dein Versprechen? Du hast dich von mir abgewandt und die Ungläubigen obsiegen lassen!«

Er verbarg sein Gesicht zwischen den Armen und wusste nicht weiter in seiner Verwirrung, und seine Augen waren blutunterlaufen.

»Herr«, rief er weiter, »ich stelle dir mein Schicksal anheim, doch lass mich nicht im Stich! Ein vortrefflicher Herr bist du, und keiner gewährt mir Beistand außer dir! Vergib mir, wenn ich geschwankt habe oder Zweifel in meinem Herzen aufstiegen. Vergib mir, Barmherziger! Du hast mich geschaffen, und ich bin dein Diener, so führe mich und leite mich. Und lass deine Gnade an mir walten, erhabener und gütiger Gott!« Und im Klageton bat er: »Herr, lass mir Gerechtigkeit zuteilwerden. Gerechtigkeit erbitte ich von dir!«

Das Feuergefecht war verstummt. Das Bombardement hatte den Widerstand der Kämpfer zum Erliegen gebracht, und für einen Moment war alles ruhig. Über Lautsprecher erging wieder ein Aufruf an die Überlebenden, mit erhobenen Händen hervorzutreten. Eine abgeschossene Panzerfaust wurde mit erneutem Beschuss beantwortet. Mühsam erhob sich Samer. Ich hielt ihn fest und bat ihn, sich zu ergeben. Ich versprach ihm, ihn heil nach Syrien zu bringen. Doch er wandte sich ab und blickte in Richtung des Dickichts. Er suchte einen Weg, von dem er nicht zurückkehren würde.

Es hieß Abschied nehmen. Es blieb keine Zeit mehr für Tadel, Gebet oder Weinen. Nur wenige Worte noch waren zu sprechen, und sie zeichneten sich bereits in seinem verletzten Blick ab, als er vom Leichnam seiner Frau zu den Flugzeugen hinaufsah, die abermals Raketen abfeuerten. Ich wusste, was er empfand, und wünschte mir, er würde mir diese Worte zum Abschied ersparen. Sie waren Frage und Antwort zugleich: »Verstehst du nun, warum wir sie töten?«

Ich fasste ihn an der Hand und versuchte ihn wegzuziehen, damit er möglichst schnell aus der Gefahrenzone käme. Aber er entwand sich meiner Hand. Er wollte nicht, dass ich auch nur einen Schritt mit ihm ging. »Bleib am Leben«, stammelte er.

Alles, was ich an Widerwillen gegen ihn empfunden hatte, löste sich plötzlich auf. Vor mir stand nur noch mein Sohn, den ein Unglück getroffen hatte. Ich sagte zu ihm: »Ich hatte mir etwas anderes für dich gewünscht.«

»Wünsche dir nichts für mich.«

»Ich will nicht um dich trauern.«

»Vater, wirst du dich von mir lossagen?«, fragte er.

»Das kann ich nicht, Samer. Es ginge über meine Kräfte.«

»Ich werde deine Bürde am Tag der Auferstehung tragen«, sagte er.

Er umarmte mich zum Abschied, und ich küsste ihn. Ich küsste das Kind, das er einmal war, den mordenden Emir, der er geworden war, und einen verletzten Menschen, der Gerechtigkeit wollte. Er trat einige Schritte zurück und betrachtete mich mit großen Augen, um sich mein Bild einzuprägen. Ging ihm durch den Sinn, was mir durch den Sinn ging? Nie wieder würden wir einander begegnen. Wir entfernten uns voneinander, beide langsam rückwärtsgehend, und Tränen liefen ihm über die Wange. Welch hartes Herz er hatte, und wie viele Tränen es dennoch barg!

Vergeblich wünschte ich mir, dass dieser Moment nie verginge. Er winkte mir noch einmal, ich winkte zurück. Dann drehte er sich um und verschwand im Dickicht.

Nachwort

Vor annähernd zehn Jahren ließ Präsident George Bush junior die Armee der Vereinigten Staaten in den Irak Saddam Husseins einmarschieren – allen Warnungen zum Trotz, ohne völkerrechtliches Mandat und unter der falschen Behauptung, der Irak würde Massenvernichtungswaffen entwickeln. Am Ende stand und steht bis heute ein Irak, der sich noch nicht einmal vorbehaltlos darüber freuen kann, dass sein blutiger Diktator gestürzt wurde, denn was vorgeblich bekämpft werden sollte, entstand im Irak erst infolge der US-Präsenz: das Land wurde zum Sammelpunkt eines Terrors, wie ihn die Welt in dieser Gnadenlosigkeit und Allgegenwart bis dahin nicht gekannt hatte. Legitimer Widerstand gegen Besatzung wurde schnell abgelöst durch eine Welle rücksichtsloser Gewalttaten, die in erster Linie die irakische Zivilbevölkerung trafen. Als Urheber insbesondere der im Irak unzählig oft verübten Selbstmordattentate zeichnen bis heute radikale Gruppen verantwortlich, die häufig die Religion des Islams im Namen führen und sie mit Strömen von Blut beflecken. Nicht zuletzt die vormals von Usama bin Laden geführte al-Qaida konnte sich im Irak festsetzen und wurde in der Zeit, in der Haddads Roman spielt – etwa im Sommer 2006 –, vor allem mit dem Namen des damals im Irak agierenden Abu Musab az-Zarqawi assoziiert. Diesen Terrorpaten (den die Amerikaner später töteten) hat der

Autor als Protagonisten im Rahmen eines denkwürdigen Dialogs mit dem Ich-Erzähler in den vorliegenden Roman mit aufgenommen. Auf der anderen Seite begingen die USA Kriegs- und Besatzungsverbrechen. Die Folterskandale im Gefängnis Abu Ghuraib wurden dafür zum Sinnbild.

Bis zum Frühjahr 2011 blieb Syrien, Fawwaz Haddads Heimat, von den Ereignissen im Nachbarland Irak weitgehend unberührt. Dennoch war es dem Autor ein Anliegen, ebenso den US-Krieg wie den radikalislamischen Terror im Irak zu dokumentieren und literarisch zu interpretieren. Dies gelingt ihm auch dadurch überzeugend, dass er das Erzählte in einen existenziellen Rahmen einbettet: der ehemals linksradikale Ich-Erzähler muss miterleben, wie sich sein Sohn in einer Sinnkrise zu einem Islamisten wandelt, dessen Radikalität und Gewalttätigkeit die bewegte Vergangenheit des Vaters geradezu harmlos erscheinen lassen. In dem Versuch, die vermeintliche frühere Vernachlässigung des Sohnes wiedergutzumachen, folgt ihm der Vater aus Damaskus in den Irak, wo er das Treiben von al-Qaida aus nächster Nähe erlebt und nebenher auch zum Zeugen christlichen Extremismus und rassistischer Morde auf amerikanischer Seite wird. Insofern ist der arabische Titel des Romans, »Soldaten Gottes« , durchaus nicht nur auf die muslimischen Gotteskrieger zu beziehen.

Fawwaz Haddad konnte nicht wissen, dass sein eigenes Land, wenn auch aus ganz anderen Gründen und ausgelöst nicht durch Krieg, sondern durch einen zunächst friedlichen Volksaufstand, schon wenige Jahre später ebenso blutige Gewaltexzesse erleben würde wie der Irak, während dieser gerade ein wenig zur Normalität zurückfindet. Verantwortung dafür trägt ein Regime, das offenbar bereit ist, das eigene Land zu zerstören und seine Bewohner zu Zehntausenden zu töten, um sich an der Macht zu halten. Je länger dieser

Krieg gegen die Bevölkerung andauert – und weil der Widerstand gegen das Assad-Regime das friedliche Prinzip längst aufgegeben hat –, desto mehr werden auch in Syrien militante Islamisten gestärkt, deren Dominanz das tolerante Zusammenleben der Konfessionen und Ethnien in Syrien ernsthaft bedroht. Das Schicksal des Irak seit 2003 droht sich in Syrien heute zu wiederholen, was ein Beleg dafür ist, welch hohen Preis viele arabische Länder für Jahrzehnte der Diktaturen heute zahlen müssen. Eine solche Aktualität wollte Haddad seinem Roman sicher nicht verleihen, und dieser sollte auch nicht nur als politisches Werk zum Verständnis des weltweiten Phänomens des islamisch verbrämten Extremismus gelesen werden. Vielmehr handelt es sich bei »Gottes blutiger Himmel« um ein Stück zeitgenössischer arabischer Literatur, das universell als eine Erzählung menschlichen Scheiterns und als Abgesang auf jede Ideologie verstanden werden kann und das wohl kein Leser ungerührt weglegen wird.

Bagdad, im November 2012 *Günther Orth*